ドミソラ Discord

Ayano Ukami
うかみ綾乃

幻冬舎

ギミックDiscord

カバーＣＧ――桑原大介

ブックデザイン――鈴木成一デザイン室

目次

第一部

1

光の洪水だった。

音を立てて放たれる閃光《せんこう》の中、壇上の端で由羽《ゆう》は、頬が火照《ほて》るのを感じた。

バーカウンター付きの洒落《しやれ》た屋上プールがあることで有名な、六本木にあるシティ・ホテルのパーティルーム。いまにも零《こぼ》れ落ちそうなシャンデリアが煌《きら》めいている。その下で六十人余の取材記者やカメラマンがそろって視線をこちらに注いでいる。

カメラの前に立つのはこれで五度目くらいだが、初めて自分を見る記者たちはみんな、意地悪な顔をしているように感じてしまう。

きっと香村《かむら》さんに似合うからと、この日のために出版社が贈ってくれたクリーム色のワンピースは少し窮屈で、うっかり前屈《まえかが》みになるたび、両脇をぎゅうっと締めつけてくる。

「それでは『ＢＯＷ―火の宴《うたげ》』の製作記者発表会をはじめます。皆さん、どうぞお座りください」

司会の女性アナウンサーが着席を促し、由羽の隣で、蛇柄のブルゾンにジーンズ姿の神林《かんばやし》リク監督が腰をおろした。その向こうで主演女優の武宮《たけみや》みのりが折れそうに細い腰を曲げ、小さな尻を椅子にのせる。そのさらに向こうは三人の男性俳優陣だ。武宮と並んで中央の席にいる真島謙介《ましまけんすけ》が、ゆったりとした所作で腰かける。

座るべき頃合いを見計らっていたつもりが由羽だけ一拍遅れ、慌てて着席した。椅子をテーブルに引き寄せ、するとそうしたのも自分のみで、ひとりだけ体半分も前に出てしまい、また後ろに戻そうかどうか迷ってしまう。

——ブスほど舞い上がりやすいのよね。

女子高時代、クラスメイトたちから聞こえよがしに囁《ささや》かれた声が、三十一歳になったいまも耳に蘇《よみがえ》る。

ひとりひとりがアナウンサーによって紹介された。続いて神林監督の今作品についての説明がはじまる。

「え〜、映画を撮るのは初めてなんですが、原作のおもしろさに助けられて、いい脚本ができたと思います。あとは俳優さんたちの演技の迫力に期待しています」

どことなく据わりの悪い気怠《けだる》げな口調の神林は三十代後半。これまでは舞台の監督や演出を手がけてきたとかで、由羽もそれら作品のポスターを街中で見かけたことがある。

主演の武宮みのりは演技力を評価されている十九歳のアイドル女優。この映画はあかつき文学賞を受賞したベストセラー小説が映像化されるというだけでなく、清純派の彼女が初めてヌードになることでも注目を集めている。

原作では数箇所しか出てこない登場人物がひとり、準主役級にクローズアップされているが、その役を演じるのが真島謙介と聞いたときは正直気落ちした。七、八年前に大ヒットしたドラマシリーズに出ていた頃は若い女性に人気があったものの、三十三歳になったいまはいまいちパッとせず、落ち目扱いされている俳優だ。

だが先刻、控室で顔を合わせたとき、真島は由羽の服装を見て、

『クリーム色は、香村さんのように肌のきれいな女性にしか似合わないんですよね』

と言ってくれたのだ。

突然、有名俳優に褒《ほ》められて言葉の出ない由羽に、真島はさらに、

『小説、感動しました。後でお話しできる時間があれば嬉しいです』

そう、にかっと笑って付け足してもくれたのだった。

本当だろうか。この会見が終わった後でまた、声をかけてくれるのを待っていてもいいだろうか。

記者の質問は武宮みのりと真島謙介に集中し、ときたま全員が訊《き》かれる形式で後の俳優たちが順に発言している。役を演じるに当たっての抱負をお聞かせください——体ごとぶつかっていくしかないと思っています——原作を読んで、鳥肌が立った感じがして——たまに原作を褒めてくれる答えも出るが、そのたびに記者たちのパソコンのキーボードを叩《たた》く音が無機質に鳴り響く。

「テレビ関東のタチバナです。原作者の香村由羽さんにお訊きします。昨年、十六歳の少女が集団レイプされるという過激なこの作品でデビューなさったわけですが、どういう思いでこの

小説をお書きになったのか、お聞かせください」

記者たちの視線が一斉に由羽に向けられた。

彼女だったらどう答えるだろう――

緊張に汗ばむ手を膝で重ね、呪文のように心の中で呟《つぶや》いた。

三度呟いて、由羽は小さく首を傾けてにっこりと微笑《ほほえ》み、なにかを思い出すような表情をつくる。

織江《おりえ》だったら――

「書き残さなければならないものが、自分の中にあったからです。書くことは、常に自分への問いかけでした。苦しい作業でしたが、闘うべきものを見つけた悦《よろこ》びもありました。それを今回、素晴らしい方々の手によって映画化していただくことに、感謝しています」

よどみなく由羽は答えた。真面目すぎる返答だったかもしれないが、そこそこの好感は持たれたはずだ。

後方席から手が挙がった。

「日刊エムス・オンラインのオザキです。続けて香村さんにお訊ねします」

聞いたことのない雑誌名。『オンライン』だからインターネット上のサイトだろうか。よれた灰色のジャケットにボサついた髪。ひょろりと長細い体を持て余しているかのような猫背。顔だちはまあまあだけれど、片眼《かため》の瞼《まぶた》が若干、垂れ下がっているのが、なんとなく見ていて不安な気持ちにさせられる。

「この小説は描写のリアルさから、香村さんご自身の体験をお書きになったのではないかとも言われています。そのことについてどう思われますか」

またただ。出版以来、取材等で必ず訊かれるこの手の質問には、出版社から適当なはぐらかし方を教えてもらっている。

「私が書きたいものを書く、そのためのアプローチがこのような形になりました。作品は読む方のものですので――」

「そうではなく」

返答を遮られ、ちょっと驚いた。相手の言葉を最後まで聞かない取材記者なんて初めてだ。自分のルックスが冴《さ》えないから、こんな場所でもぞんざいに扱われるのだろうか。

「現実のレイプを経験した人に、おっしゃることのできる言葉はありますか」

その声に挑戦的な響きを感じ、由羽は思わず息を止めた。

オザキはマイクを口に当てたまま、じっとこちらを見ている。前髪のかかった眼の、そこだけぬめりを帯びた光に、胸が不穏にざわめいた。

なに、この男はなにを言いたいの――

「読んだ方が、どうお感じになろうと、そこは私の手を離れていますので――」

つっかえつっかえ答えつつ、腋《わき》に汗が滲《にじ》んでいく。

隣で監督が、ぬっとマイクに身を乗り出した。

「レイプされた経験のある女性たちを傷つける可能性があるということでしょうか。そんなことを怖《おそ》れていたら作品なんてつくれません。他人を残酷にこき下ろして読者の興味を引こうとするあなた方と一緒にしないでいただきたい」

低く早口で放たれた声に、記者席で微妙な緊張が走った。

オザキはまだ、無言で由羽を見ている。

どうしよう、上手《うま》く答えなきゃ。ここできれいに切り返して、さすがあかつき文学賞受賞作家だとみんなを唸《うな》らせたい。彼女だったらどう答えるだろう——魔法の呪文——織江だったら——

「作品にあるのは、私の体験です」

由羽は口角を上げ、答えた。

「想像も、間違いなく体験のひとつですから。私の書いたものはすべて、私の体を通しています」

「なるほど。ありがとうございます」

オザキはすんなりとマイクをスタッフに返し、椅子にもたれて腕を組んだ。

ふたたびキーボードを打つ音が鳴り響いた。

次の質問はテレビの取材スタッフから真島謙介に向けられたものだった。記者たちの視線がすべて彼に移っていき、由羽はようやく人心地ついた。

「真島さんというと爽《さわ》やかな好青年のイメージですが、今回、R15映画のレイプ犯を演じるに当たって、なにか覚悟はおありですか」

真島が数秒の沈黙の後、静かに答えはじめた。

「僕も三十代となり、新たな挑戦をしたいと思っていました。そんなときにこの作品と出会い、自分が剝《む》き出しにされていく感覚を覚えました。正直、僕の演じる『シバタ』という男に、いまのところまったく共感はできませんが、演じていく中で彼になりきってしまう自分も予感し、怖ろしく思いながらもわくわくしています」

ひと言ひと言を丁寧に発する、穏やかな声だった。派手な外見と違って、意外と不器用で真面目な人柄であることが伝わってくる。

後でもう一度、絶対に彼と話したい。私のさっきの返答には、どう思ってくれただろうか

——

少し落ち着きを取り戻し、そんな自分に安心して記者席を見回したときだった。

背筋がざわりと粟立《あわだ》った。

記者席の全員が真島を見ている中で、後方席のあのオザキだけが、鈍く光る眼を真《ま》っ直《す》ぐこちらに向けていた。

質疑応答に続いて六人そろっての撮影が行われ、記者発表会は一時間で終了した。

会場から出ると、記者席の後ろで会見を見守っていた野田《のだ》が、後方の扉から転がるように駆けてきた。

「香村さん、受け答えバッチリでしたよ」

と、丸い手を握ってガッツポーズをしている。

昨年、由羽が『ＢＯＷ―火の宴』であかつき文学賞を受賞して以来のあかつき出版の担当編集者だ。

この一年で由羽はあかつき出版以外でも単行本を発表し、いまも二社から依頼を受けている

が、野田はテレビ出演から取材まで、どこでもマネージャーのようについてくる。

今日も送り迎えだのスタッフとのやり取りだの、細かなことをしてくれて助かってはいるものの、小太りで手足の短い彼の体形がちょっと嫌だ。デブは単体でいるとただのデブだけど、ふたり以上で並ぶとなんのサークルかと笑われるような気がする。

「なんか、感じの悪い記者もいたけど……」

周囲を気にしつつ、由羽は控室に向かった。

「ああ、日刊エムス・オンラインね、ゴシップ系のニュースサイトですよ。記者発表会ってあいうのも交じってるから困るんですよね。でも香村さん、堂々としてさすがのお答えでした」

周りでも俳優たちやマネージャー、スタッフが、談笑しながら控室に向かっている。真島は、と振り向くと、お偉いさんっぽい中年男と話しながら、ずっと後ろを歩いていた。

控室に戻ると、待機していた映画会社やプロダクションのスタッフが一同を出迎えた。

それぞれが賑《にぎ》やかに記者発表会の感想を言い合ったり、名刺を交換しはじめたりする中、野田は洒脱《しゃだつ》さの欠片《かけら》もなく、下ぶくれの顔で「ではそろそろ失礼しますか」と、由羽の鞄《かばん》を持ち上げる。

「え、もう……?」

せっかく一流の才能が交じり合う世界の住人となったのに。できればもう少しここにいて、みんなに自分を印象づけたい――

未練の残る思いで、華やかな室内を見回した直後、

「あれ、香村さん、もう帰るんですか」

背後から声がした。

真島だった。

やっぱり声をかけてくれた——気持ちが一気に浮き立った。

「いえ、帰るというか、こんな場所はなんだか気後れしてしまって」

「なにを言っているんですか、香村さんの小説あってのこの映画ですよ。さっきの応答もさすが作家さんだなと、感心して聴き惚《ほ》れていました」

にかっと白い歯をのぞかせて、真島は由羽の聴きたい言葉を言ってくれる。

真島は通り過ぎていく人たちにスマートにお辞儀をし、それからまたにこやかに由羽に向き直って、

「ねえ、香村さんて、出身、奈良なんだってね」

と、ふいに声を落とす。

「あ、はい」

「俺、大阪なんだ。奈良は遠足くらいでしか行ったことないけど、どこ？　市内？」

いきなり口調が親しげになった相手に、心臓がますます高鳴った。

「市内です……私も大阪はあまり行ったことなくて」

「珍しいね、俺の知ってる奈良の子たちは、よくミナミとかで遊んでいたけど」

馬脚を現してしまったかもしれない。由羽はどぎまぎと口籠《くちご》もった。

確かにクラスメイトたちは放課後や休日、難波《なんば》や梅田で遊んでいたらしい。

由羽は一度も誘われたことはない。「遊ぶ」というのがどういう行動を指すのか、いまだによくわからない。

「人の多いところは苦手で……あ、天王寺《てんのうじ》動物園には何回も行きました。天保山《てんぽうざん》の水族館も……」

「街で遊ぶより、動物とか魚を見るほうが好きなんだ」

真島が笑ってくれたので、ホッとした。そうだ、いまの自分は流行作家だ。無理に虚勢を張って、くだらない奴《やつ》らと同じになる必要はない。

「はい、私ってそういうところが好きで」

「じゃあさ、香村さん」

長身を屈め、真島が声をひそめた。

「近いうちに新江ノ島水族館に行かない？　あそこのクラゲショウ、一度観《み》てみたいんだよね」

驚いて彼を見返した。

「え……？」

二十センチくらいしか離れていない距離で、真島は照れ臭そうに笑い、頭を掻《か》く。

「いきなりやけど、デートの誘い。あかんかな？」

帰宅してすぐ、由羽は洋服のクローゼットを開けた。

本当にいきなりだ、明日だなんて。明日、あの真島謙介と江の島へドライブするなんて。

急となった理由は、クランクイン前の数日間は仕事以外の外出を避けて体調を整えたいから、それと由羽の気が変わらないうちに行きたいからというものだった。十一時に車でマンションまで迎えに来てくれるという。

『BOW―火の宴』が売れてから驚くほど収入が増え、最初にしたことは、北千住のボロアパートから赤堤《あかつつみ》のこのマンションへの引っ越しだった。

良かった。真島ならたぶんオートロック付きのお洒落なマンションに住んでいるのだろうけど、ここだって一応2LDKだし、外観の赤い三角屋根が女の子の住まいらしくファンシーだ。

でも仕事と家具をそろえるのに忙しくて、冬用の洋服を買う暇がなかった。帰宅途中、デパートに寄りたかったけれど、野田がタクシーで送ってくれた上、夕食の誘いを原稿があるからと断ったのだから、途中で降りるわけにもいかなかった。いま持っている中でなんとか見映えがいいのは、二か月前に通販で買った白いフラワーレースのワンピースか、ピンクと白の花柄のワンピースだろうか。上と下のコーディネートが苦手なので、ついワンピースばかり選んでしまう。

クローゼットの前で悩んでいるうちに、お腹《なか》が空《す》いてきた。洋服選びはいったん中断し、寝室を出てキッチンに入った。

棚からカップ麺を出し、お湯を沸かしている間に、冷凍餃子《ギョーザ》と冷凍タコ焼きをレンジであためる。

できたものから仕事部屋に運び、デスクトップのパソコンを起《た》ち上げた。

食事をしながらネットサーフィンをするのは作家になる前からの習慣だ。観るのはたいてい掲示板や女性向けサイト、有名人のブログ等だが、今日は特に念入りにチェックして回らなければならない。昼間の製作記者発表会の模様はテレビでも放送され、そろそろ観た人のコメントがあちらこちらに載っているはずだ。

あかつき文学賞を受賞してしばらくは、誰もが自分を褒めてくれるような心地になっていた。それまでとは世界が反転したのだ。会う人すべてに初対面で笑いかけられ、褒められるなんて、悟りを開いた仏さまたちの住む国に来たのかと思った。

しかしネット上で観られる香村由羽についてのコメントは、ふたたび自分を現実に突き落とすものだった。

今日もそうだ。――『頼むから顔晒《さら》さないでくれ、萎《な》える』『ブスがセックス書くな』『これ香村？　マジ？　なんかバックでやってたら、いきなり化けもんに振り向かれた感じ』

画面をスクロールしながら、マヨネーズをたっぷりかけたタコ焼きを頬張った。少しでも褒めているコメントがあれば、動画サイトで今日の映像を観るつもりだったが、やっぱりやめておいたほうがいい。

匿名の書き込みだからこそ、そこに由羽を傷つけようとの意図はない。人間の持つ本質的な悪意が、由羽を見て素直に発動されている。

もちろん、『いや実際、文章はすごいよ』『こんなにグイグイ惹《ひ》き込まれる小説、久しぶりかも』、二十個にひとつくらいはそんな褒め言葉もある。最初は読めば励みになった。そこだけを繰り返し読んで、自分を奮い起こした。

でもそれらも結局、ルックスへの誹謗《ひぼう》中傷を煽《あお》る役割しか果たさなかった。

――『で、結局どうなの？　ボーはこいつの自伝なの？』『こいつをレイプしたやつ晒せ。捕まるより恥ずかしい』『ブスって、どんなに売れても可哀想《かわいそう》』

どうしてこの人たちにはわからないのだろう、私が特別であることが。

昔から、不思議でもどかしくてたまらない。

なぜこの作品を書き上げられたか。それは私が織江と同じ、特別なものを持っているからだ。彼女と心が通じているからこそ、あの本が放つ慟哭《どうこく》を受け止め、もっと彼女にふさわしい、美しい形につくり替えることができたのだ。

あるものぜんぶを平らげた。だが満腹にはほど遠い。今日の記者発表会のことを書いている掲示板やツイッターはまだまだありそうだ。武宮みのりや真島謙介でも検索をかけてみよう。

由羽はまたキッチンに行き、冷凍たぬきうどんを二玉、鍋に放り込んだ。そして棚に買い置きしていたスナック菓子の中から、ポップコーンとポテトチップを選んでまたパソコンの前に戻った。

――『でもいい受け答えしてたけどね。喋《しゃべ》りは武宮みのりよりおもしろかった』『こいつ稼いでるんだから整形すればいいのに』『おまえら印税落としてこいつの顔を修正してやってください』

読んでいるうちに取り憑《つ》かれていく。残酷な文字がポテトチップとともに胃袋に沁《し》み入ってくる。

たぬきうどん二玉を食べた後、ひとまずトイレに立った。

便器に屈み、喉に指を押し込んだ。

まだ熱いと感じるうどん麺と揚げ玉が、かつお風味の汁にまみれて便器に噴出した。また舌の付け根を指で圧《お》す。三回目の嘔吐《おうと》で、ポテトチップのドロッとしたオレンジ色の塊《かたまり》がうどんの上に溜《た》まる。

過食嘔吐は摂食障害のひとつと思われがちだが、外見が誰の眼から見ても気持ち悪いくらい痩せない限り、障害とはいえない。少なくとも由羽にとっては単なるストレス解消法の一種だ。食べたいものをお腹いっぱい食べて欲求を満足させる。だけどこれ以上太りたくないから吐く。ちゃんと自己コントロールできている。農薬で自然を破壊するゴルフ場でゴルフをするより、大量の水を消費するプールで泳ぐより、廃棄される食品を救い、便器に流す水が少々増える程度の健全な欲求不満解消行為だ。

それでも由羽は胃袋が大きいのか、それとも異様に吸収しやすい体質なのか、いくら喉に指を突っ込んでもぜんぶは吐ききれない。痩せぎすになるどころか、いつまで経《た》っても小太り体型のままだ。

――真島謙介はどうして、こんな私をデートに誘ってきたんだろう。

どんなに頑張ってもタコ焼きや餃子までは出てこず、涙と鼻水が垂れ落ちるばかりなので、諦めて水洗のレバーをひねり、洗面台で口をゆすいだ。

眼の前の鏡は見ない。吐いた直後は丸い顔がますます浮腫《むく》み、自分でもぎょっとするほど崩壊している。

モデルやタレントは太らないためにみんな吐いているというけれど、本当だろうか。武宮みのりはどうだろう。ネットではみんな、武宮みのりをきれいだ、スタイルがいいと褒めそやしている。それは書く人間の意地悪が香村由羽に集中するからだ。悪意を放つ対象はひとつで十分。ほかは自動的に引き立て役となり、苛《いじ》めるための小道具となる。

所詮、ひとりの人間の評価など、その場や一緒にいる人間によってころころ変わる。

変わらないのは自分と織江だけだ。

比べられる者などない特別な存在——織江。

そのはずだった。

彼女は美しくあり続けなければならなかった。

あの本に書かれていたのは、真実の織江だった。私だからそれがわかった。

だから、私は救ったのだ。彼女を、高貴な場に戻したのだ。

彼女は読んでくれただろうか、この本を。

わかってほしい。彼女と一心同体である私を、彼女にいちばん、わかってほしい——

*

木下《きのした》由羽が奈良の高塚《たかつか》女学園に転入したのは、小学三年の春だった。

それまでは公立の小学校に通っていたが、幼稚園生の頃から友達ができず、ときに傘で突かれたりランドセルに雑巾を入れられて帰ってくる由羽を、祖母と両親が心配し、関西で有名なお嬢様学校であるこの学園に編入させたのだ。育ちのいいお嬢様たちの間でなら苛めはないだろうと、彼らは期待したのだった。祖父から継いだ小さな整体院を経営する父の収入だけでは学費を賄《まかな》えず、母は専業主婦でなければ世間体が悪いと主張する祖母に隠れて、ビル清掃のパートをはじめた。

だがお人形さんのように髪をカールしたり色つきリップを塗っている少女たちは、始業式の日も、その次の日も次の日も、由羽に話しかけるどころか、視線を投げることさえしなかった。理由はわからない。空気のように扱われる日々が続いた。それでも公立に通っていた頃のように苛められないだけマシだった。由羽は毎朝の通学時、駅までの道を遠回りし、高塚女学園の制服姿で以前の公立小学校の登校ルートを歩いた。かつてのクラスメイトたちに、一段高い世界へ入った自分を見せつけることで得意になれた。

やがて無視されるだけでなく、なにかをするたびにクスクスと笑いが起きるようになった。トイレの後で手を洗ったり、廊下でソックスを引き上げているだけで、笑い声が寄こされるのだ。学校にいる間、由羽はいつもひとりじっと席に座っていた。

五月になって、新たな転入生がくることになった。担任の説明によると、九州から、父方の実家のある奈良に移ってきたのだという。

まだ見ぬ転入生に、由羽の心はときめいた。自分と同じ新参者。ただでさえ新たな学校生活に緊張を抱いているだろう彼女を、クラスメイトはまた冷たくあしらうに違いない。

自分がいのいちばんに話しかけよう。たっぷり親切にしてあげよう。休み時間もお弁当の時間も一緒にいる友達になろう。

翌朝、ホームルームの時間、担任が彼女をともなって教室の扉を開けた。

その瞬間、由羽は息を呑《の》んだ。いつもは担任が入ってきてもざわめいたままの教室も、たちまちシンと静まり返った。

長い黒髪をハーフアップに結った少女だった。背筋がきれいに伸び、白いハイソックスに包まれた真っ直ぐな脚が、扉を閉めるとき、軽く上品に膝を曲げた。

「今日から皆さんのお友達になります、加村《かむら》織江さんです。仲良くしてください」

そう紹介した担任の隣で、彼女がお辞儀をした。艶やかな髪がさらりと肩に枝垂《しだ》れ落ち、そのとき、清らかな風がすっと教室内を流れた気がした。

休み時間になった途端、クラスでいちばん目立つグループの子たちが彼女の机に集まった。

「九州のどこにおったん？」「私、お母さんが長崎やねん」「いまどこに住んでんの？」

そのほかの子たちも皆、彼女に視線を注いでいた。

「熊本から来たの。いまは祖父たちと一緒で、家は高畑《たかばたけ》ってとこ」

おっとりと答える彼女の声に、誰もが聴き入っている。

「春日大社の近くの？　私知ってる、加村さんて、むっちゃ大きいお屋敷やよね。昔っからの地主さんなんやろ」

「そうみたい。私はようわからんけど」

「関西弁なんや。色も白いなぁ、九州の人ってみんな真っ黒やと思ってた」

「父がずっと関西弁やったから」

笑顔で答える織江を、由羽も席に座ったまま、群がる少女たちの透き間から見つめていた。

こんなにきれいな子が、この世におるんや――

由羽が話しかける隙などなかった。いや、彼女に我先に話しかけようとするクラスメイトたちを、由羽は軽蔑した。自分はそんな厚かましいことはできない。彼女は、神さまがたったひとり究極に美しい人間をつくろうとの意図で生み出した、奇跡の少女に違いなかった。

織江はまたたく間に学校中の人気者となった。ほかのクラスの子や上級生たちまでが噂《うわさ》の美少女を見にきては、想像以上の可愛《かわい》らしさに騒いでいた。

六月にはクラス対抗の合唱コンクールがあった。織江は花形の指揮者を担当した。観客に背を向けさせるなんてもったいないとの声もあったが、彼女にはルックスだけでない、存在として人を惹きつける魅力があった。コンクール当日、彼女はハーフアップに結った髪に大きなピンク色のリボンをつけ、歌のサビでは両手でスカートをつまみ、合唱に合わせて左右にステップを踏んだのだ。その愛らしさに、会場中が拍手と喝采で沸いた。そうして後でみんなから褒められると、彼女は「つい、体が動いちゃっただけで……」と、恥ずかしそうに頬を赤くするのだった。

織江は成績も優秀だったが、ひとつだけ苦手なものがあった。体育は、それまでクラスでいちばん運動神経の悪かった由羽と同じくらいできなかった。

でも由羽とは違い、誰も織江にドッヂボールできついボールを当てたり、同じリレーのグループになるのをあからさまに嫌がることはしなかった。むしろ彼女がバトンを受け損ない、「ごめん〜」と謝ると、「も〜、そういうとこが可愛いんやから〜」と笑った。

だが、運動神経の悪い児童には意地悪をする体育教師がいた。馬面《うまづら》のこの二十代の男性教師は、徒競走でビリになった児童に、ほかの子たちが校庭の遊具で遊んでいる間、ひとりでグラウンドを三周走らせるのを常としていた。

織江がグラウンドを三周も走らされる姿は見たくなかった。そんな惨めな思いを彼女にさせてはいけなかった。だから由羽はいつもわざと織江より遅く走った。そうすると高塚女学園はじまって以来最悪のタイムが出て、教師は呆《あき》れた顔で由羽に三周走るよう命じた。息を切らしてグラウンドをよたよたと走りながらも、みんなとジャングルジムに上る織江の楽しそうな笑顔や伸びやかな手足を眺めていると、由羽は彼女の美しさを創造した神さまのお手伝いができた気がして、呼吸が苦しくなればなるほど、幸せな心地になるのだった。

一学期が過ぎ、家族以外に誰とも会わない夏休みが過ぎて、二学期を迎えた。

九月の初め、由羽にとって夢のような出来事が起こった。

夏休みの課題のひとつに詩の創作があり、学年ごとに選ばれた幾つかの作品が県のコンクールに出品された。そこでなんと織江と由羽の詩が、小学三年四年の部でそろって銀賞を受賞したのだ。

朝礼でふたりの名が続けて呼ばれた。織江と並んで壇上に上がり、学園長から賞状をもらったとき、由羽は頭がくらくらするくらい世界が輝いて見えた。

織江の作品は花火大会の描写を視覚でなく、火薬の弾《はじ》ける音の体感で綴《つづ》っていた。由羽は家族で行った海水浴での、海の中に潜ったときの音を綴っていた。

学園長が、ふたりの作品の自由な感性と繊細さは、共通するところもあり、『伸びやかに美しく』をモットーとする我が学園の誇りです、と言ったとき、由羽は壇上で泣きそうになった。織江と同じ感性を持っている、同じくらい優れている、そう認められたも同然だった。

幸せはそれだけではなかった。壇上から下り、クラスの列に戻る途中、ついに涙の零れてしまった由羽が洟《はな》をすすると、隣から織江がハンカチを差し出してくれたのだ。

信じられなくて、ぼうっとなった。次いで焦った。

すぐ目の前で、織江が自分を見ている。同じ場所に立って微笑んでいる。透きとおるような大きな瞳、長い睫毛《まつげ》の動きがスローモーションのように見える瞬《まばた》き。

急いでハンカチを受け取ろうと手を出し、だが指が震え、ハンカチを床に落としてしまった。あ、と声をあげて慌てて拾い、しゃがんだまま織江に差し出した。顔から火が噴き出そうだった。

不細工すぎる由羽の動作に、織江は少し戸惑った表情を浮かべ、また静かに優しい笑みを寄こしてくれた。

ドクドクと、心臓がみぞおちを叩いていた。喜びと羞恥《しゅうち》で息が上手く吸えなかった。もつれる脚で列に戻った。

一瞬触ったハンカチのしなやかな感触が指に残っていた。真っ白な生地に、白い糸で蝶《ちょう》の模様が刺繍《ししゅう》されたハンカチだった。

その日から由羽は毎日、詩を書き続けた。夜、机やベッドで書いていると、織江もいまごろ、同じように書いているような気がした。

彼女が今夜、書いているもの。たとえばランプの物語。持ち主の女の子が悪戯《いたずら》し、壊れて火がついて、笠《かさ》が焼けてしまうんだ。燃える笠が落っこちて、木の脚がじりじり焼かれていくのに動けない。この可哀想なランプの話を、彼女に読んでもらうつもりで書こう。ランプは女の子が大好きだったんだ。

それまで陰で由羽を指差してくすくす笑うだけだったクラスメイトたちは、わざと聴こえる声でブス、デブと罵《ののし》るようになっていた。

罵られれば罵られるほど、由羽は得意な気持ちになった。彼女たちが自分を苛めるのは嫉妬しているからだ。織江と同じ優れた感性を、自分だけが持っているからだ。

あの朝礼以来、織江と接する機会はなかった。眼が合うことさえ二度となかった。

けれど由羽は知っている。人は一緒にいる時間の長さで相手と親しくなれるわけではない。たとえわずかな触れ合いでも、そこに輝きがあったか否かが重要なのだ。あの眼が合った一瞬、ふたりの間には同じ魂《たましい》を持っている者だけが共有できる、繋《つな》がり合う感覚が確かにあった。

小学五年で織江とクラスが分かれてしまった。その後、由羽が織江と同じクラスになったミカという子の体操着を隠したり、下履きを焼却炉に放り込んだりしたのは、織江の取り巻きたちの苛めの対象がミカに移っていったからだ。ミカは小柄で眼鏡をかけていて、やたらに黒々とした長い髪をいつもゴムでひとつにくくり、おでこや鼻の下に濃いうぶ毛を生やしている子だった。

毎朝四十分早く登校し、ミカの靴箱に「シネ」と書いた紙を入れた。最初は1フレーズだけだった「シネ」が、日を重ねるごとにひとつずつ増えていった。シネシネ、勘違いするな、織江のために嫉妬されるのは私だけだ――シネシネシネシネ――

由羽は織江のように髪を長く伸ばしはじめた。肩まで伸びると、織江のようにハーフアップにくくった。織江がカチューシャで前髪を上げていると、由羽も似たような編み込み風やパールホワイトのカチューシャをつけた。ハンカチもペンケースも、織江のお気に入りらしい蝶のデザインのものばかりを使った。

やがて、由羽が織江を真似《まね》ていることにクラスメイトが気づきはじめた。

「見て、仮分数がまたおでこ全開にしてる」

「気色ワル、顔のデカさ倍増」

『仮分数』というのは、昨年の運動会で由羽につけられたあだ名だった。徒競走をビリで走っている由羽の姿を見て、何人かが「あれ、なんかに似てる」「なんやろ、ドラム缶?」と言いだし、誰かが「仮分数?」と呟いた途端、全員で爆笑したのだそうだ。分母に見立てた胴体に比して、分子である頭が大きいから仮分数だ。

小学三年の織江との同時受賞以来、たいていの陰口には動じないつもりでいたが、身体的な誹《そし》りだけは何度受けても慣れることはできない。特に『仮分数』というひねったあだ名を耳にしたとき、由羽の頭には、最初にそれを発した人間の底意地の悪いほくそ笑みが浮かんだ。いままで放たれた中傷とは比べものにならない計算的な悪意に、とどめを刺された気がした。

だが、その呟いた誰かが織江だったと知って、由羽は心から驚き、驚きはやがて悦びに変わった。

気色ワルとかドラム缶とか、チャチな悪口しか言えない奴らはこれっぽっちも気づいていないだろう。この滑稽なあだ名がいかに深い場所へ届く、毒の塗られた針であるかを。

そのとき織江は、あの魅力的な仕草で首を傾《かし》げ、ゆっくりと眼を瞬《しばた》かせていたのだろう。自分の比喩に周りが感心しつつも、無邪気な呟きとして受け止めることを知っていたのだろう。織江の思いがけない計算高さと意地の悪さに、由羽は感動した。傷つけられた者だけが感じることのできる、相手の本性だった。狂喜した。誰も知らない織江の一面を、自分だけがつかんだ。

それからはいままで以上に、織江を観察し続けた。登校時は織江の乗る電車を調べて同じ車両に乗り、下校時もクラスメイトと喋って遅くなりがちな彼女を校門の陰で待ち伏せ、彼女が電車を降りるまで後をつけた。

見守っていると言ってもよかった。彼女の意地の悪さを、ほかの誰にも悟られてはいけない。彼女を天使のように崇《あが》めている単純な奴らに、わずかな隙でも見せてはいけない。

織江、私だけがあんたの腹の中にあるものを見抜き、理解しているんだ。

あんたの魅力をぜんぶ知っているのは、私だけだ。

中等部に上がって、また織江と同じクラスになった。

できれば彼女の入部した管弦楽部にも入りたかったが、家には楽器を買う余裕がなく、管弦楽部の演奏している講堂や、織江の所属するヴァイオリンがパート練習している教室をこっそり覗《のぞ》くしかなかった。覗いている由羽のことをほかの部員たちがコソコソとなにか言っていたが、由羽はひたすら織江だけを見つめた。

その春に、織江は生理がはじまったらしかった。ときどきトイレにポーチを持っていくようになったのだ。追いかけるように由羽も初潮を迎えた。不思議なことに生理周期までが同じだった。体育の時間は三人か四人が必ず見学していたが、毎回一緒になるのは織江と由羽だけだった。

外見はまったく違っても、体の中は同じリズムで動いている。もしかしたら鼓動や呼吸のリズムまで同じかもしれない。由羽は、ほかの子と喋りながら運動場を眺める織江を斜め後ろから見つめ、彼女の小ぶりな胸が上下するのを観察し、その動きに合わせて息を吸って吐いた。だんだん息が苦しくなってくると、彼女の華奢《きゃしゃ》な手首に自分の手首を重ねて、その脈動を直《じか》に感じたいと願った。

体育祭が終わったばかりの十月中旬、秋だというのに、長袖だと汗ばむ陽気だった。

由羽は昂奮《こうふん》していた。その日の午後の体育の見学者は織江と由羽のふたりだけだったのだ。いつか織江と、本音で話し合える日がくると信じていた。その日がやっときた。今日こそお互いが似ていること、繋がっていることを確認し合おう。自分がどれだけ彼女の親友にふさわしいかを、彼女にも知ってもらうのだ。

澄みきった青空の下、並んでベンチに座った。クラスメイトたちは走り幅跳びをしていた。誰かが跳ぶたびにきゃあきゃあと甲高い歓声があがっていた。

十分、二十分、互いに黙ったまま時間が過ぎていき、由羽は思いきって声をかけた。

「あの、いまも詩、書いてる?」

「ん?」

織江は走り幅跳びの砂場に眼を向けている。ちょうど織江の取り巻きのひとりがジャンプに失敗し、手から砂に倒れ込んでいた。

「あの、小学生のとき、一緒に賞を取ったでしょう？　県の作詩コンクール」

「ああ、そうやったね」

「詩は、よく書くの？」

「ううん」

短く答えて、織江がゆっくりと由羽を見た。

心臓が甘く鳴った。小学三年生のあの日と同じ、透きとおった瞳が、真っ直ぐ由羽の眼を見つめていた。

「詩はなにを読んでもよくわからへん。内容を把握する前に文字を追ってるだけで終わってしまう。小説のほうがよっぽどおもしろい」

「小説？　どんなん読んでるの？」

「三島由紀夫とか、夢野久作とか」

「わあ、そうなんや、私も好き」

どちらの作家も読んだことはないが、由羽は大きく相槌《あいづち》を打った。

「『金閣寺』は、あれは火やからいいのよね。壊すんやない、火は勝手に広がっていくようで、あの炎は実は燃やした人間の舌なんや、金閣寺を舐《な》めて味わっているんや」

三島由紀夫の代表作のひとつに『金閣寺』という小説があり、坊主がお寺を燃やす話であることくらいは知っている。それとなにかのドキュメンタリー番組で、火を舌にたとえて「屋根を舐める」という表現をしていたのを聞き、いいなと思った記憶のアレンジだった。『金閣寺』、早速今日、帰りに買って読んでみよう。三島のほかの作品も読んだら、これからその感想を言い合うこともできる。

「ああ、そうかもね」

織江はまた砂場に眼を戻した。制服の袖をまくり、今日は花柄のハンカチをうちわ代わりに扇《あお》いでいる。

ほかになにか話せることはないだろうか。織江が、自分のことを「さすが」と思ってくれるような、「そうやね」と同意してくれるような。

「なあ、加村さんも色が白いな。私もよく白いって言われる」

由羽も袖をまくり、織江の腕に自分の腕を並べた。金色に光る彼女のうぶ毛が、由羽の肌に甘い静電気を走らせた。

「ああ、これ？　日焼け止め塗ってるからよけい白く見えるだけ」

言いながら、織江が立ち上がった。

揺れたスカートの下、膝裏のくぼみがとても可憐《かれん》に見えた。

「なあ加村さん、脚も白――」

「あのやぁ、木下さん」

初めて名前を呼ばれ、由羽は心臓が高鳴った。

織江は砂場のほうを向いたまま、首筋の髪を掻き上げる。

「馴《な》れ馴れしい口調で話すのは、相手と早く仲良くなりたいって焦りからやろうけど、あんたには似合わへん。似合わへんことするのは痛々しい」

え――？

返す言葉が見つからなかった。なにを言われたのかもわからなかった。

でも、ぞくっと鳥肌が立った。ひとつだけ確信があった。

いま向こうを向いているその顔は、ほかの子には見せたことのない冷ややかな無表情だ。声音でわかる。彼女の放つ気配が尖《とが》っている。

織江の本質にいま、触れていると思った。

「おおい、加村」

砂場で先生が手を挙げた。

「おまえ、みんなの記録、この表に書いてくれへんか。先生、老眼きてもうてやぁ」

「しゃあないなぁ」

織江はそのまま走り幅跳びをしているみんなのところへ駆けていく。

その後ろ姿は、あっという間にふだんのおっとりした彼女に戻っていた。

体育の時間が終わって、着替えの最中、クラスメイトたちが織江に言った。

「よく仮分数の隣に長々と座ってられたな、匂い、きつなかった？」

「今日もあいつ、座ってるだけで汗かいてたやん」

「デブ特有の臭みがするよな、なんやろ、あれ」

織江はまた首を傾げ、

「臭みというか、脂肪の匂い？」

その日から由羽のあだ名は『シボー』となった。

直接『シボー』と呼ばれるわけではない。「見てみ、またシボーがやぁ」「ほんまや、今日もシボーしてるわぁ」

仮分数よりもひねりはないが、奇《く》しくも「死亡」と同じ響き。あるいは「志望」だろうか。「織江志望」。だったらいい。

織江に近づきたかった。周りの邪魔さえなければ、唯一無二の親友になれるはずだった。早く織江に気づいてほしい。自分たちが似ていることを。自分だけが彼女をわかっていることを。必要なのはチャンスだけだった。

そのままふたたび会話する機会はなく、高等部に上がった。

そうしてその年の二学期の初日。

織江は学校に来なかった。

始業式の後のホームルームで、担任の言った言葉に、由羽は衝撃を受けた。

織江が学校を辞めたという。健康を崩し、田舎で静養することになったのだという。なんの病気に罹《かか》ったのか、具合はどの程度で、田舎とはどこなのか。クラス中がざわめいたが、担任も聞いていないとのことで、なにも教えてくれなかった。

さらに翌日、織江の退学理由の真相が、噂となって学園中を駆け巡った。

信じがたい内容だった。

夏休み中に、織江が男性数人にレイプされたという。奈良市内の個室カラオケで、酷《ひど》い暴力も受け、大怪我《けが》を負い、夏の間、入院していたという。

根拠がどこにあるのかはわからなかった。だが噂は日に日に詳細を帯びてきた。織江はその日、夕方頃、レイプ犯らと大和西大寺《やまとさいだいじ》駅前の個室カラオケに入ったらしい。怪我をした状態で店から出てきたのがおよそ二時間半後。そのまま道端で倒れ、近所の商店主が呼んだ救急車で病院に運ばれたという。相手の男たちの素性は明らかになっていない。織江のほうも訴えを起こしていない――

《個室カラオケ》という安っぽい単語が、織江にあまりに似つかわしくなかった。そんな場所に男たちと入る織江の姿など想像できなかった。

それでも生徒たちは、休み時間となると噂話に夢中だった。みんな一様に眉《まゆ》を八の字に下げ、「可哀想」と同情し、だがその眼が隠微な光を帯びているのを由羽は知っていた。学校中が織江のレイプ事件に熱狂していた。

本当なのだろうか――真相を確かめる術《すべ》もなく、由羽はひたすら喪失感を味わうしかなかった。

毎朝、鏡の前で髪を梳《と》かすたび、織江は今日どんな髪形をしているのだろうと、癖のように想《おも》った。嘘《うそ》なんでしょう、あんな噂。誰かがどういう理由かで勘違いして、それがたまたまあなたの引っ越しと重なって、おかしな真実味を持ってしまっているだけでしょう。あなたは元気でいるのでしょう。今日はハーフアップにしてる？　カチューシャをつけてる？　こっちはいい天気だよ。あなたはどんな空を見ているの？

続けざまに、由羽は想像する。レイプとは、いったいどんな感じだったんだろう――

噂はおそらく真実なのだと、由羽も感じていた。織江がいまどこかで抱いている悲しみが、波動となって送られている気がした。それがどのような悲しみなのか、織江の受けた傷を具体的に知りたかった。

大怪我をしたという。男たちに暴力を振るわれた上で、よってたかって犯されたのだ。個室カラオケで、いったいどんなことが繰り広げられたというのか。

個室カラオケなど、由羽はテレビドラマでしか観たことがない。薄暗い部屋にソファがコの字に置かれ、真ん中のテーブルにジュースやポップコーンや鶏の唐揚げが並んでいる。大画面に歌のイメージ映像が流れ、はすっぱな男女がポップスや演歌をがなるように歌っている。壁や天井では、赤や緑や黄色の小さな照明がチカチカ光っている。

そこで織江は男たちに力ずくで押さえつけられて、ブラウスを破かれ、ブラジャーを引き上げられ……あの小ぶりな胸が剥き出しになり、乳房を乱暴に揉《も》まれて……泣いただろうか、いつも上品な笑みを浮かべている顔をくしゃくしゃに歪《ゆが》めて、長い髪を振り乱して抵抗したのだろうか。逃げようと藻掻《もが》き、だけどほっそりとした脚を男に抱えられて、スカートがよじれてまくれ上がって、パンツを無理矢理下ろされたとき、織江はやめてと叫んだだろうか。顔中を涙で濡《ぬ》らして、男が中に入ってきた瞬間、どんな声で悲鳴をあげただろうか——

男たちに犯される織江の姿を想像するだけで、由羽の下腹部に妖《あや》しい疼《うず》きが溜まってくる。じっとしていられず、洗面台の角に下腹を押しつけ、腰をゆっくりと動かしてみる。ソファに押し倒され男たちの下で泣いて首を振る織江を思い浮かべながら、股間を圧迫し腰をきつく上下させると、疼きの塊が全身に広がり、汗がぷつぷつと滲み出てくる。

可哀想、可哀想、織江——

私もあなたと同じ目に遭って、同じ痛みを分かち合いたい——

織江のいない学園生活は空虚だった。由羽は相変わらず、誰とも喋らない日々を過ごし、高塚女学園の高等部を卒業した後は付属の大学に進んだ。

周囲は徐々に織江のことを忘れた。忘れたかに見えて、ときおり外部進学の子たちに彼女のことを話しているのが聞こえた。

「すっごくきれいな子やったんやけど、レイプされてもうて」「え、誰に？」「それがわからんねんて。警察沙汰にしなかったから」「そうやろなぁ、警察にもあったことを細かく訊かれるし、裁判でも根掘り葉掘り喋らされるんやろ」「その子の写真、見る？　ほんまびっくりするくらいきれいやってんで」――

由羽の生活に変化が現れたのは、大学を卒業し、東京の文具メーカーに勤めだした頃だった。織江の思い出以外、いいことはひとつもない奈良になど、もういたくはなかった。どうせ新天地に行くのなら、地方の人間が羨《うらや》ましがるような都会が良かった。

とはいえ東京でも、友人をつくることなど最初から諦めていた。欲しいとも思わなかった。

由羽はその日も社食でひとり、オムライスを食べていた。そこへ同じ広報課の同僚たちが、ちょうど席の空いた由羽のテーブルにやってきた。そのうちのひとりが、由羽の腕を見ていきなり声をかけてきたのだ。

「すごいお洒落な時計。デザイン、シンプルだけど目立つよね、どこの？」

唐突な褒め言葉に、由羽はうろたえた。豚に真珠だと、嫌味を言われたのかと思った。

「木下さんの持ってるのって、どれもセンスいいよね。その白革のお財布も可愛い」

「どこで見つけたの？　私、新しいお財布探しててねぇ、良かったらお店教えて」

どういうことだ。彼女たちの眼には、由羽の慣れ親しんだ意地悪な光は微塵《みじん》も宿っていなかった。口調には、織江の取り巻きがいつも彼女に向けていた、羨ましげな響きさえ籠《こも》っていた。時計も財布も、織江ならどんなものを持つだろうと想いながら選んだ品だ。

「ところでさ、来週の金曜って空いてる？」

「PC課の男五人と呑み会するんだけど、この前、木下さんが書類持ってってくれた後でね、感じのいい子だって褒めてたんだよ。だから今度、声かけとくよって約束しちゃったの」

この経験が、由羽に幸福な自覚を与えた。

織江の真似をするうちに、自分は確実に織江に近づいていたのだ。誰ひとり織江のことを知らない場所に来たことで、織江のセンスが自分のオリジナルとなっているのだ。

胸を昂《たか》ぶらせて呑み会に参加した。しかし、誘われたのは同僚たちの引き立て役の意味もあったのだと、男たちの態度ですぐにわかった。由羽が店に入った途端、あからさまに「うえ」と顔をしかめる男もいたし、会話ひとつにも緊張する上、苦手な酒で気分の悪くなった由羽がトイレに入ると、「俺、どうしてもだめなんだ、あそこまでのブスは体が受けつけない」と、酔っぱらった声が壁ひとつ向こうから聴こえてきた。

だが、優しくしてくれる人もいた。木下さんて喋り方になんか気品があるね、姿勢もいいし、きっと育ちがいいんだろうなぁ。まるで織江が受けるような褒め言葉をもらった。

ルックスを貶《けな》されても、もう落ち込むばかりではなかった。一度でも成功の手応えをつかむと、希望を抱けるのだ。

それからはダイエットに励んだ。食べる量を三分の二にして、会社帰りは最寄り駅のふた駅前で降りてウォーキングした。すると八十キロ近かった体重が、半年で六十七キロにまで落ちた。まだまだ小太りのラインだが、顔も腰もすっきりとした感があった。

すると、「そんなに痩せる必要ないですよ」と言ってくる男性がいた。二歳年下の派遣社員で、特に印象のない地味な男だったが、彼のほうは最初から由羽が気になっていたという。

「木下さんのふっくらとした笑顔が好きです」

初めてもらった恋の告白だった。

有頂天になった。二回目のデートでセックスをした。彼は由羽が処女であることに感動し、豊満な胸を長い時間かけて愛撫《あいぶ》し、腹や太腿《ふともも》に柔らかい、気持ちいいと頬ずりした。

「お願いがあるの、私をレイプして」

何度目かのベッドインで、由羽は懇願した。

「思いきり乱暴に犯してほしいの」

彼は少し驚いたようだが、

「へえ、そんな趣味があるんだ。いいよ、僕も興味ある」

由羽の望むとおり、衣服を無理矢理剝《は》ぎ取り、乳房に爪を立て、乳首や脇腹を強く嚙《か》んだ。

「きゃっ、痛い！」

「だってレイプだもん、痛くしてほしいんでしょ」

「痛くなりたいわけじゃなくて、辛《つら》いけど、なにか夢中になるような、悲しくて絶望しきっちゃうような——」

「難しいなぁ。だったらさ、縛ってみてもいい？　実は今日、縄を持ってきたんだ」

何度か縛られてレイプの真似事をした。だが几帳面《きちょうめん》に縄を巻かれる時間がまどろっこしいだけで、求めるものとは違っていた。面倒になってすぐに別れた。

その後も由羽に声をかけてくる男はふたりいたが、ひとりは自分のほうが乱暴にされることを好み、ひとりはのっけから投稿ビデオを撮りたがり、どちらもしっくりこなかった。織江にもたらされただろう狂気を由羽にもたらしてくれる男は、ひとりもいなかった。

欲求不満しか残らないセックスばかりだったが、している間は織江になりきり、苦しむ演技をした。演技をするだけでも織江の痛みをなぞり、絶望を少しは共有できている気がした。

仕事の面でも同様だった。由羽は常に織江を意識して振る舞った。新しい仕事を与えられたときも、会議で発言する際も、織江ならどうこなすだろうと考え、行動した。

「木下さんて、どうしていつもそんなに余裕があるの」

「なんか腹が据わってる感じ」

人から褒められるたび、由羽は己の内に織江を感じた。

織江、いまの私を見て。あなたはきっと好きになってくれる。私があなたに似ているのだと、わかってくれる。

自信がつけばつくほど、織江に会いたい気持ちがふくれ上がった。

——あなたはあれからどうしているの。元気にしているの。私と同じように、新天地で幸せをつかんでいる？

東京に出て八年が経った。由羽は三十歳になっていた。

そうしてついに、彼女を見つけたのだ。

ある日、風邪をひいた先輩の代理で神保町に出かけ、空いた時間に、ふだんは興味のない古本屋へふらりと入ったのは、運命に導かれたとしか思えない。

ましてや『焔《ほのお》』というタイトルのその単行本を手に取ったのは、ほかでもない織江が、ひりつくような祈りを籠《こ》めて自分を呼んだのに違いなかった。


ねえ織江、私はあなたの苦しみを、あなた以上に描ききったでしょう……？

2

列車がホームにすべり込んでくる。鈍色《にびいろ》の車体が午後の陽射《ひざ》しを受け、苔《こけ》の付着した水槽のような緑《みどり》みを放っている。

埃《ほこり》っぽい風が眩《まぶ》しさに細めた眼をなぶり、マスクの中に侵入した。

風圧によろめきながら織江は、またホームの端に立ち、いまにも線路のほうへ倒れていきそうになっていた自分に気づいた。

列車が停《と》まり、目の前で扉が開いた。途端に、脇腹を硬いもので押された。ラケットを持ったジャージ姿の学生たちが、怪訝《けげん》そうに織江を一瞥《いちべつ》していく。

学生たちの後で、織江も車内に入った。電車とホームのわずかな透き間を越えるのも大儀で、扉口の手すりをつかむと、同じ手すりをつかんでいた背広姿の中年男が顔をしかめてこちらを見た。続いてその眼が、今度は舐めるように吸いついてくる。

帽子の鍔《つば》で顔を隠し、反対側の扉口に移動して、閉じた扉にぐったりともたれた。

駅のホームに立つたび、すべり込んでくる列車に体が吸い寄せられるのは、飛び込み自殺をしようなどと思っているわけではない。ただ、自分では決して出せないスピードで風を切る、凄《すさ》まじい威力を持ったなにかにぶつかれば、その衝撃によって、世界が反転するのではないかとの期待を覚えるからだ。一瞬後に、十六歳のあの夏の朝に着地しているのではないかと。

平日の昼下がりで、座席は三分の一くらい空いている。マンションから駅まで歩いただけで全身が泥のように重い。隣の駅には三分ほどで着くが、近くの空席に座ろうか。

背後で赤ん坊のぐずる声がした。振り向くと、自分と同世代の茶髪の女が前に置いたベビーカーを揺らしていた。赤ん坊がこちらを見た。青みがかった白眼。ぷっくらとふくらんだ頰。眼が合うとぐずるのをやめ、不思議そうにこちらを眺めている。帽子とマスクで顔の見えない人間が奇妙なのか、それとも自分を見てもにこりともしない大人が珍しいのか。

ふたたび窓のほうを向いた。ぽつぽつと立ち並ぶ、薄灰色に変色したビニールハウスと、似たような形のサイコロみたいな家々。列車がホームに入り、ガタンとひと揺れして停車した。

ホームに降り、怠い脚で階段を上った。

この土地に引っ越してから、前歯のセラミックが二度も欠け、それぞれ自宅から離れた二軒の歯科医院で治療した。できれば病院など行きたくない。誰にも顔と名前を憶《おぼ》えられたくない。インフルエンザらしきものに罹ったときも、風呂場で転んで手首を捻挫したときも、放置していればそのうち治った。だが前歯だけはいつもきれいにしていたかった。でないとつい欠けた歯を舌でなぞり、蘇る痛みに鬱々《うつうつ》と浸り続けてしまう。

駅を出て二分ほど歩いた。二週間前に通いはじめた歯科医院の扉を開けると、狭い待合室で老人がひとり、受付脇に設置されたテレビを観ていた。変色したブラウン管のモニターで関西弁のお笑い芸人と女性アナウンサーが、アイドルタレントのお泊り愛がどうのと喋っている。

無人の受付に診察券を出し、織江もベンチの端に座った。しばらくして診察室から、だぼっとしたジーンズ姿の男が出てきた。ニキビ顔をしかめ、頬を押さえている。

受付の窓口に、診察室から回ってきた田口医師が立った。

「いいか、カワハラ、二時間は麻酔が効いとるから、食《た》ぶっときゃ気ぃつけなんたい。痛《いと》うなったらこん痛み止めを呑むとよか。酒と一緒に呑むといかんぞ」

「センセー、腫《は》れはいつ引くと？　明日合コンするけん」

「そこまで虫歯ば放ったらかしとったおまえが悪か。これに懲りたらきちんと定期的に検診に来んといかんばい」

言いながら、田口医師が織江を見た。

「古道《ふるみち》さん、こんにちは。具合はどうですか？」

織江は帽子を取り、黙って頭を下げた。寂れた外観の古い木造の医院だから、いるのは年寄り医師と近所の老人くらいだろうと思っていたのだが、来てみれば跡継ぎらしきこの三十代半ばの息子もおり、患者には彼の診《み》ている若者も多いようだった。

カワハラと呼ばれた若者が織江を見て、田口医師に「へえ」と、意味ありげな眼を投げた。

「頬《ほ》っぺた腫れとるけんマスクしとっと？　ばってんマスクしとってん美人さんてわかるた

い」

「こらカワハラ」

「センセー、眼が笑《わろ》うとる。いいなぁ、こがん美人の患者も来るとたいね」

「うるさい、おまえははよ帰っておとなしゅう勉強でもしとかんね。でないと明日、まぁだ顔のふくるるばい」

「おどかさんといてくれぇ。そんじゃぁ」

学生が織江に視線を残し、医院を出ていった。

いたたまれない思いが、身を苛《さいな》んでくる。織江は視線を斜め下に向け、固く腕を組んだまま動けなかった。

隣町に引っ越してきてまだ二年だ。それまで住んでいた場所とは県も違うから、今度はしばらく大丈夫だと思っていた。

でも、いまのあいつのあの眼――あいつも知っているのだろうか。

ネガティブな噂はすぐに回る。特にこんな田舎では。

――ひょっとしたらこの医師も、そこに座っている老人もとっくに――

――いいや、そんな被害妄想を起こすほど、私はおかしくはなっていない。三年前に、改めて現実を知ったはずだ。世の中は私が思うほど、私を見ていないと――

「古道さん、どうぞ」

田口医師が診察室のドアを開けた。織江は軽く会釈して中に入った。

診察台に座り、マスクを外した。カーテンの向こうでは、田口の父親である老医師が別の患者を診ている。

老人がひとり残った待合室で、テレビの音が大きくなった。

『それでは次の話題にいきましょう。えー、CMやドラマで活躍中の武宮みのりさんが、今度R15の映画に主演するということで、今日、製作記者発表会が行われました』

『原作は昨年、《あかつき文学賞》を受賞してベストセラーとなりました「BOW─火の宴」、過激なレイプシーンが話題になりましたね』

やかましい。テレビは嫌いだ。織江はきつく眼を閉じた。

『それでは記者発表会の模様を──』

胸にタオルが載せられた。無影灯のスイッチが入り、白光が瞼を刺した。

「お口を軽く開けてください。今日は前回型を取ったセラミックを被《かぶ》せます」

口を開けた。唇の脇にバキュームが添えられる。金属音が鳴り、前歯の仮歯がペンチに挟まれた。

「古道さんはもともと、すごくきれいな歯並びをしているんですよ。セラミックを被せるなんてもったいないです」

治療を受けると必ず言われる。なぜ前歯を削ったんですか。モデルさんですか。審美的に申し分なかったはずなのに。

眼を閉じて無反応でいられる分、歯医者は楽だ。

「少し沁みますよ」

シュ──剝き出しになった前歯の芯に、注射器のようなものでぬるい液体がかけられた。

『神林監督、大胆なレイプシーンもあるとのことですが、心構えをお聞かせください』

『え〜まあ、もともと原作を読んでいまして、この映画のお話をもらったときは――』

いつの間にか呼吸を止めていたことに気がついた。鼻でゆっくりと息を吐いた。

過剰反応なのはわかっている。時が早くこの身を醜くしてくれればいい。三十歳を超えたらみるみる衰えるかと思っていたのに、毎朝、目を覚ますたびに、なにも変わっていない自分と世の中に絶望する。たった一日の出来事で、私の人生は変貌したというのに。

『日刊エムス・オンラインのオザキです。続けてカムラさんにお訊ねします。この小説は描写のリアルさから、カムラさんご自身の体験を――』

耳が反応した。オザキ……？　この声……

カメラのシャッター音が耳鳴りのように響いた。

しばらくして、女の声が発された。

『私の体験です。想像も、間違いなく体験のひとつですから。私の書いたものはすべて、私の体を通していますす』

ざわりと、皮膚をさすられる感覚があった。

『なるほど。ありがとうございます』

ふたたび男の声がし、眼を開けた。無影灯の白光が眼球を圧迫した。

三年ぶりだが、この声を忘れはしない。この十五年間で唯一、祈るような思いで耳にした

――

「どうしました？　痛みます？」

田口がセラミック歯を持った手を止め、顔を覗き込んでくる。

白光を見上げながら、首を小刻みに振った。

光の表面で、残像めいた不穏な影が蠢《うごめ》きだす。強い後悔が蘇る。あれは、苦痛を上塗りしただけだった。蜂の巣状にこの身に刻まれている傷跡を、さらに野太いノミで抉《えぐ》り、骨まで切り刻んだだけだ——

前歯にセラミックが被せられた。

「少しこのままでいてくださいね」

被せた歯が歯茎に押しつけられる。ゴム手袋を嵌《は》めた田口の指が、じっと唇に触れている。

ゴム手袋ごしに感じる、体温の高い男の指。大きく頑丈な指の腹——

『スポーツ日の丸のサカイです。真島謙介さんに伺います——』

眼がかっと開いた。光が瞳孔を突き刺した。

「古道さん？」

影が蠢きながら網膜に潜り込んでくる。

鋭利な輪郭で頭の奥まで穿《うが》ってくる。

「気分が悪いですか、どうしました？」

顔のすぐ上で吐かれる、切迫した男の声。

耳になまぬるい液がしたたり落ちる。汗——涙——男の唾液——？

——織江ちゃん、泣いてる顔もきれいやなぁ——

——先輩、今日は監視カメラ、切っといてもらえます？

――わかっとるて。いままで連れてきたイケイケ女らと違《ちご》うて、この子ごっつ堅そうやん。どないして連れてきたん――

『僕も三十代となり、新たな挑戦をしたいと思っていました。そんなときにこの作品と――』

心臓が喉を強打していた。嗚咽《おえつ》が込み上げ、上体をひねった。その拍子に診察台から転げ落ち、肘と腰を床に打ちつけた。

「古道さん！」

田口が駆け寄り、肩を抱えてくる。

その手を振り払った。

「古道さん、大丈夫ですか！」

「どうした！」

老医師の声がし、シャッとカーテンが開いた。

「古道さん、しっかりしてください！」

床を擦るスリッパの音。

覆い被さってくるふたつの体。絡み合う息遣い。

ふたたび両肩がつかまれた。上半身が無理矢理持ち上げられた。

「はなし……」

声が出ない。

出したら殴られる。

拳《こぶし》が口にぶち込まれて、頭がくらくらして、硬い欠片が喉に流れ込んで、息ができなくて

――

「だいじょ……です」

立ち上がり、椅子に手をつき、自分で座ろうとした。

大丈夫……大丈夫だ、私はもう大丈夫なんだから。ここは病院で、歯をちゃんと治してもらって――

『――になりきってしまう自分も予感し、怖ろしく思いながらもわくわくして――』

また体が傾《かし》いだ。

背中から肩が、男の体に強く包み込まれた。

「無理しないで、横になりましょう」

「はなし……てくだ……」

『――というわけで、記者会見の模様でした。いやぁ原作は十六歳でレイプされた少女が主人公で、これがなんとも壮絶なんですが』

『個室カラオケでのシーンは、私も読んでいて本当に辛かったです。皆さんはお読みになりました？』

『僕、読みましたよ。リアルでしたよねぇ。またその後、身を隠すように移った先の九州でも悲惨な目に遭うでしょう。あまりの生々しさに、作者のカムラさんの実体験かとも言われましたよね』

『いやぁ、その過激な作品を武宮みのりさんがどう演じてくださるか、大注目です。それでは次の――』

手をついた革の感触にしがみついた。

息ができない。肺が固まったかのように、まったく動かない。喉に砕けた歯の欠片が刺さっているからか。血を呑み込んで、嘔吐して、やっと肺が痙攣《けいれん》して、血のあぶくを吸い込んでいる。

「古道さん、しっかりしてください！」

「古道さん！」

なんの話をしているの——？　誰のことを言っているの——？

背中がさすられる。シャツがよじれてジーンズからはみ出してしまう。

やめて、やめて、やめて——

息を吸いたいから、もう痛くしないで——殴らないで——おとなしくするから——許して——！

救急車を呼ばれそうになったのを懸命に拒み、パニックと闘いながら治療を終えた。

医院を出て、真っ直ぐ駅前の書店に向かった。店内に入るとすぐに《ＢＯＷ—火の宴〜映画化決定！》と、赤い文字の躍るポップが眼に飛び込んできた。本はその下に平積みされている。ポップにも本の帯にも、主演女優とあの男の顔写真が載っている。

引っつかみ、レジに持っていった。カバーも袋詰めも断り、書店を出るとすぐに帯を剝ぎ取って、そばにあった自動販売機の空き缶ボックスに押し込んだ。

あの男の写真は見ることも触ることもできない。だからなるべくテレビを観ないようにして、ネットを観るときも芸能関連のページは慎重に避けていたのに。なぜ自分からまた近づかなければならない。嫌だ、嫌だ、嫌だ——

ふらつく脚で電車に乗り、駅からマンションまでの道を急いだ。どんなに嫌でも、確かめないわけにはいかなかった。

部屋に入るなり帽子とマスクを引き剝がし、ソファに座ると同時に本を広げた。

一ページ目の冒頭を読んだだけで、体がこわばった。

二ページ目、三ページ目……

手が上手く動かない。指が酸欠に陥った芋虫みたいに震えて、ちゃんとページをめくれない。吐くよりも吸うほうが多い呼吸に喘《あえ》ぎながら、刃のような紙の端を繰り続けた。

間違いない——

これは私の文章だ——

ここに書かれているのは、自分の叫んだ言葉だ。

あの作品を書くために、のたうち回りながら吐き出した言葉が、ローラーでぺちゃんこに轢《ひ》き潰《つぶ》されたように平たく、妙になめらかな文字となって貼りつけられている。あのとき引きずり出した神経の一本一本が、刺繡のようにデザインされて縫い込まれている。

震える指で、またページを繰った。文字を追うごとに、全身から魂が抜け落ちていく感覚に陥った。いまにも頽《くずお》れそうな肉体に、無数の針が埋まってくる。痛い、痛い。息がまた苦しくなる。心臓がドクドクと波打ち、気道を揺さぶって塞《ふさ》いでいる。

体は読むことをやめられない。確かめ尽くすことでしか息が吸えない。全身で文字にすがりついている。

一字一句漏らさず読んだ。自分の身に現実に起こったおぞましい出来事を、他人の言葉でなぞり続けた。

五時間かけて読み終えたとき、織江はソファに座り込んだまま、身じろぎもせず放心していた。

自分にいまなにが起こっているのか。

表紙にはタイトルの横に《香村由羽》という名前が記されている。

由羽、だと……ひょっとして、こいつは……そう、あの声は——

盗作——という言葉が、ようやく織江の脳裏に浮かんだ。

私の作品が、盗まれた——？

火のような塊が喉に込み上げた。

口を押さえてトイレに這《は》った。

歯科医院に行く前に食べたレトルトのクリームスパゲティが、素麺《そうめん》みたいに細く白い姿で便器に落ちていった。繰り返し嘔吐した。黄色っぽい胃液が喉を焼いて垂れ落ち、跳ねた水滴が頬にかかった。

便器を抱えて蹲《うずくま》り、荒い息を吐きながら、涙を零した。眼の奥が熱く膨張している。鼻水も糸を引いて垂れていく。

吐くのは久しぶりだった。九州に来て四度目に引っ越した後、どうせなら元の容貌を崩すくらい醜くなりたいと、朝から晩まで食べ続けたことがある。

でも駄目だった。どんなに食べても織江の体は生まれ持った姿を損なうことを拒絶し、余分なものを吐き出させた。

たった一度だけ、なにかが変わるかもしれないと思ったことがある。『焔』を書いていたあの数か月だ。いま思うと気違いじみていた。自分の思いを文章に吐き出し、本にしてみたところで、返ってくるものはひとつもなかった。希望という名の滑稽な勘違いに気づいただけだった。

自分はなにも変わらない。日々も変わらない。十六歳のあの日からずっと、ひとり、ただ朽ちていくのを待つだけだ。

なのに、『焔』を別の文章でなぞっただけの明らかな盗作が、文学賞を受賞し、世間に認められ、映画化される。

自分の姿が、自分ではない者の手によって、世間にもう一度晒される――

便器に顔を突っ込み、織江はまた嘔吐した。

わずかな胃液が喉を突き上げ、眼球や脳味噌《のうみそ》を爛《ただ》れさせるだけで、もうなにも出てこない。

涙も鼻水も涎《よだれ》も、吐き出すことに疲れきっている。

私のすべてが、奪われたのだ――

*

人が他人との差異を、自分が思うよりも敏感に受け止めていることに気がついたのは、中学一年の頃だった。

「いい加減、《裏の子》ってやめてくれへん?」

親戚一同が集まり、本家の庭でバーベキューをしている最中だった。縁側で梨を剝いている母に、叔母が鼻に皺《しわ》を寄せて言ってきたのだ。

父の妹である叔母が母のことを嫌っているのは知っていた。父の実家は江戸時代から続く旧家で、本家を守る祖父も伯父も現在は不動産収入で暮らし、外で働いた経験がないという人たちだった。

労働の必要のない恵まれた者が行うべきは、寄付やボランティアによって社会奉仕することであるというのが祖父の考えで、次男である父もまたその意に従い、大阪の大学を卒業した後は、たまに趣味のオーケストラ・サークルで慈善演奏会を行う以外、屋敷の地下につくったオーディオルームでクラシック音楽を聴く日々を過ごしていたという。

父が母に出会ったのは、熊本の旧旅館を改築した別荘に友人たちと滞在した、二十代終わりの夏だった。たばこ農家のひとり娘として育った母は当時、大学の学費を賄うため、地元の呑み屋でホステスのアルバイトをしていた。

父の親族はふたりの仲を認めなかった。加村の息子が百姓の出のホステス風情などとはと、母に家の敷居をまたがせなかった。

父は実家を出て、熊本に住みついた。その行為は一見、意志を貫いて駆け落ちしたかのようだが、新居を構えたのは祖父の別荘で、生活費も相変わらず祖父から送られていた。父は常に飄然《ひょうぜん》と、好きなことだけに埋没して生きる人間であり、恵まれた者が行うべきは、との加村の流儀のままに暮らしていた。

母もおっとりとした性格で、父のもたらす豊かな生活の中、ひとり娘の織江を育てられることを素直に喜んだ。母は菓子づくりとインテリア小物製作が得意で、天窓から陽光の射《さ》し込む家の中は、しばしばチーズタルトやチョコレートマフィンの甘い香りが漂い、季節ごとの草木や花、果物を組み合わせたリースや人形で彩られていた。

織江が九歳の春、奈良の祖母が脳梗塞で倒れたとの知らせが届いた。病室でしきりに父に会いたがっているという。祖父と伯父が相談の結果、父に実家へ戻ってくるよう要請した。それまでもなんだかんだと彼らの交流はあり、そろそろ潮時でもあったのだと思う。

織江としては友達と別れるのは淋しかったが、そういえばこのときに初めて、自分は人と比べて、少しばかり情が薄いのではないかと感じたのだった。織江を見送る友達はみんな泣いていた。手紙書くばってん、お返事してね、絶対ね。うん、約束。ひとりひとりに抱きつかれ、涙でぐしゃぐしゃの顔を擦りつけられるうちに、織江は泣く役割を彼女たちに預けた気分になり、自分は冷静に微笑んでいるのだった。

父と、初めて会う孫娘の織江を見て、祖母の容態はまたたく間に回復した。

「なんてきれいな子ぉや、さすが加村の血を引く娘や」

伯父たちも三人を歓迎した。本家は二千坪の敷地の中央に祖父母の住まう邸宅があり、その右側に伯父一家が、裏側に父の妹一家がそれぞれ居を構えていた。織江たちは本家の左側に建つ屋敷に迎えられた。

屋敷は大正時代に建てられた和風建築で、チューリップ型や灯籠《とうろう》型の照明はどれもガラスの笠に家紋が入れられ、オレンジ色の灯《あか》りをあたたかく落としていた。坪庭の端にある小石で組まれた水路の入り口は、眺めていると苔に足を取られ、迷宮にすべり込んでしまいそうになる。コの字型の縁側の突き当りにある、もう使われていない厠《かわや》の引き戸はうっすらと緑色に変色し、長い杉の廊下は木目の曲線に妖精の子供が頬に手を当てて眠っているようだった。

松や花水木《はなみずき》、紅葉《もみじ》といった木々の生い繁る広大な庭には、半円の石橋がふたつ架かった池や、ふたりずつ向かい合って座れるゴンドラ型のブランコがあり、休日は従兄弟《いとこ》たちとかくれんぼをしたり、夏には花火やスイカ割り、冬には餅つき大会と、四季折々の行事を楽しんだ。

「ちょっと可愛いからって、この子、図に乗ってるんとちゃうの。父や兄がうちの麻祐子と淳史を《裏の子》って呼ぶのは、住んでる屋敷の位置がそうやから仕方ないけど、あんたと織江ちゃんに言われる筋合いはないねん」

叔母は文句を言うとき、いつも鼻梁《びりょう》の左右に二本ずつ皺を刻む。

先刻のことだった。

母が伯父のグラスに酒を注《つ》いだとき、すでに酔っていた伯父が、『美人に注がれると酒も旨《うま》いなぁ。見てみぃ、美枝子の団子っ鼻、齢《とし》取ると鼻までたるむんかいな、麻祐ちゃんもお母さんに似て可哀想になぁ』、そうおかしそうに笑ったのだ。

伯父と叔母が仲の良い兄妹であるのは子供の織江にも見て取れるが、酔うとデリカシーなく彼女の容姿を貶し、しかも必ず母と比較する伯父の癖は、母にとっても戸惑うものだった。

ああいうとき、どうすればいいのかしら、美枝子さんは嫌な気分でしょうし、麻祐子ちゃんだって織江と比べられて可哀想。母はよく父に零し、父は父で、まあなぁ、おまえは立ち回るの下手やしなぁ、でも兄さんにも悪気はないし、美枝子も気にするような奴ちゃうで、と呑気《のんき》に流す。

「はぁ、どうもすみません」

母はそのときも困惑顔で、叔母に頭を下げるというより、言葉が見つからなくて首を傾げるといった風情だった。

持って生まれた優雅を無神経に漂わせるその仕草に、叔母はパンダみたいにアイシャドーを塗りたくった目尻と、平べったい眉間にますます険しく皺を刻んだ。

織江は、ふうんと思った。

さっき伯父の息子たちと一緒に、叔母に聴こえる声で、彼女の子供たちを《裏の子》と呼んだのは事実だ。

麻祐子たち姉弟に恨みはない。同じ高塚女学園に通う麻祐子は織江のふたつ年上で、しょっちゅうクラスメイトを家に招いては織江を呼び、見せつけたがるのが鬱陶しいものの、地味な彼女のせめてもの自慢が実家の大邸宅と、美少女として有名らしい従妹《いとこ》であるのなら、顔を立ててやるのもやぶさかでなかった。

六歳の淳史は出かけるたびに織江と手を繋ぎたがり、だが小さい子供の相手をするのは面倒なので、齢の近い伯父の子供たちと遊んでいると、織江のスカートを引っ張って大声で泣き喚《わめ》いたり、ほかの子の靴を隠したりするのが煩わしいが、とはいえ嫌味を言ってやりたい対象は取るに足らない相手でしかない麻祐子と淳史でなく、なにかと母と対抗し、苛めようとしてくる叔母だった。

子供たちが《裏の子》呼ばわりされるのを、彼女が心底嫌がっているのは知っている。おそらくそれは織江たち家族がこの家に来てからのことだ。以前は麻祐子が唯一の女の子の孫として、祖父たちから可愛がられていたのだろう。

立場を奪われても、当の麻祐子は同世代の直感で織江に敵《かな》わないと悟り、自身の生活を快適にするために、本心はどうであれ従姉《いとこ》の立場をひけらかす生き方を選んだのに、社会の狭い叔母は、いまだにぐちぐちと嫌味を言って憂さ晴らしする方法しか思いつかない。だから織江としては、母のためにちょっと仕返しをしたつもりだったのだが、想像以上に効き目があったようで、それが、ふうんという感じだった。

「おばさん、ごめんなさい。《裏の子》っていうのは近所の人たちも言ってるから、悪口とは思わなかったの」

織江は邪気のない子供を装って嘘をつき、ついでに「《裏の子》って」と畳みかけた。

叔母は顔を歪めるにももう頰の肉が間に合わず、もはや歯茎まで剝き出し、

「近所なんて関係ないんよ、あの人たちの先祖は加村の土地に住んでた、もとは店子《たなこ》みたいなもんなんやから！」

と甲高い声を放つ。気にしていることを言われると、人は嘘か本当か思案する間もなく、あっけなく傷つくのだ。

「ああ、嫌や嫌や、育ちの悪さって子供にも伝染《うつ》るんやわ。うちの子たちは生まれたときから加村の子としてきちんと育ててるんやから。あんたとは違うんやから」

「あら、どこがどう違うの？」

織江は母のように首を傾げ、不思議そうな表情を浮かべた。

叔母は途端に言葉を失い、みるみる耳まで充血させる。

「アホなんちゃう、それはあんた……」

小さな眼に険を浮かべて、しどろもどろに叔母が台詞《せりふ》を探している。

「だから育ちやんか、呑み屋で働いてた人とその娘がなに言《ゆ》うてんの」

「お母さんはなにも言ってないやん」

「あんたねえ、うちの麻祐子はあのまんま生きるんよ、言うてる意味わかる？　あんたこの前、お母さんとケーキつくって近所にもおすそ分けしたんやってな。ああ恥ずかしい。家政婦がおるのに台所に立つやなんて。あんな、加村の子は料理なんかせえへんの、人の口に入れるもんをつくるのは下々の人間のすることなの。高塚で教えてもらってない？　あの学園はね、私が通ってた頃もいまも、生徒に掃除なんてさせへんの。私たちは掃除することを学ぶんやなくて、掃除する人たちを使うことを学んできたの。ちょっと佐奈子さん、あんたまさか、おっさんがソファに座ったら、すぐさまライター点《つ》けたり水割りつくるようなことをこの子に教えてんやないでしょうね。ああほんま嫌やわ、血は争えへんわ、あんただけで十分恥ずかしいのに、この子まで加村の恥晒しにするつもりかいな」

昂奮している人間って、見ているだけで恥ずかしい。茹《ゆ》で上がったタコみたいに顔中を真っ赤にした叔母を見ながら、織江はそうも学んだが、さすがに口には出さなかった。自分と母がここにいるだけで、叔母は十分に傷ついているのだ。

父と母が結婚したとき、ふたりに対する中傷が、聞こえてくることもあったという。

よくいえば人が好《よ》く、他人の悪意に鈍感な両親は、なにを言われても気にしなかった。幸福ほど強固な盾はなく、他人の欠落から放たれた矢など当たりはしないのだ。だから自分も悠然と立っていればいい。心地いいことだけを考えていればいい。

なのになぜ気づけば、あんな子に矢を突き刺そうと躍起になっているのだろう——

その夜、織江はベッドの中で、鉛のように胸にのしかかる苛立《いらだ》ちを持て余していた。脳裏に重苦しく居ついているのは、木下由羽だった。

ぼってりと厚い瞼の下の眼で、いつもなにか言いたげにこちらを見ている子。その不気味な視線を感じるだけで、心が毛羽立って仕方がない。

クラスメイトたちは彼女の醜さや鈍臭さを笑うけれど、容姿なんてどうでもいい。確かに唇が常に乾いて、ときどき皮をめくれたままにさせているのはみっともないものの、気持ち悪いのはその内部だ。彼女が弁当を食べているときにちらりと見える口の中。あの異様に赤く濡れた粘膜。彼女に見られるたび、その血色《ちいろ》の粘膜にこの身を舐められ、全身がぬめぬめと覆われていく気がする。

みんなはどうして無視する程度で済ませているんだろう。とことんあいつを傷つけてやればいいのに。心がズタズタになって学校に来られなくなるほど苛め抜いてやればいいのに。

それともほかの子たちは、私ほど彼女を嫌悪していないのだろうか。あいつの不気味さがわからないほど鈍いのだろうか。私の真似ばかりする彼女を、なぜ笑うだけで許してやるのだ。

ああ、嫌だ。彼女は私の嫌な部分をどうしようもなく刺激してくる。あいつさえいなければ首をもたげることもなかったはずの、意地悪な感情が引きずり出されていく。これじゃあまるであの醜い叔母と一緒じゃないか。

朝、髪形を考えていると、心臓に棘《とげ》が生えてくるのがわかる。ハーフアップがいちばん好きなのに、あえて別の髪形を考えている自分に怒りが湧いてくる。お気に入りのアンティークレースの蝶柄のハンカチも、あいつが似たものを持っていると思うと、ポケットに入れるのが憂鬱になる。

なにもかも真似されるストレスの凄まじさ。その執着心のおぞましさ。でこぼこのぬかるみに映った影がいつもすぐそばで張りついているような、この薄気味悪さをどうすればいい——織江は布団を被った。抑えなければ。彼女のことで想い煩うのも腹立たしい。生理前だからこんなに気持ちが荒立っているのだ。

先週はあまりに耐えがたく、思わずみんなの前で醜態を晒してしまうところだった。

週末の二日間、中高合同の学園祭が行われた。クラスでチョコバナナとリンゴ飴《あめ》の屋台をやることになり、織江はリンゴ飴の責任者になった。担任によって振り分けられた十三人のグループの中に、木下由羽もいた。

学園祭の前日、学校に近いクラスメイトの家でリンゴ飴をつくることになった。

だが織江が眼を離した隙に、五人の子がすべてのリンゴの皮をピーラーで剝いてしまったのだ。

皮を剝かれたリンゴは、飴に浸けても果肉に浸透するばかりだ。祭りに行ったことがないわけではないだろうに、こいつらには観察眼も想像力もないのか。ただでさえ木下由羽がそばにいる憂鬱に加え、織江は彼女たちの失敗に苛立った声をあげそうになった。

高塚の生徒は、万事においてこの調子だった。家庭科の授業で教師に「この布巾、洗って」と手渡されると、その生徒はちょっと悩んだ後、ボウルに水を溜めて布巾を浸し、人差し指で水をぐるぐると回しだす。布巾や雑巾を手で洗った経験がなく、洗うといえば洗濯機がぐるぐる回るイメージしかないらしい。

「なんでこうなったんやろう」「リンゴが悪かったんちゃう？　また買いに行こうか」「お金はどないする？　経費、もうほとんどないで」「ブッチーに電話しよ」

担任に言えばまたお金が降りてくるだろうとの能天気な会話に込み上げる苛々を、決して顔には出さなかったはずだ。

だが責任者は織江だった。織江が担任に電話するしかなかった。

引き攣りそうになる頬を必死に上げて受話器を取った織江に、ふいに部屋の隅から、粘ついた視線が這い寄ってきた。

木下由羽だった。

不用意にも眼が合った。

そのとき、木下由羽は織江を見つめ、こともあろうに、ゆっくりと頷《うなず》いたのだ。

——わかってるよ、織江ちゃんの気持ち——

——阿呆《あほう》ばっかりで大変やね、私はわかってるよ——

反射的に、受話器を投げつけそうになった。

木下由羽に対して抱いていた苛立ちの正体が、はっきりとひとつ見えた気がした。

——わかってるよ、私は織江ちゃんのこと、わかってるよ——

織江の怒りをなだめようとする共感の眼差《まなざ》し。まるで母親を気取っているかのような上からの目線。意味がわからない。なぜこいつが私を慰めようとするのか。

いったいこいつはなんなのだ。こいつをここまで気にする私はなんなのだ。

眩暈《めまい》がし、床がゆらりと傾いた。怒りが大きすぎて気分まで悪くなる。

「織江ちゃん、どうしたん？」

誰かが顔を覗き込んできた。

織江はハッと我に返った。

「いや、リンゴを何個無駄にしたのか、個数も伝えたほうがええなぁと思って。最初に何個買ったっけ」

なにもかもがストレスだった。担任の家の電話番号を押しながら、織江はいま自分を取り巻いている状況を呪い、ここにいるクラスメイトの全員を恨み、木下由羽を憎悪した。

木下由羽の顔を見ないよう、自分の表情も絶対に見せないよう、壁を向き、受話口を耳に押し当てた。


中学三年では木下由羽と別のクラスになった。

執拗《しつよう》な視線は朝夕の登下校時や休み時間のたびに感じはしたが、距離ができたおかげで、少しは解放された心地となった。織江は屈託なく好きな髪形をし、ハンカチを持てるようになった。

だが夏休み明けに、またもや木下由羽を意識する事態に陥った。

彼女と同じクラスの子から、彼女の夏休み課題の読書感想文が、学級新聞に掲載されたと聞いたのだ。

題材は三島由紀夫の『豊饒《ほうじょう》の海』だという。織江が選んだのと同じ小説だった。夏休み前、これを読んでいると親しい子たちに言った気がする。木下由羽は地獄耳でそのことを聞きつけたのだ。

その子が持っていた学級新聞に眼を通してみた。また真似をしているのかと笑い飛ばせる余裕が、視界から彼女が遠ざかったいまならあるような気がした。

だが読みはじめた途端、顔から血の気が引いた。文章の書き出しも、展開の仕方や結論も、織江の感想文と異様なほど酷似していたのだ。

そして織江よりも上手かった。文章そのものにリズムがあり、印象的なフレーズが幾つもちりばめられていた。織江が書いた感想文など、これの後に読まれたら腹を切りたくなるほど幼稚だった。

そのことに衝撃を受け、しかしふと気がついた。ところどころ、読んだ憶えのある文章があったのだ。

家に帰ると、本棚にある三島由紀夫関連の書物を片っ端から広げた。

やはり思ったとおりだ。彼女は明らかにこれらを抜粋し、書き写している。三島由紀夫や『豊饒の海』を論じている複数の解説、評論から、視点や趣旨の似通ったものを選び、そこから持ってきた文章をつぎはぎしている。そのくせ構成にブレはなく整えられており、さらに中学生らしい言葉の稚拙さやたどたどしさまで演出している。

ぞっとした。口を押さえてしゃがみ込んだ。

せめて自分の感想文とまったく似ていないものであったなら、単なる盗作ではないかと、軽蔑で済ませられた。

だがこれらの盗用は、織江の感想文に似せるためとしか思えなかった。

なぜ——あいつが私の感想文を読めるはずはないのに——

床に座り込み、織江は我知らず下腹に手を当てていた。そのあたりが特に気持ち悪かった。皮膚だけでなく内臓にも鳥肌が立ったようで、ざわざわと血管が騒いでいる。

おぞましさに、顔中が歪みきっていた。

わからない、わからない。あいつはなにがしたいの——どこまで私を真似するの、なぜここまで模倣できるの——


高等部へ上がると、またもや同じ教室に木下由羽がいた。

織江はなるべく彼女を見ないよう、そこにいることを意識から除外するよう努めた。

平静になることだ。相手がなにをしようと、自分は自分であればいい。

だが無理だった。今度は織江のほうが木下由羽を意識してしまう。誘蛾灯《ゆうがとう》に吸い寄せられる蛾になった気分だった。木下由羽を見るたびに、苛立ちが脳内で小爆発を起こし、目尻がヒクつきそうになる。

木下由羽のほうは、織江とまた同じクラスになった嬉しさを隠さなかった。態度も図々しさを増した。

ときたま机の中に、いつの間にか本や画集が入っていることがあった。開いてみれば、どれも織江が好きだと思う、だが自身では知らずにいた作家のものが多かった。中でもエマ・サントスやウニカ・チュルンの作品をどんなものか試すだけのつもりで読みはじめたときは、思わず出会えたことに感謝し、続いてこれを自分に伝えたのが木下由羽であると気づいて、腹の底が冷える思いがした。

魂を弄《いじ》くられ、侵食されている感覚。気に入られようと努力するどころか、導こうとでもいうような傲慢《ごうまん》な目線。いったいなにを根拠に、彼女はここまで自信を持って自分に近づこうとするのか。

一学期最後の授業の日だった。一限目に古典の授業があった。この授業では毎回、生徒ひとりが十首ずつ自分の選んだ歌を暗記し、皆の前で詠む時間が設けられていた。

暗記も人前で詠むのも皆は嫌がっていたが、織江はもとから阿倍仲麻呂や柿本人麻呂といった万葉歌人が好きだったこともあり、十首なら憶えるのに苦労はしなかった。

朝、登校すると机の中に手紙が入っていた。『今日は織江ちゃんの朗読の番やね。きっと織江ちゃんは、この歌人を詠むと思う。阿倍仲麻呂でしょ、柿本人麻呂でしょ、天智天皇、持統天皇――』

十歌人のうち、ひとりだけ違っていたのがせめてもの救いだった。

急いでほかの九首を選び、暗記しようとしたが、そうやって慌てて労力を費やす自分が馬鹿らしくなった。

一限目の初め、教師に指された織江は立ち上がり、その一首だけを詠んで、後は「すみません、憶えられませんでした」と、頭を下げた。

夏休みに入った。

その日、織江はひとりで明日香村を訪れていた。

日本史の夏休みの課題で、奈良の神社仏閣を五つ巡り、その由来や歴史についてレポートを作成するというものがあった。

ひとりで行うもグループを組むも自由だった。当初は織江も仲の良い子たちと明日香へ行く予定が自然にできていた。

だが夏休みに入る前、グループのひとりの舞花《まいか》という少女が、よけいな提案をしてきたのだ。

「なあ、木下さんも誘ってあげへん？　あの子いっつもひとりで可哀想やもん」

どの世界にも、たまに性格がお人好しなくらいいい子というのはいる。困っている子がいれば同情して世話を焼きたがり、そのくせ最後まで見届ける責任感はなく、己が損をしないよう立ち回ることのできる人間。

「私、夏は家族旅行とかいろいろあるから、その合間で適当に行くわ。みんなはみんなの予定で決めて」

にっこりと、織江はそう答えた。

炎天下、舗装されていない路《みち》はやたらとでこぼこして砂埃が舞い、レンタル自転車のハンドルが取られそうになる。アスファルトの道路を走れば、揺らいだ熱気が下からも押し寄せてくる。

もし同じ学年の誰かがいれば合流しようと思ったが、たまにすれ違うのは中年か年寄りばかりの集団で、あとはレンタカーで走り回るカップルくらいだ。

どうして自分がたったひとりで、こんな鄙《ひな》びた路を走らなければならないのか。

粘っこい汗がTシャツの中を垂れていく。

舞花たちが本当に木下由羽を誘ったかどうかは知らない。自分がいなければ誘わない気もする。輪のひとりが欠ければ微妙な不均衡が生まれ、異物を受け入れる面倒は避けるだろう。

気怠い気分で、まず草壁皇子の住居跡に創建されたという岡寺《おかでら》へ行った。父親から借りた最新のデジカメで境内や建物をおざなりに撮り、次に飛鳥寺に向かった。どちらも明日香で有名な古寺だが、明日香村そのものが観光シーズンでも閑散とした場所で、特に今日は猛暑日であるせいか、織江以外には夫婦連れらしい男女がふた組いるだけだった。

現存する日本最古の仏像である飛鳥大仏に手を合わせ、講堂をひととおり回って境内に出ると、いきなり鐘の音が耳を劈《つんざ》いた。

見れば、斜め前の鐘楼に、織江より少し年上くらいの四人の男子が上っている。

「ヘタレな音やなぁ」「やかまし」「俺に貸せ」

いちばん背の高い男子が引き綱を握った。

アロハシャツから伸びた筋肉質の腕が、白い綱とともに大きな弧を描く。

打ち鳴らされた鐘音が、低く荘厳な音を青空へ響かせた。

「よっしゃ、これで明日香坐《あすかにいます》神社と飛鳥寺は制覇や。次はどないする」「大神《おおみわ》神社は遠いから却下。近くで涼めるとこないかな」

次に鐘を撞《つ》こうと引き綱を握った男子があたりの景色を見回して、「お」と織江に目を留めた。ほかの三人もこちらを振り向く。

スカラハットを目深《まぶか》に押し下げ、織江は門に向かった。登下校中の電車でもよくあることだ。無遠慮な男たちの視線は常に不快だが、今日はいっそう、汗ばんだ肌が沸々と粟立ってくる。

次に向かったのは橘寺《たちばなでら》だった。付近に聖徳太子が誕生したといわれる場所があり、聖徳太子建立七大寺のひとつとされている寺だ。

ここにも人影はほとんどなかった。折れ曲がる階段を上り東門をくぐると、本堂へ続く石畳が熱気をくゆらせている。鳴り響く蟬《せみ》の声が、あたりの沈黙をなお深めている。

太子殿や観音堂を回り、最後に二面石を見にいった。この石は善相と悪相のふたつが彫られており、人の心の二面性を表しているという。風化してボロボロになった石肌に表情の見分けはつかず、とりあえずカメラに収めると、また背後で鐘の音がした。

橘寺の鐘楼は、東門へ戻る参道沿いにある。帰り道に自然と横切る形となり、そこに先刻の四人がいた。

「ひとりなん?」

いちばん小柄な男が、鐘楼から身を乗り出して声をかけてきた。体にぴっちりと貼りついた黄色いTシャツにジーンズ姿。

鐘楼の下には、黒縁眼鏡の男と、青いタンクトップの男。

階段の途中からこちらを見ているのは、先刻、いい音で鐘を鳴らしていた赤いアロハシャツの男だ。

織江は答えず、門に向かって歩を速めた。

「どこから来たん、旅行？」

黒縁眼鏡と青いタンクトップが駆け寄り、織江の顔を覗き込んできた。両脇を固められた感じがした。同世代の男を、こんなに間近にすることは滅多にない。

「あ」と、黄色いTシャツの男が素っ頓狂な声を出した。

「加村織江ちゃん？　高塚の」

その声に、黒縁眼鏡も前に回り込んでくる。

心で溜め息を吐《つ》いた。電車内や学園祭で隠し撮りされた自分の写真が、あちらこちらに広まっているのは知っている。見られるのも知らないうちに写真を撮られるのも半ば諦めてはいるが、こうして声をかけてなんらかの反応を期待されるのは勘弁だった。

小さく会釈して、織江は前に進もうとした。

彼らは織江のために道を開け、「良かったら」と、また声をかけてくる。

「俺ら、大阪の翔桜《しょうおう》やねん。歴史の課題で明日香に来たんやけど、どっか茶ぁ呑めるとこないかなと探しててん。みんなここ初めてで。時間がええんやったら一緒にどない？」

ラフな外見のイメージに比べれば、意外にも節度を感じさせるもの言いだった。

翔桜ならスポーツに力を注いでいる私立男子校として有名だ。そういえば赤いアロハシャツの男はどこかで見た気がすると、先刻の寺で思ったのだ。

タンッと鐘楼から飛び降りる足音がし、振り向くと、やはりテニス部の三年生、渋川僚《しぶかわりょう》だった。中等部の頃から地区大会で優勝したこともあるエース。端整なルックスと相まって、女子中高生にファンが多い。

舞花も彼のファングループで連れ立って翔桜のテニス部練習場を見学しにいっているらしく、隠し撮りした写真をカードケースに入れてしょっちゅう周りにも見せているので、織江も見憶えがあったのだ。

馬鹿な舞花。木下由羽への同情など示さず私と一緒に行動すれば、ここで渋川と会えたのに。

「どうや、ちょっとだけ涼まへん？」

黒縁眼鏡が、にっこりと白い歯を見せた。

「ええ」

織江は頷いた。

明日香は蒸し暑く、ひとりで歩くのは億すぎる。この成り行きに乗ってみたい気持ちも、織江には生まれていた。


大音響に鼓膜がびりびりと震えている。大画面にドラマ仕立ての映像が流れ、照明を落とした室内の壁や天井やテーブルを、緑や赤のライトがちかちかと点滅しながら走っている。流れているのはいまヒット中の男性アイドルグループの歌だった。歌っているのは織江の左隣に座る奥村で、黒縁眼鏡をカチューシャみたいに額に上げている。

明日香から電車で約三十分、自宅の最寄り駅までの途中にある大和西大寺駅で下車し、連れてこられたのは、駅前の通りを歩いて三分ほどの場所にある、四階建てのエンターテイメントビルだった。一階がスペイン風居酒屋、二階がレストランバー、三階と四階が個室カラオケとなっている。

最初に織江が案内した明日香の喫茶店で、市内へ戻って夕食を食べようという話になり、なんとなくの気持ちで同行したものの、カラオケなどしたこともない織江は看板を見ただけで気後れし、ついてきたことを後悔した。だがビルのエレベーターが開くと、目の前に広がったのは白を基調とした清潔感のあるロビーで、ボウタイをつけたアルバイトの礼儀正しい応対にも安心し、ここまで来たのだから一時間くらいはと、冒険心も手伝って入ってみたのだった。

アルバイトが館内電話で呼んだビルのオーナーは蓑山《みのやま》といい、翔桜のテニス部OBで、不動産会社を経営している父親からこのビルをまかされているとのことだ。いまでもテニスが趣味というだけあって、陽《ひ》に焼けた顔で快活に笑う、いかにもスポーツマンといった感じの男だった。

「歌いたいのがあったら俺が打ち込むから、言ってな」

L字型のソファの左隣から、マイクを片手に奥村が歌本を渡してくる。右側には渋川が座り、織江は九十度の角度でふたりに挟まれる格好となっていた。渋川の向こうには黄色いTシャツの小林、奥村の隣は青いタンクトップの三田だ。

「ありがとう」

歌本を受け取り、上気する頬に手の甲を当て、織江はジンリッキーのグラスに口をつけた。初めての経験がいっぺんに幾つも重なり、気持ちが昂ぶっているせいか喉が渇いている。注文を取りにきたアルバイトに、四人が当たり前のようにビールやカクテルを注文したときは驚いたが、三田が織江にジンリッキーを勧めたとき、渋川が薄めにと口を添えてくれたおかげで、まるでライムソーダのように呑みやすい。

一曲目は三田が、その次に小林がそれぞれヒットしているバンドの歌を歌い、いまは奥村が歌う海外のバラードに、小林がサビをハモっている。

渋川だけはまだ一曲も歌わず、静かにグラスを傾けていた。三人も「僚もたまには歌えやぁ」と小突きつつ、無理には勧めていない。ひとり泰然とした渋川に対して一歩引いているような彼らの態度はわきまえとも呼べるもので、それは男子ならではの社会性なのかもしれなかった。

朝からささくれ立っていた心が、いつしかほとんど和らいでいる。壁掛けの時計は五時半を指したところだ。大和西大寺駅から奈良駅までは五分。電車とタクシーを待つ時間を考慮しても、門限の七時まで、あと一時間ちょっとはここにいられる。

グラスを呑み干すと、カラリと音をたてて氷が唇に当たり、冷えた一筋が顎に伝った。指先で拭《ぬぐ》い、ソファにもたれ、三田の歌うビジュアル系バンドのヒットソングを聴く。

それからどれくらい経ったのか。気づけば曲は、男性ユニットのポップソングに変わっていた。だが誰も歌っていない。腹部がエアコンの冷気を感じていた。なぜか体が横向きになっている。

ハッとした。慌てて起き上がろうとした。うっかり眠っていたのだ。初対面の男子たちの前で、なんてだらしのない——

すぐさま体が押さえつけられた。

幾つかの手が、頭と肩と腰に乗っていた。

——なに……

冷たい焦燥が背筋を流れた。

「まぁまぁまぁ、そのままそのまま」

「動かんといてやぁ、おとなしぃしときやぁ」

なだめる口調で男たちが、織江の脇腹やみぞおちを撫《な》でている。Tシャツがブラジャーの上までまくられていた。さっと胸を隠した。顔の脇に誰かの膝がにじり寄った。

眼だけで室内を見回した。テーブルがドアの前に移動していた。男たちは自分の周囲でひと塊になっている。目の前に黒縁眼鏡をかけた顔と、黄色いTシャツを貼りつけた胸が迫ってきた。

いや——！

抵抗しかけたが、すかさずブラジャーの生地がつかまれた。

いや、いや——声が出ない。押さえ込まれた頭を左右に振り、両腕で胸を守ろうとした。その腕も乱暴につかまれた。ブラジャーが引き上げられ、両のふくらみが男たちの眼下に晒された。羞恥に身をよじった直後、片方の胸が掬《すく》い上げられた。

「きれいなおっぱいやなぁ」

「うわ、ほんまや」

肩と腰が押された。横向きになっていた体が仰向《あおむ》けになり、薄笑いを浮かべてこちらを見おろす渋川と眼が合った。

「いや、やめて……」

かすれた声で、それだけを繰り返した。

もう片方の乳房も別の手につかまれた。乳腺が引き千切られるような痛みが走った。

「やっ……！」

痛みによって現実感が鮮明になる。恐怖が全身に充満していた。織江は必死に首を振り続けた。

「そんな頭を動かしたら、俺のここが擦れんねんけど」

にやついた声で、渋川が織江を載せている腰を上下させた。チノパンの生地ごしに、異様に硬いものが耳の後ろをさすった。

眼鏡を光らせ、奥村が胸に顔を下ろしてくる。

「織江ちゃんが悪いねんで。俺にもたれて可愛らしい顔で寝てんねんもん。つい触りたなるやんか」

胸の突端を、生ぬるい舌で舐められた。鋭い悪寒が肌をなぶった。

「いや……いや……！」

ひたすら首を振った。

すると頭が分厚い手に抱え込まれ、渋川の股間に押しつけられた。

「僚、顔は隠したらあかんで。織江ちゃん、泣いてる顔もきれいやなぁ」

大人の男の声。さっき会ったビルのオーナー、蓑山だ。

「先輩、今日は監視カメラ、切っといてもらえます？」

「わかっとるて。いままで連れてきたイケイケ女らと違うて、この子ごっつ堅そうやん。どないして連れてきたん」

「いやぁ、なんや意外と簡単でしたけど」

腹部に手が伸びた。腰をよじって逃れようとしたが、あっけなくジーンズのボタンが外され、ファスナーが下ろされた。

続けてジーンズが引き下げられた。太腿に冷気が刺さった。

「いや、やめ……！」

全力で膝を閉じようとしたが、なんの抵抗も通じない。サンダルが乱暴に外され、足の甲にボタンの金具が喰《く》い込んだ。すぐにジーンズの生地が膝頭を越え、足先からめくり剝がされた。

男の力の強さに、心底の怯《おび》えが衝《つ》き上がった。

「うわぁ、可愛いパンツ穿《は》いてんなぁ、ブラジャーとおそろいで真ん中にリボンがついてる」

両のふくらはぎが三田の手につかまれた。頑丈な五本の指が肌にめり込み、持ち上げる。その中心を、蓑山が薄布の上から触れてくる。

「織江ちゃんて経験あんの？　高塚の子ぉらに訊いたら、むっちゃ真面目やねんてなぁ。まだやったことないん？」

「なんや高嶺《たかね》の花って感じやもんなぁ。でも今日はええやろ。きみの知ってる子らかて、俺らとようここで楽しんでんねんで」

体中を、五人の男たちの荒い息が埋め尽くしていた。

胸を舐めていた奥村が口を離し、真っ直ぐな前歯をのぞかせて笑う。そうしながら唾液にまみれた乳首を指先で転がしてくる。

もう一方のふくらみは、奥のしこりまでひねり潰しそうな勢いで小林に揉みしだかれている。

「いや、お願い、いやや、やめて……」

「ええわぁ、その顔」

両脚の間に、蓑山が入ってきた。筋の通った黒々しい鼻先が内腿の真ん中に下りてくる。

生地の上から、秘部の中心を舐め上げられた。

「ひっ……」

おぞましさに、全身がビクビクッと痙攣した。

「先輩のベロ、エロいなぁ」

「パンツの上から舐めんのもええわぁ、学ぶわぁ」

交わされる声は半笑いだが、体中のあちらこちらを押さえている手は、どれもじっとりと汗ばんでいる。

男たちの透き間からドアを見た。テーブルに阻まれているガラスのドアの向こうは煌々《こうこう》と明かりが灯《とも》っている。助けを呼びたい。さっきのアルバイトの人は、この男たちがしていることを知っているのだろうか。ほかの部屋の客たちは。とにかく大声を出さなければ。こわばる喉で息を吸った。

「きゃあぁっ――!」

悲鳴をあげた途端、顎に衝撃を受けた。

激痛に身がすくんだ。

「やべ、殴っちまった」

渋川が吹き出すように言い、こめかみで硬いものが揺れた。

「痛かったやろう」

がっしりとした手が顎を包み込んでくる。

眼の奥が熱くふくらみ、涙が零れた。

「声を出しても外には聴こえへんで」

「だいたい、ほかに客いねぇし」

蓑山も笑い、内腿の付け根に湿った息が吹きかかる。

いや、いや、いや——!

心はまだ叫んでいる。だが顎の痛みにますます怯えが深まり、唇が小刻みに震えるだけだ。

涙でかすむ眼で時計を探した。壁掛けの時計が六時十八分を指していた。早く帰らないと、お父さんとお母さんが心配する。顎が痛くてたまらない。跡が残るだろうか。遅くに帰って顔が腫れていたらなにかあったのかと心配される。こんな目に遭っていることが知られてしまう。

「なあ、床に下ろさね?　ソファやと窮屈や」

「そやな」

脚を広げられたまま、腰と肩が抱えられた。

奥村と三田の間がわずかに開いた。

その瞬間、織江は勇気を振り絞り、脚の近くにいる男の顔を蹴り飛ばした。体を床に向かって引っくり返した。渾身《こんしん》の力でテーブルをどかし、ドアを開けて逃げるつもりだった。

だがすかさず、渋川の脚が織江を挟み込んだ。

体が、弾みでふらついた。

ガツッ――！

口からテーブルの角に落ち、前歯から頭蓋骨に激震が走った。

「う……っ」

テーブルの角をつかみ、床に顔を伏せて咳《せ》き込んだ。

ボタボタッと大量の血が木目に垂れ落ちる。血溜まりに、砕けた歯の欠片が幾つも交じっていた。口の中にもざらりと粉状にへばりついている。

「え～、ちょっとマジ？」

「うわ、悲惨、ちょっとなんで逃げんねん」

顔中を血まみれにして噎《む》せる織江に、男たちが一斉に腰を引いたのがわかった。

すぐさま涙を拭い、視界をできるだけ鮮明にして、手の届く場所にある衣服をつかんだ。

「うわっ」

血に染まった織江の手と顔から、男たちがまた身を避《よ》ける。

いまだ――

床に這いつくばってテーブルの脚に手をかけた。ドアの開閉を阻むテーブルを思いきり引っ張った。

直後、髪の毛が引っつかまれ、体が持ち上げられた。

「ぎゃっ――！」

自分の喉から出たとは思えない、発狂した猫のような悲鳴を放った。

振り子のように体が揺さぶられ、尻から床に落とされた。

「いまさら逃げられると思ってんのか」

ドスの利いた渋川の声が鼓膜を打つ。心臓が凍りついた。

織江の髪をつかんだまま、渋川が片手で自身のチノパンのボタンを外した。

軽く腰を上げ、ブリーフごとチノパンを下ろした渋川の股間から、赤黒い肉塊が弧を描いて現れた。

恐怖に眼球が硬直した。手も脚も動かなかった。グロテスクに膨張し、皮膚を張りつめさせたそれは、男たちの暴力の根源に見えた。

後頭部が押され、肉塊に顔を寄せられた。血が喉に流れ込み、ふたたび激しく噎せた。血の味のする濁流の透き間で懸命に息を吸った。唇に硬いものが押し当てられた。むっとアンモニア臭と汗に蒸れた性臭が鼻を衝いた。

「しゃぶれよ、オラ」

低く凶暴な声だった。躊躇《ちゅうちょ》も拒絶も織江は忘れた。そんな余裕も与えられなかった。

唇を先端が押し割った。血で濡れた口腔《こうこう》に、蒸れた肉塊がすべり込んだ。

「うぐっ……」

口が塞がれ、えずきかけた織江の鼻からも血が噴き出した。

鼻から頬を毛深い陰毛が覆う。陰毛にも股間の周囲にも、太腿の付け根まで下ろしたチノパンにも赤い血が噴きかかる。だが渋川は掌中にした織江の後頭部をさらに深く引き寄せる。

「ううぅ……ごっ、ごっ……」

「奥まで入れろや。フェラくらい頭では知ってんやろ」

顔が強引に前後させられた。

野太い先端が喉奥にまで侵入してくる。吐き気がますます込み上げ、肺がぎゅっと縮んだ。

「口を開けろ！　尖った歯が痛いんじゃ！」

怒声に全身がヒクついた。髪がなおきつく絞られ、頭皮が引き攣った。

「ウオラ、もっと口開けんかい！　大きく開けていっぱいに咥《くわ》えるんじゃ！」

言われなくても、気道が塞がれて鼻呼吸もできない状態で、織江は必死に口を開けて酸素を吸い込もうとしている。鼻と口から零れる血に唾液が混じり、粘った糸を引いている。涙も眼球に針を刺すような痛みとともに、後から後から溢《あふ》れて止まらない。

苦しい、窒息しそうだ。このままでは死んでしまう。もっと口を開けないと、言われたとおりにしないと――

「さすが僚。獣やなぁ」

「俺、血ぃ出してるヤツ見ると引くわ。さっき一瞬萎えてもうた」

「軟弱やの。ほなおまえらは見とくだけでええわ。俺マジ昂奮してもうた。こいつええわ。なんや可哀想なことしてやりたくなる」

咽頭がひしゃげるほど肉塊を突き込まれた。

「うごっ……」

「おお、喉がヒクヒク動いとる。ええわ、ええぞ」

頬が撫でられた。鼻血を顔中にまぶすその手つきは、いままでで初めて優しかった。苦しくて何度もえずきながらも、織江の心にホッと安堵《あんど》が芽生えた。

「そうやで、唇で俺のをようしごくんや。舌ももっと動かせるか。ねろねろしゃぶってみぃ」

言われたようにした。怖いのは嫌だ。殺してやりたい、こいつら全員、殺してやる。でもこれ以上痛いのは嫌だ。鼻からも口からもごぼごぼと血を噴き出しながら、力の限りに舌を上下した。はちきれそうな肉肌を舐めしゃぶった。

「へえ……」

「気持ちよさそうやな」

周りの吐息がふたたび荒くなってくる。カラオケは男性ユニットのメロディが止《や》み、懐メロの演歌に変わっている。

「うわ、もうたまらん」

喉声が漏れた。顔が引き上げられた。口から赤い糸がじゅぽっと音をたてて引いた。

床に押し倒された。背骨を打ち、また痺《しび》れるような痛みが走った。

動けない、もう抵抗する気力もない織江の腰から下着が剝がされ、足先から抜かれた。

「見てみぃ、俺のチンポ真っ赤やで。うわ、ぬるぬるしよる」

涙で眼球が焼けている。なにも見えない。自分が眼を瞑《つむ》っているかどうかもわからない。どうしてこんな目に遭っているんだろう。

「おぉ……」

「すげ……」

肩や顔の周りに男たちの気配が寄ってくる。

脚が大きく開かれた。

中心部に、火のような塊が押し当てられた。

「ぎゃあぁぁっ！」

織江の喉が勝手に悲鳴をあげていた。

めりめりっと音を立て、全身の肉が引き裂かれていく。

肉体の真ん中を焼けた棒が貫いてくる。

「うぉぉぉ……」

渋川の呻《うめ》きが、激痛の中で耳を劈いた。

背骨が床に擦られ、剣山で引っ掻かれたような痛みが突き刺さる。

胸を誰かの手がつかんでくる。

腰や腹部にもべとついた手が這い回ってくる。

床の硬さと埃のざらつき。容赦なくふくらみを握りしめる手、また手。

「う、う、う……」

渋川の腰が前後しはじめた。連動して織江の体も床の上で上下し、膝から先が宙でぶらぶらと揺れだしている。

「ええわ、こいつ……むっちゃええ……こんなんおるんや……」

激しく腰を動かしながら、渋川がうわ言のような声をあげる。

「ええで、気持ちええ……すっげぇ……」

刃で串刺しにされているようだった。

だが痛みを感じる感覚も喪失していた。

揺さぶられ、肉体の中心を切り刻まれ、背骨を床に擦られるまま、織江はひたすら耐えていた。

だが顔だけは渋川にも誰にも見せないよう、折れそうなほどに首をひねり、隠していた。惨めな自分の顔だけは、誰にも見ることを許さない。なにかの間違いだ。私はこんな目に遭うような人間じゃない——

なんの役に立つのか、そんなプライドの欠片のみ握りしめ、指先で床を引っ掻いていた。絶対に殺してやる。これが終わったら全員、殺してやる。頭の中で呪いの言葉を繰り返した。そのことだけで正気を保っていた。

「へぇ、なんや洒落たもん持っとるやん」

カシャ——

どこかでカメラのシャッター音がした。

「ぉうつ、出る、出る……！」

渋川の動きが威力を増した。

猛然と打ち寄こされる激烈な痛みに、織江は歯を喰いしばった。

カシャ、カシャ——

「うっ……」

渋川の腰が止まった。

開かれきった脚の間で、厚みのある体が小刻みに痙攣する。重みに全身を圧迫されたまま、男たちの声が止み、カラオケのメロディだけが流れ続ける室内で、織江はきつく眼を瞑った。

渋川の体が離れた。

すぐにほかの男が脚をつかんできた。蓑山だった。スラックスと下着を膝まで下げ、紫色のものを露出させていた。膝がまた抱えられ、痛みで焼け爛れた中心部にふたたび塊を押し込まれた。

男たちはもう誰も言葉を発していなかった。ときおり顔や胸や腹部に荒く湿った息が吹きかかる。誰かのカメラのシャッター音が鈍く響く。三人目は織江をソファに俯《うつぶ》せにし、後ろから挿入した。口と鼻から零れた血溜まりに頬をくっつけ、織江はただきつく眼を瞑り、顔を伏せていた。

脚が動かない。

エレベーターから廊下に出るだけでレールに爪先を引っかけ、転びそうになる。

壁に手をつき、織江はビルの外を目指した。出口の向こうに見える外はまだうっすらと明るかった。

でも空気の色が違って見える。違う世界に放り込まれたようだ。一歩一歩、慎重に進んだ。右足のサンダルの留め金が壊れており、歩くたびに床と当たってカチャカチャ鳴った。

——『なんか、ヤベーんじゃね?』『どうする、このまま帰してええと思う?』『でも一応、写真撮ったし』『このままここにおられてもなぁ』

男たちは繰り返し織江に乗った後、急に静かになった。

カラオケの音はなにかのCMに変わっていた。

床の衣服をたぐり寄せ、下着をつけずにジーンズを穿き、Tシャツを被る織江に、もう誰もなにもしてこなかった。血のついた手でソファの下に転がったサンダルを取るときは、そこにいた男がさっと身を避けさえした。

カメラを持っているのは蓑山で、そのカメラは織江のリュックに入っていたデジカメだった。蓑山は打って変わって白けた様子で、カメラを片手にビールを呑んでいた。

ふらつく脚で立ち上がり、ドアを開け、廊下に出た。エレベーターに入ると白い明かりに眼が潰れそうだった。

ビルの外に出た。アスファルトに立ち、リュックを抱きかかえて顔を落とした。顔中についているだろう血と、ブラジャーをしていない胸を隠すためだ。額が外気に触れているだけで、無数の視線が突き刺さってくる気がした。狭い通りは車が断続的に走り、歩道の人通りも多かった。向こうからスーツ姿の中年男がふたりと、自分と同世代くらいの女の子の集団がやってくる。

心臓がみぞおちを叩きはじめた。こめかみも引き攣れるように脈を打っている。いま大切なのは、自分の身に起こったことを絶対に誰にも知られないことだ。

リュックに顔を埋《うず》め、駅への道を急いだ。

冷静だ、自分は大丈夫だ。一歩一歩、地面を踏みしめた。駅にタクシー乗り場があったはずだ。そこまで辿《たど》り着こう。家に着いてからのことは、それから考えよう。

歩くたびに脚の付け根がズキズキと痛む。鉛の塊を埋め込まれているようだ。ジーンズの股間部が濡れてべたついている。染みになっているだろうか。体中が男たちの匂いを放っている気がする。

女の子たちの集団とすれ違った。リュックを握る手に力が籠った。指先にピキッと痛みが走った。さっき床を引っ掻いていたせいで、右手の中指の爪が反対側にめくれていた。

「なに食べよかぁ」

「そこに新しいお好み焼き屋できたん知ってる？」

女の子たちが通り過ぎた。

安堵した直後、陰部からたらりと生ぬるいものが下りた。

垂れた液体がジーンズに沁み込み、ぬめる感触を返してくる。

――駄目だ、いま泣いては駄目だ。周りの人たちに変に思われてしまう。

このことで私は一生泣かない。泣くよりも、あいつらを殺すんだ。どうやって？　その方法を一生懸命考える。そのことに頭を使うんだ。殺せ、殺せ、集中するんだ。

歩道の段差につんのめった。サンダルが脱げ、体が前に倒れた。

リュックをしっかりと握りしめていたため、地面に膝と肘をしたたかに打ちつけた。

「きみ、どないしたんや」

中年男の声がかかった。

「なんや、具合悪いんか？」

ほかの足音も駆け寄ってくる。幾つもの革靴やサンダルの音が迫ってくる。

織江は蹲ったまま、首を横に振った。

肩がつかまれ、二の腕が持ち上げられた。

リュックを離しそうになり、全力で脇を締めた。

「大丈夫か？　なあ、きみ」

「救急車呼んだほうがええんちゃうか」

首を振り続けた。立ち上がろうとして、また地面に尻をついた。いま転んだ拍子に、足首をひねったのだ。自分の力で動かすことがまったくできない。なのに痛みはない。

股間部が異様にぬめっている。生理のときに似た感触で、皮膚よりも熱い液体が漏れ出している。

「ちょっとあんた、血だらけやんか！　なあ誰か救急車呼んで！」

「待っときぃや、そのままじっとしてるんやで」

中年女たちの大声が、大音量のカラオケの残響のように耳を劈く。

ざわざわと人々が群がってくる。

「なに？　怪我人？」

「え、すごい血ぃ出してはる」

「若い娘《こ》ぉやんか、どないしたん？」

野次馬の声が織江を取り巻いてくる。

視界の端に、高塚の制服を着た女の子たちがいた。戦慄《せんりつ》し、急いで顔を伏せた。同じ学年の子かどうかはわからない。この駅は高塚と同じ沿線で十分の距離だ。学園の子が歩いていてもおかしくはない。しかし、いまここに彼女たちのいる偶然が、織江を完全に打ちのめした。

見世物じゃない、私はこんなふうに見られるような人間じゃない。憐《あわ》れまないで。おもしろがらないで。見ないで、あっちに行ってよ——

織江はリュックに顔を押しつけ、体をぎゅうっと折り曲げた。

行ってよみんな、どいつもこいつも軽薄そうな声出して、なに気持ち悪そうに私を見てんのよ、行け、私から離れろ、離れろってば——！

救急車で病院に到着し、診察室へ運び込まれた。

深刻な口調であれこれと質問してくる老医師に、織江はなにも答えなかった。診察台の上で、体の震えを懸命に抑えていた。

すぐに女性医師が寄こされ、ふたりきりにされた。診察をしていいかと優しく問われ、なにがあったのか見透かされている状態では、押し黙っているほうが惨めだった。前回の生理日を答えたときには、隣室で処置の準備が整っていた。

緊急避妊のピルの服薬、膣《ちつ》の診察、全身の打撲と擦過傷の治療——そうしながら女医から、相手は膣内で射精したか、ゴムをつけていたか、何人だったか等、連続的に質問された。織江は前歯がほとんど欠け、切り傷だらけの口を動かし、淡々と答えた。「妊娠の心配はないからね、大丈夫やで」と言われたとき、無様にも傷ついた表情を浮かべそうになり、唇を引き結んだ。レイプされた自分の経験が、そのときになって初めて具体的に現実の世界と繋がったのだ。

自分はレイプ被害者となったのだった。ひと言ひと言声をかけながら治療を続ける女医と看護師たちに囲まれてただひとり診察台に横たわり、同情され気遣われている少女。レイプされた女――この自覚は、これから生きる世界が様変わりする予感を織江に与えた。

車椅子で廊下に出ると、母と父が待合ベンチから立ち上がった。織江を見た瞬間、ふたりが絶句するのがわかった。鼻から下を赤紫色に腫らし、唇のあちらこちらに亀裂を走らせている娘の変わり果てた姿に、母は抱きついて泣きじゃくった。父はすぐそばまで近づいたものの、母の斜め後ろで立ち止まり、横を向いて肩を震わせていた。

そのまま二週間、入院した。身体的に入院の必要があったのかどうかは聞いていない。個室から外に出ることはなかった。

毎日、仲井という五十歳近い女性のカウンセラーが病室を訪れ、織江に話しかけてきた。される質問にひとつひとつ、言葉を選んで答える織江に、仲井は白髪交じりの太い眉を寄せ、「偉いよ、落ち着いてるねんな、偉いで」と、肩や背中を撫でさすった。警察官も何度か病院に来たという。その対応は両親がし、織江が直接警官に会うことはなかった。

両親も仲井も、加害者である相手の名前を織江に問い、訴えを起こすことを勧めてきた。織江はそのたびに、首を横に振った。仲井のいる時間以外、ほぼ一日中付き添っている母は、「いま決めなくていいのよ、ゆっくり考えましょう」と、織江の手を握った。

父も毎日見舞いに来たが、三日目くらいから滞在時間が短くなり、十分ほどで帰るようになった。父とはあまり会話を交わさない織江を見て、仲井が家族であっても男性を遠ざけるべきと判断したのか、もしくは父の困惑が大きすぎたのかもしれなかった。

織江としては、特に父の男性性を拒んでいるわけではなかった。ただ、突然いままでとはまったく違う世界に突き落とされた自分を、ふたりの態度から認識し、申し訳ないと心から思い、他人行儀に振る舞う以外になかったのだ。

夜、病室のベッドで、オレンジ色の室内灯にぼんやり照らされる天井を眺めているとき、織江の頭を占めるのは、どうやってあいつらを殺してやるかだけだった。

個室カラオケから逃れた直後は、尖った神経で周囲の眼を気にし、取り繕うことに懸命だったが、こうして病院の個室で保護されると、今度は脳味噌が憎悪一色に染まりだしていた。憎悪で脳味噌を満たさなければ、これから先への不安と自分への後悔で体中が押し潰されそうだった。どうしてあの日、あの男たちについていったのか。なぜひとりで明日香へなど行ったのか。

男たちについて、織江は一切を口にしなかった。どんなに訊かれても、頑として「知らない人たち。憶えていない」と繰り返した。そんな織江に、仲井が「そうやね、訴えるのも辛い闘いになる、前だけを見て生きるのもひとつの道や」と示した理解は、元の世界に戻れる可能性を、少しだけ織江に覚えさせていた。

誰にも知られなければいいのだ。いますぐ復讐《ふくしゅう》できないのは悔しいが、その道を選ぶのが自分を守る選択肢のひとつでもある。

だから私はまず元の世界に戻ってやる。私の人生をあんなことで損なわれてたまるものか。復讐のために名を汚すこともしない。私はいまより高みに立ち、必ずあいつらを地の底に這いつくばらせてやる。私がされたこと以上の惨めさを与えてやる。

六日目あたりになると、自分でも不思議なほど気持ちが前に向いていた。黒々としたエネルギーではあったが、男たちへの復讐の方法を考える作業は織江の全身を熱くし、血を滾《たぎ》らせた。

大丈夫だ、私は負けない。睡眠薬で眠るとあの出来事を繰り返し夢に見る。目覚めたときは全身、汗だくになり、心臓が鼓膜に響くくらい怖ろしく波打っている。枕を握りしめ、シーツに爪を立て、負けない、負けない、と呟き続ける。

だが復讐に燃える高揚は、ヒステリーじみた自己洗脳に過ぎなかった。

事件から十日経った日、見舞いに来た母が、ふたたび男たちの正体を訊き、警察に訴えるように提案してきた。その日の母の口調は、勧めるというよりも説得に近かった。改めて母を見ると、ふっくらと優美な線を描いていた頰は痩せこけ、瞳には赤い筋が走っていた。

「仕返ししましょうよ。ねえ誰なの。何歳くらいで、どんな格好していたかだけでも言って。あなたをこんな目に遭わせた奴らを牢屋《ろうや》に入れてやりましょう」

「お母さん、今後どうするかは、私に決めさせてほしい」

口内の裂傷が幾分か回復し、静かにそう答えた織江に、母は金切声をあげた。

「だってもうみんな知ってるやないの！　親戚も近所の人も、こういう噂にはみんな耳聡《みみざと》いのよ！　高塚の先生たちも昨日ここにいらっしゃって――」

そこまで言って母はようやく、口にしてはいけないことを発したのだと我に返った。

「織江……」

冷えた手が指をつかんできた。美しかった母の顔が泣きそうに歪みきっていた。

織江もまた頰が勝手にヒクつき、呼吸が速くなっていた。どんなに深く息を吸っても、酸素が肺まで下りていかない。

「違う、織江。ほら、お母さんは経験があるから。お母さんがホステスしてたこと、親戚の誰にも言ってないのに、こういう悪い噂って、どこかしらから入ってくるもんやから……」

痛いほど手を握り、母がいま言った言葉を撤回しようと焦っている。

織江はかろうじて唇の端を上げ、頷いた。

「そうなんや、みんな知っているんや」

ゆっくりと、母の言葉を繰り返した。脳裏には駅近くで倒れたときに目にした高塚の生徒たちの姿があった。

べつに彼女たちが率先して噂を流したとは思わない。血まみれで倒れている自分を見ただけで、その身に起こったことを正しく察知できるわけもない。ただ学園中で知らない人はいない自分なだけに、異様な出来事として人の口に上り、話が広まるにつれて線と点が繋がったのだ。

そうして素早く、噂は駆け巡る。

「違うんよ、織江、誤解や――」

「お母さん、私のことを思ってくれてるんやったら、事実を教えて。状況を正確に把握した上で、自分の取るべき行動を考えたい。私はこれから、お母さんがいま想っている以上に、慎重に自分を守って生きていかなあかんのよ。言ってること、わかるやろ?」

母が動揺しているおかげか、対する織江は今度こそ本当に冷静になっていた。憎悪に狭まっていた視界が、元の広がりを取り戻すのを感じた。そこには現実の自分の姿があった。レイプ被害者。惨めな存在。興味を持たれ、憐れまれ、薄ら暗い視線を注がれる人間――

「織江、だから、だから……」

「私は訴えない」

静かに首を横に振った。こうして答えるのは、これで最後だ。もう迷わない。どうせ公になっている。それはおそらく今後、身をもって受け止めることになる。その怖ろしさが如何《いか》ほどのものかは、道路で人々の興味本位の視線を浴びた経験が、想像の手掛かりになっている。

いまではなおさら、男たちの正体を明らかにするわけにはいかなかった。明らかにすれば、人々の想像に具体性が付加される。個室カラオケという場所ももう伝わっているのだろうか。場所と人間が特定されれば、自分の体験したあの出来事が、人々の眼裏《まなうら》で生々しい光景として描かれてしまう。惨めな自分の姿が、他人の頭の中でくっきりと形づくられてしまう。

「お母さん、私、高塚を辞める。奈良にももういたくない」

織江はそう言って微笑み、涙を零した。事件後、ようやく落ち着いた心境で、正しい結論を出せた気がした。

母がしがみつくように織江を抱きしめた。

「可哀想……なんであんたがこんな目に……可哀想……」

退院した後、織江は単身、熊本の母の実家へ移った。二学期からは、市内の女子大付属高校に編入した。

還暦を過ぎたばかりの母方の祖父母には、体調の不調によるものとだけ説明した。たばこ農家を営むふたりは、たったひとりの孫でもある織江と暮らすことを喜び、同時になにかあったのかと心配したが、苛めに遭ったのではないか、病気なら深刻な病状ではないかと根掘り葉掘り訊いてくる彼らの、思ったことをそのまま口に出す邪気のない軽々しさは、逆に彼らの想像では及ばない経験をした織江にはありがたかった。

転入生として入った学校も、熊本ではいちばんのお嬢様学校だけあって、育ちの良さからくる素直さを備えた生徒が多かった。高台にある校舎の窓から見える空は青が濃く、太陽が白く輝いていた。

クラスメイトは皆親切で、十月最初の休日には阿蘇山へ案内してくれた。阿蘇の雄大な景色を前にすれば病気なんか吹き飛んでいくと、ここの人たちは得意げに言うのだった。なだらかに続く緑の斜面を歩き、雲の影を映す広大な丘を眺め、級友たちとソフトクリームを舐めていると、ここへ来て良かったのかもしれないと、織江は思えるようになっていた。

過去の出来事は消えない。山の風が髪をなびかせ、級友たちと冗談を言い、笑い合っても、この夏に起こったことは重い泥となって心に溜まっている。心の底から笑うことは、あれ以来ない。通学時は織江の体調を心配する祖父が車で送り迎えをしてくれるが、その最中も、通りすがりに若い男を見かけるたび、腹の底を鑢《やすり》で擦られるような悪寒が走る。ハンドルを握り、レバーを操作する祖父の手の甲に浮く太い血管も、ごつごつと節の目立つ指も、ただただ恐怖と嫌悪の対象だった。視界に入らないよう窓の外に顔を向け、カラオケの看板が眼に入ると瞼を閉じ、ひそかに深呼吸する。登校も含め外出が怖ろしく、できればどこへも行かずに部屋で過ごしていたかった。そのくせ常に誰かとおり、話し、過ぎていく時間を感じていたかった。

最初のうちは、カウンセラーの仲井から三日にあげず電話があり、一週間ごとに両親が奈良から会いにきた。

当初は母も織江とともに熊本の祖父母の家で暮らし、新たな住まいを用意した後に父も移ってくることになっていたが、織江が両親の名誉を傷つけた責任まで背負い込んでいることに感づいた仲井が待ったをかけたのだ。家族全員で移住すれば、織江に逃避の感覚を与えるかもしれない。それは屈辱感や敗北感を強めてしまう怖れがある。いまは安全な場所で生活を一新することに心を向けさせてはどうかと。

仲井に心を開くことはなかったが、彼女の提案は正しいのかもしれなかった。両親に会うと、心が奈良での出来事に引きずり戻される。新たな学校では体育祭に向けての練習がはじまり、入部した管弦楽部でも仲間ができて女子高生らしい生活を築いているのに、両親の顔を見た途端、感情が重く沈み、波立ち、ときには緊張状態を抑えることで精一杯になってしまう。それでも両親が奈良へ帰っていくときは、淋しくて、自分のせいで生活が一変した彼らが可哀想で、いつも必死に涙を堪《こら》えるのだった。

十月も過ぎ、十一月になった。体育祭ではスタイルの良さを買われ、学年行進の先頭の旗持ちを務めた。続く文化祭では、クラスで創作芝居を行うことになり、織江は主役に選ばれた。織江の美貌が評判になり、今年の文化祭は付近の高校から遊びにきたがっている生徒が多いという。

その話を聞くと、不安が肌に広がった。多くの視線を注がれることに、本能が恐怖を覚えた。だが自分は克服できる。そう言い聞かせられるほど、熊本での生活は織江に少しずつ自信を取り戻させていた。大丈夫だ。本来の自分がここにある。辛い経験をしたけれど、ここへ来るべき理由がきっとあり、ときに残酷な差配も行う神様の与えた運命だったのだ。前向きに生きていれば、奈良にいたままでいるより幸せな人生が訪れるに違いない——

だがやがて、母の言ったとおりになった。

——悪い噂って、どこかしらから入ってくるもんやから——

ある朝、いつものように芝居のクラス稽古のため、朝のホームルームより四十分早く登校したときだった。ふだんなら先に来た生徒たちによって机が後ろに引かれ、空間をつくっているはずの教室がまだ前日のままで、すでに登校しているクラスメイトたちがその真ん中で顔を寄せ合っていた。

教室に入った織江に何人かが気づき、続いて背を向けていた生徒たちも一斉に振り向いた。緊張した気配と、彼女たちのうろたえるような表情に、織江は一瞬で悟った。準備はずっとできていたのだ。周囲とはしゃぎ、かつてのように特別扱いされる役割をまっとうしながらも、本当は皆より一段低い地平から、必死に背伸びして世界を見上げている自分を、ひりひりと毛羽立った神経で感じ、防御していた。

憐れみと戸惑いの眼差しでこちらを見る皆を困らせぬよう、織江は誰とも眼を合わさず、自分の席に座った。

「おはよう……」と、ひとりが挨拶《あいさつ》してきた。高塚の友人のひとりだった舞花に似たタイプの彼女が、次いで周囲の何人かに目配せをした。みんな、織江ちゃんが来てもふつうどおりにしようねって約束したじゃない、という感じで、織江に、「わ、そのハンカチ、可愛かね」と、よそよそしい声をかけてくる。

織江はハンカチを握っていたのだった。奈良から熊本へ来たとき、家から伊丹空港までのタクシーの中でも、乗った飛行機が動きだした瞬間も、涙が零れそうになり、だが負け犬然として泣く自分が許せず、急いで生地の端で目頭を押さえ、瞬きした。そんなことは熊本へ来てからも、両親が奈良に帰った後などに何度かあり、涙の出る予感と同時に手がハンカチを握る癖がついていたのだと、蝶柄の生地を見ながら思った。

だが涙は出なかった。眼の奥が熱くなった瞬間、すっと頭の後ろに引いていった。すぐに鞄を持ち、教室を出ていくことも考えたが、ここで感情を曝《さら》け出すことほどみっともないものはなかった。

織江は髪を掻き上げながら、おはよう、と微笑んだ。そして、ああ、そうかと、いまさらながらにもうひとつ気がついた。いまの自分は、舞花タイプに同情されて優しい声をかけられるあいつと、同じ立場なのか。

手に持っているハンカチを見た。白いアンティークレースをあしらったこのハンカチと似たものを、いまもあいつは制服のポケットに入れ、自分はもう二度と戻れないあの学園のあの教室に通っているのだ。

あの事件が起こってから、どうして自分がこんな目に遭わなければならなかったのか、何度も何度も考えた。考えまいとしても頭に浮かんでどうしようもなかった。明日香へ行ったのがあの日でなかったら。飛鳥寺や橘寺に入るのが、もう一時間、早いか遅いかしていたら。

いつもの自分だったら、あんな奴らに声をかけられても相手になどしない。なぜ話しかけられて、応えてしまったのか。炎天下をひとりぼっちで歩くことなど、それまでの自分にはないことだった。悔しかった。淋しかった。お人好しぶってあいつに声をかけようとした舞花のせいで、感情が荒立っていた。舞花とあいつのせいで。あいつが私の人生に波を寄こした。私が背筋を伸ばして立っている大地を、不気味なナマズのように根底から揺るがせた。

不幸の因果を他人になすりつけるほど、自分は落ちぶれてはいない。だからあいつのせいだと、その思いが湧くごとに精神が混乱し、息苦しくなる。そうして苦痛をなおふくれ上がらせるあいつの存在自体を、ぐちゃぐちゃに潰して失《な》くしてやりたくなる。

木下由羽――この名前を刻んでいる脳味噌に指を突っ込んで、いますぐその部位を抉り取ることができれば――

「織江ちゃんも来たけん、稽古はじめよう」

舞花もどきの彼女が言い、机を下げはじめた。

織江も立ち上がったが、脚は前に進まなかった。表情をわずかでも動かしてはならないとの思いが、全身の筋肉をこわばらせていた。

「ちょっと、気分悪くて」

意図したよりも澄ました声が出た。

「あ、そんなら織江ちゃんは座っときなっせ。今日はほかの場面、稽古するけん」

彼女ともうひとりの子が、織江の代わりに机と椅子を移動させた。

床に四本の脚が引き摺《ず》られ、不快な音の響く中、織江の机だけは彼女たちによって、腫れ物に触るが如《ごと》く丁寧に運ばれた。

その日一日、ちくちくと棘を生やした椅子の上に、じっと背筋を伸ばして座っていられたのは、屈辱に耐えることだけに集中していたからだ。

周囲の視線に神経を向けると、呼吸がまた苦しくなり、腋や背中に脂汗が滲んでくる。授業中も休み時間も、織江は椅子から動かず、ハンカチを握りしめていた。涙など出てこない。ただ冷えた掌《てのひら》で、ハンカチのレースをひねり潰していた。

その日を境に、学校には行かなくなった。

熊本で二学期を迎えた頃は、いまごろ高塚では自分のことが噂されているだろうかと考えない日はなく、その内容を想像するだけで苦しかったが、今回は比較的、感情が冷めていた。こうして己の落とされた立場に慣れていくのか。

毎日、部屋に籠り、窓から風になびく木々をぼんやり眺めていた。

祖父母は心配するままにさせておいた。いままでは意識して明るく振る舞い、そうすることで自分自身も励ましていたが、予期したとおり、さして間を置かずにふたりの耳にも噂が入り、以来、祖母は毎晩奈良の母に電話しては事件のことを蒸し返して訊き、織江を慰めては声をあげて泣き、祖父は織江を見るたび、びくびくとした態度を取るようになった。

もう一度、違う土地へ行くしかなかった。今度は目立たぬよう、さらに慎重に行動しなくては。髪を切って眼鏡をかけて、名前も変えられるのなら変えたい。会いにきた両親にそう告げると、ふたりは戸籍上での離婚を決めてくれた。織江は加村姓から母方の古道姓となった。

祖父母の家を出て、宮崎に移った。今回は母も父も一緒だった。市内から少し外れた場所にマンションを借り、学校はまた私立の女子高に編入した。できれば学校へなど行きたくなかったが、事件のせいで学歴まで損ないたくもなかった。

勉強に集中できない状態で編入試験に合格するために、入ったのはこれまでの二校よりも遥《はる》かにレベルの落ちる学校だった。髪形や眼鏡によって容貌を変えたつもりだったが、織江はここでも注目を集めた。そしてこの学校では、苛めがまかりとおっていた。苛められる子は、毎日のように鞄や体操着を隠され、周囲の生徒はその子がゴミ箱やロッカー、トイレの便器から隠されたものを捜し当てる時間を賭け、負けた者が放課後にファミレスで奢《おご》ったりすることを愉《たの》しんでいた。ときにはその子のスカートをまくって頭の上で結び、ショーツを下ろし、藻掻いて叫ぶ彼女の体に落書きし、写真を撮って黒板に貼りつけるのだった。

高塚にも、苛めらしきものはあった。『仮分数』や『シボー』は織江が意図的に木下由羽を傷つけようとしたあだ名だが、休み時間に小声で囁き合う悪口程度であり、少女の持つ残酷を顕示することに愉しみを覚えていたという点で、この学校の生徒とは差があるのだった。超えてはならないラインを見定める品位が、ここの生徒たちにはなかった。優しさや知性に価値を見出《みいだ》す者が多い場所では、そうでない者が排除され、愚劣を磨くことで突出しようとする者が多勢を占める場所では優しさは弱さとなり、知性ある者が居場所を失う。

集団が持つ宿命をまたひとつ体得しながら、織江はここでもまた美少女の役割を受け入れて過ごした。これ以上目立たぬよう、周囲の醜悪に眼を瞑り、息を殺して一緒に笑った。そうして、堕《お》ちるとはこういうことなのだと、改めて教えられたのだった。

そんな日々の中、問題はまず家庭内で起こった。

見知らぬ土地で、人生に翳《かげ》を落とした娘とともに潜むように生活する日々は、旧家の庇護《ひご》の下、日の当たる場所しか知らなかった父にとって、かなりの犠牲と鬱屈を強いるものであると、彼自身もここへ来てから気づいたのだ。

「この家じゃあ、楽器も存分に弾けないものね。だったら市民オーケストラとかに入ったら？　見て、今日チラシをもらってきたの」

「うるさい！」

夜な夜な、父の機嫌を取ろうとする母の猫撫で声と、父の怒鳴り声がダイニングから聴こえてきた。

「だいたいこの家に僕は必要なんか？　織江は僕を避けてるようやし、きみの態度はそれを後押ししているみたいや。こんな狭いマンションで、風呂上がりもきっちり浴衣《ゆかた》を着ろだの、ちょっと裾が開いたくらいでもぎっと睨《にら》んできたりして、僕はゆっくりあぐらをかいてビールも呑めへんのか」

「織江のこと思うたら、親としてそれくらい――」

「そうやって僕と喋るときだけ関西弁を遣わんでもええ！　よけい息が詰まる！」

三人が三人とも犠牲者だった。だが実際に渦に巻き込まれて窒息した経験のある織江と違い、身体的な苦痛を経ずに、ある日突然、被害者の立場を強いられたふたりは、現状に慣れる努力をせねばならず、父の本能は堕ちることを拒絶して彼を苦しめた。

母の勧めで、父は週末ごとに奈良に帰るようになり、やがて宮崎に来るのはふた月に一度ほどとなった。

男性である父が家にいなくなり、織江の心は安らいだ。父に男性を見るのが嫌なのではなく、自分を見る父の眼に男を感じることが辛いのだった。父の自分への愛情や同情の眼差しには、異性故の狼狽《ろうばい》と怒りがあった。真っ直ぐ娘を見ることができない彼と、その屈折した視線に気づかない振りをする織江は、互いに傷つき、疲れきっていた。

それでも女ふたりだけの生活は、大きな支柱を失った心細さがついてまわった。母はほとんど家を出なくなり、織江に隠れて奈良の仲井や熊本の両親と電話で話してばかりいた。買い物にはタクシーで遠くのデパートへ行き、帰ってくるといつしか目立ちはじめた眉間の皺が、いっそう深くなっていた。

クリスマスから新年にかけては宮崎で過ごす予定だった父が、年末の第九を聴きにいくので来るのは大晦日《おおみそか》になるとの連絡があった後、母は父に八方手を尽くさせ、クリスマスに自分と織江が過ごす由布院の最高級旅館のスイートルームを取らせた。客人のように父が来た年末年始は、沖縄のやはり高級ホテルのスイート二室で過ごした。

奈良にいた頃は贅沢《ぜいたく》の仕方を知らず、叔母に見下されていた母が、眼に見えて金遣いが荒くなっていた。やたらと旅行へ行きたがり、そして過ごすのはほとんどホテルの館内だけで、そこで食事やショッピングなど、でき得る限りの散財をするようになった。行き帰りの船内や機内では、誰かがこちらに眼を向けるたびに織江の肩を抱いて相手を睨み、タクシーの運転手が織江の容姿を褒めれば、すぐさまそこでほかのタクシーに乗り換えたりと、常に神経をきりきりと尖らせているその姿は、自ら苦行を求めているようであり、ホテルの部屋に入った瞬間、苦界から極楽へ運ばれた死人のように解放され、弛緩《しかん》しきった笑顔を浮かべて窓の向こうの山並みや海を眺めていた。そして旅行から宮崎のマンションに戻って二日も経つと、ここは息が詰まると、かつて父が言ったのと同じ台詞を呟くのだった。

学校でふたたび織江の噂が広まったのは、二年に上がった年のゴールデンウィーク明けだった。前回は出所が曖昧なままだったが、今回は噂のされ方が派手で大声だったため、経路もなんとなく察せられた。隣のクラスの生徒の従姉が熊本に住んでおり、宮崎に遊びにきた折に、熊本からすごい美人が転校してきたと雑談ついでに話したところ、相手も織江のことを知っており、互いの話が符合したらしかった。

潮時がまたやってきたのだと、織江は学校を辞めた。今度は関西からも九州からも遠い、東北か北海道へ行こうと考えた。

否《いな》、いっそ海外へ行こう。もう日本を脱出すればいい。

早速、母に頼んだ。だが母はぐずぐずと一向に動いてくれなかった。生まれ育った九州でさえ、世間に隠れて生きる母娘ふたりの生活に疲弊している母だった。言葉もわからない海外で、娘とふたりきりで暮らすことに不安を抱くのは無理もなかった。

「だったら私ひとりで行くから。行かせて」

「行ったってどうせ」

それまでダイニングテーブルで、新聞のクロスワードパズルをしていた母は、ペンを持ったまま眼を上げた。思わず織江の脚がすくんだ。くっきりと大きな母の眼が、赤い粘膜の縁をのぞかせ、ぬめりのある輝きを放っていた。事件の後病室で見た母よりも、その顔は異様を思わせ、同時に自分の心の内を見たような気にもなった。

「どうせまた知られるかもしれないわ。あなたは犯人たちの名前を言わないけど、あのときあなたがどのビルから出てきたのかは、居合わせた人たちが見て知っている。あのビルの若いオーナーね、あれからすぐアメリカに行ったんですって。上手く逃げたのよ。ほかにも何人かいたんでしょう。みんなに喰わぬ顔をして関西にいるのかもしれないし、遠くの土地や海外に逃げているかもしれない。どこに行ったたって、会う可能性はあるのよ。高塚の生徒だって、海外の大学に行く子が多いじゃない。お母さん、お父さんとスイスに旅行したときね、行きの飛行機でお父さんの大学の同窓生と偶然お会いしたことがあるわ。あなたも一緒に行ったハワイには、お母さんのお友達が結婚して住んでいたのを憶えてる？　高畑の三軒お隣だった本間さんは、娘さんの結婚式のために乗った船に旅行会社のスタッフの方がいて、お知り合いの妹さんだったんですって。ねえ、どこに行ったたって誰かに会うのよ。逃げられないんだわ。特にあなたのことはみんな見てるんだもの。目立つということは記憶されるということなのよ。今年のお正月ね、奈良に届いたお母さんへの年賀状、いつもの十分の一もなかったの。関西のお友達も熊本のお友達も、もうみんなあなたのことを知ってるの。その人たちもあちらこちらに旅行に行くわ。知り合いも親戚も世界中にいるわ。だけど、だから、私たちがじっとしていれば、噂のきっかけをつくることは少しでも控えられる。これ以上、知り合いをつくるのはやめましょう。人の眼に触れることはやめましょう」

熱に浮かされたように喋っている間、母は自分の言葉が娘の心にどう響いているのか気がついていなかった。否、母の言葉は自分の言葉なのだった。

母の話を最後まで聞き、織江は黙ってダイニングを出た。しばらくして、すすり泣く声が廊下に漏れてきた。それはすぐに激しい慟哭となり、自室のドアを閉め、ベッドに寝転がった織江の耳を、長いこと引っ掻き続けた。その泣き声が鼓膜から脳内に浸透し、わずかに巣くっていた希望をふやかして、じわじわと破いていくのを、織江は身じろぎもせず感じていた。

その後、母は旅行へも行きたがらなくなった。

たまに気分がいいと、織江と映画や芝居を観に出かけて外食を楽しむこともあり、そんなときはアルコールに頬を染めながら次の旅行の計画を立てるのだが、帰宅すると急に、今日も店の男たちがあなたを見ていた、とヒステリックに喚き散らすのだった。

やがて本来なら高三へ上がる年の、その夏のことだった。買い物の後に行ったイタリアンレストランの個室で、織江はトマトソースのペンネをひとつ、胸に零してしまった。

途端に母が血相を変え、グラスの水をおしぼりにぶちまけて、織江のブラウスを拭きはじめた。

「ちょうどお乳の位置じゃないの。みっともない」

苛立ちを露《あら》わにした声。十八歳の娘の胸を必死に拭く、なにかに取り憑かれたかのような形相。その手の強さはブラウスとブラジャーごしに、織江の乳首を押し潰さんばかりだった。

このままではふたりとも壊れてしまう。

その日から織江は、ひとりで暮らすことを考えはじめた。織江を守らねばという強迫観念に囚《とら》われ、日に日に眼つきが険しくなる母が痛々しく、疎《うと》ましかった。

数か月ぶりに宮崎へ来た父と母が話し合った結果、母だけが熊本の実家に戻ることになった。すでに互いの心が離れていた両親は、家族がとうの昔に崩壊していることをようやく認めて、取り繕いから解放されたようだった。戸籍上でも離婚していたふたりが、その後、一緒に暮らすことは二度となかった。

織江は母と祖父母の眼の届く範囲という条件で、同じ九州の大分に２ＬＤＫのマンションを与えられた。

どのみち、遠くへ行くのは億劫《おっくう》だった。次の余地を残しておきたかった。

日々が過ぎていった。

毎日、昼頃に起き、冷蔵庫にあるものでサラダやサンドイッチをつくり、ヘッドホンで音楽を聴いたり小説を読んだりして過ごした。そして夕方になれば、ワインやウイスキーを呑みながら眠くなるのを待った。

一週間に一、二度、食材や日用品を買いにいくときは目深に帽子を被った。マスクをしても目立たない冬から春にかけては外出も比較的楽にでき、そんなときには少し遠くのＣＤショップや書店に行くこともできた。音楽や小説は、揺るぎない沈殿の底への道標《みちしるべ》を織江に示してくれた。音楽を聴けば、感動に浸り、心が洗われる一瞬があり、小説を読めば、人の苦悩は千差万別だと知ることができた。いつなにを聴いても、どんな作品を読んでも、表現者の肉の疼きがそこにあった。

過去も未来も受け入れる諦めが、唯一の味方だった。

諦めは決して絶望ではなく、むしろ泥の上に溜まっている上澄みのような透明感があった。

注意すべきは、不用意に泥の器を揺らさないこと。あらゆる感情を重く沈ませておくこと。

泥の底に平安を見出している自分に、織江は満足していた。己の棲《す》み家《か》を思い定めるという、多くの人間がおそらく死ぬまで得られない決断に、自分は到達しているのかもしれなかった。

その後も周囲からは、様々な形で過去を映す鏡を突きつけられた。顔馴染《なじ》みになった書店の女従業員から唐突にランチに誘われ、訝《いぶか》しみながらもついていくと、どこかで聞いたことのある新興宗教の集会に誘われることもあった。断っても、奉仕活動と称して駅前を掃除している顔も知らない信者たちが、織江を見つけると過剰な笑顔で挨拶を寄こしてきたりした。

引っ越しをするたびに、心は奇妙に澄んでいった。

平穏な地など自分にはないのなら、どこへ行っても同じだった。インターネット上ではSNSという交流ツールが生まれ、高塚の卒業生が集まるコミュニティだったり、レイプ被害者の集うサイトなりができはじめていた。生身の人間が陰で自分を話の種にしていても、電子上で過去の話が取り沙汰されても、織江の心は静かな沈澱を守っていた。

そうして何年も生きてきた。

心の底で、粘土のように固まりつつあった泥が大きく揺らいだのは、二十七歳の年の大晦日、昼下がりに、簡単なおせち料理をつくりながらなにげなくテレビを点けたときだった。バラエティ番組に何人かのタレントが出演し、来春からはじまる新番組の宣伝をしていた。

リモコンでニュース番組かなにかに替えようとした瞬間、その手が止まった。

真ん中に、テレビを滅多に観ない織江でも知っているアイドル女優がおり、彼女を取り囲むように座っている後列の右側、白いジャケットの肩幅が広い――

自分の頭が幻影をつくりだしたのかと思った。腰を屈めたまま、動けなかった。

――嘘だ、嘘――

『……とオハラさんはおっしゃっていますが、マシマさん、本当ですか？』

女性アナウンサーが男に問う。

男は頭を掻き、目尻に笑い皺を溜め、

『すみません、みんなが旨そうに寿司《すし》を食べてるシーンで、自分だけ眠んなきゃならないのが悔しくて……腹減ってたんです』

一見押しの強そうな大柄な男のはにかんだ様子に、周りの俳優たちが一斉に笑った。

『だからこいつ、役どおりに本当にふて寝してたんですよ』

『お気の毒に。その後、ちゃんとお寿司を食べるシーンは出てきました？』

『はい、寿司職人の役なんで……まぁ、観ていただければ……』

『ありがとうございます。撮影現場の和気藹々《あいあい》としたムードが伝わってきますね。はい、オハラカナミさん主演の「下町アゲハ」、新春一月四日金曜日スタートです』

男を含め、一同がお辞儀したり手を振ったりして、CMに移った。

織江は茫然《ぼうぜん》と立ち尽くしていた。

画面ではヌイグルミみたいな仔犬《こいぬ》がドッグフードを食べている。

息が苦しい。苦しい。

――嘘だ、あの顔、あの声……嘘だ、嘘だ、嘘だ――

喉を押さえ、喘ぎながら窓の外を見た。

レースのカーテンの向こう、微動だにしないコンクリートの建物と空の青。

焦点が宙に浮いていた。

スリッパで床を擦り、ソファに座ろうとして、ラグにつまずいた。

ゆっくりと腰をおろし、テーブルのノートパソコンを起ち上げた。懸命に息を吸うのと同じ、本能的な動きだった。

どうして、どうして、どうして——

震える指でキーを打ち、『下町アゲハ』『マシマ』で検索した。

すぐに『真島謙介』という名が出てきた。

二十九歳、大阪出身の俳優——栃木のK大学に在学中、二十一歳でスカウトされモデルデビュー、二十五歳でドラマ『不幸の青いハンカチ』で俳優デビュー。本名、渋川僚——

間違いない。

あいつが、俳優に——? あんなことをした犯罪者が——

顔写真を見るだけで動悸《どうき》がなお激しくなり、マウスを持つ手がこわばっていく。

紹介文を読み進めた。俳優デビューして間もなく、大ヒットしたホームドラマで準主役を務めたことがきっかけで人気を得、いまも多数のドラマやCMに出演しているという。

こんなことがあっていいのか——

すぐにサイトのウインドウを閉じた。

愕然《がくぜん》としていた。

レイプされた被害者の自分が世間から隠れて生きざるを得ないのに、犯人である男がのうのうと人前に立ち、賞賛を浴びているなどと。

許されることなのか。

あいつが、あの犯罪者が——

人の世とは、ここまで不平等なものなのか——


織江が小説を書きはじめたのは、その数日後のことだった。

最初は復讐の一心だった。

どうにかしてあの男の正体を暴いてやりたい。

自分の身に起こったことを、ひたすら書き連ねた。

この世でもっとも醜いものは不幸であると、織江は痛いほど知っている。

あのとき、警察に訴えなかったことを後悔してはいなかった。あいつの所業を世間に晒し、犯罪者の烙印《らくいん》を捺《お》すよりももっと効果的な復讐の方法を、ようやく手に入れたのだ。

登場人物の名前は変え、作家名もペンネームにした。自身を晒す必要はない。だが事実を小説として、書いて書いて書き尽くしてやる。そして絶対に出版してやる。どれだけの人が読んでくれるのかわからないが、ここに書かれているのは「真島謙介」のことであると、確実に噂になればいい。悪い噂は決して死なない。あの男が生きている限りつきまとう負の視線を、今度は私がこの手でつくりだしてやる。死んでも終わらない処罰を与えてやる。

無我夢中だった。食事もろくに摂《と》らず、パソコンの前に座り続けた。昼も夜もキーボードを打ち、明け方になると座ったまま気絶するように眠った。夢の中でも文章を紡いでいた。

ここまでひとつの作業に夢中になったのは生まれて初めてだった。九州に来てから淀んでいた全身の血液が、ごうごうと音をたてて駆け巡っていた。

一週間で二百枚、主人公が男たちと出会うまでを描いた。

が、個室カラオケのレイプ場面になると、キーボードを打つ手が止まった。無理矢理自身を鼓舞して書き進めようとすると、過呼吸に陥り、指先が氷のように冷えて固まり、ゴミ箱に胃液を吐いた。

ティッシュで汚れた唇を覆い、肩で息をしながら、必死にモニターの空白を睨み続けた。

二行書いては立ち止まり、また一行書いては息苦しくなり、何度も何度も書き直し、そんなことを何週間も続けた。ふと書けるときがある。それまで三人称で書いていたのが、自然と一人称の「私」になっていることに気がついた。

「私」を主人公に、また最初から書き直した。今度は一度目に書いたものよりももっと上手く書けている気がした。

手応えがあった。自分はいま、初めて生きているとさえ思った。

いつの間にか、真島謙介への復讐心は遠のいていた。それよりも、小説を書き上げることへの熱が全身に充満していた。

二月の終わりに五百四十枚を書き終えた。

さらに二か月かけて推敲《すいこう》し、五月初めに東京の大手出版社に電話をした。縁もゆかりもない会社に連絡し、文芸局や書籍部といった部署に繋いでもらい、原稿を読んでほしいと申し出るなど、いままでの自分には考えられない勇気ある行動だった。体中の熱に衝き動かされていた。

読んでみるとの返事をもらい、原稿を送ったが、いくら待ってもなんの返事もなかった。最初から上手くいくとは思っていない。別の出版社に売り込んだ。だがその出版社もその次の社も、原稿を送ったきり、なしの礫《つぶて》だった。

四社目で初めてメールでの返事があった。だが内容は、無名の新人の五百四十枚もの作品を出す出版社はないだろう、その前にエロティックな短編小説を数本書いてみないか、まずは地道に、ある程度の知名度を得ることが肝要だとあった。

自身のレイプされた体験を書き綴った原稿を、《エロティックな作品》にカテゴライズされたことにショックを受けた。

その社は断り、その後も五社に送った。三社からは返事がなく、二社から、やはり似たような返事を寄こされただけだった。

織江は悩んだ。相手が勧める短編を書いてみるのか否か。

もちろん、否だ。

いまこの作品を出したいのだ。この作品を出すための準備として、別の作品を創作する意欲はなかった。ほかに書きたいことなどない。この作品しかいまの自分にはないのだ。

それに、仮に向こうに勧められた短編が世に出たとしても、それによって自身の素性がさらに広まる怖れもある。

中途半端な刃《やいば》では、あの男を切りつける前に自分が切られてしまう。

刃を振り上げるのは、一度でしかあり得ない。

自費出版の道を考えはじめた。父や祖父の知り合いに、七十歳を超えて自分の一代記を記し、経営する会社の社員や親戚一同に贈っていた人が何人かいる。贈られた父たちは、最後まで読んで感想を述べる義理を押しつけられたことに苦笑いし、首の骨を鳴らしてページをめくっていたものだが、この作品を書き上げたいまは、ひとりの人間が一作を書き上げるために、どれほどのやむにやまれない熱情を燃やしていたのかがわかる。

タイトルは『焔』とした。ネットで自費出版の会社を調べた。良心的な印象の会社に片っ端から問い合わせ、もっとも丁寧な返信を寄こしてくれたのが、五つ星出版という、東京の世田谷区にある出版社だった。

メールをくれた編集者の名前は尾崎孝実《おざきたかみ》といった。原稿を送った二日後には、一度会いたい、ついてはそちらまで伺うので都合の良い日時を幾つか提示してほしいと返信があった。

おそらくここまで来る旅費も自分が支払う出版費に含まれるのだろうが、それまで九社に原稿を送り、返事を待つことで三か月以上を費やしていた織江には、相手の迅速さがありがたかった。

尾崎とは大分空港と織江のマンションの中間にある、杵築《きつき》の喫茶店で待ち合わせた。

織江が早めに着いて待っていると、きっかり約束の時間にドアを開けた男がいた。

痩せた、というよりもひょろ長い風体の彼を見て、織江は初対面にも拘わらず、あの人だとわかった。男のほうも十席ほど埋まっている広い店内を見渡し、織江に焦点を定めると、真っ直ぐこちらへ歩いてきた。

齢は四十代半ばくらいだろうか。皺ばんだ半袖のTシャツとチノパン姿の彼に、ネズミ色という言葉が浮かんだ。白と灰色の入り混じる髪は耳の半分までかかり、もう何年も櫛《くし》を入れられていないようにボサついている。

だが不潔な印象ではなかった。薄汚れて形の崩れた白いスニーカーも、青白く骨の浮いた頬も、底の擦り切れた大きな鞄をかけて右に傾いた上半身も、全体として妙に落ち着いた統一感があり、過剰も欠落もないその姿は端正にさえ見えた。

「古道織江さんですね」

窓際のL字型のソファに座っている織江の前に立ち、彼がかすれた声で言った。

立ち上がり、挨拶しようとすると、

「すみません、こちらの席に座っていただけますか。私は左眼が見えないもので」

抑揚のない、慇懃《いんぎん》な口調だった。

「あ、はい」

指された席に尻をすべらせた。

尾崎は織江の左斜め前に座り、鞄を肩から下ろした。

見えないという左眼に、つい視線をやってしまう。二重《ふたえ》なのか窪《くぼ》んでいるのか判然としない薄い瞼が、右に比べてやや垂れ下がり、半眼ぎみとなっている。

やってきたウエイトレスに「ブレンド」とだけ言うと、尾崎は鞄から織江の原稿と赤ペンと煙草《たばこ》を取り出し、並べて机に置いた。

織江は両手を膝に置いた。

「おもしろかったですよ。最初に費用の話をします。どうせなら全国の大型書店に置けるくらいの部数を刷りたいと思います。四千部で約三百万。如何《いかが》ですか」

尾崎が明細を記入した紙を織江の前に差し出した。

内容に眼をとおした。四六判、ハードカバー、書店の流通あり（営業＋委託販売）。流通手数料で四十六万円、書籍本体で二百十二万円、そのほかカバー、装丁デザイン費など含めて、合計で三百三万五千三十円とある。

「はい」

ネットで調べても、単行本で書店に委託販売するならそれくらいが相場とあった。金銭は父からの毎月の仕送りが口座に貯《た》まっている。

「お望みなら宣伝も可能な限り打ちます。自費出版には内容と経費に作家が責任を持つ分、どこに向けてどう売りたいかの希望と妥協のラインを作家自身が決められる利点があります」

「宣伝にはどのくらいかかるんですか」

言われるままに金を出すわけではないと、一応の警戒を示して相手を見たが、尾崎は「それもご説明します」と、別の用紙を出した。そこに記載された数字を示しつつ、たとえば週刊誌のページ端にある縦長の広告枠の場合だと平均して三十五万だが、出版社によって額は大幅に変わってくること、五つ星出版のような自費出版社だと五十万近くはかかること、通常、出版社が自社の書籍を書店に置くには出版コードというものを持たなければならないが、自費出版の会社はこれを持っていないため、書店に置く場合は出版コードを持つ会社なり個人に出版の代行をしてもらうこと、そこに手数料がまたかかることなどを、細かく説明した。

「なにかご質問は」

「いいえ、理解できたと思います」

「では原稿についての話に移っていいでしょうか。少なくはない額を出していただくのですから、私はまず編集者として必要な信頼をあなたから得たいと思います。私はこれを多くの人に読んでもらいたい。そのための修正案を書き込んでいます。あくまで現段階での私の案です。異存がありましたらおっしゃってください」

そう言って尾崎が原稿をめくった。一ページ目から、文章のあちらこちらに赤線が引かれ、たくさんの小さな文字が書き込まれていた。

その箇所をひとつひとつペンで指し、尾崎が修正を必要とする理由を説明しはじめる。詳細な説明は、一行に十分以上かかることもあった。

珈琲《コーヒー》カップが空になると彼は水を呑み、注ぎにくるウエイトレスがそのたびに迷惑顔をあからさまにする。織江は相手の言葉を遮ってお代わりを頼むタイミングがつかめず、彼の集中力に圧倒され、自分自身ものめり込んでいった。

ひたすら淡々と喋りながら、彼がそれ以外のことに気をはらったのは、途中で煙草の箱が空になり、鞄から新しい煙草を取り出したときくらいだった。

最後のページが裏返しに置かれたとき、優に四時間以上が経っていた。

ふぅ、と彼は初めてソファにもたれ、指紋の跡でいっぱいのグラスの水を呑み干し、三十本目くらいの煙草に火を点けた。それから両眼の瞼を三本の指でゆっくりと揉む。

「如何ですか。あなたの原稿ですから、私の言うとおりに直す必要はありません。これを持ち帰って、じっくりお考えください」

「はい、あの」

織江もずっとテーブルに屈めていた体を遠慮がちに伸ばし、それから改めて頭を下げた。

「こんなに丁寧なアドバイスをくださって、ありがとうございます。私、こういうの初めてで、特に自費出版ですから、こんなに見ていただけるとは……」

今日、ここへ来るまでに不安だったのは、作品の内容が実体験かと問われることだった。問われればどう答えるのか、織江自身もわからなかった。

編集者という仕事がどれだけ作品に介入するのかは知らないが、もし相手が真剣に訊いてくれれば、いい作品に仕上げるために、本当のことを言うべきなのかもしれない。場合によっては、初めて自分の口から過去を告白してもかまわないと思うほど、織江はこの作品で自分を出しきっていた。だからこそ、答えた後にちらりとでも興味本位の光が相手の眼に宿れば、今度こそ取り繕いができないほど傷ついてしまう予感があった。

だが尾崎は、あくまで作品そのものと対峙《たいじ》し、織江個人への興味は微塵も抱いていないようだった。作品世界は作者ひとりのものであるのだと、逆に厳しく教えられた気がした。

尾崎は瞼を揉んでいた指を離し、なにかの具合を確かめるように二、三度瞬きすると、また半眼に戻って煙草を咥える。

「そう、自費出版ですから、預かった米を弁当箱に詰めて出すようなものです。あなたの米は異様に立っているが、芯が硬い。だからこそ強引に噛みしめてみたくなる」

なにをどう指摘されているのかわからず、織江はまた膝に手を置き、尾崎を見た。

「作中で、主人公が両親と一緒に『風と共に去りぬ』の映画を観る場面がありますね。べつに『風と共に去りぬ』でなくても良かったのでしょうが、穏やかな少女時代の象徴としてちょうどいい」

「ありがとうございます」

「あの作品、小説は読みましたか」

「はい、映画を観た後に」

「『風と共に去りぬ』を書いた当時のマーガレット・ミッチェルも、プロの作家ではなかった。書き上げた後も長いことそれを人に読ませることはしなかった。衝動に突き動かされて書いたものの、小説としてのレベルに達しているか自信を持てないまま人の眼に晒すことを、彼女のプライドが良しとしなかった。小説を書きたい人間が一万人いるとすると、そのうち実際に書きはじめるのは千人。最後まで書き上げるのは百人。それを人に読ませるところまでいくのは十人くらいしかいません。彼女の場合は書きはじめてから十年、書き終えて五年ほど経った後、今度はふと人に読ませたいとの衝動が湧いた。そして知り合いの編集者に読ませたところ、一発で出版が決まった。そして世界的な大ヒットです」

言いながら、彼はテーブルで原稿をトントンと叩いて縁をそろえ、織江に向けて置く。

「かといって、書いた直後に出したら売れたかというとそうとも限らなかったでしょう。あの作品の女性心理や黒人奴隷についての描き方に、当時は時代の感受性がまだ追いついていなかった。ある時代を代表する作品というものは、その時代の人々が共有する感情を捉えているものです。表現物としての評価はそれほどでなくとも、時代に熱狂的に受け入れられたことで、後世に残る作品もある」

「あの、私を慰めてくださっているのでしょうか。この原稿がどこにも買ってもらえなかったから」

「あなたは頭の良い人だと思いますが、性格が頭の使い方を悪くしていますね。違いますよ。私が言いたいのは時機を逃すなということです。この作品はいま出したほうがいい。直しに時間をかけず、この秋には出版できるよう目指しましょう。これは小説としての魅力以上に、勢いと魔力で勝負する類《たぐい》のものだからです」

尾崎はそのまま、また重そうな鞄を下げ、ふたたび空港に向かっていった。

原稿の修正には一か月をかけた。その間、何度も尾崎と電話でやり取りを行った。

彼の入れた赤字を読み返し、説明された言葉のメモを読みながら、他人に真意を汲《く》み取ってもらうとはこういうことかと、織江は胸が震える思いだった。

『編集者として必要な信頼をあなたから得たいと思います』と、彼は言った。

信じられる。初めてそう感じる人に出会ったのかもしれない。

修正した原稿をメールで再提出した翌朝、尾崎から電話があった。

「織細なのに荒々しい、素晴らしい作品になったと思います。待っていてください。これをどんな弁当箱に入れて出すべきか、考えに考えます」

十一月、書籍の形となった『焰』が、五つ星出版から送られてきた。

燃え盛る松明《たいまつ》の写真を使った表紙は、織江の意表を衝きながらも、作品世界を表していると思った。

出版費用を支払った後、販売部の伊藤という男性から何度か電話があり、宣伝費としてもう三百万を支払った。

「大型書店にも置きますし、新聞、雑誌にも広告を打ちますよ。特に女性誌に重点を置いています。ただ宣伝はあえて発売一か月後からはじめます。すでに話題になっている本として売り込んだほうが自費出版の場合は効果がありますから。いえ、もちろんこの作品は確実に話題になりますよ。これからの時代、自費出版の作品が大ヒットして映画化なんてのも夢じゃありませんからね、とにかく頑張りましょう」

尾崎とはまったく違う、立て板に水のような伊藤の言葉を聞きながら、織江は『焰』が大ヒットするなどという夢を見たわけではなかった。

ただひとりでも多くの人に読んでほしかった。表現物を発表するというのは、社会と繫がることでもあると、尾崎とのやり取りの中で織江は感じていた。自分の体の大きさの分だけでいいから、この世にいる理由と意味を手にしたかった。

発売日から二か月が過ぎた。一度だけ、県内でいちばん大きな書店に行ってみた。『焰』は文芸コーナーにはなく、もしかしたら別の棚にあるかもと、すべてのコーナーを隈《くま》なくチェックした。最後に店内のパソコンで検索し、リストにも入っていないとわかったとき、思っていた以上に落胆している自分がいた。

その数日後、また伊藤から電話があった。

「すごいですよ、もう千五百部近く売れています。発売二か月で四割近くもいくなんて、我が社では近年いちばんの反響ですよ」

実感はない。どういうところで売れているのか、具体的にどんな反響があるのか、訊いてみたいが、東京の出版社の人間に対して臆してしまうものがあった。

「ただやっぱり四千部だと、全国の書店に行き渡らないんですよね。せっかく奈良や熊本が舞台だから、首都圏以外に関西や九州にも置きたいのですが。そもそもこんなにすごい本があるということを書店に知ってもらうのも大変で、結局、宣伝にどれだけコストをかけられるかで大きく違ってくるというのが正直なところです。そこでどうですか、我々としては、この本の存在を広く知らしめるよう、できる限りの努力をしたいんです、もう少し頑張って宣伝しませんか」

「幾らかかるんでしょうか」

「そうですね、さしあたって雑誌で三誌、新聞で二紙、紹介してもらえそうなところがあるんで、二百万ほどご用意していただければ。尾崎からも聞いていらっしゃると思いますが、こういう広告って、ページの下のほうにちょこっと載せるだけでも三十万、五十万もかかったりするんですよ。もちろんこれはペイできるとの確信があって申し上げています」

「あの、尾崎さんは……」

すらすらと流れるような伊藤の言葉は、織江の胸には判断材料として沁み入ってこなかった。尾崎の意見を聞きたかった。

だが返ってきた言葉は、意外なものだった。

「ああ、彼は会社を辞めたんですよ。でも古道さんの『焔』のことはしっかり売るよう仰せつかってますよ」

背中にさっと冷たいものが流れた。尾崎が会社を辞めた？　なぜ。なにも聞いていない。言う必要のない相手だからか。

「考えさせてください」

半日迷って、もう一度だけのつもりで尾崎に電話をかけた。

携帯は繋がらなかった。それまでは必ずその日の内に折り返し電話を寄こしてくる彼だったが、深夜まで待っても携帯は鳴らず、メールもなかった。

翌朝、織江は本当にこれが最後と自分に言い聞かせ、もう一度電話をかけて、今度は留守電に宣伝のことで相談したいことがあるとメッセージを残した。

電話を切った後、心がなお不穏にざわめいた。疑《うたぐ》り深くなっているだけだろうか。この胸騒ぎは、いいことを鵜《う》呑《の》みにして後で失望しないようにと、癖となっている自己防御だろうか。

尾崎からようやく折り返しの電話があったのは、最初に電話をして三日目の夜だった。

『宣伝に関しては、伊藤にまかせていますので』

駅のホームにいるらしい雑音が聴こえてきた。

「尾崎さんは、どうお思いですか」

『せっかく素晴らしい本を書いてくださったんですから、多くの人に読んでもらいたいですね。そのためにも伊藤とじっくり話してください』

あっさりとしたもの言いだった。途端に織江の全身から、すっと憑き物が落ちたような気がした。

『すみません、いま外におりまして、時間がありませんので』

「――失礼いたしました」

プラス二百万の支払いは断った。

本がどこに置かれ、どのくらいの人が読んでいるのか、相変わらずわからないままだった。

生活はなにも変わらなかった。ひとつも、なにも変わらなかった。

それまでのように、朝から晩まで部屋で過ごし、音楽を聴いたり本を読んだりしながら、織江は、ひととき熱情に浮かれていた自分を恥じた。

第二部

1

力まかせにレバーを上げ、両手を水に突っ込んだ。

ぬるい飛沫《しぶき》が盛大に飛び散ってくる。

くそ、くそ、くそ——！

顔面に水をぶち当てる勢いで顔を洗い、洗面台に手をついて、真島謙介は荒い息で眼の前の鏡を睨んだ。

前髪が額に貼りつき、滴《しずく》がぼたぼた垂れている。イタリアンカラーのシャツの襟《えり》も水浸しだ。かまうことはない。どうせテーブルで待っているのは、あの世にも醜い香村由羽だ。まともな美意識を持っていたら俺と飯を食うなんて身の程知らずな真似ができるわけがない。もし前髪が崩れているなどと指摘しようものなら、あいつのカバとお多福を足して、その上トラクターに轢かれたような扁平面《へんぺいづら》を殴り飛ばしてやる。

なんてことだ、なんだって本番であんな醜態を晒してしまったんだ。くそ、くそぅっ——！

洗面台に拳を打ちつけた。黒曜石風の台が鈍い音をたて、手の骨が痺れた。

――あれ……なぁ、おい。

――あ、寝てもうた。

――へえ……なんや可愛いな、唇がお人形さんみたいに閉じて。この口、ちょっと開かへんかな。

台本の台詞が脳にこびりついている。

濡れた手で頭を掻き毟《むし》った。大声で叫びたかった。

――おいおい、眼ぇ覚ましたら怒られんぞ。

――ああ、鼻息が指にかかって、気持ちいい。

――胸がすぅすぅ動いてんのも、なんかええな。

――へへ……俺ちょっと、ずれてみたりして。

――奥村、ずるいやんけ。腕に胸が当たっとる。

「違う……！」

鏡に向かって呻いた。

違う、『奥村』ではない。俺もだ、俺じゃない、役名は『シバタ』だ、あの女は――

今日、ついにレイプシーンの撮影が行われたのだった。数日前から必死に心を落ち着かせ、覚悟を持って挑んだ本番のはずだった。

アクの強い整った風貌と裏腹に、訥々《とつとつ》とした喋り口調で売っている真島は、スタジオでもマイペースを装い、本番の声がかかるのを待っていた。

だがセットに入った途端、戦慄した。

個室カラオケの雰囲気、役者たちの座り位置、中央に座っている男の衣装——赤いアロハシャツ——

なにからなにまであのときと酷似していた。

——お、あかんあかん、起きたらあかんで、織江ちゃん。

——動かんといてやぁ、おとなしぃしときやぁ。

——きれいなおっぱいやなぁ。

——うわ、ほんまや。

——……いや、いや…………

ひとりの手がブラジャーをまくり上げる。

零れ出た乳房。

薄茶色にピンクを混ぜた小さな乳首。

仄灯《ほのあか》りに照らされた乳白色の肌。

——先輩、今日は監視カメラ、切っといてもらえます？

——わかっとるて。いままで連れてきたイケイケ女らと違うて——

台詞を言いだした真島の全身に、鳥肌が立っていた。

頭から爪先まで血の気が引いていく。

悪いのはあの女だ。それまであそこについてきた女は、どいつもこいつも最初からその気だった。まさか個室カラオケでとは思わなかったにしても、いざ触りだすとあっけなく喘ぎだし、口にあてがったマイクでエコーたっぷりのアヘ声を響かせたりもしたのだ。なのにあいつはついてくるだけきやがって、寸前になってカマトトぶりやがって——

——だいたい、ほかに客いねぇし——

『カット。真島くん、どうした。リハの半分も迫力がないじゃん』

監督が声を荒らげた。このシーンはぶっとおしで撮ろうと力強く言われていたのだ。緊迫感を出すため、あえて本番テストも行っていない。そろっている役者の中ではもっともベテランである真島がNGを喰らったことに、俳優もスタッフたちも裏切られたような視線を寄こした。

『仕方ない、シバタの台詞からもう一回』

その後も続けてNGを出した。俳優として再起をかけた映画、もっとも見せ場となるシーン。混乱しきっていた。恐怖と焦燥が体中にびっしりと貼りついていた。

罠《わな》だろう、これは俺に仕掛けられた罠だろう——

しかし、赤いアロハシャツの男が女に突っ込む光景を眼にした瞬間、頭の中でなにかのリミッターが振り切れた。

それもあのときと同じだった。

美しい女が自分の真下で怯えに顔を歪めている。その顔は血だらけだ。一度、こんな目に遭わせてやりたかった。子供だった俺に来る日も来る日も暴力を振るっていた母、俺が中学に上がる前にあっけなく男のもとに走ったあのアバズレ。

ふだん冷静な俺の、いや『シバタ』の態度が変わったことで、ほかの奴らの昂奮にも火が点いた。熱気を噴いた現場はもう止まらなかった。黒眼鏡のあいつも黄色いTシャツのあいつも、誰もが欲望をはちきれさせ、残酷な獣になった己を愉しんだ――

キィ――ドアが開き、男がひとり入ってきた。

真島は慌てて濡れた前髪を掻き上げ、澄ました顔をつくってペーパータオルを抜き取った。

革ジャンを羽織った金髪キューピーカットの男は、こちらに視線を向けることなく背後を横切り、アサガオの前に立って、太い小水の音をたてはじめる。業界人の客が多い麻布十番のタイ料理屋、あの男もいかにもクリエイター然とした風体だ。

――ほかの奴なんて眼中にないってな面《つら》しやがって。てめえなんかテレビでもどこでも見たことねえんだよ。

ペーパーを四枚使って顔と胸元を拭き、髪を整えた。

鏡に映る自分を、強く見る。

――大丈夫だ。監督も、結局最後は俺を褒めたじゃないか。

なんせ俺は堂々と勃起してやったからな。もし勃起したら格好悪いな、なんて言い合っていた連中が、俺に呑まれて次々とおっ勃《た》てていた。役を超えた演技をしたよ。そうだろう。ほかの映画だったらあそこまで鬼気迫った演技はできなかったかもしれない。

つまりラッキーだったんだ。天の配剤が働いて、俺のためにこの映画がつくられたんだ。俺だから迫力をもって演じることができたんだ。俺のための偶然の作用だった。そうだろう、監督もほかの役者も今日の俺の演技に圧倒され、俺を見る眼が変わったのだ――

背筋を伸ばし、ジャケットの襟を正した。最後に鏡に向かって口角を上げ、真島はトイレを出た。

店はテーブルのすべてが半個室になっており、夜七時半のいま、ほとんどが埋まっている。ああ、できればいますぐ帰りたい。帰ってクルミか遥菜あたりを呼んで、溜まっている昂奮を無茶苦茶にぶち込んでやりたい。

なのに厚かましくスタジオに見学しにきたあの女の、頰っぺの肉が歪《いびつ》にたわんだ媚《こ》び笑いを拒絶できず、請われるまま夕飯に誘った俺はなんなんだ――

ヤシの木が茂る海辺を模したオブジェと、洞窟風のつくりの部屋が並ぶ廊下を歩き、いちばん端の、黒ずんだハイビスカス柄の暖簾《のれん》を開きかけたとき、中から男の声がした。

とっさにテーブルを間違えたのかと思ったが、暖簾の下を見ると、間違いなく香村由羽のなまっちろい大根足が、椅子に広がったレーススカートからのぞいている。

「あの、そんなこと訊かれても……」

由羽が困ったような声を出している。

真島は暖簾の透き間から、中を覗いた。

由羽の前に、痩せた中年男が座っていた。くたびれた灰色のコートを羽織り、擦り切れた鞄を脇に置いている。

記者だと直感した。全身がカッと熱くなり、腋に汗が滲む。そんな自分に真島は舌打ちした。仕事中でもプライベートでも、こっそりこちらを窺《うかが》ったり、どこか眼の据わった笑い顔で声をかけてくる人間に対して、煩わしさよりもひやりと危機感を抱くのは、あの事件のせいだ。あの女がいまごろなにか言いだしたのではないか、あいつらのうちの誰かがヘタを打ち、自分のところへ飛び火したのではないか。翔桜の付属大学ではなく栃木の三流大学に進んだ後も、東京に遊びに出た際にいまの事務所の社長にスカウトされてデビューしてからも、常にあの事件が明るみに出ることにビクついてきた。

——どこの記者だ、この貧相な男が俺のことを嗅《か》ぎ回っているというのか。しかも最初に俺ではなく、この女に近づいているのはなぜだ——

「いいえ、あなたはこの本を読んでおられるはずです」

男が鞄から、なにかを取り出した。

それを見て、由羽が息を呑んだのがわかった。

「あの……あなたは……」

由羽の声が上擦っている。テーブルの下で大根足がもぞもぞと内股になったり膝をよじったりしている。

「名刺はいまお渡しいたしました。記者発表会のときも質問させていただきました、日刊エムス・オンラインのオザキです。香村さん、あなたは毎晩、ぐっすり眠れていらっしゃいますか」

「……どういう、ことで……」

どういうことだ？　真島の頭にもその言葉が回っていた。

『日刊エムス・オンライン』、そういえばそんな名前のしょぼいニュースサイトの記者が、あの記者発表会に来ていた。

——そうだ、こいつは由羽にだけ、なにか質問していたのだ。こいつが興味を持っているのは香村由羽なのか？　まさかあかつき文学賞作家香村由羽が、俳優真島謙介と熱愛などと、そんな記事をコメント付きで載せるつもりだとでも――

「私が今日スタジオから後をつけてきたのは、あなたにお会いしたかったからです。ツイッターに撮影現場に来ていると書いていらっしゃいましたから。もっとも、真島謙介さんとタクシーにお乗りになったのには驚きましたが」

ちっ――そんなことまで勝手にツイートしていやがるのか。

記者が追いかけているのは香村由羽だと知って、真島は少しばかり余裕を取り戻し、改めてこの女にげんなりした。

「実は一度、六本木あたりでタクシーを見失ったのですが、ツイッターをまた見ると、麻布十番のタイ料理屋さんに連れていってもらうとお書きになっていたでしょう。そこでここだとわかったのです。真島さんは業界人行きつけの店がお好みで、この店にもよくいらしているそうですから」

記者の言葉には逐一、棘があった。

――この俺を、背伸びして業界人風を吹かしているような奴らと一緒にするんじゃねえ。俺はこの映画でステージが上がるんだよ。

じりじりと苛立ちが募る。暖簾を払って堂々と出ていってやろうか。だいたいなんだって俺が、こんなところにこそこそと隠れて立っていなきゃならない。

暖簾に手をかけかけた。直後、記者が静かに声を放った。

「私は知っている――あなたにそれを伝えたかったのです」

かすれぎみの、抑揚のない声だった。

ぞくっと、首筋に氷が触れた気がした。自分に言われたようだった。

「いいですか、あなたのしたことを、私は知っています。知っている人間がいるということを、憶えておいてください」

記者が立ち上がった。

暖簾をくぐって出てきた相手のその眼が、真島を捉えた。

無様にも、真島はその場に突っ立ったまま動けなかった。

片方だけ瞼の垂れ下がった、どこかちぐはぐな感じのする眼が、じっとこちらに向けられている。

見えない網が、じわじわと体中に這い伸びてくるような錯覚を覚えた。

「お食事中に、失礼いたしました」

軽く会釈し、記者はそのまま真島の脇をすり抜けていく。

全身が悪寒に染まっていた。頭だけが熱い。耳の裏に汗が垂れ落ちる。

あのたった一度の行為が、俺から堂々とした態度を奪っている。ちょっとしたことで小動物のようにおたおたしてしまう。

「あ、真島さん、おかえりなさい」

中から由羽が、暖簾をまくった。

真島はぎこちなく椅子に座った。

呑みかけのシンハービールに口をつけたが、気が抜けていた。テーブル脇のボタンを押し、タイ風の衣装をまとったウエイトレスにコロナビールを注文した。

「どうかしたんですか」

でかい顔を傾げて訊いてきた由羽に、思わず険のある声が出た。

「どうかしたのはそっちじゃないのか。なんなんだ、いまの奴は」

「あ、やだ」

由羽はグロスをべったり塗った唇をO形に開き、ぷっくりと丸い手を添える。

「なんか私のことを知ってる記者の人で、たまたま私を見つけたみたいです」

たまたまじゃないだろう、おまえがおびき寄せたんだろう――！

あの記者のまとう空気が刺々《とげとげ》しく張り詰めていたわりに、由羽の反応は相変わらず鈍重だ。

「心配しちゃいましたか、知り合いなんかじゃないですよ。ごめんなさいね、真島さんの席にあんな変な人、座らせちゃって」

にこっと、また首を傾げながら、由羽がカーディガンを肩から下ろした。

胸元の大きく開いたコーデュロイのシャツから、メロンをふたつ寄せ合っているような谷間がのぞいた。

ニキビの浮いたデカメロン乳に、喉から込み上げる酸っぱいものを抑えた。

「心配はしていないけど、妙な雰囲気だったから」

「そうですよね、いきなり知らない男の人がいたら嫌ですよね。でも誤解なんてなさらないですよね。私、仕事以外でお会いする男性って、いまは真島さんだけなんです」

媚びた上目遣いを由羽が寄こしてくる。答えないでいると、ウエイトレスがコロナビールと、最初に注文したパパイヤのサラダと生春巻き、海老《えび》のさつま揚げを運んできた。

「わあ、美味《おい》しそう」

由羽がケイタイを取り出し、テーブルに並んだ皿を撮影しはじめた。

またツイッターにでも載せるつもりだろうか。苦い思いで眼を逸《そ》らし、コロナのライムを乱暴に搾った。先刻の焦燥がそのままむかつきに変わっている。

「なんの話だったんだ。あいつが言った『知っている』ことってなんなんだ」

「えーと」

由羽が肩をすくめ、唇をきゅっと結んで斜め下を向いた。

「うーんと、真島さんになら言ってもいいかなぁ。これ、担当さんにも内緒なんですけど」

「なんだ」

「あん、やっぱりまだ言えないかも」

もったいぶった態度に、苛々が頂点に達した。

「だったらいい」

搾ったライムを瓶に突っ込み、勢いよく泡のたったコロナを呷《あお》った。ひしゃげたライムが瓶口を塞ぎ、ろくに口に流し込めないのがなお腹立ちを煽る。

「あん、待ってください。あの、私、すっごく大切な友達がいて」

こちらのむかつきを少しは察知できる勘があったのか、由羽が焦ったように身を乗り出してくる。

もう一度コロナを呷りつつ、眼の端で相手を見た。

大切な友達——あの女のことに違いない。あの女との関係、あの本を書いた真相を、やっと白状する気になったのか。そうだよ、そのために俺は苦行僧になったつもりでおまえと飯なんか食ってるんだよ。

「えと、私、その友達のために『ＢＯＷ―』を書いたんです」

「へえ、どういうことなんだろ、聴きたいな」

「その子のことを、守ってあげたいというか、でもその子は意固地なところもあるから、私がついてるんだよって伝えたいというか、安心させたいというか」

そう言って、由羽は黙った。

五秒ほど沈黙が続いた後、ぷっくらと肉のついた手が箸《はし》を取り、生春巻きに伸びた。

「うわ、美味しい」

由羽がスイートチリソースを唇の脇につけ、ぬちゃぬちゃと粘着音を響かせて咀嚼《そしゃく》し、呑み込むまで、真島はまたもや辛抱強く待たねばならなかった。

「その友達って？」

続けてさつま揚げに箸を伸ばした由羽が、それを口に入れる前に訊いた。

「はい、その友達に、この本を読んでもらいたいんです。でもいま、どこにいるのかわからなくって」

と言って、べったりタレをつけてあむっと齧《かじ》る。

「ずっと会ってないの？」

「高一のときから会ってないです」

「高一から？」

「夏休みにその子、学校辞めて引っ越しちゃって」

「夏休みに？　由羽ちゃん、その子と夏休みに会ったの？」

「いいえ、会う機会がなくて」

「会わないまま引っ越して、それから？」

「さあ、どこへ行ったのか、まったく誰も知らなくて」

「いま、どうしてるのかな」

「それもわからなくて。なんかでも、あんまり幸せじゃないみたいで、だから助けてあげたいんです」

「助ける？　幸せじゃないって、どうしてわかるの？」

由羽はさつま揚げの油で光った唇をすぼめ、「うーん」と口籠り、

「それは……もう少ししたら言います」

と、またもったいぶったことを言う。もったいぶるのは他人から注目を浴び、期待されている人間の特権だ。そうでない奴はさっさと訊かれていることに答えなければ相手を苛つかせるだけなのに、いったいこの女の自信過剰はどこでどうやって育まれたというのか。

そうか、俺が答えをせっつくことで調子に乗らせているのか。自分のことを訊かれる心地よさに浸らせているのか。

真島は煙草を咥えた。ゆったりとした仕草を意識して、ライターを点けた。

自分から視線が逸れたことに慌てたのか、由羽は「だけど、でも……」と、箸を置く。

「だけど、あの人は『知っている』って言ってたから」

「あの人っていまの記者？　その子の居場所を知っていると、そういう意味だったの？」

「いえ、あの人もそれは知らないそうです。でも私がしたことを知っているって。私、ホッとしました。私の気持ちに気づいてくれる人がいたんだって。それを、あの子に伝えてくれるかもしれないって」

「伝えるってなにを」

「だから、私があの子を理解しているってことを。なにがあったって、あの子の味方になって守っていくよってことを」

なにか喋るごとに、由羽は上目遣いでこちらを見る。両の腕が、大きく開いたデコルテを挟み込み、谷間がさらに肉々しく盛り上がる。

「いまも生きてるのかな」

死んでいてくれればとの期待が、ついそんな台詞になった。

由羽は腫れぼったい眼を五ミリほど見開いて、

「生きてますよ」

いきなり一音半くらい高い声になった。

「私とあの子は似てるから、わかります」

「似ている……？」

「はい。どんな辛いことがあっても、あの子は生きています。だって死ぬときは、自分にふさわしい場所で死にたいじゃないですか。きれいなお花に囲まれて死ぬべき子が、不条理で馬鹿馬鹿しい不幸に負けて自殺するなんて、絶対あり得ないですよ」

満足できる返答ではなかったが、総括すると、香村由羽はあの女がレイプされたことは、噂かなにかで知っている。もっとも現場の店が特定され、やったのは翔桜の生徒ではないかとまで取り沙汰されたのだ。被害者本人であるあの女については、もっと詳細な噂が立ったことだろう。

香村由羽はあの個室カラオケに行ったことがあるのかもしれない。だから部屋を克明に描写できた。

自分たちはイケているグループとして、関西のほかの学校の生徒にも有名だった。それをこいつは使ったのかもしれない。たまたまの偶然が重なって、小説のネタとして使われた——

真島は煙を吐き、煙草を灰皿に押しつけた。あわただしい所作にならぬよう、自分に言い聞かせた。

たぶんこれが当たりだ。それでいい。おい、ビクつくな。おまえは真島謙介だ。これからランクをひとつもふたつも上げる俳優だろう。

「ふうん、そうか」

真島は箸をつかみ、パパイヤのサラダを口に入れた。ぴりっとした辛みが上顎から鼻を衝き抜けた。

だがまだ情報が足りない。こいつにはまだ隠していることがある。知ることができるはずのものを得られないことが腹立たしい。

おい、不必要な不安をこれ以上、抱きたくないんだよ、俺に媚びるんならぜんぶ吐けよ、このブス。もっと確実な安心を寄こせ。

「これのほかに、なに頼んでたっけ」

「えーと、トムヤムクンと、鶏のピリ辛バジル炒めと」

「あと、チャーハンかグリーンカレーかで迷ってたよね」

「どっちにしましょうか」

「俺さ、チャーハンくらいならつくれるよ。あ、グリーンカレーもレトルトで良ければふたつあったなぁ」

由羽が糸のような眼を、また四ミリほどにまで広げてこちらを見た。

小さな黒眼が三分の二くらい露わになり、改めて、こんな醜い物体でも生き物なんだと思った。

「……真島さんのチャーハン、食べてみたいです」

のたうち回りたいほどのおぞましさに耐え、

「じゃあ、おいで」

にかっと笑って、真島は二秒ほど由羽を見つめた。それから照れた仕草でコロナを呷った。

くそ、くそ、くそ——いったいなんだって俺が、こんな酷い目に遭わなければならない——

店の前でタクシーを拾い、後部座席に並んで座った。

この女、最後に風呂に入ってから何時間経っているのだろう。半個室の店内ではまだそれほどでもなかったが、こうして密室ですぐ隣にいられると、甘酸っぱい体臭が鼻を衝いてくる。

マンションに着き、素早く料金を払って降りた。

由羽がいそいそといった感じでついてくる。

「わあ、お洒落なマンションですね」

オートロックの暗証番号を押す真島の後ろで、由羽があたりを見回している。デビュー直後に事務所に用意してもらい、仕事が激減した後も遊ぶ金を切り詰めて維持している高輪の住まいだ。武士は食わねど高楊枝《たかようじ》——叩き上げの製紙会社経営者だった父が好んで口にし、そのたびに母が鼻で嗤《わら》っていた台詞。

エレベーターに入った。狭い箱がみっちりと量感のあるものに占領された。

この女を、これから抱く羽目になるのだろうか。

ぴったりと隣に寄り添う由羽から顔をそむけながら、真島の喉にまた酸味がかったものが込み上げてきた。

部屋まで来ても、なにもしない、きみのことが大切だからね——そんな言い訳を、こいつは鵜呑みにしそうでもある。大切だから、好きすぎるから——だいたい、どう工夫したってこのイチモツがこいつにおっ勃つわけがない。少しでも反応したら焼身自殺してやる。俺には人一倍、美学ってものがある。

エレベーターを降りた。降りてすぐに、自分の部屋の前で立っている男が眼に入った。

一気にうんざりした。

「よお、僚」

でっぷりと太った体軀《たいく》で手を挙げるのは、小林だった。この寒空にコートも着ず、薄っぺらい背広姿でいるのは演出か素か。にっと笑いの形に歪めた唇が、乾燥してでこぼこにひび割れている。

続けざまに醜いものと遭遇し、溜め息が出た。小林のほうは斜め後ろにいる由羽を見て、あからさまに絶句する。

「なんだ」

真島は由羽を隠すように彼女の前に立ち、ぶっきらぼうに言った。

空気を読めない由羽はすぐさま横に移動して、「お友達ですか」と首を傾げる。

「なんだよ。俺、これから仕事なんだよ」

「いや、僚、あのな」

小林は、これほどのブサイク、いま見なきゃ損といった勢いでまじまじと由羽を見つめ、今度はへらへらと薄笑いを浮かべている。その目元は二か月前よりもまた縮緬《ちりめん》状の皺を刻み、頬も額も粉を吹き、毛穴だらけの鼻だけがてかてかと光っている。

「なんや、撮影で忙しそうやな。俺のほう、またちょう困っとってやぁ。えと、その人、彼女さん？」

由羽が鞄を両手で持った姿勢で、お辞儀した。

「はじめまして、香村由羽と申します」

真島はげんなりとして天を仰いだ。小林の腕を引っつかみ、顔を近づけた。

「それで」

「いや、だから」

「幾らだ」

背後から由羽が「どうしたんですか？」と心配そうに覗き込んでくる。まったく配慮というものを知らない無神経な女だ。

「あんな、来週、四万くらいのと十万くらいのと、幾つか払わなあかんねん。下のガキももうすぐ小学校でいろいろかかってな。俺、自由になる金がいまあんまなくってや――」

「来い」

由羽を廊下に残し、小林の腕を引いて部屋に入った。

玄関に小林を立たせたまま急いでリビングに向かい、オーディオラックの抽斗《ひきだし》から、あらかじめ用意していた万札を十数枚取り出した。

「今日はこれくらいしか用立てできない。あとは自分でなんとかしろ」

「サンキュ、来月、まとまった金が入る予定やねん。そしたら絶対返すからな」

つかんだ札束をスラックスのポケットにくしゃりと入れ、小林は札束よりもひしゃげた笑いを浮かべる。素直に脅してくるならまだいいものを、口先だけで卑小なプライドを保とうとするかつての友人を、真島は精一杯の軽蔑を籠めて睨むしかなかった。

小林が帰った後、入れ替わりに由羽が中に入り、「なんですか、いまの」と訊いてくる。

「サイクルショップを経営している友人だ。その名のとおり自転車操業で、たまにその場凌《しの》ぎの金が必要になる。力になってやっているだけだ」

真島は背を向け、廊下を進んだ。

背後で由羽が靴を脱いでいる。溜め息を幾つ吐いても胸にガスのようなものが溜まっている。

かつての同級生にたかって生きる道を、最初に発見したのは三田だった。翔桜でも成績がトップクラスだった三田は東京の国立大学法学部に進み、父親と同じ警察官となったが、三年後、呑み屋で知り合った女にバーの個室で猥褻《わいせつ》行為を強要し、女の恋人から慰謝料を請求されるという事態に陥った。ちょうど結婚を考えていた相手に振られ、むしゃくしゃしていたというが、高校時代、要領よく女を手配し、どちらかといえば場の盛り上げ役で、女とやることに関しては自分たちほど熱心ではなかった彼の愚挙が、真島には少々意外だった。

『いやなんか、あのときのことが、なんや俺ん中でむっちゃカルチャーショックやったというか、目覚めたというか』

三田はバツが悪そうに頭を掻いて苦笑した。

『たぶん美人局《つつもたせ》に引っかかったんだろう。相手が仕事関係者でなかったのは幸いだ』

『それが、金を用意しないと俺の上司に訴えるんやて。そしたら俺は下手したら懲戒、親父にも減俸とか降格とかいくやろなぁ。こんなんがマスコミに知れたら――』

そう言う三田の眼に、卑屈な光が宿っていた。

おまえだって困るよなぁ、連鎖的に俺らがやらかしたあの一件も浮上するで。そうしたら芸能界で売れはじめてるおまえなんて、俺以上に格好のマスコミネタやんけ――

女のイロから請求された三百万のうち二百万を、真島が立て替えた。金は戻ってこない。それどころかその後も三田はちょくちょく、遊ぶ金欲しさに真島に金をせびりにくるようになった。

その三田に、真島は金ヅルになると教えられ、真似をしはじめたのが小林だ。小林は名古屋の大学で知り合ったサイクル店の娘と結婚し、婿養子となって店を継いでいた。ちょうど自転車ブームと言われだした頃で、経営に無知な婿がぼんやり店番をするだけで商品は売れ、贅沢をしなければそこそこの暮らしができるはずだった。

だが付近に大型サイクルショップが建つと、客足はそちらに流れ、常連客を引き留めていた義父が死んだ後は、商売熱心でもない小林の店には閑古鳥が鳴くようになった。

高級官僚や医者、弁護士等、世間でいう一流どころを数多く輩出する翔桜高校を出ておきながら、町の自転車屋でくすぶっている鬱屈に加え、介護が必要になりだした姑《しゅうとめ》の世話と、ふたりの子供の養育で生活が逼迫《ひっぱく》し、やがて小林は仕事も家族も放って酒と女に逃げるようになった。

東京にも女連れでよく来ては、六本木だのディズニーシーだので遊び、その前に必ず真島のマンションに立ち寄って、遊ぶ金をせびってくる。

真島も最近は経済的にゆとりのない状態だったが、『俺はもう人生捨てたけどや、おまえは捨てるわけにいかんやろう――』、そう言われて、追い返す術はなかった。

一度だけ、奥村に相談したことがある。奥村は東北の国立大学の法学部を卒業し、仙台で弁護士になっていた。昔からテストの山当てにしろ合コンのセッティングにしろ、物事を俯瞰《ふかん》して判断する能力を持ち、三人の中ではいちばん信頼の置ける男だった。

およそ十年ぶりに再会した奥村は、細い銀縁眼鏡の奥で眼を細め、来訪したかつての友人を微妙な笑みで迎えた。

『三田は昔からおまえに嫉妬心を抱いていたし、性欲も屈折したものがあった。いま堪えておけば、そのうち警察での地位が上がるにつれて新たなたかり先を見つけ、おまえのところからは足が遠のくんじゃないか。小林はもうどうしようもないだろうな。昔から地頭が悪いくせに虚勢を張るのだけは一人前だった。あいつだけは手負いの獣にしないよう注意したほうがいい。まあこれもおまえにとっては有名税みたいなもんだ、そうだろう』

いまさら過去の遺物に煩わされたくないと言わんばかりだった。高校時代のちょっとしたやんちゃの残り滓《かす》が腐臭を放ちだしたのなら、消臭スプレー代として小遣いを出すのは仕方ないだろう、俺に火の粉がかからぬよう適当にやってくれ、と。

あの一件で自分たちは共犯者となり、いざとなれば足元を掬い合う敵同士となったのだ。そして人は一度ハードルを越えれば、またわざわざ同じハードルを越えてまで元の場所に戻ろうとはしない。品格さえ捨てればこんなに楽に生きられるのかと感動さえ抱き、腐臭の立ち昇る路地裏に立つことができる。小林の吹き出物に覆われた顔は、もう二度と昔のような引き締まった笑みを浮かべることはない。彼の頬の筋肉は、卑屈な薄ら笑いのほうが断然楽だと憶えてしまった。

いっそこのまま、地を這う蛆虫《うじむし》として誰かに踏み潰されればいい――間違っても羽化し、世間のどこにでも転がっている腐肉に卵を産みつける蠅《はえ》にはなってくれるな――

「真島さん、ミルクはありますか」

キッチンのほうから、由羽の声がした。

寝室のクローゼットにジャケットをかけていた真島は、驚いてキッチンと続くリビングに戻った。

すると由羽がキッチンカウンターで珈琲サーバをセットし、棚に仕舞っていたはずの珈琲豆の粉をスプーンで掬っている。

「冷蔵庫を探したんですけど、牛乳もミルクもなくって。もしかして粉末ミルク派ですか？どこにあるんでしょう」

言いながら、今度は食器棚を開けて覗きだす。

「ちょっと、いいから、そういうの」

まず茫然とし、続いて悪寒に似た怒りを覚えたが、

「いいんですよ、真島さん、今日はハードな撮影でお疲れなんですから。座っていてください」

由羽は沸騰したケトルの取っ手をつかみ、「あつ〜い」と大袈裟《おおげさ》に手を耳元に引いて、布巾で再度、いかにも怖々といった仕草でケトルを持ち上げる。

「冷蔵庫もシンクもきれいにしていますねぇ、偉いですよぉ」

そうしてケトルの湯を珈琲豆に回しながら注ぐ、やけに丁寧なその手つき。その湯でこんもりと盛り上がった粉の山を愛撫するような——

「ミルクはないんですね？」

「あ、ああ」

知らない間に、真島は口元を手で覆っていた。

「そっかぁ。でも、だったら代わりにチーズをお食べになったらいいですよ。乳製品はカルシウムがいっぺんにたくさん摂れるし、飽和脂肪酸の摂取源でもあるし」

なんなのか、この女のぬめっと迫りくる感じは。

由羽は湯を回し入れながら、子供がカルメラかなにかを初めてつくるみたいに「わー」と唇を半開きにし、続いてこちらを見てにっと笑う。

この女の細い眼は、笑うと不等辺三角形になる。小さな黒眼は目尻側の一部しか見えず、そのせいで眼球がそれぞれ端を向いた斜視ぎみとなる。

怖いもの見たさで眺めていると、由羽は相手の視線を受けていることに満足した様子で、「いい匂い、なんていう豆ですか、ふくらみ方もこっとして可愛いです」と、出っ歯ぎみのせいか上がりきらない口角を左右に広げる。

媚び笑い、と真島は思っていたが、どうもそんな単純な言葉では表せない笑みだった。聖母というものを意識した笑みとでもいうのか。いや、本人は聖母になったつもりで、相手にその笑みを見せつけているつもりなのか。

「さあ、できましたよ。ソファのテーブルでいいですか」

口調も母親が子供をあやすかのようだ。

「……ああ」

「すごぉい、真島さんてきれい好きなんですね。どの布巾も汚れてなくて。でも今度、奈良の正倉院ふきんっていうのを買ってきてあげますね。とっても吸水性があるので有名で、柄も鹿さんとか大仏さんとか、すっごく可愛いんですよ」

珈琲カップを載せたトレイを手に、脂肪の匂いを引きつれて前を通り過ぎる由羽に、真島はますます顔が歪み、同時に曲芸の練習をしているトドの珍しい現場を見たかのように眼が惹きつけられた。

媚びへつらって接してくるべき相手が、実は上から目線で自分を見ていたことへの驚き。諭すような口調にも聖母じみた微笑にも、無理や背伸びをしている様子は微塵も感じられない。

「はい、どうぞ。ちゃんと美味しく淹《い》れられたか不安ですけど」

由羽が両手で、カップを真島の前に置く。ガラスを張ったラタン調のテーブルが、小さな音をたてた。丁寧にそろえられた指の先も、小指の曲げ具合も、似合っていないのに流れるような美しい所作だ。実はほっそりとした絶世の美女が、この醜いブタの着ぐるみを被っているのではないかとすら感じられる。

真島はテーブルを挟み、由羽の右斜め前に座った。本当は少しでも離れるために背後のソファに座りたかったが、そうすると今度は一転、由羽がむっとしそうな気配があった。

正体のわからない緊張を、真島は抱いていた。

思っていたような勘違いの不細工女というだけではなかった。生まれつき醜悪な肉体に、ここまで確固とした可愛こぶりっこと聖母ぶりを植えつけるまで、この女がかなり複雑な道程を経てきたのは間違いなかった。

「どうしたんですか?」

両手で持ったカップに唇をつけ、首を傾げて由羽が訊く。

「いや、珈琲、ありがとう」

由羽に見入っていた自分に気づき、真島は急いでカップに口をつけた。口をつけたのはカップだけで、珈琲の表面には触れないよう注意した。先刻、珈琲豆を愛撫するように湯を回し入れた由羽の微笑が、この黒い液体に溶け込んでいるのだ。

「えへ、私、猫舌なので、あんまり熱いの淹れられないんですけど、美味しかったら嬉しいです」

「ふうん、俺は熱いのが好きなんだけどね」

ささやかな抵抗だった。いままで由羽の仕草に「誘ってください」との願望を見れば、ドライブや食事に誘わざるを得ず、「もう少し一緒にいたいです」と訴えられれば、もう一杯、もう一軒と付き合うしかなかったのは、この女の正体を探るためだと自分では思っていた。

だが相手に抗《あらが》うことを許さない支配的な能力を、こいつは持っている。押しつけがましいのとも違う、無言のうちに寄こしてくる、ねっとりとした圧迫感。

「熱いものが平気な人って、お風呂はぬるくないと駄目だったりしません？　うちの母がそうなんですけど。逆に祖母はすっごい猫舌なのに、温泉とか行くと、周りの人が熱い熱いってキャーキャー言ってる横で、悠々とお湯に入っていくんです」

「そう」

「温泉は行きませんか？　気持ちいいですよ。私、お湯の中で脚を広げて入るのが好きなんです。私の部屋のバスタブって、脚は伸ばせるくらい大きいんですけど、股関節は広げられないんです。あ、もちろんほかにお客さんがいないときにするんですよ。露天風呂で脚を大きく広げて、ゆったりお湯に浸かって、満天の星の下で、汗と一緒に体から余分なものを流していくんです」

真島は立ち上がり、キッチンの冷蔵庫を開けた。

「どうしたんですか」

缶ビールを取り出しかけて、またもや頬が歪んだ。缶ビールがすべて縦横きれいに整列している。適当に放り込んでいた生ハムやサラミ、マヨネーズや醤油《しょうゆ》の類も角度をそろえて並べられている。

べたべたと触られたのだろう缶ビールを手拭きタオルで拭い、プルタブを開けてからソファに戻った。

由羽はキッチンでの真島の様子をじっと見ていたらしく、

「プルタブ、口をつける前にちゃんと拭くんですね。どんな汚れや菌がついているかわかりませんものね。でも開けたときにアルミの粒が飛び散るから、健康のためには瓶ビールにしたほうがいいそうですよ」

そう言う顔が、先刻より少し近づいている。ふと見れば、蔓草《つるくさ》模様のラグに斜めに流している脚の膝頭が模様ひとつ分、こちらに近寄っている。

おい、マジかよ……

甘酸っぱい体臭の源から、せめて上半身だけでも離れようと、真島はさりげなく床に手をついた。

「珈琲は呑まないんですか？　ぜんぜん減っていませんね」

由羽が真島のカップを覗き込む。淋しさと恨みがましさがミックスされた、拗《す》ねた声だった。

「いや」

理不尽な相手の拗ねに、我知らず取り繕いを考え、そんな自分に心中で歯嚙みする。

「最近、齢なのかな、夜に珈琲呑むと眠れなくなるんだよね」

「あらあら、可愛いんですね。じゃあこれは冷えたら、ラップして冷蔵庫に入れておきますね。明日起きたら、呑んでください」

そう言って由羽はくすっと笑い、珈琲を覗き込んだことで頬に垂れた髪を掻き上げた。

思わず、その仕草に眼を奪われた。着ぐるみの中の美女が、一瞬だけ脂肪の膜を破って現れた気がした。

「でも真島さん」

すぐに数本の髪を頬に貼りつかせた顔が、丸い肩ごと迫ってくる。

「私、できたら、真島さんと関西弁で喋りたいなぁ」

「はは……俺、撮影中は特に、ふだんも標準語で喋るよう心がけてるんだよね。でないと簡単に関西弁に戻ってしまって」

「ふふ、真島さんて見かけによらず、不器用さんやもんなぁ」

顔がますます近づき、反射的に息を止めた。

正視に堪えない——眼が泳いだ。

だが、改めて思った。こいつも俺と同じ時期に関西にいたのだ。あの女との関係を、あの小説を書いた理由を探らなければ——

「真島さん」

頬を、湿った掌に包まれた。

次の瞬間、唇にふっくらとしたものが当たった。

体中が粟立った。

ちゅ——ちゅ——

唇はついばむように当たっては離れ、そうしながら頭をよしよしといった感じで撫でられる。

唇が少し深くめり込んだ。

潤いと肉感に満たされた、柔らかな唇だった。太った女は唇にまで脂肪がついているのか。

どうしよう、俺はなにをされているのだ。どうにかしてこいつを怒らせないよう、上手く逃げなければ——

鼻腔を侵食する濃密な体臭の中で、爽やかな柑橘《かんきつ》系の匂いがした。

リップグロスだ。さっき俺がビールを取っている間に塗り直したのだろう。

この匂いだけは悪くない。確か、どこかで嗅いだことがある——

「真島さん……」

ソファに背中を押しつけられた。

由羽がキスをしながら、膝にまたがってきた。

「今日スタジオで、真島さんがほかの女の人を犯してる姿を見て、演技だとわかっていても、私、辛くて仕方がなくて」

手首がつかまれた。スカートの下から、太腿に持っていかれた。

五本の指が肉のはざまに埋もれ、ショーツのクロッチに押し当てられた。

ぐちょっと、そぼ濡れた布地が中指の腹に触れた。

嫌悪感が指先から脳味噌に衝き走り、真島はビクッと腕を引いた。

だが由羽はその手を離さない。指を中心部に押し当てながら、腰をゆっくりと前後させはじめる。

「でも、こんなに濡れちゃったんです。真島さんの真剣な横顔に、どうしようもなく感じてしまって。あかん、周りに人がいるのにあかんと思いながら、ひとりでに腰が動いてしまって。疼いちゃったんです、もう私、真島さんのこと……」

由羽の顔が完全に欲情していた。まるい頰が紅潮を浮かべ、両眼がとろんとますます細まり、その透き間から潤んだ黒眼が真島を凝視している。

湿った息が口の周りに吹きかかった。ふたたび唇が塞がれた。先刻よりもねっとりと唾液にまみれた粘膜が、真島の唇から鼻の下まで濡らし、蠢きはじめた。

なんの罰なんだ、俺はもう十分に代償を払ってきたじゃないか――

怒りと戦慄が全身を駆け巡っていた。

気持ち悪い、気持ち悪い……どうして俺だけがこんな目に遭わなければならない――!

おぅっ、とえずきが漏れた。

それを性的な反応と受け止めたのか、由羽は「んふ……」と鼻声で笑い、腰をくねらせながら落としてくる。スラックスごしに股間と股間がぴったりと密着した。

罰だ、やはりこれは罰なのだ。

いずれにしろ、この女があの過去から遣わされた者であるのは確かなのだ。地獄の鬼のようなものだ。

真島はぎゅっと眼を閉じた。

自分のしでかしたことへの罰なのだから受け入れようと、殊勝な気持ちになったわけではない。

ただ乗りきるべきものが、今日になっていっぺんに押し寄せてきたのだ。俺はあの撮影を乗りきった。監督も絶賛した演技だった。パニックに陥りそうな中で、自分でもよくやったと思う。当然だ、俺は容姿にも能力にも運にも恵まれた、勝ち組として生まれた人間なのだから。だから、ちょっとしたミスで一生を脅《おびや》かされるなんて間違っている。むろんミスはミスだから、失点は取り戻さねばならない。その挽回《ばんかい》するチャンスを、人生が一気に与えてくれたのだ。薄眼を開けた。眼を逸らさず、このおぞましさを甘受すればこそ、俺は乗り越えられる。

由羽ははぁはぁと荒い息を吐き、昂奮の最高潮にいる。

充血したその顔と、地獄の鬼からの連想だろうか、真島はあることを思い出していた。幼い自分を叩き、泣き喚いていた母親の、妖しいまでに紅潮した頬、激しい息遣い。何度かキッチンやリビングの床で、馬乗りになられたことがある。彼女は金切声で俺を罵倒し、平手で打ち、髪の毛を千切れるほどに引っ張っていた。いずれも小学校四年くらいまでの記憶だ。なにをして怒らせたのかは憶えていない。あの頃は常にビクビクと母の顔色を窺う毎日だった。

逃れようと藻搔く肩を押さえつけられ、腰を両脚で挟み込まれた。ゆらゆらと揺れる髪が、泣いて許しを請う、涙まみれの俺の顔をなぶっていた。

狂った雌獣のようになにかを叫ぶ母を怖れ、止めどなく頰を張られる痛みに怯え、だがその間中、互いの股間が強く擦れ合っていたのは偶然だったのだろうか。母も本当は気づいていたのではないか。密着した息子の股間が硬くなっていることに、心底では悦びを覚えていたのではないか。俺は知りたかった、いつも。彼女がなぜこんなに俺に暴力を振るうのか。

暴力を振るわないときは、べったりと甘え声で近づいてきた。僚ちゃん、今日は学校、どうやった？　好きな子できた？　すごぉい、リレーのアンカーなん？　ママ、運動会のお弁当、張り切ってまうわぁ――


「真島さん、疲れ、てるの……？」

股間を押さえつけられたまま、動くことのできない真島に、由羽が途切れ途切れに訊いてくる。

ああ、今日の俺は疲れすぎている。こんなに長い一日は、高三のあの夏の日以来だ。

俺のしでかしたことを、母にだけは知らせてやりたかった。でも半年、遅かった。あの女は恋人に捨てられ、ぼろいアパートの一室で首を吊《つ》って死んだのだ。

真島は由羽の胸をつかんだ。

強靭《きょうじん》な弾力のある乳房だった。

「あぁン……」

由羽の声が悦びに喘いだ。

手を胸元から挿《さ》し込み、ブラジャーの下に潜り込ませた。

脂肪の量感に圧倒された。その真ん中で、硬く尖りきった乳首の自己顕示の凄まじさにまたもや吐き気を催し、だがくじけそうな自分を奮い立たせ、手にしたものを揉みしだいた。

「あはっ、はぅぅ……」

五本の指が脂肪の海にめり込んでいく。

この歪に出っ張った瘤《こぶ》のようなものに、俺は口をもつけてやる。溶けた脂身そのものの体液まで舐めしゃぶってやる――

真島は乱暴に、由羽のブラジャーを引き上げた。

弾みでその上半身が跳ねるように揺れ、白い乳房がもったりと重たげに零れ出た。

2

販売員の声で目を覚ました。お弁当にサンドイッチ、冷たいお茶にホット珈琲――

手を挙げると、ショートカットの販売員が微笑を返し、空席を隔てた通路でカートを停めた。

平日夜の九時を回ろうとする新幹線の車内は、先刻まで出張帰りらしきサラリーマンの酔い混じりの会話や、弁当の包み紙を広げる音が響いていたが、いまはほとんどがシートを倒し、ところどころで鼾《いびき》や鼻の詰まった寝息がたてられている。

「ウイスキーとホット珈琲、ミルクつきで」

注文し、上着の内ポケットから財布を取り出した尾崎に、販売員が一瞬、笑顔を引き攣らせた。

――ああ……

反射的に窓を見た。小さな灯りがぽつぽつと浮かぶ夜闇に、片方だけほぼ白眼を剝いた不気味な人相の男が映る。

ぎょっとさせたことを申し訳なく思い、顔を伏せ、珈琲とウイスキーを受け取った。

会計を済ませ、カートの音が遠ざかると、珈琲の蓋《ふた》を取ってウイスキーとミルクを入れ、即席のアイリッシュ珈琲をひと口すすった。それからシートにもたれ、左眼の瞼を三本の指でゆっくりと揉む。

寝起きは左眼があらぬ方向を向く。動物の眼球は、睡眠中は額のほうに黒眼が寄り、起きてものを見ることによって位置が定まるようになっている。尾崎が急性閉塞隅角《へいそくぐうかく》緑内障で左眼の視力を失ったのは十一年前、三十六歳のときだ。以来、毎朝起きると鏡を前に、瞼の上から眼球をマッサージして眼圧を下げ、両眼を回して左右の動きを連動させるのが日課となっているが、たまに列車で寝入ったときなど、いまだにうっかり忘れることがある。

手を離し、瞬きをして再度、窓を見た。

ぼんやりと映る頰の瘦《こ》けた貧相な男。黒眼の位置はそこそこ調整できたものの、見る力を失った左眼の瞼がまた最近、幾分か垂れ下がってきたようだ。

もう一度シートに頭をつけ、珈琲を含んだ。

仕事抜きで新幹線に乗ったのは、一太《かずた》と関西旅行をした最後の夏以来か。あのときは一太がパンダを見たがり、だが上野動物園には一頭もいない時期だったため、仕事を休んで和歌山のアドベンチャーワールドまで行ったのだ。

遠近感を失った眼のせいで、キャッチボールもまともにしてやれなかった。休日も仕事に追われ、一緒に旅行をしたのは、彼が物心ついてから初めてだった。ふだんはどちらかといえばおとなしかった一太が、想像以上にたくさんいるパンダにはしゃぎ、その後、パンダの人形が座っている珈琲カップに乗りたいとねだったのは、周囲の家族連れと比べて父子ふたりきりの侘《わび》しさを、子供心にわがままを言うことで吹き飛ばそうとしたのだ。

列車は岡山駅で停車した。十人ほどの乗客が欠伸《あくび》をしつつ、人のまばらなホームに降りていく。続いて背広姿の中年男数人が乗り込み、九州弁の会話とビールのプルトップやつまみの袋を開ける音がしばらく続いた。

ふたたび動きだした窓の外を、尾崎はカップを手にしたまま眺めた。デパートのビル、交差点を横切る車、酒場や個室カラオケの看板が光る路地。人々のエネルギーが発光する夜の街を前に、この右眼はいつまで見えるのだろうと思う。

緑内障は、眼球を満たす房水の圧力が高すぎることによって引き起こされる病だ。圧迫された視神経が壊死《えし》することで、視野が徐々に欠けていく。日本の中途失明原因の第一位の病である。

眼圧の変動は体質的な要因も大きいため、発症するのは両眼同時である場合が多い。尾崎もそうだった。発症したのは、同じ群馬の富岡で育った幼馴染《おさななじ》みと結婚し、一年が経った頃だった。

当時勤めていたのは、東京の大学を卒業後に就職した出版社だった。出版業界の人間にもほとんど名を知られない、編集者三人で切り回している小さな会社だ。尾崎たちの月収は手取りで十九万。バブル景気などどこ吹く風で、貧乏暇なしを絵に描いたような毎日だったが、編集者としていい作品を世に出しているとの自負に支えられた日々だった。

ある日、小説原稿を持ち込んできた若い男がいた。ここへ来るまで十一社に持ち込んで断られたという。きついノルマを抱えるライブをたまにやりながら、アルバイトで生活を賄っている無名のお笑い芸人だった。自伝的要素の強いその原稿を一読して、尾崎は光るものがあると感じた。

一対一で彼と向き合い、作品を手直しした。売りたいと彼は言う。売ってやりたかった。今後もいい作品を書き続ける作家だと信じ、そのための第一歩を確実な形で出してやりたかった。

出版後は宣伝に駆けずり回った。費用をかけられない分、無理にでも時間をつくって脚で動いた。北海道から九州まで全国の大型書店を巡り、仕入れ担当者に頭を下げ、雑誌やテレビ局に売り込み、そうやって睡眠時間もろくに取れない日々の中、日帰りで大阪まで行った夜に、自宅で軽い眩暈を覚えたのだった。疲労かと思い、とりあえず寝室に向かうと、吐き気が込み上げた。吐きながら頭がズキズキと痛みだした。嘔吐した顔を洗面所で洗い、鏡を見ると、左眼が怖ろしいほどに充血していた。

最初は眼が原因であるとは思わなかった。妻が呼んだ救急車で救急外来に運ばれ、検査の後、急性閉塞隅角緑内障の発作とわかったのだ。

緑内障は多くの場合、自覚症状がほとんどないため、病状がかなり進行してから発覚することが多い。尾崎の場合は発作を起こしたことで中期に発覚し、また対処も比較的早かったため、その時点では薬物治療と、虹彩《こうさい》に穴を開けるレーザー治療で事なきを得た。

だが、一度壊死した視神経は元に戻らない。治療によって進行がどこまで喰い止められるのかもわからない。あなたの症状に軽々しい診断はくだせないと、医師から言われた言葉が重かった。

入院に四日間、会社に出るまでさらに一週間を要した。入院している間に会社を辞める決心はついていた。もともと少ない給料で妻に負担を強いる生活だった。今後、病状が進むかもしれない不安を抱えながら、自分ひとりが好き勝手はできなかった。

知り合いに、同じく小規模の出版社から五つ星出版に転職した男がいた。自費出版の商売は金になるという。彼の紹介で入社した後、年収が二倍となった。

一年後、以前の会社で手がけたお笑い芸人の作品が突如話題になり、ベストセラーとなった。尾崎は心から嬉しかった。もう関係のない場所にいるとはいえ、彼が認められるきっかけの一助となれたのなら、編集者冥利《みょうり》に尽きるというものだった。

その後、点眼治療によって進行を抑えていたが、五年目を過ぎたあたりから急激に左眼の視力が衰えだした。完全に失明したのはその二年後だ。

この右眼もすでに視神経障害が進み、視野の上部が欠けはじめている。いまは眼圧を下げる治療を定期的に行いながら、なんとか進行を押し止《とど》めている状態だ。いつか左眼のように視力を完全に失うのかもしれないが、そのときがくれば腹を括《くく》るしかない。

一太が生きていた頃は、なんとしてでも視力を保っていたかった。盲目でも子供を育て上げる親は大勢いるが、彼は二歳のときに母親を亡くしている。膵臓癌《すいぞうがん》だった。夫と子供のために、自分のことはいつでも後回しにする女だった。体調不良が続き、ようやく病院で受診したときには、余命三か月の末期だった。

妻の分も息子の成長を見届けたかった。父親の眼のことで不自由を与えたくなかった。

だが一太も小児癌を発症した。三年前、彼が五歳の秋だった。

尾崎は仕事を辞め、一太を連れて故郷の群馬に戻った。小児癌や心臓病の子供を預かる療養施設に入れ、自身は農家を廃業した親戚の空き家を借りた。町から外れた森に建つ病室の窓からは、尾崎と亡き妻が幼い頃から眺めて暮らした妙義山《みょうぎさん》が望めた。険しく荒々しいその山並みを眺めながら、一太は、いつかあの山にお父さんと登るんだと言った。

一太が死んだのはその翌年、六歳になったばかりの初夏だった。

新幹線は小倉駅に到着し、そこからさらに尾崎は地元のローカル線に乗り換えた。

もとは石炭や石灰石を運ぶために敷設されたこの路線は、いまは北九州市周辺のベッドタウンを結んでいる。町の外れに古道織江が暮らしていることは、奈良の彼女の実家からようやく今日、聞きだしたばかりだ。電話では埒《らち》が明かず、直に加村家に押しかけた結果、現当主である織江の伯父は、下手に黙っているほうが騒がれると判断したらしく、渋々ながら教えてくれた。

織江は自分が奈良出身であることも実家がどこにあるかも尾崎には伝えていない。『焔』に書かれているのは彼女の実体験であろうと踏んだ尾崎が、作品の舞台である奈良の高畑にある旧家を調べ、加村家を探し当てたのだった。

主人公をレイプし、現在俳優をやっているとの男が真島であろうことも察していた。主人公がその男をテレビで観た時期や、男が出ていた番組宣伝の模様、その容貌、体格、声。『焔』を読んで真島謙介を連想する読者は少なくないはずだ。本当に『焔』が数多くの書店に置かれていたのであれば、だが。

織江は真島の過去を暴こうとして、レイプ犯を詳細に描写したのではなかった。ただ書いているうちに手が止まらなくなったのだ。自分が見たものとそのとき抱いた感情を、彼女は余すところなく書き尽くすしかなかった。決して文章は上手くないが、『焔』は、やむにやまれないものに突き動かされた切実さと迫力に満ちた小説だった。

しかし、エンターテイメントとして巧《うま》いのは圧倒的に『BOW—火の宴』のほうだ。初めて読んだとき、模倣の巧みさだけではなく、文章や構成にも目を見張るものがあった。悔しいが、物書きとしての能力は、香村由羽が古道織江を凌いでいると認めざるを得なかった。

それでも『BOW—火の宴』には、豊かさというものがなかった。優れた作品には、どんなに暗く陰惨な物語であろうが、読んだ後に心をふくらませるなにかがある。能力を凌駕《りょうが》する豊かさが、織江の『焔』には確かにあったのだ。そしてなによりも魔力が。

ふたつの作品を読み返しながら、尾崎はどうしようもない怒りに震えた。

そうして、自分は織江の作品に心底惚《ほ》れていたのだと自覚した。

なのに途中で見捨ててしまった。あの頃、一太の命を助けること以外はなにも考えられなかった。

会社が織江に宣伝費をふっかけていることは知っていた。もともと、イベント会社やエステ商品の販売会社を経営し、幾つかは成功させ、幾つかは倒産させてきた社長が新たに目をつけたのが自費出版事業だった。

客によって良心と儲《もう》け主義を使い分ける、これが会社のやり方だった。自費出版しようとする人間はおおざっぱに見て行動力があり、社会的なネットワークを持っている。自伝を出版する会社経営者、ハクをつけるための論文を発表する博士、趣味で描いている絵をまとめて画集を出す主婦、といったタイプがこれだ。

このような客には、会社は誠意の限りを尽くした対応をする。五つ星出版の棚のある書店の中で、どの地域のどの店に置いてほしいかの希望もできる限り叶《かな》え、出版後もどこで何部売れた、動きの悪い書店を訪問して目立つ場所に置き換えてもらったなどの細やかな報告を怠らない。むろん、どの客にも「いい本だから広く書店に置きたい」と部数を多くすることを勧め、「売るためには宣伝が必要」と、宣伝費を捻出させる方向に持っていくが、信頼を損なわないよう、その按配《あんばい》に留意する。信頼を裏切れば、社会的プライドを持つ彼らは詐欺被害に遭ったと、法と世間に訴えるからだ。たとえ彼らの事実認識の欠如による被害妄想であっても、被害報告は会社の評判を落とし、利用者の減少に繋がる。

だがたまに、社会との繋がりが希薄で、かつ、親の遺産などによって裕福な利用客がいる。こういうタイプは要求すればするだけ金を出し、後で出版社へ不信感を抱こうとも黙っているケースが多い。たったひとりで作品をつくりだすエネルギーはあっても、騙《だま》されたことを認めるには肥大化しすぎたプライドが邪魔をし、社会的な行動を起こせないのだ。言葉次第でいくらでも金を毟り取れる彼らを、五つ星出版がカモにしないわけはなかった。

わかっていて、尾崎は眼を逸らし続けていた。販売部の口先三寸に丸め込まれるのなら、それも本人たちの責任だと考えた。一太を育てる費用を稼ぐためだ。織江に対しても、心に重い石を抱えながらも、編集者としての仕事は終えたのだと、出版後のことは知らぬ存ぜぬを決め込んだ。

その後、五つ星出版の元同僚にそれとなく訊いたところ、予想に反して織江は追加の宣伝費を出さず、そしてほかの黙り組の利用客と同じく、自分の本がどこに置かれているのか、どのくらい売れているのかなどの問い合わせも一切してこないとのことだった。

治療の甲斐《かい》なく一太が死んだときは、罰が当たったのかもしれないと思った。

真島の過去を暴くつもりは、いまのところない。レイプ犯が彼である証拠を押さえてもいない。いったん噂になれば、噂について書くことはできるが、『焔』は想像どおり、ほとんど人の眼に触れなかったらしく、あの犯人と真島を結びつける人間はネット上を限なく探しても皆無だった。

尾崎が知りたかったのは香村由羽の真意だった。『焔』を巧みに模倣し、一躍人気作家となったあの女の目的はなんなのか。あの女に事実を吐かせ、織江に自分の作品を取り戻させるには、まずは香村由羽そのものを調べ上げるべきだと考えた。

『へえ、尾崎さんが芸能ニュースやるの？』

ネタになりそうな芸能人の住まいなら実家まで把握している編集長に真島の住所を訊いたところ、意外そうな顔をされた。それまでは書籍の紹介や貧乏鉄道旅行の紹介など、文芸ネタやローカルネタを担当していた尾崎がなんの風の吹き回しかと思われたのは当然だ。

『いや、今回の映画関連で』

『「BOW—」ね。なに、真島が絡んでんの？　もしかして武宮みのりとデキてるとか？』

『いえ、相手は原作者の香村由羽です』

二十代前半に『日刊エムス・オンライン』を立ち上げ、たった数年で年商三億の広告利益を上げている若い編集長は、尾崎の言わんとするところをすんなりと悟った。

『まだ香村を追いかけてんの？　あのさぁ、面倒なのは勘弁だって。うちは無法地帯でやってるけどさ、だから見逃されてる部分もあるわけ。マジじゃない振りして対象をおちょくるのがいいんだよ。でもあなたのは証拠もつかんでないのに内容が洒落になんない。真島まで登場させて、これであかつきと笹山エージェンシー、ふたつに潰しにかかられたらどうすんの』

『ＢＯＷ―火の宴』が『焔』の盗作ではないかとの原稿を書いたときも、首を横に振った編集長だった。

『これアップしたら、まああかつきは、いまの段階では告訴はしてこないだろうな。ふたつ並べて検証されるとヤバいのは向こうもわかってるから、別の方法でうちを攻撃するだろうな。で、もしこの記事が話題になって、どこかで「焔」と「ＢＯＷ―」の類似が検証されだしたら、そのときは堂々と名誉棄損で訴えてくるだろうね。だってこれはあかつきが勝つよ。文章そのものは違ってるから。いくら内容が瓜《うり》二つで誰が見ても盗作でも、盗用裁判では文章が同じかどうかのみ論点になる』

編集長の言うことは正しかった。読めば誰もが異様に似ていると判断する作品でも、裁判では、同じくする文章はひとつもないという理由で、ほとんどが訴えた側の敗訴となる。木を見て森を見ず。それが日本の著作権裁判の現状だった。

盗作は、自費出版や同人誌の作品が餌食《えじき》になりやすい。次に無名作家の、販売部数の少ない雑誌等に掲載された作品だ。

盗作された作家の八割は、そのことが原因で筆を折るという。盗作した側ではなく、された側がだ。なぜされた側が筆を折るのかと、多くの人は首を傾げるだろう。尾崎もかつてはそうだった。

八年前、尾崎が担当した自費出版の作家の作品が、ある女性作家に盗用された。

彼は言った。

——金儲けの下手な人間が、死にもの狂いで働いて、一千万を貯めたとします。子供にいい服を着せたい、いい学校に行かせたい、自分も人生を立て直したい。いろんな思いでね。でもようやく目標の一千万を稼いで、その全額を銀行で下ろして、銀行から出た直後、いきなり誰かにかっぱらわれた……

そしてかっぱらった人間が、子供にいい服を着せ、いい学校に行かせて、自分も会社を起こして幸せそうにいるのを、証拠を提示できないからなにも言えず、ただ眺めているしかない。無理矢理たとえればそんな心境なんです。

「盗まれるほどのものを持っていたってことでいいじゃないか」「明日からまた働いて、コツコツと金を貯めればいいじゃないか」、周りの人はそう言います。でもそんな気力は、どうしたって湧いてこないんです。本当に、衝撃が大きすぎると、人は心が動かなくなるんです——

タイ料理屋でふたりに会ったあの夜、尾崎はタクシーで先回りし、真島のマンションの前で張っていた。

夜十時頃、真島が香村由羽をともなってタクシーで帰宅した。

尾崎は夜闇に紛れて塀をよじ上り、階段を使って真島の部屋のフロアに上がった。

そこで真島と、真島を訪ねてきた男の会話を聞いたのだ。

直感が働いた。この男はかつての真島の仲間だ——織江がレイプされた現場にいた男たちのひとりだ――

真島と由羽のツーショットをとりあえず何枚か盗撮し、マンションを出る男の後をつけた。盗作者、香村由羽の身辺をつかむのも、レイプ犯罪者、真島の背後を調べるのも、徹頭徹尾、織江への贖罪《しょくざい》の気持ちに突き動かされていた。

急がなければならなかった。もしも眼が見えなくなったら、編集者の仕事はできない。

乗客のまばらな列車に二十分ほど揺られ、尾崎はU駅で降りた。

二車両分の長さしかないホームに立ったのは尾崎ひとりで、あたりは閑散としていた。

ホームの端に、あちらこちらへこんだアルミの灰皿が設置されていた。そこで尾崎は煙草を立て続けに二本吸った。線路の左側は鬱蒼《うっそう》とした木々がフェンスに覆い被さり、右側には薄暗い道路が走っている。道路沿いには点々と、チェーンの弁当屋やコンビニ店、パチンコ店といった建物が、すでに灯りを落として闇に佇《たたず》んでいた。

そのさらに向こうには田畑が広がり、小洒落た住宅が飛び飛びに建ち、こんな辺鄙《へんぴ》な土地でも需要があるのか、アパートらしき建物も幾つか見える。

煙草の煙を吐きながら、尾崎は侘しいと思った。住む人間の少ない、かつ人間関係の希薄そうな町を選んで、古道織江は引っ越しを重ねてきたのだろう。初めてこの駅に降り立ったとき、彼女の心にはなにが映っていたのだろうか。

灰皿に煙草を捨てた。てっきり水が張ってあるものと思ってそのまま捨てた最初の煙草が、アルミの口から白い煙を細々と吐き出していた。

駅員のいない改札を出て、織江の住所を記したメモを片手に、人気《ひとけ》のない道路を歩いた。腕時計の針は十一時を指そうとしている。彼女のアパートの窓に明かりが灯っていれば訪ねるつもりだ。訪ねるのが昼でも夜でも、おそらくいい顔はされない。今日のところは小倉のホテルに泊まり、明日出直すことも考えた。だが面と向き合いさえすれば、夜のほうが素直になってくれる気がした。

否、尾崎自身が一日も待てないのだった。彼女の信頼を裏切った過去を、一刻でも早く償いたい気持ちが逸《はや》っていた。

電柱のプレートの住居表記を頼りに路地をひとつ曲がると、少し開けた一画があり、何台か並んだ自動販売機が煌々と明かりを落としていた。

その前で中学生か高校生くらいの少年が四人、地べたにしゃがみ込んでいる。一様に赤や紫といった派手な色のダウンジャケットを羽織り、その下はだぼっとしたシャツと、同じく腰骨まで下げたデニムという出《い》で立ちだ。それぞれ食べているのはハンバーガーやインスタントラーメンで、背後の自動販売機で売られているものらしかった。ほかにジュースとアイスクリーム、ビールの販売機もあった。

織江の家に向かっている、その緊張をほぐすため、ビールを一本呑んでいこうか。いや、四本くらい買って手土産《てみやげ》代わりにしようか。

自動販売機に近づくと、通りの向こうから女がひとり、歩いてくるのが見えた。

薄桃色の厚手のカーディガン。肩の盛り上がった前屈みの姿勢。ゆっくりとつっかけを引き摺る音が夜闇に響いている。

少々おかしな酔っ払いが夜中に酒を買いにきたという風情だった。目深に被った帽子とマスクとで顔は覆われている。

少年たちが女を見て、にやにやとしはじめた。

いちばん端のビールの自動販売機の前に、女が立った。そこには少年のうちひとりがもたれており、コイン投入口は彼の頭上にある。

女がカーディガンのポケットから長財布を取り出し、千円札を入れた。少年たちは女の一挙一動を見ている。女は見られていることに無頓着に、ビールのロング缶のボタンを押す。

ゴトン——女が缶を取り出そうとしたとき、カーディガンの裾が、座っている少年の頭に被さった。

少年が頬を歪めて顔をそむけ、ほかの者たちはくっ、くっと声を出して笑いだす。

女は続けてまたロング缶を買い、合計二本をカーディガンのポケットに入れた。次いでまたつっかけを引き摺り、フード類の自動販売機に向かう。

少年たちがいることを気にしない、岩でも避けるかのような雑な歩き方だった。女がまた財布を開けたとき、小銭が落ちた。女が屈んで拾おうとする。その拍子に、カーディガンのポケットに入れていたビールのロング缶が零れ落ちた。一本は派手な音をたててアスファルトを転がり、一本はそばに座っている少年の膝頭に当たった。

「がいてぇ」

声があがったが、女は聞こえないかのように、地面に転がったビール缶を鈍重な仕草で追いかける。

「あんなぁ、がいてえっちゃ、おばちゃん」

女が一本を拾い、少年の足元にあるもう一本を眼で捜す。

「へへ、ぶっちされちょる」

少年がビール缶を足で転がした。ほかの少年がやはり足で受け止め、またほかの少年にパスする。ごろごろ、ごろごろ。女は拾った一本と長財布を抱え、しばらくその様子を眺めて、肩で溜め息を吐いた。そうしてまた酒類の自販機に戻り、同じビールのロング缶を買う。いい大人なら、馬鹿を相手に意地を張っても危険なだけだと知っている。これで帰ればいいものを、女はまたもやフード類の自販機に戻り、小銭を投入する。

「なあ、なに買《こ》うちょる？」

なにを思ったか、ビール缶を膝にぶつけられた少年が立ち上がった。

「おばちゃん、なあ、顔見せてくれん？」

女は黙々と小銭を入れ、おにぎりとプリッツのボタンを押した。取り出し口に手を伸ばしたとき、少年が女の帽子を取り上げた。

直後、長い黒髪がさらりと舞った。思いがけずくっきりと大きな眼が、自販機の明かりに照らされた。

それまで半ば無意識に女の行動を眼で追っていた尾崎は、全身に電流が走る思いだった。

「なんじゃ、やっぱおばちゃんじゃねえでえ」

少年たちが立ち上がり、ぞろぞろと彼女を取り囲んだ。

「うっそ、お姉さん、美人。なあ、俺らと呑んでくれん？」

「こん近くに住んどるん？　見たこつないき、マスク取らんかえ。こんビールもらって良かかい？　お姉さん、財布にお金いっぱい入っちょるもんね」

彼女はなぜ逃げようとしないのか。そもそも警戒する素振りもなく、なぜわざわざザコのたむろする中に入ってきたのか。

「なあなあ、ここ来ちょくれえ、なあ」

少年のうちふたりが彼女の両腕をつかんだ。弾みで彼女の脚がつんのめった。ふたりに引っ張られ、ふたたびビールの自販機の前に彼女が立たされた。

「ビール、ビール」

左右からおどけた声で言われるが、彼女は俯《うつむ》いたまま動かない。

尾崎は脚を踏み出した。

「やめろ、きみたち」

駆け寄った。

彼女がゆっくりと顔を上げた。その眼が尾崎を見た。

ようやく会えた――悦びと緊張が体内で弾け、だがすぐさま、尾崎は身構えた。

自販機の明かりを反射した眼は色のないガラス玉のようで、こちらを見てもなんの表情も浮かべない。

「なんじゃ、このおっさん」

少年のひとりが尾崎を指差し、小馬鹿にした声を出す。

尾崎は彼女の前に立った。

「この人に関わらないでくれ。僕の大切な人だ」

大切な人だ――その言葉がとっさに出た。

「しゃあしい、マジしゃあしい」

少年たちがせせら笑う。

「おっさんも交ぜてやるき、なんか奢らんね。俺ら、金ないき、ひもじかぁ」

赤いジャケットの少年が、鼻ピアスを光らせて近づいてくる。

「おっさんもなんか買いにきたんじゃろ。ほら財布ば出さんかえ」

左側から肩を抱かれ、ぽんと背中を叩かれた。

「ふざけるな！」

腕を振りほどき、少年の胸ぐらをつかみかけた瞬間、
ゴトン――

また自販機の音がした。

振り向くと、彼女がビールを取り出していた。

続けてフード類の自販機から、先刻購入したおにぎりとプリッツを取り出し、そのまま通りのほうへ歩いていく。

「待ってくれ！」

追いかけた。

道路を渡ろうとする彼女の腕をつかんだ。

厚手のカーディガンでふくらんでいた腕は、マシュマロを握り潰すかのようにどこまでも指

がめり込み、か細い骨の感触を覚えたとき、織江がゆっくりとこちらを向いた。

その眼に、尾崎はふたたび戦慄した。

まじろぎもしない眼が、瞳孔を透きとおらせ、ふたりの間に茫洋《ぼうよう》と視線を放っていた。人のぬくもりを感じられない、異様ななにかに触れた気がした。思わず手を離しそうになった。

さもなければいますぐ、この頼りなげな体を、骨が折れるほど抱きしめたい――

あまりにも危うい彼女の姿を目の当《ま》たりにしたせいか、織江を前にするまで想像もしなかった激しい感情が、尾崎の体の芯を衝き抜けていた。


プルタブを引くと白い泡が吹き零れ、指を伝ってテーブルに垂れ落ちた。

慌てて周りを見回し、テーブルの脇にあったティッシュボックスから何枚かを引き抜いた。

織江のほうは少し離れたダイニングテーブルで、グラスに口をつけていた。暖房の効いた部屋で靴下を脱いだ素足が、すっと伸びた五本の指を、ロングスカートの裾からのぞかせている。

尾崎も与えられたグラスにビールを注いで、「いただきます」と、ひと口含んだ。

口の中には泡しか入ってこない。

言いたいことは喉を突き破りそうなくらいあるはずだった。

だがいざ織江と再会し、こうして彼女の部屋に上がると、ただただ体が硬くなり、臆してしまう。

中高層の建物が見当たらないこのあたりでは、いちばん家賃の高そうなアパートだった。キッチンと広めの洋間を仕切る引き戸が開け放たれ、織江はいまキッチンのほうに座っている。洋間の隣にはもう一間、寝室らしき部屋があるようだ。

尾崎は脇に置いたジャケットから煙草を取り出しかけ、はたと手を止めた。

落ち着かないのは、床にもテーブルにも埃ひとつ浮いていない、清潔すぎるほど片づけられた部屋のせいもあった。

白いテーブルに白いソファ。木製の棚に置かれたテレビもＤＶＤデッキも、きれいに磨かれてつやつやと光っている。『焔』の主人公が幼い頃に聴いていたオーディオは、マッキントッシュや父親お手製の真空管アンプ、スピーカーもＪＢＬのパラゴンやＢ＆Ｗのマトリックスなど個性があったが、この部屋にあるのは家電量販店で注文したのだろうありきたりの日本製だ。ほかに雑誌や本の類もなく、絵も写真も観葉植物もカレンダーもない。

「会話の糸口が見つからないって顔ね。以前は会うなりあんたのほうからペラペラ喋ってたのに」

織江はあっという間にグラスを空にし、またビールを注いだ。

ビールを買いにいく前にすでに相当呑んでいたのが、仄かに赤く潤んだ瞳でわかる。

織江を救いたい一心でここまで来たのだ。三年前に会ったときも孤独で切迫した眼差しを浮かべていたが、いまはさらに追いつめられた心境でいるに違いなかった。自分の裏切りと、この本の存在によって。

なのに、彼女のこの不穏に据わった眼はなんだ——

「もちろん話があって来ました」

尾崎はぎこちなくグラスを置き、脇の鞄を開けた。

「これを読みましたか」

香村由羽の『BOW―火の宴』を、テーブルに置いた。

織江は眼の端でそれを眺め、長い睫毛を緩慢に伏せた。

その視線をビールグラスに戻し、整った横顔でグラスを呷る。

「ビール足りないかも。ここ、十一時過ぎると売ってるとこなくって」

足りないのは自分に一本を与えたせいだ。

「タクシーを呼んで、あるところまで買いにいきます」

「明日にはネットで頼んだのがくるけど。欲しくなったらそうして」

「だから、あんな柄の悪いのがたむろしている場所には行かないでください」

織江はまた気怠げな瞬きだけを返す。その瞳は先刻会ってから、一度もこちらを見ない。なにを言っても信頼されない。その辛さが尾崎の心を刺した。

過去への慚愧《ざんき》に苛まれながらも、尾崎は姿勢を正し、織江に真っ直ぐ向かった。

「私は、あなたに償いたいのです。これをあなたもお読みになりましたね。私はこのままではいられない。この香村由羽が古道織江の作品を盗作したという事実を世に知らせたい。あの作品のオリジナルを、あなたのもとに取り返したい」

焦燥のままに喋り続けた。答えてほしい。こちらを見てほしい。あのとき自分を見つめた、大きく輝く瞳で。自分を信じ、頼ってくれた眼差しで。

「私の知り合いに、著作権や知的財産権を専門とする弁護士がいます。出版業界には名の知れた弁護士です。一緒に相談にいきませんか。同時に、あなたが新たに作品を書いてくれれば、私はそれを出版社に売り込む。もう一度、なにか書いてくれませんか。書きたいことが、あなたには積もっているはずです」

虚《うつ》ろな表情で、織江がゆっくりと息を吸った。溜め息を吐くための深呼吸だった。形のいい小鼻から長い息が吐き出され、その間、息を吸った胸以外、整った目鼻も唇も微動だにしなかった。

尾崎は膝で拳を握った。

体が熱を持っている。効きすぎた暖房と、答えない相手への不安と、そうさせている原因をつくった自分への悔恨のために。

「古道さん」

名前を呼んでみたが、もう声が続かなかった。妻や一太の遺影に語りかけるほうが、よほど言葉が出てくる。

織江は応えない。

もう一度、彼女を強く見、ふと、目の前の女を力ずくでなんとかしたいという男の欲求を、尾崎はいま抱いている気がした。

心に渦巻いている熱が、肉体の疼きをまとっている。どうにかして答えてほしいとの焦燥は、怒りの感情すら帯びている。

自分に反応してほしい。反応させたい。言葉で繋がることができないのなら、男の力で訴えるしかない——

こんな黒々とした衝動は初めてだった。尾崎はうろたえ、動揺した。

そうしてひとつ、わかった。

彼女は対する者の感情の、薄暗い部分を掻き立てる。

理性の膜に爪を立て、嫌な音をたてて掻き破る。

それがあの小説の魔力でもあったのだ。

過剰な感情に埋め尽くされている反面、読み手に自分をわかってもらいたいとの希求はまったく見えてこない作品だった。だからこそ、この女から削《そ》ぎ落とされたものを一字一句から探し出そうと、全身を眼にして貪り読んでしまうのだ。

掌が粘ついている。口の中はカラカラだ。

織江はいま、テーブルに肘をつき、こめかみに指を当て、なにを見るともなく視線を宙に放っている。

たとえ力ずくでその肩をつかんでも、彼女の沼のような瞳は濁った水飛沫ひとつあげないのだろう。先刻の自動販売機の前でもそうだ。チンピラぶった少年たちになにをされようが、金を盗《と》られようがあの場で押し倒されようが、織江は宙に視線を漂わせたまま、されるがままになっているのかもしれない——

ふいに織江が立ち上がった。

ビクッと尾崎の体がこわばった。織江が近づいてくるのかと思った。

だが彼女はやはりこちらには眼もくれず、背後の棚を開け、ウイスキーの瓶とグラスをひとつ取り出した。

それらをテーブルに並べ、スカートの左右を両手で軽く広げ、優雅な所作でふたたび椅子に座る。

「あんた、あの女を痛めつけてくれない？　私が味わったのと同じ方法で」

それまでと変わらない、低い声だった。

尾崎ははっと織江を見た。

織江は慣れた手つきでウイスキーの栓を開け、グラスに三分の一ほど注いでいる。

そうして背筋を伸ばした姿勢でグラスを口につけ、ふっくらと小さな唇を琥珀《こはく》色の液体で湿らせた。

「せっかく盗作したんだもん。私の人生を追体験させてあげましょうよ。ひ弱そうなあんたひとりじゃ頼りないから、あんたの知り合いっていう中から、何人か良さげなの選んでよ」

この人は初めて会ったときも、美しい姿勢で窓際の席に座り、華奢な手を優雅に膝でそろえていた――

尾崎はいま、改めて織江に眼を奪われていた。

そうだ、無残極まりないあの小説をともに直しているさなか、彼女の高貴は、己の内でいささかも崩れることはなかった。

「知り合いではないですが、最近知ったので、使えそうなのはいます」

急《せ》き立てられるように答えた。

この人の役に立ちたい――高揚のさなかで、ただその思いにのみ取り憑かれていた。

織江は閉じた唇の両端を微笑みの形に上げ、頷いた。

そうしてゆっくりと、こちらを見た。

今日初めて、美しいその瞳が、はっきりと自分を見て微笑んでくれた。

3

「もちろん大丈夫です。今月中にはプロットをお送りします」

珈琲カップを両手で持ち、由羽はあかつき出版の野田ににっこりと答えた。

白金《しろかね》にある老舗《しにせ》ホテルのラウンジルーム。夕刻の陽射しを浴びて、中庭の紅葉が窓際のテーブルにちらちらと影を落としている。大きな額入りの風景画の前では、タキシード姿の黒人ミュージシャンがウッドベースでジャズを演奏している。

「お急ぎにならなくていいですよ。ほかにもたくさん原稿の依頼がきてお忙しいでしょうし。でも他社の出版時期が決まったら教えてくださいね。一か月でも二週間でも遅れて出したいんで」

「それはどうしてですか?」

「いやまぁ、同じ著者の作品なら読者は新しく出したもののほうを選びがちですし、加えて他社の宣伝に乗っかることもできますしね」

ははは、とジャガイモみたいな丸い図体を仰《の》け反らせ、四十過ぎでもう頭頂部近くまで曲線を描いているおでこを掻きながらそんな本音も漏らすくらい、野田は自分に心酔している。

「私を世に出してくれたあかつき出版さんを、ホームグラウンドだと思っています。次回作も心を籠めて書かせていただきます」

珈琲カップをソーサーに置き、両手を膝でそろえ、由羽はちょこんと頭を下げた。下げながらゆっくりと眼を閉じ、ゆっくりと開けて、相手を見る。織江を意識しなくてももう、自分の仕草として身についている。

「光栄なお言葉です、よろしくお願いします！」

野田は深々と頭を下げ、それから腕時計を見て、

「あ、もう五時ですね。どうですか、この後、もし時間がおありでしたらお食事でも」

「すみません、私、これから用事があって」

「え〜、香村さんのお好きそうな焼肉屋を予約してるんですが」

「白金に来たついでに、このあたりに住んでいる友達と会う約束をしていて」

最近、どの編集者との打ち合わせも、このホテルのラウンジを指定している。謙介のマンションに近いからだ。セレブな人たちが住む街の高級ホテル。ここを指定し、慣れた態度で珈琲を注文するだけで、すでに自分がこの街の住人になった気がする。

「では次はぜひ、ご一緒させてください」

「楽しみにしています。それまでにプロットを仕上げておきますね」

野田にタクシーに乗るところまで見送られ、運転手に謙介の住所を告げてから、由羽はやっと気持ちがゆるみ、シートに身を沈めた。

『次回の作品、どういう内容にしましょうか』

これまでも野田と呑みながら次回作の話となり、由羽としては何度かそう言ったことがある。

そのたびに、

『香村さんの、お書きになりたいものを書いてください』

頭を下げてそう言うだけの野田は、作家を尊重する編集者然とした自分に酔っているのがありありだった。

書きたいものを書くのは当たり前だ。そもそも自分は大きな文学賞の受賞作家で、映画化までされる作品の原作者なのだから。

そういったことを前提で相談しているのだが、毎回同じことしか言えない野田が歯がゆく、だが内心、ホッとしてもいた。

次回作の内容など、まったく頭に浮かばない。だから本当は次回作のための具体的な話など、しようとされても困る。

『BOW—火の宴』のあかつき文学賞受賞、次いで映画化が決まってから、幾つもの出版社から単行本、文庫、雑誌の連載、短編掲載の話が舞い込んできた。レイプ問題についてのコラム、コメントの依頼も多い。

そのどれもを、一応は引き受けている。断る理由が思いつかないからだ。

原稿依頼が来るたびに、正直、面倒だと思う。書きたいこと？　そんなもの、べつにない。でもなぜか断れない。来るものは受け入れるしかないと思う。そういうときにいつも、織江もそんな子だったと思い出す。

彼女は体育祭の学年ダンスのソロをまかされたときも、友達にリップクリームを貸してと言われたときも、必ずにっこり頷いて、相手の要望に応えていた。

運動神経の鈍い人間がソロダンスを踊るなど、できる人にはわからないプレッシャーがあったはずだし、リップクリームなんて、あの潔癖症の織江がなんの頓着もなく他人に貸せるわけがなかった。

だけど断れないんだ。やっぱり織江と似てるんだなぁ、私……そう思うと、どの依頼にも「ありがとうございます」と答えてしまうのだ。

でも次回作か。本当に浮かばない。書きたいことってなんだろう。

いまはネタ元になる小説を読む時間もない。だから短編の場合、適当な雑誌をざっと見とおして、目立つ作品を基にストーリーをつくる。姉妹の物語であれば、姉と妹でキャラを反転させ、舞台が金沢であれば、自分のよく知っている奈良に移転して臨場感を持たせ、それできちんと「さすが香村さん」との評価を受けている。

だが真似をするのだってモチベーションが要る。なんだかんだいって、真っ白なページを自分の文字で埋めていくのは重労働なのだ。これを基にしたいとの欲求が湧くほど魅力的な作品に出会えなければ、おもしろい文章なんて書けやしない。

由羽の頭はいま、どこを叩いても真っ白だった。なにも浮かばない脳味噌に、焦りだけが湧いていた。

——織江はどうして新しい作品を書かないの。ネットでずっと探して、古本屋もチェックしているのに。

織江の真似こそがいちばん上手くできる。織江を真似してきたから、いまの自分の成功がある。

自分にもっとも似合うのは織江なのだ。織江の真似だけをしたいのだ。

――いまどうしているの、織江。会いたいよ。あなたがいないと私、どうしたらええのかわからへんよ――


タクシーはすぐに高輪の謙介のマンションに着いた。

謙介に教えられた暗証番号でオートロックを解除し、中に入った。

エレベーターの前に立つと、その右奥の廊下から煮魚の匂いが漂ってきて、由羽は一気にげんなりとした。

このあたりは白金よりも少し下町っぽく、貧乏臭いアパートも建っている。店内がごちゃごちゃとした庶民的なスーパーもあり、白金のスーパーだったらレタスはだいたい二百円以上するのに、ここでは百円で売っていたりする。モヤシは白金ならひと袋五十円、ここでは三十円だ。

謙介のマンションもオートロックなのはいいけれど、高級マンションならたいていあるロビーのソファがないし、コンシエルジュも管理人も常駐していない。エレベーターも壁と床がところどころ剝がれているし、廊下も狭いし、ときどきどこかの部屋から赤ちゃんの泣き声が聞こえてくるし、もし謙介と結婚して編集者をうちに呼ぶことがあっても、これじゃちょっと恥ずかしい。

私がもっと稼いで家賃の三分の一くらいは負担して、もっと豪華なマンションに引っ越さなきゃ――それがいま、由羽が小説を書く上での唯一のモチベーションだった。

謙介の部屋のインターホンを押した。しばらく待ったが返事がない。もう一度押してもシンとしている。

買い物にでもいったのだろうか。私をもてなすために、たまに謙介はシャンパンやチーズを用意してくれたりする。

ケイタイで電話した。謙介はすぐに出た。

『ごめん、いま撮影が押しててさ、まだしばらく出られそうにないんだよ。え？　クイズ番組でさ。いや、番組名はなんだっけな、えっと、あ、ごめん、ＡＤが呼びにきた』

なによ、もう――

憮然《ぶぜん》とケイタイを切った。せっかく青山の下着専門店で購入した、赤いレースに蝶柄の可愛いブラジャーとショーツを着けてきたのに。

なんだか今日はテンションが下がることばかりだ。

廊下を戻り、エレベーターで一階まで下りた。

下りてから、ここは大通りまで五分くらい歩かないとタクシーをつかまえられないのだと気がついた。いつもは謙介がタクシーを呼んでくれ、さらに料金として一万円をくれるのだ。

そんな大切な扱いを受けるのは嬉しかった。正直に言えば自分のほうが稼ぎはいいと思うけれど。野田だって呑んだ後はタクシーチケットか、ないときは財布の中から一万円札をくれる。

それは私が大切な人間だからだ。織江と同じ、大切にされて当然な立場に立ったからだ。

マンションを出ると、あたりはもう薄暗かった。由羽は大通りまで歩き、間もなくやってきた空車タクシーに手を挙げた。

混雑した時間帯のせいもあり、深夜ならタクシーで四十分程度の道のりが一時間半もかかってしまった。

帰宅する前に家の近くのコンビニに寄り、トンカツ弁当とミックスサンドイッチと冷凍餃子、冷凍タコ焼きを籠《かご》に入れた。謙介と付き合いだしてから過食嘔吐をする気分にはならず、おかげで若干太った気がするが、謙介はもっとぽっちゃりしていいよ、美味しいものを食べてにこにこしている由羽は可愛いよと言ってくれる。タレントや女子アナはテレビで見るよりも痩せぎすで、なんの魅力も感じないそうだ。

でも今日はストレスを解消しなければならない。ナポリタンスパゲティと焼きうどんも籠に入れた。じゃがりこもそろそろ季節限定の新製品が出ていそうだ。それとチーズ味とサラダ味と、しょっぱいものを食べたらチョコレートも食べたくなるだろう。

重くなった籠をレジカウンターに置いた。ボブカットの女店員が、籠から溢れている弁当類や菓子類に驚いた顔をした。

店員のくせに、客の買うもの見ていちいち反応しなくていいんだよ――

謙介と会えないとわかった途端に体がぐったりと怠くなっている。レジの前に立っているだけで、浮腫んだ足がパンプスの中で痛くなってくる。なのに女はどうも新人らしく、バーコードを読み取るのにも弁当をあたためるのにももたついて、そのたびにたどたどしく耳に髪をかける仕草が鼻につく。女の隣には店長の名札をつけた薄毛のデブ男が立っている。さっさと代わって会計を済ませればいいものを、ひとつひとつ打つべきレジのキーを教えたり、「そうそう」と二重顎で頷いたりしている。

「ちょっと、客を使って無能な店員の研修しないでくんない？　この頭の悪い女のために、どんだけ待たせんのよ」

店中の客に聴こえるような大声で言ってやった。

店長は慌てて「すみません」と、バーコードリーダーを女の手から取り、プリッツやポテトチップに当てはじめる。

その横でぼんやりと突っ立っているだけの女に、由羽はまた怒鳴った。

「なにやってんの、品物をレジ袋に入れたら？　ああもういいからこっちに渡して。ほら早く」

中途半端に可愛いだけの能無し女からレジ袋を奪い、自分でサンドイッチやお菓子を詰めていった。

ぱんぱんにふくらんだレジ袋を両腕に提げて店を出たところで、薄毛店長が肩をすくめたのが眼の端で見えた。

舐めているんだ、私のことを。ブスだからって、待たせてもいい客だとバーコード頭で判断したんだ。客の私より、店員を可愛がることを優先したんだ。

たかがコンビニ店長とアルバイトのくせに。私を誰だと思ってるの。流行作家の香村由羽だよ。『BOW―火の宴』だけで、あんたらが十年かかっても稼げない金が入っているんだよ。だいたいあの真島謙介と付き合っているんだよ。あんたらからすれば雲の上のカップルなんだから。

あとでツイッターに、この店のことを書いてやろう。どこにあるかもさりげなくわかるように、客を大切にしないでイチャイチャしている店員の態度を嘆くという感じで。あの店長、奥さんはいるんだろうか。世の中、どんなに不細工で低収入で口臭も体臭も酷いおっさんでも、なんだかんだ結婚しているんだから驚いてしまう。ああ、私も早く謙介と結婚したい。受賞作家になって本が売れて、有名になって、それでも世間から羨ましがられるにはまだ足りない。格好いい俳優と結婚して、女としても幸せであることを見せつけたい。謙介はまだ超有名というほどではないけど、この映画で役者として大きく飛躍するだろうと言われている。話題映画の原作者の奥さんと、その映画で成功を収める俳優の夫なんて、絵に描いたような理想的なカップルじゃないか。

謙介は、いまはまだふたりの交際を世間に伏せておきたいという。映画が公開されると同時に発表したほうが反響も大きく、映画の宣伝にもなるからと。

でも由羽はそんなの不満だ。熱愛の噂くらいあったっていいじゃないかと思う。付き合いだした頃は、誰かに気づかれたい気持ちもあって外での食事を提案するのだが、付き合いだしてからの謙介はふたりきりでゆっくりしたいからと、いつも自宅に呼びたがる。

ただその気持ちもわかる。たまに食事をつくっているときなどに、謙介は後ろからお尻を触って、そのままショーツを下ろして挿れたがったりするのだ。そうして深く貫きながら、こんなに誰かが欲しいと思うなんて、自分でも初めてなんだと繰り返し耳元で呟く。

もともと謙介はセックスには淡泊らしく、いままで付き合ってきた女性ともほとんど、そのことで怒らせたり淋しがらせたりして別れてきたという。由羽もそんなに毎回したいわけではない。挿入行為より胸を舐めてもらったり、背中を愛撫してもらうほうがよっぽど気持ちがいい。

謙介はふだんはそんな性的な行為さえ億劫がるし、由羽も不満を感じるときがあるけれど、だからこそたまに強引なくらいに求められるとその分、愛され、欲されている自分を実感する。昂奮に眼をとろんとさせて迫ってくる謙介を思い出すと、自宅までの路を歩きながら由羽の顔がにんまりとしてくる。

性欲は自分では薄いほうだと思っていたけれど、いまはなんだかアソコがむずむずする。濡れているかもしれない。今度会ったときはゴムなしで挿れてほしい。謙介のもので下腹の奥を無茶苦茶に掻き混ぜられたい。子供ができたら結婚の時期も早くなる。映画の公開は三か月後。その頃、ひょっとしたらこのお腹に謙介の子供がいるかもしれない。いわゆる授かり婚だ。

三階まで階段を上り、外廊下を歩いた。オートロックもエレベーターもないこのマンションで暮らすのもあと少しだ。ふたりとも仕事で忙しいから、部屋探しは野田か謙介のマネージャーに頼んでもいい。彼らに結婚の報告をしたら驚くだろうな。早くみんなを驚かせたい。奈良で自分を馬鹿にしていたクラスメイトたちも、作家としての成功に加えて人気俳優との結婚なんて、羨ましすぎて悶絶《もんぜつ》するに違いない。

少し幸せな気分になりつつ、部屋に向かった。

両手が塞がっているので、いったんドア前に袋を置き、鞄から鍵を出した。

ドアを開け、お尻で支えながら両手で袋を持ち上げた。屈んだ姿勢で真っ暗な玄関に入り、袋を部屋の廊下に置く。

と、額の向こうで足音がした。

え——

顔を上げかけて、後頭部に衝撃が走った。

両膝が折れた。袋を握った手が指の付け根から床につき、骨が軋《きし》んだ。

「早く中に運べ」

男の声がする。

「え、俺ひとりで？　嫌や、手伝ってえな、重そうやし」

「うるさい、急げ」

脇腹を蹴られ、激痛とともに体が横転した。

背後でドアがロックされ、チェーンがかけられた。

両腕がつかまれた。そのまま体の下の玄関マットごと床を引き摺られていく。

「ぎゃああっ！」

叫んだ途端、今度はみぞおちを蹴りつけられた。

息が止まった。呼吸しようとしても胸が動かない。

「あんた、見かけによらず乱暴なことするな」

「大声をあげそうになったら、どこでもいいから思いきり蹴れ。痛みと恐怖で女は抵抗心を失う。おまえも憶えがあるだろう」

「あのさ、だからあのことは言うなって。うわ、マジ重《おめ》ぇ」

頭上で男たちの声がする。革靴の音がふたつ、顔の上と足のほうから聴こえてくる。

息を吸うことで精一杯だった。恐怖がぐらぐらと脳味噌を焼いていた。

なんなの、どうして、こいつらは誰、なんなのよ――！

肩や腰をあちらこちら壁にぶつけ、リビングまで引き摺られた。

「声を出すなよ、出したらなんかで殴るで」

ソファとテーブルの間で、手を離された。

後から入ってきた男が、壁のスイッチで明かりを点けた。

ひっ――

自分を見下ろしている男ふたりの姿を見て、また肺が悲鳴を放った。

黒い毛糸の帽子を眼のすぐ上まで被っている革ジャンの男。どこかで見たことがある。確か初めて謙介の部屋に行ったとき、金をせびりにきていた――

その男が、ガムテープをビリッと伸ばした。

「じっとしとけ」

口にテープを貼られた。「ぐふぅっ」と息が鼻から漏れ、鼻水が男の手に飛んだ。

「うわっ、汚ねっ、最悪」

男が顔中をしかめて、手をソファになすりつける。

そしてまたテープを伸ばし、眼に近づけてくる。

懸命にかぶりを振り、ソファとテーブルに手をついて後ずさった。

テーブルの上にテレビのリモコンがある。これでこいつを殴って逃げようか。

でもそのせいで仕返しをされて、もっと痛い目に遭わされたら――壁際には、もうひとりの男が立っている。

「眼は塞ぐな」

壁際の男が、帽子男を止めた。その男を見てふたたび驚愕した。

灰色のボサボサ頭。痩せて長身の、片眼の瞼が垂れ下がった――あのなんとかというネットニュースの記者だ。タイ料理屋で、織江の『焔』を持ってきた――確か、尾崎――

なぜ、どうして――

逃げたいのに、怖すぎて体が動かない。混乱しきって、どうしたらいいのかわからない。

「え〜」

帽子男が鼻に皺を寄せた。

「そやかてほら、この顔見ながらできると思うか？」

「自分のやられていることを逐一見せろというのも彼女の指示だ。こそこそと人のものを盗んだこいつに、盗まれるというのがどういうことか、はっきりと見せつけたい」

「俺、べつにこいつのマンコなんか盗みたくないよぅ。実際に見たらほんと無理っていうか。なぁ、もう五十万くらい上乗せしてくれへん？　ただでさえ危険なことすんのに、たった百万じゃ割に合わへんっていうか」

「遊ぶ金欲しさにつくったその百万の借金を、ほかに返せる当てがあるのか。だいたい昔同じことをやっておいて、いまさらなにが危険だ。ああ、でもおまえの場合はツケを払っているな。真島や三田や奥村の分も、おまえひとりが背負って負け犬人生を送らされているよな」

「……なんか、ますます勃たへん」

「金は交渉してやる。とにかく仕事としてやるんだ」

「わかったよぅ」

真島……？　真島って、謙介のこと？　謙介の分もツケを払っているってどういうこと？

謙介に恩があるはずの友達が、どうして私にこんな酷いことをするの？

腕を取られた。両手をガムテープでぐるぐる巻きにされた。動きを封じられたことで、改めて恐怖が湧いた。

「んんん……んぐ……！」

必死に藻掻いた。テーブルのリモコンに腕を伸ばそうとした。

だがもう届かない。上体を起こそうとした瞬間、腹が男の膝に押さえつけられた。喉からぐうっと呻きが漏れる。鼻が詰まって窒息しそうだ。苦しい。怖い。どうしたらいい。

「どうしよう、こいつなんか暴れてるわぁ」

帽子男が情けない声をあげると、尾崎が靴音を鳴らして近づいてきた。

太腿が蹴り上げられた。呻きをあげる間もなく、蹴られた箇所を革靴で踏みつけられた。

激烈な痛みに全身が緊張し、動けない。眼と鼻の奥が熱くなり、涙が溢れた。

すすってもすすっても鼻水が漏れてくる。思いきりすすると、どろりとした塊が喉の奥に流れ、また窒息しそうになって、塊を呑み込んだ。

「さっさと服を脱がせろ」

低く指示をして、尾崎が足をどけた。

痛みから解放されてホッとした。でもすぐに帽子男がワンピースの裾をまくり上げてくる。

下腹部をざわりと撫でられた。

「んんっ、んんっ！」

腰をひねり、縛られた両手でワンピースを押し下げた。

でも男はストッキングごと下着を下げようと、腰骨を乱暴に引っ掻いてくる。

由羽は横を向き、力いっぱい脚を閉じた。

「ああ面倒臭《くせ》え」

ストッキングが破かれた。ビリビリッと鼓膜を裂いて、太腿が冷気に晒された。

半端に残っている着圧タイプのナイロン生地が肌にめり込み、きつく縛られているようになった。

「あかん、肉がはみ出てよけい気持ち悪い。なあ、俺、やる気だけはしっかりあるんやけど、どうしてもこいつが勃ちそうにないねん。せめて後ろ向かせていい？」

「駄目だ。仰向けで、腹を出した負け犬のポーズを取らせるんだ」

「うへぇ、こいつの腹の肉を見ながらすんの？　試練やな」

男がワンピースをさらに腹部までたくし上げた。

冷気が腹肉に突き刺さる。腹を剝き出されたことで、恐怖がなお衝き上がる。お腹を殴られたらもっと痛い。死んでしまうかもしれない。

「うわあ、でっぷり肉が横にも垂れて、ストッキングの喰い込みがもう……直視できへん」

「いちいちうるさい奴だ」

尾崎が男の肩をつかみ、ソファに押しやった。

「そこで自力ででかくしておけ。俺が先にやる」

尾崎の長身がのしかかってきた。いつの間にかその手に、由羽の部屋にあったキッチンバサミが握られていた。

ぞっとした。冷えた相手の眼に、どこまでも残酷なことをやってのける意志が宿って見えた。

どうしよう、やめて、なにをしてもいいから、体は傷つけないで。おとなしくするから。私はまだまだ有名になるの、ちやほやされる人生が待っているの、やっと私にふさわしい場所に近づいているの——

「えっ、あんたもうできんの」

「やるよ。この女を犯す」

ハサミが皮膚に当てられた。由羽はぎゅっと目を瞑った。

硬く冷たい感触が皮膚をすべり、下着とストッキングのウエスト部分に潜り込んだ。

ジャリッ——

砂を嚙むような音を響かせて、ナイロンが切られた。

ウエストの喰い込みが解け、透き間で肉が盛り上がるのが自分でもわかる。

「へえ、なんか豪勢なパンツつけてんな。真っ赤なレースぴっちりで、こんな洒落たパンツでもＬＬサイズがあるんや」

ソファによじ登った男が余裕を取り戻したかのような口調で言い、煙草に火を点ける。

尾崎は無言でハサミを動かし続ける。

ジャリッ、ジャリッ——

二枚の生地がどんどん切り刻まれていく。腹部の締めつけから解放されて呼吸が少し楽になったはずなのに、腹の芯がこわばり、痙攣している。

ハサミが角度を変え、切っ先が肌にめり込んだ。

ビクッと全身が痙攣し、だが下手に動いて刃先が皮膚に突き刺さらないよう、必死にじっと耐えるしかない。

切り刻まれた下着とストッキングが、左右に分かれて床に落ちた。

膝を抱えられた。破れたナイロン生地がまとわりついている太腿が、大きく広げられた。白く光る蛍光灯の下で、股間部が無残に曝け出された。

「うひゃ〜、処理してないと、女ってみんなこんなジャングル状態なん？　びらびらが肉に埋もれてよう見えへん」

男がソファから覗き込み、煙草の煙を股間に吐きかける。

由羽の眼にまた涙が溜まり、喉に鼻水が流れ込んだ。

「うっ、ぐ……」

嗚咽が込み上げ、しゃくり上げた。ますます呼吸が苦しくなる。でも涙が止まらない。

悲しかった。

私はただ、大切にしてほしいだけなのに——

どうしてみんな、私のことを馬鹿にするの？　惨めな気持ちにさせることを言うの？　どうして私にはみんな意地悪なの？

「泣き声がウザい。もう一発殴れば黙るかな」

「目先の役割から逃れて、ずいぶんと緊張がほぐれているようだな。後でおまえも犯《や》るんだぞ」

「うーんと、酔っ払ってもうたらなんとかなるかな。な、酒ってなにがあったっけ」

男がソファから下りてキッチンへ入っていく。

「うわ、きったねぇ。レンジとか油でギトギトしてる。なんか流しも黴《か》びてんで。顔が汚いと部屋も汚いんか、とことん救いようがねえな」

ひっく、ひっくと由羽は泣き続けた。

突然、衝撃が腹に落ちた。

「ふぐっ……」

胃が引き攣り、逆流した胃液が喉を焼いた。尾崎の拳が打ち込まれたのだ。

「声を出すな。もうわかってるな」

口のガムテープが乱暴に引き剝がされた。

頬の皮膚がめりめりと破れそうになった。

由羽はこくんこくんと懸命に頷いた。

殴られるまでなんの前触れもなかったことが、痛み以上に由羽をおののかせた。この男は静かな雰囲気をいささかも崩さず、容赦のない暴力を振るう。

呼吸ができるのはありがたかった。腹を押さえつけられ、両脚の自由を奪われながらも、由羽は必死に横を向き、口の中に溜まった胃液を吐き出し、空気を思いきり吸い込んだ。胃液と唾液の詰まった喉が、がらがらと粘膜の擦れ合う音を鳴らした。

「ちょっと、これ以上そいつを汚くせんといてえや。うわなんや臭いし。匂いって凶器やな。こいつの不細工さはそれだけで核爆弾級やけど」

男が冷蔵庫からビールを二本持ってきて、ふたたびソファにあぐらをかいた。

「ほんま、僚もようこんな女とヤレるわ、信じられへん。それともあいつ、意外とデブス専のSかM？」

男がなにを言っているのかわからないけれど、僚——謙介の本名。私はまだ一度も呼ばせてもらえていない名前——

「……僚、は……」

由羽は大きく息を吸い、かすれた声を出した。

「僚は、優しい。私を大切にしてくれる。私たちは、もうすぐ結婚するんだから……」

「本当にそう思っているのか」

尾崎がスラックスのベルトを外した。よれたジャケットは羽織ったままだ。

スラックスとブリーフが膝に落ちた。

ワイシャツの裾のはざまで、黒々しいペニスがいきり勃っていた。ソファで男が「ひょう」と声をあげた。

膝が割られた。その中心に尾崎の痩身が入ってくる。

陰肉に先端が押し当てられた。自分の肌よりずっと熱い。大きい。

由羽はぎゅっと眼を瞑った。

「眼を開けろ」

逆らってはいけない。怖る怖る眼を開けた。

「真島は、おまえと嫌々付き合っているだけだ。あいつはおまえの作品が盗作したものとは知らない。自分の犯罪をなぜおまえが知り、小説にしたのか、その理由を戦々恐々としながら調べたがっている」

由羽を見おろし、尾崎が淡々と言葉を吐く。その表情はどこまでも冷ややかだ。

「なんのこと……犯罪って……」

「おまえが盗作した『焰』、あの主人公をレイプした男のひとりが真島謙介、つまり渋川僚だ。あの男はおまえの作品を読んで愕然としたんだ。なぜ自分のしたことをここまで詳細に知っているのか、小説にした狙いはなんなのかと。過去に犯した事件が世間にバレれば、あいつの俳優生命は一巻の終わりだ。しばらく落ち目だったのが今回の映画出演によってようやく浮上しかけているというのに、よりによってその映画で、自分の犯罪そのものを演じるとはな。狂いそうなほどの不安と疑念に駆られたことだろう。あの男は不安を取り除き、人生の障害物を排除したいだけだ。でなきゃ、おまえのような身も心も腐っている女を相手にするわけがないだろう」

由羽は床に後頭部をつけたまま、小首を傾げた。

目の前の男がなにを言っているのか理解できない。謙介がレイプ犯罪者？　『焰』に出てきた、主人公を犯した高校生？

だとしたら、織江を犯したのが、謙介――？

「ちなみにほかの四人のうちのひとりがこの男だ。俺は『焰』の担当編集者だった。彼女におまえを犯すよう依頼され、こいつを金で雇った」

「織江、が……」

織江の名を久しぶりに口にし、鼓膜が輝いた気がした。

「織江……」

自分の声で発した彼女の名に、切なさが込み上げた。

可哀想な織江。誰よりも美しく、恵まれた人生を歩んでいたはずなのに。レイプされたことで運命が暗転した。生きながら何度も火炙りにされたといってもよかった。

『焰』を読んだとき、レイプの場面からなにひとつ報われないラストまで、由羽はずっと泣き続けていた。

織江の苦しみがやっとわかった。なにもかもが完璧だった織江が、こんなに悲惨な人生を送っているなんてあんまりだった。

だから『ＢＯＷ―火の宴』では、救いのある終わり方にしたのだ。

『焰』でのオーナーの登場場面はさして多くなかったけれど、自分がちゃんと印象的な男に描いたから、映画の脚本では準主役級にまで格上げされたのだ。

オーナーだけではない。織江自身にも、自分の知っている彼女の魅力をいっぱいにちりばめた。

「私は……救ったでしょ？」

「なに？」

尾崎が眉根に皺を刻んだ。

「私は、囚われすぎている織江が書けなかったものを書いた……彼女を自由にしてあげたのよ。私の作品の主人公のほうが、彼女の書いた主人公よりも魅力的でしょう。織江は本当に、あんな素敵な子なのよ。私の主人公こそが、本当の織江の姿なの。私のほうが織江よりも織江を描けるの。私は彼女を救ったのよ」

「——おまえにはなにを言っても言葉が響かないようだ」

陰部に、乾いた肉塊がめり込んだ。

尾崎が顔を歪ませ、腰を沈ませてくる。

「ぐうっ……」

肉が裂けるような痛みに、由羽は呻いた。

男の棒がきりきりと陰唇をこじ開け、粘膜を押し開いてくる。ペニス全体が剃刀《かみそり》にでもなったかのようだ。

肉の刃が膣奥まで埋まった。

尾崎がゆっくりと動きはじめた。

その動作は緩慢なのに、勃起が粘膜を擦るたび、襞《ひだ》が削ぎ取られるような痛みが襲ってくる。

由羽はふたたび眼をきつく瞑り、顔をそむけた。強引に開かれた膝が、テーブルの角に押しつけられている。ちょうど骨の出っ張った部分が当たり、皮膚が擦り剝けそうだ。

膣はひたすら乾ききっている。好きでもない男に貫かれるのが、ここまで肉体的にも痛みをともなうものとは思わなかった。

突然、鼻を殴られた。連続して口にも拳が入った。硬い拳が前歯を強打し、衝撃が頭蓋骨まで震わせた。

「眼を開けろと言っている。犯されている自分から眼を逸らすな」

涙で煮え滾る眼を、怖々開けた。

両の鼻から熱い液体が耳に向けて垂れ落ちた。喉にも唾液以上の速度で流れ込んでくる。

頭上で、ソファが軋んだ。

「へへ、壮絶。これはこれで、なんかアリやな」

帽子の男が腰を浮かせ、ジーンズのファスナーを下ろしだした。

股間からペニスが引き出された。半分くらい勃起していた。

尾崎は黙って腰を動かし続けている。

その体重を受け、背中がラグの毛足に擦りつけられている。

それぞれの荒い息が、頭の上で交錯している。

膣を切り裂かれそうな激痛と、内臓を押し潰されそうな圧迫。

男たちが昂奮を示せば示すほど、屈辱感が増していく。

「どうせならもっと顔中ぐちゃぐちゃにしてやれば？　そうなったら不細工も美人も見分けがつかへん」

喉に鼻血が溜まり、由羽はぐふっと噎せた。赤い飛沫が噴き出し、ぼつぼつと顔中に落ちてきた。

痛いのは嫌、許して、許して――

これ以上、殴られないためならなんでもする。ペニスに摩擦されている膣は、粘膜がいまにも焼けてしまいそうだが、殴られる痛みよりは怖くない。

そのときふいに、脳裏をよぎる言葉があった。

――熱い……火の棒が挿し込まれて、口と内臓が爛れていく……怖い、私の体が壊れてしまう――

ぐらぐらと揺れる天井を、由羽は見上げた。

織江の小説に書かれていた言葉だ。何度も何度も読み返し、自分の作品を書くときもいつも手元に置いていたから、一字一句、頭に刻まれている。

織江と同じことを、私はいま、されているんだ――

その発見に、由羽は息を呑んだ。

膣の痛みに集中した。

痛みをとおして、個室カラオケでレイプされた織江の苦しみが、肉体にそのまま注がれている。

苦しい、死んでしまう――

織江が思ったのと同じ言葉を、私の脳味噌が叫んでいる――

涙に濡れた眼を、尾崎にやった。

尾崎が動きながら、訝しげに目尻を歪めた。

自分の上で荒々しい息を吐き、ボサボサの髪を揺らして動き続ける男を見つめながら、由羽は、織江の書いた文章を呟いた。

「苦しい……世界が揺れている……子宮も腸も掻き乱され、ぐちゃぐちゃに潰されていく。どうしてよ、私がなにをしたっていうのよ。神というものがあるのなら、そいつを心から恨む。おまえはなぜいま、こいつらに笑わせている。抉られている箇所が焼けそうだ。鷲《わし》づかみされている乳房が千切れそう。床に擦られる背骨の皮膚がずるずると擦り剝けている。でも顔だけは……」

「こいつ、なんかボソボソ言いだしてんで。気持ち悪」

尾崎の動きが速まった。

勢いのついた抽送《ちゅうそう》が、なお膣粘膜を抉り、子宮を圧しつけてくる。

口の中で舌を動かした。溜まった血を味わった。味わいながら呟き続けた。

「……顔だけは……惨めな私の顔だけは、こいつらにも、誰にも見せない……殺してやる……こいつら全員、殺してやる……血と、尖った歯の欠片を呑み込み、口の中でそう……」

私はいま、織江と完全に同化している――

腹の奥で快感が滲み、さざ波のように広がっていた。

わかった、織江、あなたの苦しみが、いま心の底からわかったよ――その苦しみを、私も味わってるよ――

「あぁ……」

喉から喘ぎが漏れた。

苦しくて、痛くて、それが嬉しくてたまらなかった。体中に悦びが満ち満ちていた。

「あぁ、あぁ、あぁぁ……」

縛られた手で、爪がめくれるほどに頭の上のラグをつかんだ。

尾崎の顔がいっそう険しくなった。瞳が残忍な光を宿している。

出し入れが速くなった。燃える鉄杭《てっくい》が全身を貫いている。子宮も腸も内臓も、男の力で揺さぶられて潰されていく。

「気持ちいい、気持ちいい……気持ちいい……！」

由羽は絶叫した。

織江と一緒になっている。やっと、やっと――

頭上でまた男がなにか言った。もう言葉は耳に入ってこなかった。由羽は快楽に没頭していた。

また鼻が殴られた。口も、顎も。

尾崎がペニスを突き立てながら、その合い間に顔中に拳を打ちつけていた。

「そうよ、もっと、もっと……もっと殴って、もっと痛めつけて、こんなんじゃ足りない、足りないでしょう？　もっと、もっと、もっとぉ……っ！」

喉が割れるほど絶叫した、その直後、尾崎がもっとも深い場所で動きを止めた。

由羽を睨みながら、尾崎が二度、三度、腰を震わせ、射精する。

「あぁ、あぁ、あぁ……」

まだ喘ぎの残る声で、唇から血を噴き零し、由羽は呻いた。

「おりえ、おりえ……おりえ……」

織江の名を、自分の体の中に、何度も呼んだ。

「え〜、もうちょっとええやん。まだ呑みたりへんし」

キッチンのほうで冷蔵庫を開ける音がする。

「調子に乗るな。二度もやって満足しただろう。さっさと帰れ」

「じゃあ風呂くらい使わせてぇな、あの女の血でベトベトや。マン汁もすげえ垂らしやがって。電車で匂うで」

「血はコートで隠せる。ホテルまではタクシーで帰れ。ほら、約束の百万だ」

夢うつつで、由羽は男たちの声を聴いていた。

頭上に放り投げている両手は縛られたままだ。太腿も開きっぱなしで陰部を剥き出している。

尾崎が一度、帽子男が二度、由羽の中で果てた。気持ちよかった。最後は失神するくらいに激しくイキ続けた。

叫びすぎて喉が痛い。口の中の血も乾いている。

貫かれながら、尾崎からも帽子男からも、散々殴られた。

尾崎の拳には、冷たい憎しみが籠っていたが、帽子男は殴った後に必ず笑った。欲望を燃やす真剣な瞳が、笑うたびに不気味なぬめりを湛《たた》えた。これがレイプをする男の眼だと思った。

相手の女も自分の姿も見えていない。自分の暴力に自分がもっとも支配され、陶酔している眼。

あの眼を、私も忘れない——

由羽はまた瞼を閉じた。絶頂の余韻にまだ全身が浸っていた。顔を何発も殴られたせいもあるかもしれない。脳震盪《のうしんとう》を起こしたみたいにくらくらする。

「あと五十万、マジで頼むで」

「ああ、早く行け」

尾崎が男を追い立てるように玄関へ連れていく。もつれ合う足音が床を通して、脳味噌に響いている。

ドアが閉じられた。ひとつの足音だけがリビングに戻ってきた。

そのまま尾崎はまたキッチンへ入り、しばらく水の流れる音がして、また足音がこちらに向かってくる。

次はなにをされるのだろう。

どうでもいい。

広げたままの脚を閉じるのも怠いくらい、由羽は心地よく寝転がり、痛みにたゆたっていた。

尾崎は由羽には触れず、ソファのほうへ回った。キッチンで布巾を絞ってきたらしく、ソファを拭き、それからテーブルも拭いて、またキッチンで布巾を洗っては、同じ場所を丁寧に拭く。

続いてテーブルの下にあったコロコロでラグを掃除しはじめている。ベトついた円柱が、縛られて感覚の鈍った手を粗雑に押しやり、脚のほうにも回り、紙を破く音が何度かする。男が呑んだビールの空き缶も別の袋に入れているようだ。

なんだろう、自分たちの行為を隠滅しようと、指紋や髪の毛などを拭き取っているのだろうか。

べつにどこにも、訴えるつもりはないのに。

できるだけ早く、出ていってほしいだけなのに。

いまはっきりとつかんだ織江の像と、ふたりきりでこの余韻に耽《ふけ》っていたい。

尾崎は袋を持って外へ出ていき、でも一分も経たずに戻ってきた。

その間、由羽はまた眠くなり、うつらうつらとしていた。寝入ろうとすると痛みが邪魔をする。頭が動かない。尾崎はゴミを捨ててきたらしい。なぜまだ帰らないんだろう。

部屋の隅で、尾崎がケイタイを取り出し、なにかを小声で喋っている。

早く帰って……私はいま、織江のことだけを考えたいの。

私と織江の、邪魔をしないで――


物音で目が覚めた。

由羽は相変わらず同じ姿で床に転がっていた。

ドアの閉じる音。

靴音が近づいてくる。

今度はひとりだけじゃない。尾崎以外にもうひとり、あの男みたいなガサツな歩き方じゃなく、コンコンと軽やかに床を鳴らす、体重の軽い人の、パンプスの音――

由羽は織江の夢を見ていた。どんな夢だったか、いままで見ていたのに思い出せない。でも、これまでにないくらい、とても幸せな夢だった。

「あの男のものは残ってないわね」

「はい、この女の膣の中以外には、髪の毛一本も」

「ああ、空気がムッとして気分が悪い」

「換気はできているはずです。エアコンそのものが清掃されていないようで」

いつの間にかリビングのエアコンが点けられ、生あたたかい風が剝き出しの腹にそよいでいた。

パンプスの足音が、開いた脚のすぐ向こうで止まった。

視線が注がれているのがわかる。

彼女はなにも言わない。黙っている。

顔中を腫らし、真っ赤な血にまみれた自分。たぶん脚の間からは白く濁った精液を垂らしている。

でもそのことはあまり恥ずかしくない。恥ずかしいのは、破かれたストッキングをまとわりつかせた脚の太さや、ワンピースを胸までまくられて丸見えになったお腹だ。

お腹はあの男が言ったように、肉が左右に広がって、喰い込んでいたストッキングと下着の線が、二重の赤い筋を走らせているだろう。

太腿はナイロンの破れ目から、セルライトがまだらに浮いた肉を、大きな水膨れのように盛り上がらせているだろう。

自分の醜いものをぜんぶ見られている。

いいえ——見てもらっている。

そうだ、さっきは、こんな夢を見ていたんだ。

彼女と、ありのままの姿で、お互いを見ていた。素っ裸になったお互いを、自然に優しく受け入れ合っていた。

だって、同じなんだから。

彼女と私は、まったく同じ苦しみを抱いているんだから。

最初からわかり合っていたふたり。わかり合っていたことを、ようやく形にできたふたり。

由羽は、眼を開けて彼女を見た。

朦朧《もうろう》とした視界の真ん中に、腕を組んでこちらを見おろす、美しいあの子がいた。

「久しぶりね」

懐かしい、少し低めの、上品な声。以前はもう少しおっとりとしていたけれど、いまはそこに、凜《りん》とした響きが籠っている。

「うん、久しぶり……」

由羽は微笑んで答えた。

同じ上品な声を出そうとしたけれど、さっき叫びすぎたせいで、声がガラガラしているのが悔しい。

両眼とも、腫れてじんじんと痛んで上手く開けられない。だけど彼女をしっかりと見たかった。由羽は何度も瞬きして、視界を霞《かす》ませる涙を目尻から落とした。

整った美貌が、静かにこちらを見おろしている。

見ている。自分だけを。

あのとき以来だ、こんなに彼女が、私だけを真っ直ぐ見てくれるのは。

感動に下腹がぞくぞくした。

彼女の片頬が不快そうに歪んでいる。彼女をよく知っている人でないと気づかないくらい、わずかに。

どんな表情も、彼女の美しさを損なわないどころか、ますます艶《あで》やかに際立たせる。

おぞましいものを見るような眼だけれど、私だけを汚いと思っているのではないのでしょう？　私にあのときの自分を見ているのでしょう——？

あの頃よりも痩せている。それがなおさら臈《ろう》たけた魅力を漂わせている。化粧気はないのに、肌はますます透明感を放っている。くっきりと大きな切れ長の眼。目尻に翳を落とす長い睫毛。ゆっくりと瞬きをするたびに、軽くカールしたその睫毛の先に、肌がくすぐられるみたい。

あなたのことを可哀想だと思っていた。ごめんなさい。

こうして会って、間違っていたとわかった。

あなたはちっとも可哀想なんかじゃない。あなたほど美しい人はいないのだから。特別な存在であるあなたは、どんな目に遭ったって惨めにはならない。

あなたも私の『ＢＯＷ—火の宴』を読んでくれたでしょう？　あれを読んで、あなたは輝きを取り戻したのではない？　輝いている自分を思い出したのではない？　どんな逆境も、あなたは超然と受け入れる人よ。あなたの『焔』に描かれていた惨めな主人公とは違う、凛々《りり》しく孤高の美を放つ本来のあなたを、私はあなたに思い出させたのではない——？

織江が一歩、由羽に近づいた。

しなやかにタイトスカートから伸びる形のいい脚を上げた。

パンプスの裏が、由羽の股間を踏みつけた。

「ん……ん」

織江の体重の半分を局部に受けて、由羽は悦びに喘いだ。腰をよじり、胸と腹で大きく呼吸した。

「あんたの笑い顔、思い出した。いつもそうやって私を図々しく見ては、薄気味悪くにやついていた」

言われて、由羽はえへへと、また笑いかけてしまい、唇の端がぴきっと割れた。

薄気味悪いだなんて、そう思わせていたのならごめんなさい。これから気をつけるね。でも相変わらず言うことがきついなぁ。でもそれって、私に対してだけやもんな。

頬がどうしてもゆるんでしまう。嬉しさが込み上げて止まらない。

良かった、元気でいてくれて。昔のまま、きれいな織江で——

「会いたかったよ……織江……」

涙で声が太くなった。

見おろす織江の顔が、微笑みを浮かべてくれた気がした。

4

『謙介、すごいぞ、センダ監督から直々に電話がきた』

「センダって、あの世界のセンダ？」

マネージャーの電話を受けながら、酒用の収納ラックからバーボンを取ったところで、真島の手が止まった。ケイタイを強く耳に押し当てた。

センダとは昨年、カンヌ国際映画祭で脚本賞を受賞した四十代の女流映画監督だ。若者から映画通まで高い評価を受けており、四年前か五年前には、別の海外の映画祭で審査員特別賞を受賞して話題になった記憶がある。

『「BOW―」は試写会も初日も海外にいたので来れなかったけど、今日、ふらっと映画館に寄ってみたんだってさ。観終わってすぐ事務所に電話をくれた。明日にでもおまえと呑みたいって。監督はいま次回作のキャストを探している。即断即決の女傑だからな、気に入られたらその場で決まる。おまえ、波がきてるぞ。逃すなよ』

「明日、どこ？　どんな格好で行けばいい？」

『ふだんどおりのおまえでいいよ。俺も一応、挨拶で同行するけど、たぶん監督はふたりきりで呑みたがると思う。監督の作品、どれか観たことある？　ああ、なきゃいいよ、一夜漬けしてっても見透かされたら逆効果だから。場所と時間はあっちからの連絡待ち。また改めて連絡する』

ケイタイを切って、真島は大きく息を吐いた。

手が震えている。足が床についている感覚がしない。

世界のセンダが、俺に会いたいだと――？

カンヌ国際映画祭のレッドカーペットを歩いている自分が頭に浮かんだ。海外の新聞や雑誌で、自分の写真が躍っている――

浮ついた脚でリビングに戻った。ソファに座りかけて、そういえばとハッとし、またケイタイを手に取った。

「ああ、俺。悪い、明日急な仕事が入ってさ、今日は無理」

最近、一気に仕事が増え、連日のテレビ出演や取材、ドラマの撮影やそのリハーサルでゆっくり休む暇もない。今日は珍しく撮影が巻いて九時に帰宅できた上、明日は午後入りなので、久しぶりにクルミを呼んでいたのだ。

だが世界のセンダと会う前日に、女と遊んでなどいられない。バラエティでもパッとしないモデル上がりの女とスキャンダルにでもなれば、自分までが安っぽく見られる。

今日すべきことは、明日の台本をきっちり頭に叩き込んでおくことだ。俳優としてセンダ監督に会うのだ。ひとつひとつの仕事を確実にこなしていけば、それを見ている人はいるのだと、このところ実感することが多いのだった。

『ＢＯＷ—火の宴』によって俳優としてのランクが上がり、自然と付き合う仕事仲間のレベルも上がった。そうすると、売れるものをつくる人間はやはり違うと気づいた。皆が皆、真剣勝負だ。私生活で不倫だの二股だのと騒がれている役者でも、仕事にだけは大真面目に取り組んでいる。

現在出演しているドラマで真島は三番手の役だが、二十代後半の若い主演俳優が休憩時間もセットに居残り、ぶつぶつとひとり稽古している姿には驚いた。自分とは比べものにならないほど売れている、どちらかといえばちゃらけたイメージのアイドル俳優だった。だがそのとき、彼が何年間もトップアイドルとして活躍している理由を垣間見た気がした。

同時に忸怩《じくじ》たる思いが湧いた。自分も恵まれたデビューをし、いい作品と素晴らしいスタッフたちに出会ってきたはずだった。いったいなにを学んできたのだろうと思った。

──大丈夫だよ、おまえはまだ三十四、まだまだひよっこだろ。ま、いまは企業も政治家も俳優もクリーンさを求められるから、遊びすぎはヤバいけどな。いつの時代でも、結局は売れたもん勝ちだ。死ぬほど忙しいときなんて、実は短いんだよ。来年のおまえはもっと売れて、もっと楽になっている。いまの仕事を一本も手を抜かず、死ぬ気でやり遂げろ。

七十歳近い大御所俳優にも酒の席でそう言われた。彼曰《いわ》く、嫌がる女を押し倒して無理矢理モノにしたことは数えきれないという。それを堂々と勲章のように語っていた。

もう一歩だ。カンヌに出品される映画に出演すれば、一気に国際俳優だ。昔のことなんか、たとえバレてもちっぽけな若気の至りだ。

ソファから立ち、明日の台本を取りに寝室に向かった。歩きながらバーボンの栓を開け、口をつけて呷った。リビングのモザイクガラスに自分の姿が映っている。我ながら荒っぽさが様になっていた。舞い上がっているわけではない。五センチ分ほど呑んだら、今日のところは控えておこうとの自制心は働いている。

痛快な気分だった。そこへまたケイタイが鳴った。マネージャーが明日の詳細を伝えてきたのかと手に取ると、着信は由羽からだ。

勘弁──真島は溜め息を吐き、出るべきかどうか迷った。

どうせまた、いまなにをしているかとか、これから行ってもいいかなどという電話だ。

この女の機嫌を取る必要も、もうないだろう。結局あの女との関係も小説を書いた理由も吐かないし、『BOW─火の宴』によって困ったこともなにも起きていない。そろそろあの事件に関わりのある人間とは距離を置いたほうが賢明だ。だから電話など無視すればいいのに、そうはできない自分がいる。なにかが気になって仕方がない。

怠い気分で通話ボタンを押した。

『謙介？　いまお家でしょう、お仕事お疲れさま』

相変わらずの、どこかわざとらしい猫撫で声。おっとりとした喋り方。どうしようもなく苛つとくる。

「まぁ家だけど」

『なにしてるの？　晩ご飯はちゃんと食べた？』

「ああ、まぁ」

『本当？　お野菜もタンパク質もちゃんと摂ってる？　謙介って、夜はおつまみみたいなものしか食べないから心配』

「けっこうちゃんとしたスタジオ弁当出たから」

『ふうん、どんなものが入ってたの？』

「いや……メインはサバの塩焼きで、野菜は煮物が入ってたし」

苛立ちとは裏腹に、真島の声のトーンは落ちてくる。

この女には、いつも冷たくしてやろうと思うのに、反射的に会話に付き合ってしまう。反発しながらもぶっきらぼうに説明したくなるのは、昔の母親への応対と似ていた。

『じゃあバランスはそこそこきちんとしているわね。よかった。あのね、実はいま謙介の家の近くにいるの。昨日は会えなかったし、もし時間があれば、ちょっとだけでもお邪魔したいなあって』

由羽が母親ぶった口調で自分の希望を主張してくる。

「明日、早いんだよね。台本《ホン》も読んでおかなきゃならないし、ほかにもやることあるし」

会いたくないんだよ、ひとりでやりたいことがあるんだよ——ほかの女にははっきりと言える言葉が、どうしてこの爪の先ほどの好意もない、煩わしいだけの女には吐けないのか。

『ちょっとだけなの。五分だけでいい。私ね、とってもいいことがあって、それを謙介に聴いてもらいたいんだ』

真島は閉口した。すぐさま拒めない自分にだ。

オーディオのデジタル時計を見た。九時二十五分。五分どころか一時間、下手したら三時間以上居座られるかもしれないが、どのみち今日は朝方に寝てもたっぷり睡眠は取れる。むしろ別れ話を切り出すにはいい機会かもしれない。

「わかった。本当に時間がないから、少しだけで悪いけど」

『嬉しい。じゃあ五分で着くから、待っててね』

ふう——通話を切り、真島はぐったりとソファにもたれた。

別れ話だ。よし、完全に手を切ろう。過去の重いものをきれいさっぱり断ち切るチャンスだ。それでこそ、明日のセンダ監督との話が上手くいく。


由羽はきっかり五分後にやってきた。

ドアを開けた瞬間、ぎょっとした。

鍔広の帽子に白いマスクでほとんど顔は隠れている。だが真島を見て笑った眼が、両の瞼とも真っ青にふくれ上がっていた。

「わあ、とっても久しぶりな気がする」

お化けを見た気分で声の出ない真島にかまわず、由羽はパンプスを脱ぎ、もはや黒眼がどこにあるのかわからない眼ですいすいと廊下を進んでいく。

それからリビングのテーブルにリボンのついた袋を置き、中から取り出したのは、モエ・エ・シャンドンとシャンパングラスふたつだった。

「ワインクーラーってあったっけ。なくてもべつに大丈夫よ、とっても冷えたの買ってきたから」

自分の部屋なのに、真島はおずおずとリビングに入った。

「それ……その顔……どうしたの？」

「えへ、ちょっと階段で転んじゃって。ごめんね、ずっとマスクしていてもいい？　すっごく腫れてるし、お化粧できないから恥ずかしいの」

化粧とか恥ずかしいとか、そういう問題じゃないだろう。どう転んだら、そこまで両眼を潰しまくれるんだ。

ゴルフボール大にふくらんだ瞼の下から、真っ直ぐこちらを見ているらしい由羽の顔を、ぞっとしながらも怖いもの見たさで覗き込んでしまう。

眼だけではない。ぺちゃりと低い鼻の付け根にも斜めの傷が走っているし、眉の端も切れている。その周囲には赤や黄色のまだら模様が広がっていた。

「でも、マスクしながらシャンパンは呑めないわね。わ、そこまで考えていなかった、どうしよう」

おどけた声を出しているが、口の中も怪我しているのか、妙に滑舌が悪い。

「ねえねえ、早く座って」

床に座り、おいでおいでをする由羽のそばに、おっかなびっくり近づきながら、もうひとつ、真島はなんともいえない緊張感を覚えていた。

果物を剝いている最中に包丁で指を切っただけで、「痛い〜、血が出ちゃった〜」と押しつけがましく騒ぎ、「ドジっ子な自分」を主張してくるのがこの女だ。ここまでの怪我をしたのなら、おそらくその直後に泣き声で電話が入るだろうし、今日も来るなり「見てぇ、痛かったのぉ」とすがりついてくるはずだ。

なのに、さも「気にしないで」といった風情で澄ましてグラスを並べるこいつは、本当に香村由羽なのか。化け物がもっとも変身しやすい人間に姿を変えて、俺を脅しにきているのではないか。

不穏な心持ちで横に座った。脅すという言葉で、小林の存在を思い出した。そうだ、あいつとも手を切る方法を考えなければならない。スムーズにいくだろうか。最後にまとまった金をやったとしても、人生を堕ち続ける限り、またいつか近づいてくるのは目に見えている。だが俺が力を持てば、あいつを消すことも可能だろうか。

「この前言ったでしょう。お酒の中でワインだけは、男性が開けて注ぐものなのよ」

首を傾げ、母親が我が子に教えるような口調は、間違いなくこの女だった。

ようやく由羽と一緒にいるときにふさわしい苛々とした気分で、真島はモエの包装を剝がした。

「あ、でも今日はソーサー型のグラスにしたの。平たいから、傾けなくても呑めるでしょう。マスクしながら呑むのにぴったり」

「ああ、そう」

栓を抜き、グラスにシャンパンを注いだ。乱暴に注いだせいで大きめの泡が立ち、縁から零れそうになる。

「ああ、だめだめ、もっとゆっくりよ。ねえ、シャンパングラスにどうしてソーサー型とフルート型があるのか知ってる？」

泡の落ち着いたグラスを持ち、由羽がこちらに向けた。

真島も持ち上げ、だがグラスを当てることはせず、そのままひと口呑んだ。

んもう、と由羽は肩をすくめ、

「ソーサー型はね、女性が顎を上げなくても、グラスをちょっと傾けるだけで上品に呑めるでしょう。だからパーティなんかではソーサー型が使われるのよ」

「へえ、そう」

「私ね、今日はシャンパンが呑みたい気分だったの。謙介、ドンペリよりこっちが好きだって言ってたでしょう」

「そうだっけ」

ドンペリもモエも味の違いなどわからない。たまたま一緒に仕事をした売れっ子司会者がワイン通で、シャンパンならこちらのほうが旨いと言ったのを真似ているだけだ。ほかの女たちには格好つけて言っているが、こいつの前でわざわざ俺は通《つう》ぶっていたのかと、また向かっ腹が立ってくる。

「私ね、今日、とっても嬉しいことがあったの」

「ああ、そんなこと言ってたね」

むしゃくしゃとした気分で一杯目を呑み干し、二杯目を注いだ。

由羽はマスクの下部分をめくり、グラスに口をつけていた。うっかり眼をやってしまい、鳥肌が立った。なんなんだ、唇も焼きすぎたタラコみたいにふくれて、赤黒い切れ目だらけじゃないか。顎も真紫色に内出血している。

見てはいけないものを見てしまったと、急いで眼を逸らした。おぞましい。頼むから今日はセックスしたいなんて言わないでくれよ。死んでもそのマスクを外さないでくれよ。今日こそは絶対におまえに勃たない。

気を落ち着かせるため、二杯目もぐびりと呷った。

「なにが嬉しいかっていうとね、ずっと会いたかった人に、やっと会えたんだぁ」

「へえ」

「やっとわかり合えたの。すっごく長かった。長い年月をお互いひとりで過ごして、ようやくひとつになれたの」

「そう……」

「いま、人生でいちばん幸せな気持ち。それで、これからもっと幸せになるの。私が彼女を幸せにするの」

「そ……」

手元をなにかがすり抜けていった。あ？　と見おろすとシャンパングラスだった。股間に転がって、呑み残しが小便を漏らしたみたいにダウンパンツに沁みている。なんだ？　格好悪い。

「私は、彼女がそばにいるだけで、世界でいちばん幸せなの」

グラスを拾おうとした。やっぱり連日の忙しさで疲れているのか。明日、しゃっきりとしなければならないのに。俺の人生がワンランクもツーランクも上がる日なのに。

指がグラスに届く前に、横からさっと由羽の手が伸びてきた。ブラウスの袖からのぞいた手首にも、青黒い痣《あざ》が浮いていた。真島が見たのはそこまでだった。


気がついたときにはベッドの上にいた。自分のベッドだ。サイドテーブルのシェードランプだけが灯っている。ピラミッド型の目覚まし時計は、眼が霞んで針がよく見えない。その脇に、さっき読もうとしていた台本がある。

頭が割れるように痛い。石で叩かれているみたいだ。なぜ俯せで寝ている。顔が浮腫むし皺もできやすいから絶対にしてはいけないのに。

寝返りを打とうとしたが、動けなかった。両腕が背中で固定されている。だんだん頭がはっきりとし、突如、驚愕した。素っ裸だった。なにも身に着けていない状態で、腕だけが背中で組まれ、硬いもので巻かれている。左の足首も同じ素材らしきもので縛られている。

「眼が覚めたようだな」

背後で男の声がした。

「なんだ、誰だ！」

瞬時にパニックに陥った。

「おい、由羽！　どこにいる！　なんの真似だ、これは！」

全力で腕を動かした。腕を固定しているものがキュッ、キュッと革の軋む音を鳴らした。首をひねり、背後を見た。

薄闇で、三つの影が固まっていた。マスクを外した由羽と、真ん中にほっそりとした女。もうひとりの痩せた男は、あの怪しげな記者——尾崎だ。

「おまえら、なんだ、なんなんだ！」

上体をねじったせいで、ぶらんと股間でペニスが揺れた。すぐさま腰を伏せ、元どおりの俯せとなった。不自由な体勢で三人を睨んだ。

あ——

真ん中の女に、眼が惹きつけられた。腕を組み、壁にもたれ、氷のように表情のない、だがとてつもなく美しい女——

頭が高速回転した。

あいつか——あいつが、ここにいる——由羽の隣に立っている——俺の前に——

尾崎が近づいてきた。

革靴を履いたままだ。その脚がいきなり、真島の尻を蹴りつけた。

「うおっ……！」

靴先が尻たぶに入り、バチバチと電流が背筋まで衝き走った。

身を丸めた真島のすぐ脇で、由羽がシャンパンのボトルを振り上げた。肩に鈍い衝撃が落とされた。

「ぐほぅっ……！」

「おっとっと」

由羽がよろけ、ボトルがベッドの下に落ちた。

その様を眺めながら、女が髪を掻き上げる。優美な仕草が、スローモーションで見えた。

「私、そいつに触りたくないから。あんたがちゃんとやりなさい」

女が由羽に吐き捨てるように言い、手に持っているものをこちらに向ける。

怯えが全身を貫いた。

向けられているのはハンディカメラだった。

「お、おい……」

「せっかく撮ってあげているの。もっといい顔しなさい」

「やめろ、やめろ……！」

「ここは個室カラオケじゃないんだから。大きな声を出すとご近所さんが警察を呼ぶかもよ。そんなみっともない姿、人に晒したい？」

織江がカメラを向けたまま、唇の端で笑う。

「なんで……とにかくやめてくれ！　頼む！　それを下ろしてくれ！」

肩のひしゃげそうな痛みを堪え、真島は由羽にも請うた。

「由羽、助けてくれ！　俺は今日、おまえにプロポーズするつもりだったんだ。なんでその女と一緒にいるんだ！　愛してる、愛してる、由羽、俺を助けてくれ！」

「ごめんなさい。私はもう、あなたのことを愛せない。あなたは私の敵だったのよ」

由羽が、心から残念そうに首を振る。

「織江を傷つけたのがあなただったなんて。あなたに抱かれたこの体がおぞましいわ」

「なんだと、おい！　おまえは俺に惚れているんだろう！　結婚したいんだろう！　俺は今日、いい仕事が決まったんだ、やっとおまえに堂々と申し込めるんだ」

肩で身を起こし、脚のほうへ腹這った。

そこへ強烈な蹴りが入った。

「おうっ……」

弾みで体が回転し、仰向けの体勢となった。

すぐにペニスを隠すよう身を丸めた。足首が細い革のベルトのようなものに締めつけられ、皮膚がめくれた感覚があった。

ドス、ドス、ドス――背後から革靴の蹴りが、容赦なく肩にも背骨にも入る。身を起こそうとすると耳を踏みつけられた。痛みに脚をバタつかせた。だがバタつくほどに足首のベルトがなお締まり、踵《かかと》や膝にマットの弾力が返ってくるだけだ。

尾崎がベッドの周囲を歩きながら、体のあちらこちらを蹴ってくる。奴のジャケットの裾がゆらりと舞うたびに、細長い脚が飛んでくる。無言で蹴り、蹴っては真島を見おろし、またベッドの周囲を回る。頭上で響く荒い息に、この暴力行為への不気味な集中力を感じた。

肩をまた蹴られた。顔だけは傷つけられてはならない。呼吸が苦しいのを覚悟で、必死でベッドに俯せた。

足音がつかつかと腹のほうへ近づいてくる。反射的に丸めている膝に力を籠めると、衝撃は尻のど真ん中を打った。靴先が会陰部に喰い込んだ。

「ぐぅうっ！」

激痛にのたうった。呻きながら肩と片脚でベッドを這い、革靴の乱打から逃れようとした。股間が丸見えであることは気にしていられない。窓際のベッドの端まで逃げた。

足首のベルトはベッドの脚に括りつけられているようだ。隙を見てベッドを下り、なんとか歯で解《ほど》いてやれないものか。

尾崎の革靴がまた降りかかった。

その脚を、思いきり右脚で払った。

尾崎が壁に手をついた。灰色の前髪の透き間で、鋭い眼がこちらを睨《ね》めつけている。肩で大きく呼吸している。

いかにも体力のなさそうな男だ。右脚だけでも応戦できるかもしれない。

「ざけんなっ！　調子乗ってんじゃねぇっ！」

怒鳴った直後、眼の端でふわりと動く影があった。

振り向くと、織江がライトスタンドをつかんでいた。そのまま腕を振り上げる。流れるような仕草だった。

派手な音が耳を打った。眼に火花が飛び散った。

勢いでプラグが抜け、ピラミッド型の目覚まし時計と台本が、白いコードとともに宙に躍った。

照明が切れ、静かになった。室内を照らすのはドアから漏れるリビングの明かりのみとなった。

いまの乱暴な行為が嘘のように、織江は優美な顔をゆっくりとこちらに向ける。ほっそりと儚《はかな》げな肢体。卵型の小さな顔。その表情はドアからの逆光でよく見えない。その代わり、茫然と眼を見開いている自分の顔はオレンジ色の影を浮かべて、はっきりと相手の眼に映っているに違いない。

「頼りないわね、尾崎さん。もう息が切れたの？　まあさっき運動したしね」

織江が鼻で笑い、由羽にカメラを手渡した。

薄闇の中、由羽は嬉しそうに受け取り、レンズをこちらに向けてくる。

「やめてくれ……映すな、どういうつもりだ、映すな！」

織江がライトスタンドのシェードを静かに引き剝がした。円柱の筒がフローリングの床に落とされ、ころころとドアのほうへ転がっていく。

電球が剝き出しになったライトスタンドを手に、織江が一歩、二歩と近づいてくる。

なぜだ、こういうときでも見惚《みと》れてしまうのは。白いシルクのブラウス。タイトスカートに包まれた、くびれた腰から膝までのしなやかなライン――

引き締まった脚を交差させ、パンプスで床を鳴らし、織江が背筋を伸ばしてベッドの脇に立つ。

長い髪がドア向こうの明かりを受け、後光のような輪郭を描いた。

空気が一瞬、凍《い》てついたように固まった。

織江が腕を振り上げ、わずかに斜めを向いた腰のラインが、仄かな光に映えた。

「――っ！」

次の瞬間、ふたたび衝撃が打ち落とされた。

スタンドの先端が耳にめり込み、割れた電球がこめかみをかすめた。

激痛にこわばり、丸まった真島の肩や胸に、ぱらぱらとガラス片が落ちていく。

「顔を上げなさい」

冷ややかな声が放たれた。

言われたとおり、真島は顔を上げた。

耳鳴りが脈と同じリズムで頭蓋骨を打っている。

「カメラ」

織江の指示で、由羽が嬉々《きき》とした様子でカメラを真島の顔に近づけてくる。

反射的に顔をそむけた。すかさず尻に蹴りが入った。睾丸《こうがん》が潰されるかのような激痛に、もはや泣き声に近い悲鳴が漏れた。

「カメラを見るのよ。アップで映ってるわ」

織江が低く囁く。

冷たく冴えた瞳が、真っ直ぐこちらを見おろしている。

怖ろしいほど整った美貌に、表情は微塵も浮かんでいない。

こめかみや睾丸の痛みに嗚咽を漏らしながらも、真島はその顔に見入るしかなかった。

眼の奥がだんだん熱くなってくる。熱を持った鼻水が、鼻の付け根でじんじんと滲んでくる。

「そうよ、落ち着いて。私はおまえに謝罪させにきたの」

「わる、かった……」

そう言った瞬間、涙が零れた。

許してもらわなければならない。観念しきって謝り尽くさねばならない。でなければこの状況から逃れることはできない。自分のしたことを初めて、いま心から後悔していた。

「頼む、どんなことでもする。金でもなんでも、俺の全人生を懸けておまえに償う。お願いだ、撮るのだけはやめてくれ、顔だけは傷つけないでくれ」

織江は微動だにせず、透きとおる瞳をこちらに向けている。

真島は急いて言葉を重ねた。耳を傾けてもらえるのなら、許しを請いまくるしかなかった。

「心の底から頼む。明日、大切な仕事があるんだ。俺の人生が懸かっているんだ。もし上手くいったら、ギャラはぜんぶおまえにやる。ほかにもおまえが叶えたいことを、全力で叶える。なんでもする。頼む、お願いだ、悪かった、悪かった、本当に申し訳なかった。なんでも、本当になんでもするから、頼む、頼む」

肩で上半身を支え、必死に謝罪と懇願を繰り返し、ガラス片のちらばるシーツに額をこすりつけた。多少、皮膚が傷つくかもしれないが、これくらいならドーランで隠せる。洟が垂れて、シーツに糸を引いた。それでいい。顔しか動かせないのなら、顔中を使って謝意を訴えるしかない。

「腕も、明日動かなかったら困るんだ。ドラマの撮影がある。まだ撮影に入ったばかりだし、いま怪我したら、役を降ろされるかもしれない。やっとここまできたんだ。俺もあの件のことでずっと苦しんで、正直、あなたへの申し訳なさより、世間にバレたらどうしようと、ずっとずっと怯えてきた。『BOW―』を読んだときは、パニックになった」

詫《わ》びだけを口にするのではなく、保身ばかりを考えてきた自分を正直に白状した。そのほうが、いまの謝罪の気持ちがより説得力をもって伝わるはずだ。

許してほしかった。ただそれだけだった。なんでもするとの言葉は本物だ。ここまで嘘偽りない心を吐き出し、真剣に相手に伝えようとするのは生まれて初めてだった。

「助けてくれるのなら、一生、あなたの奴隷になる。俳優の仕事さえ続けさせてもらえるのなら、俺は全人生をあなたに捧《ささ》げる。頼む、誓います、お願いします。お願いします……！」

「カメラに向かって、おまえのしたことを、ちゃんと詫びなさい」

低い声に、ふたたび戦慄が走った。

「撮ったものを……どうするんだ？」

「おまえが死ぬまで持っておくだけよ。三つ子の魂百までってね。レイプできる男ってのは、救いようのない負の因子を持っているの。そんなクズを信じられるわけないでしょう。だから、おまえの弱みを握っておきたいの。いまとりあえず許してほしいのなら、カメラに向かって謝罪するくらい、なんでもないでしょう」

「わかった……わかった」

懸命に頷いた。

「俺がもしいまの誓いを破ったら、その動画をどう使ってくれてもいい。謝る、きちんと謝るから」

鼻水が口から顎に伝っていく。見てくれ、俺はこんなにも懸命に詫びているんだ。

尾崎が背後から、真島の上半身を持ち上げた。

真島は不安定な体勢で、織江に向かって正座した。

「さあ。十六年前、おまえがなにをしたか。おまえが演じた作品の、どの男が自分だったのか。そのことに対してどう思っているのか、ひとつ残らず正直に話しなさい」

突きつけられたカメラレンズに向かって、真島は叫ぶように言った。

「俺は、高校生のとき、同級生と一緒に、あなたをレイプしました。『ＢＯＷ―』とまったく同じ状況でした。なんであんなことをしたのか、本当に後悔しています。『ＢＯＷ―』の中の、赤いアロハシャツの男が、俺でした。あれはやっぱり、あなたのお友達の香村由羽さんが、あなたに聴いて書いたものだと、いま知って、あなたにこうしてお詫びすることができて、ようやく救われた気持ちです。俺たちのせいで、辛い目に遭わせて、本当に申し訳ありません。申し訳ありません、お辛かったと思います、申し訳ありません、申し訳ありません！」

最後は身を屈め、シーツに額を埋め、慟哭した。全身全霊で、織江に申し訳ないと思っていた。悔恨のあの一日さえなければ、自分もいま、こんな目に遭わずに済んだのだ。

「レイプだけじゃない、暴力も振るったわね」

「はい、あなたを殴りました」

「そのとき、おまえはなんて言ったっけ」

「憶えて……いえ、確か『殴っちまった』と……」

「『やべ、殴っちまった』と、おまえは下衆《げす》っぽく笑いながら私を押し倒した。そうね」

「はい、下衆っぽく笑いながら、あなたを押し倒した……！」

「血まみれの私を見て、なお薄汚く勃起した」

「はい、傷ついたあなたを見て、薄汚く勃起しました……！」

「……いいわ」

織江が由羽に、カメラを切るよう指示した。

「う……」

助かったと、真島は顔を上げ、膝で織江ににじり寄った。

「ありがとうございます。その動画がある限り、俺は絶対にあなたを裏切りません。いえ、なくても俺はあなたの奴隷です。ありがとうございます、ありがとうございます……！」

ホッとしていた。体中が震えるほど安堵していた。涙と鼻水だらけで感謝を述べた。

述べながら、だがレンズの呪縛から逃れたいま、頭に冷静さが戻りはじめてもいた。

あのビデオカメラが、問題なのだ――

あのカメラがあるからこそ、いま謝罪したのだ――

涙目で織江を見つめながら、真島はふたたび頭をフル回転させていた。

今夜の証拠は、あのカメラの中にしかない。撮られていると思うから、自分も言われるがままに詫びたのだ。

だからあれを取り上げればいい。どうにかして奪えばいい。

どうすればいい。どうすればいい――

理性が徐々に蘇っている。真島は救われる道を必死に考えた。

要は織江の恨みが晴れればいいのだ。そのために奴隷になりきるのは、由羽のような不細工に対してなら冗談ではないが、織江なら足を舐めたってかまわない。

だが、それで本当に俺はギャラからなにから、すべてをこいつに吸い取られなければならないのか。

とにかくこの腕と脚の拘束を、解いてもらわなければ――

「ご苦労さま。明日、おまえのファンはこれを観て驚くでしょうね。でも映画のほうはいい宣伝になって感謝されると思うわ。いくら感謝されても、おまえに次はないけど」

織江がそう、微笑んだ。今夜初めて感情らしきものを浮かべる彼女の美しい微笑に、真島はまたもや眼を惹きつけられ、続いて焦燥が湧いた。

「どういうことだ。明日……？　おい、その動画を――」

膝で立とうとして、背後から肩をつかまれた。ベッドに薙《な》ぎ倒された。

縛られた腕の上に、尾崎の骨ばった膝がのしかかってくる。

肩の付け根に、布団針でも刺されたかのような激痛が走った。

「どういうことだ！　俺はちゃんと謝罪しただろう！」

織江は冷めた表情で、ビデオカメラのデータを再生している。スピーカーから、自分の泣き叫ぶ声が聴こえてきた。

『俺は、高校生のとき、同級生と一緒に、あなたを――』

耳がカッと熱くなった。

尾崎を振り解こうと全力で藻掻いた。頭上で、ふたたび織江の声がした。

「馬鹿ね。生きてる価値もない蛆虫の弱みなんかを握って、私になんの得があるっていうの。いまの動画は今夜中にネットにアップするわ。警察に捕まるよりも話題になるし、観た人はみんな信じるわ。観ていない人も噂だけで信じるわ。信じたほうがおもしろいもの。世間ってそういうものでしょう?」

「嘘だろう!」

織江はもう一度微笑み、真島に背を向けた。

そうして長い髪をなびかせ、そのまま寝室を出ていこうとする。

「待て! 待ってくれ、頼む!」

真島はベッドに這いつくばった。声の限りに怒鳴り、懇願した。

「行かないでくれ! 行くな! 戻ってきてくれ、もう一度話そう! 行くなぁっ!」

だが織江の姿は、ドアの向こうのオレンジ色の光に消えていった。

恐慌の極致に陥っていた。脳味噌が火を噴いている。どうなる、あれが本当にアップされれば――ネット上やスポーツ新聞に躍る、自分の名前と顔写真が浮かんだ。ワイドショーや週刊誌の記者たちがこのマンションを取り囲み、一瞬でも自分の姿を撮ろうと待ち構えている。動画は何百万回も再生され、そのみっともなさを笑われ、あちらこちらでネタにされ、それだけでもう二度と浮上できない。

「頼む! やめろ、やめろぉぉっ!」

「大声を出すなと言っている」

尾崎の声とともに髪をつかまれ、顔面をシーツに押しつけられた。

「ぐぅぅぅぅっ！」

しゃちほこのように全身を反り返らせ、真島は暴れた。左足首はとっくに革ベルトで擦り切れていた。だがこの怒りと恐怖に比べれば、肉体の痛みなど屁《へ》でもない。いっそ肩が外れればいい。この男に頭突きを喰らわせて、由羽を脅してベルトを外させ、あの女を追いかけてやる。殺してでも動画を奪い返してやる。でないと俺の人生が木端微塵《こっぱみじん》になってしまう。

「由羽！　助けてくれ！　頼む、なんでもするから、おまえの力であの女を止めてくれ！　頼む、頼む！　なんでもする！　由羽、結婚しよう！」

涙と鼻水にまみれた顔を必死に上げ、首を限界までひねり、由羽を見た。

由羽は真島の声など耳に入らないかのように、今度はケイタイを取り出し、楽しげにボタンを押している。

「ここからは私の仕事。しっかり撮らなくちゃ」

レンズがふたたび真島に向けられた。

全身に怒りの火が点いた。

「なんだ、まだなにを撮るっていうんだ！　だったら俺は警察に訴えるぞ、おまえらに暴力で脅されて無理矢理に話をさせられたと主張する！　俺の体には暴行を受けた証拠もある！　大昔にあの女を犯ったことなんか糞喰らえだ！　おまえら警察に捕まるぞ！　俺は徹底的に自分を守る！　俺の事務所がどれだけ力を持ってるか、おい尾崎！　この三流記者野郎！　潰されるのはおまえらだ！」

ありったけの呪詛《じゅそ》を叫び、救いを願った。

「由羽！　おまえのマンコがどれだけ臭いかも言ってやる！　俺はおまえに脅され、犯され続けたも同じだ！　吐き気を催すほどのブスに付き合わされて、世間から同情を受けるべきは俺だ！　俺のほうが強いんだ！　一緒にあいつを犯った奴には弁護士もいる！　おまえらごときには想像も及ばない力が、俺たちにはあるんだよ！」

「誰にも助けなど求められないように、とどめの映像を撮ってやる」

尾崎が由羽に手を差し出した。

由羽がいそいそと、部屋の隅に転がっていた革鞄を尾崎に渡した。

ファスナーを開け、中から取り出したものを眼前に突きつけられた瞬間、真島の眼球が凍りついた。

それはヴィウ、ヴィウ、ヴィウと唸って胴体をくねらせる、紫色のヴァイブレータだった。

不吉すぎる予感が、脳天から足の先まで衝き走った。

「性の玩具《がんぐ》というものはどこか間抜けで、もの哀しさを覚えさせるものだ」

機械音のはざまで、尾崎がかすれた声を放つ。

愕然とする真島の視界からヴァイブレータがフェードアウトし、尻に当てられた。

「お、い……」

「下手に騒げば、この動画もネットにアップする」

尻のど真ん中に、うねる頭部が突き当てられた。

顔が小刻みに震えた。涙にぬめる頬の肉が揺れた。

「やめ、ろ……そんな、こと」

「できないと思っているだろう？　さすがに刑事事件となれば、こっちが追われる身となるからな。だがおまえを地に堕とすためなら、彼女はなんだってやる。なぜだかわかるか」

丸い頭部が尻にめり込んだ。

火のような塊が、肛門を引き裂いた。

「ぎゃぁぁぁぁぁぁぁっ――――！」

悲鳴が喉を割った。狂ったように真島は首を振った。

「彼女には守るものがないからだ。人生をおまえらに奪われたからだ。だから純粋にいま、心から望むことを行うだけだ。おまえごときへの恨みだけで、わざわざこのようなことをしているのではない。人生に決着をつけ、新たな一歩を踏み出すために、必要な作業なんだよ」

獰猛《どうもう》な力でヴァイブを埋めながら、尾崎が静かに言葉を続けている。

息ができない。激烈な痛みに肺が痙攣した。鼻水で濡れたシーツごと必死に空気を吸った。

「ぎゃぁぁぁっ――――ぅごぉぉぉぉぉっ！」

「同様に俺にも守るものはない。残り少ない編集者生命を、彼女に懸けようと決めている」

「私もよ、私と織江は一心同体なの。私がついていてあげないと、彼女は駄目なの」

由羽も澄ました声を出し、その後で「やぁん」と、汚いものを見るような声をあげる。

「痛そぉぉ、尾崎さんも渋い顔してるから、ちょっとはBLっぽい図になるかなって想像してたのに、うわぁ残酷……」

火の塊が肛門を焼き続ける。体の真ん中が抉られ、肉を毟り取られていく。

肉体中がガンガンと脈の塊になっている。ふたりの声もヴァイブの音も、脳味噌が委縮した頭蓋でぐわんぐわんと響いているだけだ。

ぐぅ――っと、奥の奥まで塊が突き込まれた。

「ぎゃぁぁぁぁぁぁっ――!」

意識のある限り、真島は呪いの絶叫を放つしかなかった。

5

白ワインが注がれた。尾崎が丁寧な手つきでボトルを傾けている。

先に注がれたグラスを取り、織江は黙って口をつけた。

冷えの足りない甘い液体が、とろりと喉を通っていく。

「今朝からテレビは、真島の話題一色です」

尾崎もグラスを持ち、軽くこちらに掲げた。

「大勢の記者が真島のマンションと事務所、大阪の実家を張り込んでいます。本人は昨夜のうちにマンションを出たようですが、あの体ではろくに歩くこともできないでしょう。いまごろどこでどうしているのやら」

「どうでもいいわ」

尾崎の買ってきたカマンベールチーズをつまみ、織江はソファにもたれた。

由羽の部屋のリビングだった。だらしない外見どおり、全体的に埃っぽく、ラグには食べこぼしの跡が付着し、キッチンやトイレはどことなく饐《す》えた匂いが漂っている。

昨夜撮った真島の動画は、尾崎が不必要な単語を消し、漫画喫茶やネットカフェのパソコンから複数のサーバを経由して、幾つかの動画サイトにアップした。すぐにツイッターや掲示板、SNSなどで騒がれだし、今朝には大手スポーツ紙のオンラインページでも報道され、たった半日で日本中を騒がせるニュースとなっている。

たとえ真島が理性を失って警察に訴えたり、彼の事務所が動画をアップした人物を捜そうとも、現代の捜査技術ではメールアドレスやIPアドレスを辿るほか、犯人を特定することは困難だ。重大な刑事事件ともなれば別だが、そもそも警察が躍起になるような事柄でもなく、真島の事務所も終わったタレントのために骨を折ることはしない。

「あの後の動画も観たけど、正直言ってあなたがあそこまでするとは驚いたわ」

ひやかし口調で言ったが、尾崎は澄ました様子で、

「私も驚きました。香村由羽があんなにあなたに心酔しているとは。途中までは、ひょっとしたら真島に寝返るのではないかと懸念していたのですが」

と、寝室のほうに眼をやる。

由羽は昨夜、帰ってきてから急に三十九度以上の熱を出した。いまも小さな鼾がドアの向こうから聴こえている。

「ずっと目を覚まさないのよ。あなたに受けた傷が原因なんじゃない？」

「私には、嬉しいことのあった子供が昂奮しすぎて熱を出したようにも思えますが」

その言葉に、織江は鼻で笑った。

由羽が自分を裏切り、惚れているはずの真島に寝返るだろうとは、織江は思っていなかった。少女時代はストーカーのように気味の悪い視線を寄こし、大人になってからも真似することをやめなかった彼女だ。その不気味な執着心を疑うことはなかった。

真島への復讐に役立ってくれ、助かったのは事実だ。由羽がいなければ、もう少し手の込んだ方法を考えなければならなかった。

とはいえ、昨夜のことで長年心に溜まっていた澱《おり》が消えたかといえばそうではなかった。むしろ上澄みが流れ去った分、奥底に積もっていたものが顕《あらわ》れだしている気がする。

尾崎がグラスのワインを呑み干し、立ち上がった。

「それでは私は仕事があるので失礼いたします。後でホテルにお送りしますので、夕方頃にお迎えに上がります」

「ええ」

尾崎が出ていった後、織江はグラスを片手に、リビングの隣の部屋に入ってみた。開けっ放しの引き戸の向こうにデスクトップパソコンが見え、あれが由羽の仕事部屋かと興味を持ったのだ。

入ってすぐに目尻が歪んだ。部屋のカーテンが、奈良の実家の自室に掛けていたものとよく似た白地に銀の蝶模様だった。あいつは実家の庭に忍び込み、自分の部屋をこっそりと眺めていたのだろうか。あるいは、いまのあいつ自身が好んで選んだ柄であるなら、それこそ許せなかった。

続いてパソコンデスクに眼をやり、息を呑んだ。メモ用紙や菓子袋の散乱する中、目立つ場所に『焔』が置かれていた。

手に取ってみると、表紙は手垢《てあか》にまみれ、中はどのページも赤線や走り書きで埋め尽くされている。

パソコンを起ち上げた。《小説》と名づけられたフォルダをクリックした。立ったまま短編を三本ほど流し読みし、その間、何度も溜め息を吐いた。うち二本は明らかに『とはずがたり』など著作権の切れている作品のストーリーを使用し、誰もが知っている名作であることを逆利用している。あとの一本も匂いで嗅ぎ取ったとしかいいようがないが、おそらく既存の作品を横に置いて書いたものだった。

織江は唇を嚙んだ。取り返さなければならない大きなものが、まだあった。書くという行為だ。

パソコンの前の椅子に座った。新しい空白のページを開いた。

書いてみよう。『焔』のその後の自分のことを。

キーボードのキーを、打ちはじめた。

ときおりワインを呑みながら、その速度は徐々に速くなった。

夢中だった。

夕方、尾崎が迎えにきたが、ホテルは断って帰ってもらった。

由羽の鼾だけが隣から聴こえてくる部屋で、織江はキーボードを叩き続けていた。

目が覚めたとき、リビングに尾崎がいた。

慌てて跳ね起きた。

書きはじめてから三日が経っていた。

昨夜、ようやくラストを書き終え、そのままパソコンの前で眠ってしまったようだ。

尾崎はラグに座り、プリントアウトされた原稿を読んでいる。

背中にかけられた毛布を外し、織江はリビングに入った。

「尾崎さん、それ、私の？」

尾崎は原稿を手に、落ち着いた眼差しで織江を見る。

「いいです。二回読みました。二回目はさらに深みを感じました。素晴らしい作品です」

その言葉を聞いた途端、全身から重いものがすっと落ちていく感じがした。

「……ありがとう」

ソファに座った織江に、尾崎が原稿を見せてくる。すでに赤字が幾つか入っていた。

「一章は停滞ぎみと感じたのですが、その分、三章の疾走感が活《い》きていますね。ラストギリギリまで感情表現を極力省いているのも上手いと思いました。ひとつひとつ言っていきますと、たとえば冒頭のこの部分は――」

指し示された箇所を見て、え？　と思った。

自分が書いた憶えのない文章があった。

それだけではない。書いたはずの文章がなくなっている。

「どうして……これ、私の書いたものとは……」

そのとき、キッチンから由羽が顔をのぞかせた。

「それ、私が直しておいたから」

「なんですって……」

キッチンからはトマトスープの匂いが漂ってくる。

「もうすぐご飯ができるからね。私たち三日間、ろくに食べていないもの、お腹空いたでしょう？　織江、ミネストローネにはチーズをたっぷりかけるのが好きよね。私もなの。さっき生のパルメザンの塊、買ってきたから」

尾崎が、ああ、という形で口を開き、なにかを納得するように頷いた。

「なるほど。古道さんの作品を、由羽さんが直したのがこれですか」

「ちょっと、なにがなるほどよ！」

織江は由羽の仕事部屋に戻り、パソコンを起動させた。

「こいつに書き直しなんて頼んでないわ。私が書いたのはこれよ。ちょっとあんた、なに勝手に人の原稿弄ってんのよ！」

尾崎が、織江の開いた元の原稿を見た。

ひととおり読んだところで、

「こちらのほうが、断然いいですね」

と、手にしている原稿を挙げた。

「元の原稿もストーリーは素晴らしいです。ところどころで心に刺さる一文があるのもさすが古道さんです。ですが正直、これを出版社に持ち込んでも、採用されるかどうかは運次第でしょう。プロの作品としての出来は、良くて七十点といったところです。その点、この人の手が入ったこちらの原稿は、多くの人を魅了するエンターテイメント性に優れている。古道さんのオリジナルを生む能力、この人のアレンジ能力が、上手く融合しているのです。これならどこも欲しがると思います」

「融合だなんて、尾崎さん。私は織江というお花をきれいに活けたかっただけ。昔、織江と一緒に習っていた華道の先生が、花はそれだけで美しい、その美しさを伝えるのが華道家の役目だっておっしゃっていたから」

まだ顔中が腫れ、いたるところに青痣が浮いている姿で、由羽が三皿のミネストローネをのせたトレイを運んでくる。

「待ちなさい、華道だってあんたが勝手に見学にきて――」

「確かに、アレンジは一段と上手くなりました」

尾崎が由羽に答えている。

「冒頭のひとり語りも短くされていますが、ここはいっそ削り、途中途中でちりばめたほうが印象が深くなるでしょう。ラストの古道さんの文章は秀逸です。ここを活かすために、あえてその前の箇所はフレーズを短くそろえましたね」

尾崎の言い方はあくまで冷静で、だからなおさら公平な感想なのだと伝わってくる。

織江は悔しさと腹立たしさに歯嚙みした。

「もちろん、あなたが行ったのはあくまでアレンジであって、これを香村由羽の名前で発表すれば盗作となります」

「自分の作品として出そうなんて思ってないわ。いまはここに織江がいるんですもの。ゆうべ私ね、トイレに行きたくて起きたら織江がパソコンの前で眠っているのを見て、モニターを覗いてしまったの。そうしたらもう止まらなかったのよ。眠っている織江の隣で、文章を直しはじめたの。ひとつひとつ大切に、気持ちを籠めて。カチャカチャカチャッてキーボードを打ちながら、とっても幸せだった」

そう言って由羽が尾崎にスプーンを渡し、パルメザンチーズを削りはじめる。

織江はデスクチェアに座り込んだ。

やり場のないこの憤懣《ふんまん》は、またもや自分の作品を捏《こ》ねくり回した由羽に対してか、その盗用作品をおもしろいと認める尾崎に対してか。

いや、本当はわかっている。精魂籠めて書いたつもりの作品が良くて七十点と言われたことが、由羽の直し原稿よりも劣っていると言われたことが、なによりも悔しくてたまらない。

「織江、この原稿は織江の名前で尾崎さんに売り込んでもらいましょう。私はそれでいいから。これからだって織江の書いたものを、私がもっといい作品に仕上げてあげるよ」

「……冗談じゃないわ」

苛立ちが、なお肌の下で根を伸ばす。

「あんたの気持ち悪い手の入った作品なんか要らない。あんた、自分がいったいなにをやったかわかってるの」

「古道さんのお気持ちはわかりますが」

尾崎が静かに口を挟んでくる。

「私は実はいま、この人の言ったことに心を動かされています。この原稿を古道さんのお名前で出すことに対してではありません。あなた方の共同執筆として世に出しませんか。編集者のはしくれとして、私はこの共著作品を世に出したい」

なにを言いだすのか。鋭く尾崎を睨んだが、彼は怯《ひる》む様子もなく言葉を続ける。

「古道さん、あなたはまだ文章を書いた経験が浅い。これから地道に書き続けるのもいいでしょう。ですが、共著で出している作家も数多くいる。私はあなた方のタッグは決して悪くないと思います。ぜひ実現したいと、そんな思いが湧いています」

「そうよね、この前、資料で読んだんだけど、バッハも作曲工房の名前がバッハだったようなもので、楽曲はバッハ以外の弟子たちがつくっていたのも多いんでしょう」

由羽はひとりではしゃいだ声をあげている。

「有名な少女漫画家さんだって、忙しいときとか手を痛めたときは、絵のほとんどをアシスタントが描いていたんですって。でも主要キャラの顔の、睫毛の一本一本だけは、その漫画家さんが無理してでも描いていたそうよ」

「睫毛は少女漫画の命なんでしょうね。作品の命は細部に宿ります」

尾崎のほうは淡々と答えている。

「そうよ、私、織江の命を誰よりも美しく描く自信があるわ。織江本人よりも上手くできるわ。私のほうがこの子よりも、この子の魅力をわかっているんだもの」

「いい加減にしなさいよ、あんた」

織江の内で、昨夜の熱情は跡形もなく消えていた。いつか尾崎が姿を消したときに抱いた、憑き物が落ちた感覚とよく似ていた。

「尾崎さん、私の原稿がものにならないっていうんなら、それでいいわ。ほかの人間に過剰に手を入れられてまで、誰かに読んでほしいとは思わない」

「そういうところが駄目なのよ、織江。どうしてもっとがむしゃらにならないの」

例の、己の分を超えた上から目線の声に、織江はうんざりと由羽を見た。

由羽は異様に輝く瞳で織江を見つめている。

「知ってるわ、私。生まれつきなにもしなくてもきれいと言われる人って、周りが思うほど自分のルックスに興味ないのよ」

「どうしていきなりルックスの話になるのよ」

「興味がないから執着もしない。よく『美しくなるなんとかレッスン』とか『若返りなんとかケア』とかやってる《美のカウンセラー》って、顔立ちそのものは残念な人が多いのよね。でもあなたのように本当にきれいな人は、選択する間もなく美人の人生を与えられて、美人故の損も得も黙って受け入れるしかなかった。それは最初から頂点にいるという余裕のある人生だけど、受け入れることに慣れているから、老けることも醜くなることも、不幸な出来事もおとなしく受け入れてしまうの」

《不幸》という単語に、織江はカッとなった。

言い返す文句を探しているうちに、由羽はなめらかに言葉を重ねる。

「あなたはいつも諦めが早かった。合唱コンクールや学園祭では周囲の期待どおりに振る舞っていたけど、体育祭では少しでも速く走ろうなんて素振りは最初から見せなかったわね。鈍臭いのに練習を頑張ってる子たちを白けた眼で眺めていたでしょう。いまも生まれ持ったルックスや老いに抵抗する《美のカウンセラー》とその信者たちを馬鹿にしているでしょう。足掻《あが》くということを、あなたはみっともないことだと思っているのよ」

「わかったつもりで言ってんじゃないわ、顔と比例して頭まで悪いくせに！」

大声になった。

自分は誰よりも足掻いた経験がある。人生で二度だけ、誰よりも。あの個室カラオケでの自分、そして『焰』を書いたときの自分が蘇る。その足掻きを打ち壊したのは誰だ。すべてを盗んでいったのは誰だ。

だがそれを口に出すつもりはない。言いたいことがあるなら、自分は書くからだ。その代わり、由羽を罵倒した。

「ええ、白けた眼で見てるわ。あんたのこともね。いまだにカーテンまで私の真似をして、痛々しいのよ。オリジナルをつくる能力もないくせに作家なんかになって、そりゃあブスでも物書きは務まるからね。だったらブスはブスの心情を素直に書いておけばいいのよ、ブスのくせに私の作品を盗むんじゃないわよ！」

「ブスブスって、あなたは私のこと、そんなにブスとは思ってないはずよ。美しい人は他人のルックスにも関心がないもの。あなたはただ私を傷つけたいだけなんでしょう。だったら人の言葉を借りず、自分の言葉で傷つけなきゃ。あなたはそれができる人でしょう。小学生のときだって――」

「失礼ながら、いいでしょうか」

尾崎が腕を組み、嘆息した。

「私の眼の話になりますが」

「なによ、あんたの片眼がなんだっていうの」

織江はふたたび尾崎を睨みつけた。

「あんただって金泥棒じゃないの。散々私に金を吐き出させて逃げたくせに。人のものを平気で盗むあんたのことだって、私は一生許さないわよ」

「片眼になって、気づいたことがあります」

尾崎は自若《じじゃく》としている。

「両眼が見える人は、なにかを見るとき、左右の眼で均等に見ていると思っているでしょう。両眼と対象物を構図にすれば、二等辺三角形を描いていると」

「だからなに」

「ですが実は、利き眼はものを一直線に見ているのです。もう一方の眼は斜めの視線で見ている。図でいえば直角三角形なのです。この利き眼ともう一方の眼の、対象物までの数ミリの違いが、奥行きを感じさせるのです。私は幸い利き眼が残りましたが、たとえば誰かとキャッチボールをしても、投げられたボールは近づくにつれて大きくなるだけで、遠近感をもって捉えることはできず、受け損なったり撥《は》ね飛ばしたりしてしまいます。映画館や遊園地で3Dの眼鏡をかけても立体にはならない。いかに両眼によって奥行きがつくられていたのか、失って初めてわかります」

「だからなんなのよ」

「ふたりを左右の眼に喩《たと》えて言ったのです。古道さんは奥行きを感じさせる眼であり、この人は一直線の眼だと感じます。この人にはアレンジ能力だけでなく、古道さんそのものに惚れ、あなたをどうにかしたいとのエモーションもある。古道さんの言葉をより多くの人に伝えるための、いいアレンジャーになるはずです。私はこの作品を出版社に売り込みたい。それをどうか許諾していただきたい」

「嬉しい！　本当にそう思う？　だったらあなたにまかせる。そうして、そうして」

指を組んで、由羽が尾崎に身を乗り出す。

尾崎は織江を見ている。

「もちろんどちらかの名前ではなく、ふたりでひとつの共著者名にするのです。この人は本来は自分のものでなかった『ＢＯＷ―』のキャリアを捨て、一からやり直す。古道さんは有能なアレンジャーを得て、これから堂々とデビューするのです」

「きゃあ、決まり！」

由羽が嬉々として尾崎の手を握った。

「すごぉい、尾崎さん、いいこと言う。ね、じゃあ私たちのマネージャーは尾崎さんね、いまみたいな的確な指示をちょうだいね。私、香村由羽はもういい。昔、私を苛めた奴らを羨ましがらせることはできたし、一作ベストセラーを出したまま消える作家っていうのも格好いいわよね。一般人と結婚して家庭に収まるってことで引退するわ」

織江は言葉に詰まったまま、彼らを視線で咎《とが》めるしかなかった。

顔中がでこぼこに腫れた怪物みたいな由羽と、眼球をあまり動かさない片瞼の垂れた男が、表情のわからない顔でそれぞれの熱気を放っている。

発すべき言葉が、これ以上浮かばなかった。
出したい。自分の書いた小説を、本にして、多くの人に読んでもらいたい――
そのチャンスであるという誘惑に、勝てない自分がいた。
「食べましょう」
尾崎がスプーンを取り、ミネストローネにくぐらせた。
赤いスープにチーズが溶け、酸味と甘味の混じった湯気が、部屋中に漂っていた。

第三部

1

「よお」と肩を叩かれ、振り向くと、人差し指の先が頬に当たった。

「なんだ、熊川《くまかわ》」

くだらなすぎてかえって新鮮な悪戯をする旧友の顔に、尾崎は苦笑しつつもホッと人心地ついた。

久しぶりに会う熊川はまたひとまわり肉がつき、でっぷりと肥《こ》えた腹でベルトが見えなくなっている。

六本木のタワービルの最上階にあるクラブだった。ワイン通で有名な女優の庄野顕子が毎年ボージョレー・ヌーボーの解禁日に主催するワイン・パーティに、今年初めて招かれたのだ。

招待客数七、八十人の内輪のパーティというが、芸能界に知り合いなどほとんどいない尾崎は、照明の控えめな洒落た店内で、笑い声のさんざめくスーツ姿や肩を出したドレス姿の業界人の輪に入っていけず、窓の夜景を眺めながら手持ち無沙汰にグラスを傾けていたのだった。

「おまえも来ているとは思わなかった」

「変わんないなぁ、おまえ。俺はますます名を体《たい》で表す人になってるだろ」

「それは全国の熊川さんに失礼だ」

最後に会ったのは二年前。一太の三回忌を終えた夜、ふたりで呑んで以来だった。四年前、一太が死んだときも一晩中、酒を酌《く》み交わした。息子の早逝は誰にも伝えず、葬式も火葬場で葬儀会社の手配した坊さんに経を読んでもらい、内々に見送ったのだが、熊川はどこで聞きつけたのか、しばらくして焼香を上げにきてくれたのだ。遺影の前で大きな肩を丸めて、線香が半分もなくなるまでじっと手を合わせていた彼の姿を、いまでもよく憶えている。

「娘さんたちは元気か」

「下のほうが俺に似て太ってきやがってさ、親戚からは『麗子像』って呼ばれてんの」

「いいじゃないか、四歳にして高貴な顔だ。上の子は十歳だっけ」

「色気づいてきやがってさぁ、芸能界に入りたいとかでダンスとか習いはじめてんの。今日も庄野顕子のパーティだって言ったら、ついてきたいってうるさくて。しっかしおまえ、相変わらずよれよれのジャケット着てんな。最近、儲かってるって聞いたぞ。金はあってもセンスがない奴は仕方ないな」

体形にファッションを支配されている熊川が、わしゃわしゃと尾崎の髪を乱してくる。

「いや、俺は今日、庄野さんに挨拶したらすぐに帰るつもりで。おまえこそ、どういう繋がりでここに」

熊川はお笑い芸人を多く抱えるプロダクションのマネージャーだった。知り合ったのは互いに二十代の終わり。尾崎が最初に勤めた出版社で、作品を担当した芸人のマネージャーが熊川だった。

あまり他人と深く付き合うことのない尾崎であり、対照的に熊川はそのあけっぴろげな性格で交友関係が広いはずだが、なぜか不思議とウマが合い、いまでも一、二年に一度は思い出したようにどちらかから連絡を取り合って酒を呑んでいる。

「いや俺さ、今度ここに移ったんだよね」

熊川が名刺を見せた。《タキザワ・エンターテイメント　部長　熊川広志《ひろし》》とある。業界でも三本の指に入る大手プロダクションだ。庄野顕子もここに所属している。

「『部長』って、おおざっぱな肩書きだな。なにやってんだ」

「うち、文化人枠を充実させたくてさ、なんでか俺に声がかかって、まあ俺も新しいことしたい気持ちもあって入社したんだよね。たぶんおまえとつくった本が売れたおかげで、その後も本とか講演会に関わることも多かったからさ。おまえさあ、あのままあの会社にいたら、いまごろ副社長くらいになってたんじゃないの」

「小さな出版社を潤わせてくれたのは、おまえたちのあの本だよ。そうか、それで今日、ここにいるのか」

「おまえはあれだろ、庄野さんが織江ユウの『バタフライ』の主役を演じたいって、直談判したんだってな。おまえいま、織江ユウ専属のエージェントをやってるっていうじゃないか。俺はさあ、昔のよしみで連絡して頼もうか、でもそこを利用しちゃおまえに嫌われるだろうかと悩んでさあ」

「庄野さんはおまえの担当じゃないだろう」

「だから庄野さんじゃなくて、俺、文化人枠の責任者なんだってば。なあ、織江ユウをうちで面倒見させてくれない？　窓口扱いでいいから。テレビ出演とか取材の依頼とかすごいだろ？　捌《さば》くだけで大変だろ？　それぜんぶ、うちに手伝わせてくれよぉ。織江ユウが所属してくれるとハクがつくんだよぉ」

尾崎は申し訳ないと、黙って首を振った。

「やっぱ駄目？　表には絶対出ないって、あれ戦略じゃなくてマジなの？　顔出ししないならしないで俺は対応するよ。メディア出演の依頼がきたらことごとく断る役目でもいい。断るのもけっこう面倒だろ。それぜんぶ俺に投げてくれていい。うちとしては織江ユウで儲けようなんて思ってない。とにかく織江ユウが所属しているという、その一点でいいんだよ」

スキンシップの激しい熊川が肩を揺さぶってくる。だが尾崎としては「すまん」と答えるしかなかった。

織江ユウとは、織江と由羽の共同執筆名だ。由羽は最初、ただの織江がいいと望んだのだが、織江が強く抵抗した。自分の中に由羽が浸透してくる感じで嫌だという。そこで尾崎が織江ユウと名づけたのだ。

織江ユウがふたりからなる作家であることも、彼女たちの年齢も性別も、一切世間には明かしてはいない。片方が大ヒットを飛ばした香村由羽であることが知られれば、煩雑な取材が押し寄せるのは目に見えており、そうなれば織江の素性も生い立ちも、自然と明るみに出てしまう。

密室でひとつの作品をつくりだすふたりがどんな世界を描いていくのか、尾崎は静かに見守っていたかった。

八か月前にM社からデビューした織江ユウは、その一作で早くも四万部を超えるベストセラー作家となり、出版や連載の話が引きも切らず舞い込んでいる。

尾崎は久しぶりに昂奮していた。こんなに心躍るのは、熊川がマネージメントをしていた芸人の本を出したときか、一太が一歳の頃に「パパ」と呼んだとき以来か。いや、それ以上かもしれない。自分の見出した作家が、その作家に自分と同じくらい惚れているアレンジャーとともに、作家としての階段を確実に上っているのだ。

望んでいた以上の結果を彼女は出している。彼女の魔力に、由羽以外ではもっとも近い場所で関わることができている。

本来なら居心地が悪いはずの業界人だらけのパーティで、なんだかんだと悠然とワイングラスを傾けていられるのも、織江ユウの編集者としての自負が根底にあるからだ。

——『なによ——あんただって金泥棒じゃないの——』

そう言われたとき、嬉しかったと言えば、織江は怒るだろうか。

嬉しかったのだ。由羽の前で感情を剝き出しに怒鳴る彼女が、なんだかとても可愛く見えた。守ってやりたいと、そのためなら、それまで軽蔑の対象だった由羽とタッグを組んでやろうと、浮き立つ思いが湧いたのだ。

「誰か大物作家の別名じゃないかとか、いろいろ噂されてるけどさ、たぶんそこそこ若い女だと思うんだ。もしかしておまえのコレだったら、俺がそのあたりもちゃんとフォローするよ」

またもやおっさん臭い仕草で小指を立ててにやつくが、熊川の眼は笑っていない。

「すまん」

尾崎はワインを呷った。

「マジで俺にも言えないの？　まあおまえのそういう口の堅いところも信用してるんだけどさ。なんか淋しいよ。顔出しNGの理由くらい教えてくれよ、絶対よそでは言わないから」

熊川がますます肩を揺さぶってくる。仕事上の興味以上に、旧友の隠し事を知りたいという子供じみた所作ではあった。

だが尾崎はもう一度苦笑し、すまん、と言いかけて、グラスを持つ手が止まった。

――あ……

視界がふいに暗《くら》んでいた。

瞬きをした。窓の夜景と煌《きら》びやかな出で立ちの周囲の人々が、ぼんやりと霞んでいく。テーブルに並べられたボージョレー・ヌーボーのボトルもチーズや鴨肉やテリーヌの皿も、輪郭が滲んでよく見えない。

吐き気が込み上げた。右眼が痛みだしていた。痛みは頭にも上ってくる。ガンガンとハンマーで殴られているかのようだ。

「尾崎？」

熊川の声が変わった。肩をつかむ手に力が籠っていた。

「どうした？　おまえ、俺が見えてるか？」

その言葉にハッとした。我知らず瞼に当てていた手を慌てて外した。

「いや……べつに」

「眼か？　おまえ、もしかして右眼もきてるのか？」

真剣な声が真正面から突き刺さってくる。

尾崎は意識して、肩で笑った。

「熊川、織江ユウが顔を出すときは、いちばんにおまえの世話になるよ。俺、庄野さんに挨拶してくるから」

相手の異変を察しながらも、熊川はそれ以上、なにも言わなかった。代わりにまだ顔もロクに憶えられていないだろう立場で、窓辺で数人と談笑していた庄野顕子を、強引に尾崎のもとへ連れてきた。

こわばる手で名刺を出した。いまにも漏らしそうな呻きを堪えて、自己紹介した。

やたらと歯の真っ白な女優と、女優の取り巻きにワインを注がれながら、どんな言葉を交わしたのか憶えていない。

ズキンズキンと、痛みが増す一方だ。

こんなときに――

緑内障の発作を放っておくと確実に数日のうちに、いや、その日のうちにも失明する。

脚がふらつくのは視界が暗むからだけではない。痛みの脈が脳味噌にまで伝わっている。だんだん眼球そのものも脈を打ちはじめている。ドックドックと拍動して飛び出してしまいそうだ。このままでは破裂してしまうのではないか。畜生、いっそこの手で眼球を抉り抜いてやりたい。

尾崎は見えない相手にお辞儀し、クラブを出た。もつれそうな脚でエレベーターに向かった。

「尾崎、家まで送るから！」

背後で呼ぶ熊川に手だけを振り、手探りでエレベーターに乗り込んだ。すぐさま閉ボタンを押した。

エレベーターが下がりはじめる。空気圧がいっそう眼球を圧迫し、絶叫したいほどの激痛を寄こしてくる。瞼の上から指で押さえた眼が、コンクリートのように硬くなっている。

俺のすべきことは……いますべきことは……

一階に下りた。そこにいたコンシェルジュに怒鳴るように言った。

「タクシーはどこだ、すぐに寄こしてくれ！」

コンシェルジュがあたふたとタクシー乗り場へ案内する。

ドアの開いたタクシーに乗り込み、尾崎はケイタイを取り出した。意識を失いそうな頭でボタンを押し、呼び出し音を必死に聞いた。

呼び出し音が途切れ、眠たげな男の声がした。

「先生、夜分遅くにすみません、眼が……発作を起こしたようです――急いで治療を、お願いします――！」

激痛に震えながら、尾崎は叫んだ。

いますぐ治療を――でないと、織江の原稿をこの眼で読めなくなる――

2

由羽のマンションのリビングで、織江はスコッチのロックを呑んでいた。

まだ陽は高い。マンションの一階の庭で遊ぶ子供たちの声が三階のこの部屋にも響いている。たまに調子に乗ったような彼らの奇声が耳障りだ。

子供の奇声は宿りはじめた自己顕示欲の噴出だ。親たちはどうして早いうちにその芽を摘もうとしないのだろう。とにかくこちらは酒を呑んで静かに眠りたい。昨夜から一睡もせず、文芸誌に寄稿する短編を書き終えたのだ。熱くなった頭をアルコールで鎮《しず》めなければ眠れない。

「ねえ、まだなの」

リビングと一体になったダイニングのテーブルで、由羽がプリントアウトした織江の原稿を読んでいる。

「もうちょっと待ってなぁ。ふぅん、うん、なるほどぉ……」

由羽は黙読ができないらしく、原稿用紙にして五十三枚の短編を相手に、もう三十分以上も意味のない言葉を呟き続けている。

呑みながら待つのは慣れたが、ときおり赤ペンでなにかを書き込みつつ、いかにも内容に共感した様子で頷く態度が、見ていて無性にカチンとくる。関西人のくせにわざとらしい関西弁がなおさら粘着的で気色悪い。

「おおまかに要領を得られたらそれでいいでしょ。確認事項があったら連絡して」

グラスを空にして、立ち上がった。

織江の部屋は同じマンションの五階にある。最初は尾崎が織江のために見つけたマンションだが、後からすぐに由羽が二階下の部屋に引っ越してきたのだ。

「あん、待って、もうちょっとやから。さっき織江が来るっていうから、急いで鶏団子をつくってん。後で打ち合わせしながらお鍋にしましょ。ちょっと確かめたい箇所が幾つかあって」

原稿を手にしながら、由羽がキッチンに入っていく。すぐにゴミ箱かなにかに蹴つまずいて、「きゃっ、わぁん、痛い～」などと大袈裟に騒いでいる。

無視してドアに向かおうとすると、疲れた体に酔いが回ったのか、テーブルの脚に足の小指をぶつけてしまった。

ちっ――舌を打ってまたソファに腰を落とした。平静な表情をつくったが、ひとりだったら足を押さえて唸っているところだ。

「織江、今日は特に苛々してるね、もしかして生理？　私は昨日はじまったんやけど」

図星なだけに腹が立った。

「いいから、読むのもつくるのもさっさとして」

打ち合わせを口実に、由羽が夕食を付き合わせようとするのはいつものことだ。まともに相手をしないのがいちばんいい。それにどうせ部屋へ戻っても、知らない間に肉じゃがやインゲンの胡麻和《ごまあ》え、炊き込みご飯などをわんさか詰めたタッパーが、袋に入ってドアノブにぶら下げられるのだ。

それからさらに十五分ほど待たされ、ダイニングテーブルにガスコンロが設置された。由羽がのたのたと湯気の立つ鍋を運んできた。

織江はスコッチの瓶とグラスを持ち、テーブルについた。

「ちょっと呑みすぎやない？　ウイスキーは一日二杯くらいにしておいたほうがいいよ。さ、召し上がれ。お肉もちゃんと食べるのよ。はい、鶏団子、小さいめのにしてあげるから、まずは二個ね。この椎茸《しいたけ》は原木からつくられたものをお取り寄せしてね」

由羽がむっちりと生白い手で、取り皿に白菜や大根、人参《にんじん》、鶏団子を山盛り載せ、織江の前に置く。野菜はどれも花や紅葉の形に型抜かれている。

無視してグラスに口をつけると、由羽が箸を渡してきた。

「相変わらず呑みながら書いてるんでしょう。織江は真面目やからお酒で頭をほぐしたほうが書けるんやろうけど、体のためには本当にやめたほうがいいよ」

「思ったことをそのまま口に出すのは無意味なだけだから控えて。あんたが注意したところで、私がはい、そうですかと聞くと思う？」

「織江の健康と美容のために言ってるのにぃ」

「だったらあんたが、黙ってても私が真似したいなと思う体形になれば」

「私、この前一か月ぶりに体重を計ったら、また二キロも落ちてたの。美容院でも、最近きれいになりましたねって言われたよ。庄野顕子のデビューしたての頃に似てるって。庄野顕子って確か、女子大生のときにデビューしたよね」

「それ、お世辞を飛び越えてギャグだから。笑うところだから」

箸を受け取ってやる代わりに皮肉を言ったが、確かにここ数か月、由羽の顔つきが変わってきたのは事実だった。香村由羽としてメディアにもてはやされていた頃よりも表情が活き活きとし、同時に落ち着きも備わっている。

露出しないことでブスだのデブだのと中傷を浴びずに済み、自分で勝手にこしらえた鏡だけを見て過ごせているからかもしれない。満たされている微笑みを、いまの由羽は常に浮かべている。

その笑顔が織江には疎ましくてならない。自分にはまだ、怖れているものがあるというのに

―

「それで、確かめたい箇所って」

よく煮えた白菜を箸でつまみながら言うと、

「そうなの、主人公が登山するときの格好なんやけどね」

由羽がテーブルの端に原稿を置き、めくりはじめる。ところどころ赤が入っている原稿を見て、織江はまたうんざりした。

「ちょっとあんた、なんでここの『伝った』を『伝えた』にしてんのよ」

「え、このちっちゃい『つ』って織江の打ち間違いでしょ」

「『伝った』で『いった』と読ませてんのよ。そんな表現、読んだことないの？」

「そうなんだぁ。でもじゃあここは、『言った』がわかりやすくていいと思うんだけどなぁ。あ、それでね、ここ、ザックを開ける前にザックカバーも外す記述って必要かなぁ。どういうトレッキングシューズを履いているかとか、細かく書くところが織江の魅力やし、主人公の几帳面さも伝わってくるんやけど、ここの行動はさっと書き流したほうが切迫感が強調されると

思うねん」

「だったらあんたがそう書き換えればいいでしょう。最終的な判断は尾崎さんがするし」

いつもながら、打ち合わせをしているうちにどんどん面倒臭くなる。由羽はいつも、心情的な理解を深めるところまで踏み込んでこようとする。

「この主人公、自殺するんやね。登山の好きな人って要はスポーツマンやない。スポーツマンが自殺するって私、イメージ湧かないいんやけど」

「あんたのスポーツの概念が狭いだけよ。確かに印象として、サッカー選手や野球選手とかに自殺者は少なそうだけど」

「なんでかなぁ、団体競技だと、あんまり孤独にならないのかなぁ」

「というよりも対戦競技だから。積極的に衝撃や痛みを得られる人たちは自殺に向かない。対して痛みをふだん肉体で味わえない、解き放てない人は、ひとりで黙々と痛みを育てていくしかない。スポーツでもなんでもとことんまでいく癖のある人は、痛みともとことん向き合わないと収まらないんだと思う」

「織江は死にたいって思ったことあった?」

「間違って電車に飛び込みそうになったことは何度かあったけど」

さらりと言ってみた途端、由羽の顔が悲しそうに歪んだ。

どんな反応を示すか試しただけだ。自分のしたことに思いを至らせ、反省してみせるならまだ可愛げがあるが、まるっきりの同情面に、その顔目がけて唾を吐きたくなった。

顔をそむけ、スコッチをひと口含んだ。これは抑制すべき怒りだ。怒れば弱みを見せることになる。

「死は大きいことだけど、そんなに不幸で不吉なものとして考える必要もない。あんたは私の書いた死人をドラマチックに描けばいいだけ。あんたごときの経験を駆使して稚拙な想像を加えないで」

「そうやね、私、実際に自分が死にたくなったり、織江が死んじゃったりしたら、そんなこと、とても書けないもん」

「感受性が鈍い人間は、考え方が甘いからよ。あんた、生理痛もほとんどないでしょう」

意識的に話を逸らした。

「うん。あ、昔、織江と一緒に体育を休みたくて痛い振りしてたの、バレてた?」

「生理痛のない女って、感覚そのものが鈍いのよ。痛みを知らないというのは、他人への想像力の欠如にも通じる。生理痛の苛々は自分でコントロールできない。でも痛いんだから、そこに留《とど》まるしかない。留まりながら、コントロールできない自分を、少なくとも体で知ることができる。でも生理痛のない女は、そんな自分を認識できず、他者の痛みを想像する出発点にさえ立つことができない。男がたいてい鈍くて傲慢なのも生理がないからよ。タブーという言葉は、ポリネシア語の《タブ》という言葉が語源なんだけど」

「へえ」

鶏団子を頬張りながら、由羽が身を乗り出してくる。

結局、こうして会話を続けてしまっている自分に、織江は溜め息を吐いた。どう貶し、罵倒すればこいつの心に響くのか、しょっちゅう会っていてもつかめない。

「月経って意味なの、《タブ》は」

話しだした以上、途中で黙るのも癪《しゃく》に障る。織江は鶏団子を箸で割り、続けた。

「古くから地球上のあらゆる土地で、月経は不浄のものとされてきた。本来なら子孫をつくる上で必要な女の体のメカニズムであり、男には払えない犠牲を払ってやっているのに。『旧約聖書』には、生理期間中の女が使った寝床や腰掛けはすべて汚れると書かれてある。もし男が女と寝て月経の汚れを受ければ、その男は七日間汚れるとある。『コーラン』にも、男は月経時の女からは遠ざかれと記されている。ヨーロッパでも、月経中の女に酒や酢漬けやベーコンをつくらせると上手く仕上がらないとか、インドやアフリカでは、月経中の女は家屋の片隅に閉じ込めて生活させろだとか、とにかく生理中の女は忌み嫌われる対象だった」

「日本では？」

「『古事記』には、倭建命《やまとたけるのみこと》が月経中の美夜受比売《みやずひめ》と性交した記述がある。でもこれは、相手が禁忌の存在であるにも拘わらずヤリたがる倭建命の激しさを描いただけ。お経でも、中国から伝来した『血盆経《けつぼんきょう》』という、月経中の女がいかに不吉で穢《けが》れているかを説いているものが宗派を問わずに読まれていた。村には月経小屋というのがあって、月経中の女はその期間、閉じ込められていた。月経小屋がない場合も、食事は家の中でなく、外で摂らなければならない。だけど家族の食事はちゃっかりつくらされていた」

「へええ」

由羽は織江の話している内容に興味があるのかないのか、ただ自分に喋りかけている織江の顔をにこにこと眺めている。

馬鹿相手に知識をひけらかしたいわけではない。自分でもわかっているつもりだ。十六歳の夏から隔離に似た生活を余儀なくされ、母と祖母以外の他人とはほとんど会話せずに過ごしてきた。どの人間に対しても油断した言葉を吐かないよう、常に神経を尖らせてきた。

だがその間、本だけは数多く読んでいた。思ったこと、考えたことがたくさんあった。言葉にして解き放つことができず、溜まりきっていたものが、由羽の前では迂闊《うかつ》にも漏れ出してしまうのだ。自分へのお節介もなにもかも、自己顕示欲から発しているこいつに対して、油断していいはずはないのに。

「それだけ月経中の女が穢れとされてきたのは、コントロールできない出血というものを男が怖れていたからだという説がある。外で動物を狩ったり、自然を相手に農作業する男にとって、支配できないものと出血は本能的に怖ろしい。また生理による感情の波、ときに人格まで変わってしまう女のその状態が、男には到底理解できないものだった」

「埋められない男女の溝なんだ」

「だから同時に、たとえば卑弥呼のように、巫女《みこ》は女にしかなれなかった。神の言葉を聴くのは女の仕事だった。昔の女はいまよりも体が自然のバイオリズムと同期して、生理の影響が強かったはず。人によっては神がかった状態になる場合も多かったと思う。現代では非科学的と受け止められる予知夢や生霊や呪術なんかも、『とはずがたり』や『源氏物語』のような、教養ある貴族の女が書いたものにしょっちゅう出てくる」

「じゃあ卑弥呼ってきっと、生理がきつかったんだ」

「女の能力を持ちすぎた故の犠牲者よ。そもそも巫女とは選ばれてなるもの。選ばれれば拒否できず、俗世間とは隔絶された場所で生きていくことを強いられる。男は結局、女の持つ魔力が怖いのよ。男の暴力は女にとって単なる恐怖だけど、男は女を畏怖しているの。崇める対象でありながら、遠ざけるべき対象なの。どんなに暴力を振るっても、支配しきれないことを男は知っているの」

「尾崎さんは、織江の文章には魔力があるって、よく言うね」

「さあ、彼も所詮男だから。なにかあれば金のほうに転ぶし、そのために平気で女を犠牲する因子を持っている。いまは私たちについて、自分も表現者面できるのが嬉しいだけ」

「織江はやっぱり、男が嫌いなんやね」

「やっぱりってなに」

喋っているうちに気分が高揚していたのだろうか。なにかを見透かしたような由羽の台詞に、一瞬にして自分が激昂《げきこう》したのがわかった。

「え、ううん、わからないけど」

鋭くなった相手の声に、由羽は肩を縮めて取り皿のスープをすする。

「なによ、はっきり言いなさいよ。なにがやっぱりなの。私の言っていることが昔のトラウマに縛られている女の恨み言だっていうの。あんたって相手の言葉をなんでも自分の感情に引き寄せてしか聞けないのね。この前も尾崎さんが私と『焔』を直したときの話をしたら、あんたの感想ってば『ふたりの蜜月だったのねぇ』だったものね。あんたにかかると、どんな物事もねっとりと気持ち悪くなる」

真島が消えた後、この世でもっとも嫌悪するのは由羽だ。過去の盗作にこだわっているわけではない。こいつの言うことなすこと、なにもかもが癇《かん》に障る。

だったら原稿だけを渡して後は無視すればいいのに、相手をしてしまう。きっとそれは、このすべてをわかったつもりのしたり顔を、思いつく限りの罵詈《ばり》雑言《ぞうごん》で打ちのめしてやりたくなるからだ。

「言ってごらんなさい。私のことを同情したいんなら、同情できる人間であることを示してごらんなさい。どんな感情を持つにも権利ってものが要るのよ。己をわきまえていない人間のそれは、鬱陶しいのを超えてひたすら滑稽なのよ」

「織江」

突然、由羽が立ち上がった。

そのまましずしずとテーブルを回り、こちらへ近づいてくる。

「……なに」

予期しない相手の行動に、織江はうろたえた。

あまりに近すぎる距離まで来ると、由羽は両手を広げ、織江の頭を抱きしめた。

もったりと量感のある胸に、頬が埋められた。

「織江は、よく頑張って生きてきたね。織江が生きてくれてるってだけで、私は嬉しいよ。偉いよ、偉いね」

言いながら、由羽が頭を撫でてくる。よしよしと、小さな子供に対するように撫でさすっている。

言葉を失った。

次いで脱力し、椅子にもたれるようにして由羽の胸から離れた。

「駄目だ。顔中に唾を吐きかけても、あんたはそれ以上醜くなりっこない」

大きな腹を押しのけ、椅子から立った。

「えぇ、織江ぇ」

不満そうな甘え声が追ってくるが、振り向かず、廊下に出た。

「原稿、よろしく」

それだけを言って、ドアを閉めた。


自分の部屋に戻り、キッチンの戸棚からスコッチを出した。

生《き》のまま呷り、棚にもたれ、床にしゃがみ込む。

ずっと木陰に埋もれた沼のように、わずかなさざ波さえ立てないよう沈ませていた心の澱が、いま不協和音をたてて渦を巻いている。

搔き混ぜているのはなんだ。由羽ではない。由羽なんかに搔き混ぜられはしない。

この状態は、毎日パソコンに向かって言葉を紡ぐようになってからのことだ。自分で自分の心臓を搔き毟っているのだ。

出てくるのは苦しい言葉ばかりだ。心の奥底にあるものを書こうとするたび、自分を傷つけ、惨めだった姿が浮き彫りになる。忘れたいことが次々に刃となって皮膚を切り裂いてくる。

痛みに蹲りそうになるたび、自分に言い聞かせる。いまは過去を乗り越えている最中だ。そのために辿るべき経過に過ぎないのだ。その証拠に、どんなに辛くても書くことをやめられない。

なのに、ふと、あの日、明日香で男たちについていったのは、由羽のせいで気が塞いでいたからだと、あんな目に遭ったのはあいつのせいだと、叫びたくなる。

そんな自分を最低だと思う。情けなくて腹が立って、体中を掻き毟りたくなる。

自分ひとりで苦しみたい。みっともない責任転嫁などしたくない。由羽の存在が邪魔で仕方がない。

しばらくぼんやりとしゃがんだままでいた。フローリングにつけたお尻が冷えている。スコッチをまた含み、でも呑み込む気になれなかった。体も舌も欲しがっていないのに、いったい自分のなにがこんなものを求めているんだろう。

まだほとんど中身の残っているグラスをシンクに置き、キッチンを出た。ゆうべからほとんど丸一日眠っていないのに、神経が異様に尖って寝つけそうにない。

シャワーを浴びようと洗面所に向かうと、玄関の外で小さな足音がした。

足音はすぐに遠ざかっていく。

ドアスコープから廊下を覗き、誰もいないことを確認して、ドアを開けた。

ドアノブに、レジ袋がかかっていた。

重みのある袋をキッチンに運び、開いてみると、大サイズのタッパーがふたつ出てきた。ひとつには鶏団子スープ、もうひとつにはスープでつくったらしい雑炊が入っている。

タッパーの上に手紙も添えられていた。蝶の模様の入った便箋《びんせん》だ。

捨てるつもりだったシンクのスコッチをまた呑みながら、手紙を開いた。

『ごめんなさい。私は織江の言うとおり、いつも無神経なことを言って、織江を傷つけてしまうね。本当にごめんなさい、クスン、クスン。原稿は心を籠めてしっかりアレンジします。信じて待っていてね。それから書くのは体力がいるよね、きちんと食べてください』

読んですぐゴミ箱に入れた。

「傷ついてなんかないよ、馬鹿」

吐き捨て、それから雑炊のタッパーの蓋をめくった。

まだあたたかい。熱いくらいだ。蓋を閉じる直前にかけたのだろう溶き卵が、半熟の身をふわりとふくらませて光っている。

スプーンでひと口、食べてみた。

ふうん――またもうひと口食べた。

今日のところは言いたいことをある程度言ったせいか、由羽へのストレスはいくらか軽減している。それに食べた瞬間、空腹感が込み上げてきた。

茶碗に雑炊をよそって、織江はダイニングテーブルに着いた。いただきます、とレンゲを持った。

エアコンをつけていない部屋は冷えるし、窓の外はすっかり闇に染まっている。

あいつがよけいなことを言わなければ、夕食くらい最後まで付き合ってやったのに。

これもまた、感情の波のひとつなのだと自覚しながら、織江はいまは少しだけ優しい気持ちで、むろん許してはいないのだと憤りを残しつつ、雑炊をゆっくりと味わった。

3

尾崎が由羽の部屋を訪れたのはその三日後だった。

由羽は織江から渡された短編をまだ半分もアレンジできておらず、試行錯誤に疲れ果てていたところだった。

「前回の原稿のゲラです。五日後にまた受け取りにきます」

いつものように玄関で茶封筒だけ渡し、すぐに帰ろうとする尾崎を、由羽は腕をつかんで部屋に引き入れた。

「書けないの、困ってるの、助けて」

強引にダイニングテーブルに着かせ、ノートパソコンのアレンジ途中の原稿と、織江の元原稿を彼の前に並べた。

「いま珈琲淹れますね。ちょっとその織江の原稿、どうしていいのかわからなくて。途中まで直したの読んでください」

尾崎は自分からは必要な修正を入れてくるだけだが、訊けば的確な意見を出してくれる。

珈琲とチョコクッキーを用意してダイニングに戻ると、尾崎は窓のほうを向いて右眼を押さえていた。

昼下がりの陽光に照らされた顔は一段と青白く、頬が痩けて見える。組まれた細い脚も、濃紺色のスラックスの生地が余って、アイロンのかかっていないのがなおさら目立つ。

「もしかして、体調が悪いですか？」

カップを前に置きつつ訊いた。尾崎からは、左眼が見えないということしか聞いていない。右眼も悪そうだなというのは、原稿を見るときに顔を近づけたり遠ざけたり、眉をひそめて瞼を押さえる仕草から感じていたが、中年以上のおじさんおばさんにはよくあることで、そのほかの会話をするときの様子はふつうでもあり、あまり深く考えたことはなかった。

「ああ、いいえ」

尾崎は眼から手を下ろし、カップを取った。

「お部屋、今日もきれいに片づけられていますね」

と、ふだんの飄然とした態度に戻っている。

由羽も向かいに座った。

「ここに越してから何度かお邪魔していますが、いつも窓も床も磨かれ、丁寧に生活されている様子が窺われて、感心しています」

「ああ、あなたは前の部屋も知ってるもんね。そうやね、汚かったよね、あの部屋」

珈琲を呑みながら由羽は照れ笑いし、カップを置いてから、照れるのはそこじゃないよなと思い直す。正面で、ふたたび原稿に眼を落としている尾崎を見つめた。

不思議だ。どうもこの人とセックスをしたという感じがしない。というかレイプされたはずなのに、あの怖かった人と同じ人間とはまったく思えない。

「ざっと読んだだけですが、この調子でいいと思いますよ。自信を持って書き進めてください」

「自信を持てる、なにかひと言をちょうだい」

指を組んでお願いした。見た目は乾いたおじさんだが、この人は織江と自分にとって大切な潤滑油なのだ。

「織江の原稿に手を加えるのが、なんだか最近、怖くなるの。今回もまたなんか死人が出てくるし。私、はっきり言って一からまともに小説を書いたことないんやけど、死人が出てくるのだけはパクる気がしなかってんよ。感情移入できへんもん。でも織江のって、書けば書くほど死ぬ人が出てきて、なんだか怖いの。死体の表現がグロテスクにさえなってきてるの」

「自信を持てるひと言ですか」

尾崎はチョコクッキーの袋を取り、関節の浮いた指で中身を割りながら、

「ここへ来る前に織江さんの部屋にも伺って、同じゲラを渡してきたのですが、彼女の部屋はまあ、一か月は掃除機がかかっていなさそうでしたね。資料や読みかけの本が雑多に置かれ、水回りも、私が行くたびにこっそり磨いているからなんとかきれいになっている状態で」

「そうなの？　私、織江の部屋には入らせてもらえないの。だったら私が掃除するのに」

「初めてあの方の九州のマンションに伺ったときは、それは整然としていたものでした。生活感のないモデルルームのようで、棚も床も埃ひとつなく、グラスも水垢、指紋ひとつなく、一日中、掃除に明け暮れて過ごしているのではないかと思ったものです」

「そうなんだ」

尾崎は袋を破り、割ったクッキーの小さな欠片を口に入れ、淡々と思い出すように言う。

そんな話を聴くと、由羽は羨ましくてたまらない。『焔』を書いていた頃と、その後の無気

力に生きていたという頃と、九州時代の織江に二度も寄り添えていた尾崎に成り代わりたいと、心底妬《ねた》ましくなる。

「じゃあ、どうしていまはああなの。いまの織江って高校生までの頃より、なんだか言葉遣いも物腰も荒っぽくなってるの。まあ本当は意地悪いところもあるっていうのは、私は知ってたけど。ただ乱暴にお箸を置いたり、毒舌を吐きまくったり、これはいままでの辛い日々の中で徐々にこうなったんかなとも思うんやけど、けっこう急激に荒くなってるんよね」

「作家にとって仕事部屋は脳味噌と同じです。頭がこんがらがっているときは仕事部屋もこんがらがってるんです。それで織江さんはだいたい常にこんがらがっているんです。ただ作品についてはこんがらがっていても、自分の姿勢を思い定めている人には、きれいに片づけられている傾向があると感じます。由羽さんのこの部屋のように」

「え、褒められてるの、私」

「褒めています。織江さんに比べると、あなたのほうが遥かに強い」

「そこはなんだか、よくわからない」

織江と比べて褒められても、ちっとも嬉しくない。

「あなた方のタッグは、とても素晴らしいと思いますよ」

「本当にそう？　織江はそう思ってないみたいだけど」

「不協和音の妙がよく出ています」

「不協和音？」

「不協和音とはドミソ、ではなくドレソ、や、ドミソラ、のような、本来は気持ちの悪い音と思われがちの和音です。ですが実はこれがないと音に深みが出ません。たとえばレオン・ラッセルの『マスカレード』」

尾崎はいきなり「デュデュデュデュ」と口ずさみはじめた。

その顔がいつもと同じほぼ無表情なものだから、よけいに由羽は呆気《あっけ》に取られた。

「これはマイナーメジャーセブンの活かされた名曲です。アドナインスではツェッペリンの『Stairway to Heaven』が私としては最高です。クラシックで不協和音といえば近代のストラヴィンスキーが有名ですが、ベートーヴェンのエーセブンスを織り交ぜた『第九』など――」

「待って、言ってることがわからない」

手で制止した。尾崎はたまに半回転して違う人になるらしい。

すると彼はコホンと咳き込んで、

「失礼、あなたといると、ついなんでも喋りたくなってしまって」

と、カップを口につける。

「テンションが上がるというわけではないのですが、入れてもかまわなくなるというか、これも音楽用語で恐縮ですが。つまりテンションという無駄な音の入る不協和音こそが、作品の甘やかさとダイナミズム、そして繊細さを生むのです」

「無駄なの？　私」

「無駄がなければ小説は思想本か論文になるでしょう。自己主張をいかに鮮やかに、執拗に、豪快に出すかが小説家の腕の見せどころでもあると思います」

「織江はそんなふうに、なんでも喋ってくれない。わけわかんないこと言って怒ることはよくあるけど、本当のところは黙ってる気がする」

べたっとテーブルに腕をつけて、頬っぺたをのせた。頬が拗ねて尖った口に向かって盛り上がる。ますます不細工になっているだろうが、セックスした相手という記憶が一応体にあるのか、由羽も尾崎の前では緊張せず、不格好な自分も気にしない。

「ここまで書けているのですから、大した共同作業だと思いますよ。作家さんがよく言うのは、書くときはどうしても、いちばんめの読者である編集者が額の前にいるのだと。編集者を信頼できているかそうでないかで、無意識に筆の進み具合が違うのだと。織江さんのいちばんめの読者はあなたです。あなたを意識しないわけはない。そこであえて彼女は裸になって書いていると、私は感じます」

「だから、そこに私は追いついていないのね。とにかく死ぬ人をどう書いていいのかわからない。そこを相談しようとすると、織江は話を逸らすし。私、四歳のときにおじいちゃんが死んじゃった以外に、身近な人の死って経験したことないし」

「彼女は、愛しい登場人物ほど殺したくなるのです」

「愛しい、ほど？」

由羽は顔を上げた。

「彼女はとことんの苦しみを味わっている人なのです。でもそれは暴力によって無理矢理押しつけられた、自我を無視された苦しみだった。反面、対人関係ではとことん付き合った相手はいないでしょう。九州に行ってから、親友や恋人と呼べる人はひとりもいなかったと思います。セックスもしていないでしょう。彼女にとってのエクスタシーは、強姦《ごうかん》されたあの一度だけなのです」

「それ、エクスタシーじゃないよ。あの子は処女だったし、だいたいレイプで感じるわけないやん。『焔』読めばわかるやん」

尾崎の言い草に、由羽は腹が立った。

だが尾崎は由羽の苛立ちを受け、静かに続ける。

「エクスタシーには、宗教的儀式による《恍惚状態《こうこつじょうたい》》、そこから転じて《仮死状態》といった意味もあります。自分が無になり、意識が死んでいる状態です。そういう面では、彼女はあのとき、無我夢中になった。彼女が知るエクスタシーとは、心の通わない、血と肉と痛みだけが錯綜《さくそう》する必死の状態なのです。まさしく必死なのです。だから愛し合う人とのエクスタシーを知らない彼女にとって、誰かと繋がり合う行為とは、互いの心臓を鷲づかみにし、血飛沫の中で求め合うことでしか表現できないのです」

「それが、死ぬってこと?」

「彼女にとっては死ではなく、純粋になにかとひとつになるということなのだと感じます。相手が異性であれ己の矜持《きょうじ》であれ、互いに炎に燃やされ、皮膚が溶けて癒着し、死んで初めてひとつになれる、そこでしか、いまの彼女は人間のとことんを描けないのです」

だったら——

このとき由羽が抱いたのは、アレンジャーとしてでも友人としてでもない欲求だった。

私が彼女に、殺したいと思われたい——

織江とひとつの作品をつくっている。

なんでもいい、ひとつの形で同化している。

織江と同化する――これこそが由羽の悦びだった。ほかに比べるもののない、唯一の、少女時代からずっと願い続けている夢だった。

その悦びを、彼女は共有してくれない。

どうしてわかってくれないんだろう。私ほど彼女を理解し、彼女の味方である人間はいないのに。

織江と一作一作、作品をつくり、幸福感が増すほどに、不満もふくらんでくる。彼女はいつまでも私に冷たい。話し合えばわかると信じているけど、話せば話すほどにわざと私を傷つけるような言葉を吐く。そのときの彼女がなおさら美しく活き活きとしているから厄介なのだ。

美しい織江をこのまま見つめていたくて、ルックスを貶されようが頭が悪いと罵られようが、言われるがままに彼女に見惚れている。

どうしたら私を好きになってくれるんだろう。私が必要だとわかってくれるんだろう。

「今日は勝手なことばかり申しました。ご馳走《ちそう》さま」

尾崎が椅子から立った。珈琲はいつの間にか空だった。クッキーはごく小さな欠片だけがなくなって、ほとんど割られた形のまま残っていた。

「ええ、もう帰っちゃうの？」

「私はとにかくいま、楽しいのです。あなた方の伴奏者になれて、テンションが上がっているのです」

尾崎はまた右眼を押さえ、笑って言った。

4

エレベーターから降りたところで、尾崎は壁にもたれ、瞼を閉じた。

眼の疲れが頭にも肩にも伸び、硬く凝り固まっている。

四日前の発作は幸い、レーザー虹彩切開術の救急治療を受けることで症状が治まり、翌日には帰宅できるまで回復した。

ただ主治医が言うには前回の発作と比べ、今回は眼圧が異常に高く、角膜に濁りが出ていたという。角膜が濁っていてはレーザー治療を行えないため、最初に水分を取る高浸透圧剤を点眼する必要があった。同時に利尿剤が投与され、三十分かけてゆっくりと眼圧を下げ、そこまでしてようやくレーザー照射の効果を期待できる状態となった。

悪化の速度が増している。視野がどんどん狭まっている。いまは分厚い革手袋をした親指と人差し指で円をつくり、そこから向こうを覗いているような状態だ。

背後から、ベビーカーの音が聴こえてきた。

「こんにちは」

にこやかな母親の声とタイヤの音が背中を通り過ぎ、ポストコーナーのほうへ向かう。二十七個あるポストのうちの、右下あたりのダイヤルを回す。

視覚が衰えていく代わりに、聴覚が鋭くなっている。自分の靴音の反響によって、向こう側の壁と四メートルほど離れていることも、あと三メートルで屋外に出ることも把握できる。

薄眼を開けた。雲がかかった視界に、昼下がりの陽光が滲むように広がった。いつもの眼圧の高い状態であればうっすらと浮かぶ虹のような模様が、治療直後のいまは見えなくなっている。

雨上がりの景色も、悪くはないがな――

投げ遣《や》りに笑い、駅までの道を歩きはじめた。

自分に、どれだけの編集者生命が残されているのかわからない。左眼はいまの右眼くらいに悪化した後、使い物にならなくなるまで二年だった。眼の病の治療法は、ほかの分野に比べると進歩が遅い。眼で死んだ人間はいない故、解剖によって原因や治療法が解明できないからだとは主治医の弁だ。

原稿を読めなければどうしようもない。織江と由羽の書いた原稿を、いちいちふたりに声に出して読んでもらうというのか。冗談じゃない。そうなればもう自分が彼女たちの編集者である必要はない。

視力を完全に失う前に、織江をなんとかしてやりたい。以前に比べると文章も格段に上手くなっているのだ。たったひとりでも作家として堂々と生きていけるよう、そこまで育ててやりたい。

小説を本格的に書きだしてから、織江の声に感情が出はじめた。陰鬱なら陰鬱な声音が、怒りなら怒りの声音が籠められるようになった。表情も、昨年、九州に迎えにいったときの能面のような無表情から、少しは人間らしい動きを見せるようになっている。由羽のとんちんかんでいて、そのくせ妙に核心を衝く台詞には素直に苛立ち、毒を吐いている。

しかしまだリハビリ段階だ。世間から隠れて生きていた頃の怯えと不安が、いまだ彼女の肌にびっしりとこびりついている。作品を書きながら自分を曝け出すことの恐怖におののき、そうしてふたたび虚無に逃げ込もうとする脆《もろ》さを、文章の端々に感じることもある。

尾崎が由羽を引き入れたのは、織江のために、一刻も早くデビューさせたかったからだ。

自分の作品が世に出ることで、作家としての自信を得るに違いなかった。真島への復讐を遂げた後、久しぶりに彼女が心を滾らせ、思いを書き殴った原稿を、ただ技巧がともなっていないとの理由で突き返すのは忍びなかった。時間をかけて書き直させる方法もあったが、その時間がいったい、自分にどれほどあるのか、彼女がその時間に耐えられるのか。

希望を持つにも手掛かりがいる。彼女はその手掛かりにさえ、いままであまりにも裏切られてきた。

責任と役割を与えられることで社会的な成長を遂げ、野心を抱いてくれればいい。由羽の存在なくして作品を発表できない己を悔しいと思うなら、存分に悔しいという感情を味わえばいい。持って生まれた才能と、若い頃に人一倍抱かざるを得なかった屈折を、とことん吐き尽くしてほしい。それが彼女の書く形であるなら、自分に限界がくるまで支えてやる——

腕時計を見た。針の向きを確かめるだけで体力を消耗する思いで、尾崎は足を速めた。

表参道で電車を降り、待ち合わせの喫茶店に向かった。

「よう」

と、店の脇に設《しつら》えられたポーチテラスで、熊川が煙草を持つ手を挙げた。

「悪いな、駅から歩いたろ。うちの会社はこの近くなんだが全館禁煙で、周りもここみたいに中は禁煙、たまに吸う奴は外でどうぞってな店があるくらいでな。夜はこれまた居酒屋ってのがねえんだよ。珈琲でいいか」

観葉植物の繁る洒落たテラスにそぐわない大声で、熊川はせかせかとウエイトレスに珈琲と自分のお代わりを注文し、出っ腹を突き出して椅子にもたれる。十一月の寒空のロールカーテンの下、ポーチテラスにいる客は尾崎と熊川だけだ。

「大丈夫か。電話をもらって安心したよ。こっちからかけたかったけど、遠慮すべきか悩んでさぁ」

「心配かけた。忙しいのに呼び出してすまん」

尾崎も腰かけ、煙草に火を点けた。

一昨日、尾崎から熊川に連絡を取ったのだ。

熊川に織江ユウの正体を言うつもりはない。むろん、どちらにも会わせない。それらはすべて織江の決めることだ。ただ予想外に早く自分になにかあったとき、織江の味方になる人間をそばにつけておく必要があった。熊川は情報を操作する側の人間だ。過去の事件をひた隠しにしたい織江のために、社会的に彼女を守ることのできる人間がひとりでもいれば心強い。

「それで、電話で言ったことだけど」

煙を吐き、尾崎は切り出した。

「相変わらず尾崎おまえ、単刀直入だなぁ。うちの会社の奴らはさ、互いに席に着いても、まず雑談からはじめるわけ。この前の番組観ましたよ～とか、ロケどうでした～とか。それで茶が運ばれてきて、だらだら話の続きをしながら四分の一くらい呑んだところで、それではよろしいでしょうか、と本題に入るわけ」

「おまえならその間に、茶を二杯は呑み干していそうだ」

「俺は初々しい新入社員だもん。この図体活かしてわざとうっかりガブ呑みしたりして、弄られキャラに徹してるわけよ」

尾崎はふっと笑った。昔から鈍重そうな風体に似合わず、なにごとも軽やかにソツなくこなす男だった。

と同時に、抱えていたタレントの中でいちばん売れないお笑い芸人のために、尾崎とともに時間を削って書店を回り、頭を下げて売り込む情の厚さとバイタリティも持っている。

珈琲が運ばれてきた。

「ひと口呑んだところで、本題に入っていいか」

「よし、あのな、まだオフィシャルじゃないんだけど」

熊川がぬっと身を乗り出し、にわかに声量を落とす。

「TOKINO出版と、おまえ付き合いあるか」

首を横に振った。TOKINO出版とはあかつき出版や、八か月前に織江ユウがデビューしたM社と並ぶ老舗出版社だ。系列に映画製作配給会社も持つ、TOKINOグループの中核企業でもある。

最初に勤めた弱小出版社のほかは、長らく自費出版と電子の世界に身を置いていた尾崎には、個人的な繋がりで信頼関係を築いてきた出版社に喰い込むのがやっとで、洒脱なカラーのTO

ＫＩＮＯ出版は雲の上の外国人といったところだった。

「放っておいても、織江ユウにはそのうちＴＯＫＩＮＯからも声がかかるだろうが、その前にいい形で売り込めそうな話があってさ」

「待ってくれ、小説の依頼はすでに捌ききれないくらいきているんだ。その三分の一は断り、三分の一は出版時期を延ばしてもらっている状態だ。いくらＴＯＫＩＮＯでも、いまはちょっと」

「小説はまだまだ先でいいんだ。ＴＯＫＩＮＯはこれから出版、音楽事業、映画ひっくるめて、シリーズ形式の映画をつくるんだよ。二十代から三十代の女を主人公にしたエロチックなやつ。Ｒ15、セックス描写たっぷり。でも内容は文芸調で、ヌケない日活ロマンポルノっていうか、猟奇的なのもアリなやつ」

「声を落とせ、ウエイトレスに聴かれたらセクハラだ」

冗談めかして言いながら、尾崎の額に瞬くものがあった。

「ＴＯＫＩＮＯがいま探してるのは、映画の元になる小説を書く作家。監督は学生時代にコンペで優勝経験のある若手でな。しばらく埋もれていたが、うちの製作で深夜ドラマをやらせたら三十代の女を中心にヒットした。一発目の主役はうちの東野《とうの》まゆ子。清純派の十八歳だが映画オタクでな、台本さえ気に入れば尻の穴を見せるのも厭《いと》わない根性ある女優だ。もうひとりは常盤英子《ときわえいこ》。かつてのロマンポルノから大女優に飛躍した彼女が三十年ぶりにポルノをやる。話題になるぞ。あとは台本なんだ。ＴＯＫＩＮＯとしては自社で抱えている若手作家を使うつもりで昨年春から何人かに書かせ、一本を選んだものの、社長の気に入らないの一声でボツになっちまった。戦後日本映画界の一端を担ってきた自負があの会社にはあるからな、いいのが仕上がってくるまで映画の動きはストップしている。かといって決まっている俳優たちのスケジュールを押さえるにも限度がある。どうだこれ、けっこう熱くなる話だろ。作家には、とりあえずストーリーと人物描写のプロットだけ書いてもらえればいい。通すか通さないかの会議は一月。小説は来年の秋あたり、映画公開の二か月前に出す」

「プロットが一月。出版が来年秋か」

尾崎はゆっくりと煙を吐き出した。スケジュールはタイトだが、ストーリーと人物の設定になら織江は長《た》けている。由羽がいなくとも彼女だけでこなせる仕事だ。

「作品の主人公も、ＯＬとか看護師とか、周囲三メートル以内にいるような女にしてほしい。織江ユウは五十メートル先の世界で人間の本質を描くのが上手いけどさ、もっとどこにでもいそうな女の、ひょっとしたら自分にも起こるかもしれないような出来事を書いてほしいんだ。ミステリー的な要素も欲しい。ラストは余韻のあるバッド・エンド。バッドなんだけど救いがあるというか」

そういったサービスが得意なのは由羽だ。やはり由羽も加えるべきか。尾崎は迷った。そもそもいま熊川が言ったような制約の多い中で書くことを織江が良しとするのか。彼女にそれができるのか。

「まずは会議に通さないといけないし、いくらいまをときめく織江ユウでも、社長のお眼鏡に適《かな》うかどうかわからない。だが決まれば俺たちは全力で支える」

その代わり、織江ユウを自分のところで囲いたいとの思惑も熊川にはある。

その点をはぐらかしつつ、質問した。

「対象の客層は」

熊川も加減を考慮し、くつろいだ顔に戻る。

「中心は若い女だよな、やっぱ。いま男は女を動かせないだろ。でも女は男だけでなく女も動かすもんな。女は横並びに価値を置くし、情報の送受信能力も男より高い。合コンでも、初対面に近い女同士で男を放って盛り上がってることあるもんな。アレがキテるとかコレが美味しいとか。意味ないこと言い合って楽しむ能力があるんだよ」

「合コンに出ておまえみたいなのがいりゃ、女同士で盛り上がるしかないからな」

「そうだよなぁ、俺たちは終わった後、ショボンとひとりで帰るだけなんだけどさ、女って後で延々と愚痴言いまくってんだぜ。翌日になると合コンに来てない女にもぺちゃくちゃ喋り散らしててさ。あれはストレス溜まらないわ。女が長生きする理由がわかる」

「その代わり、無人島にたったひとり流れ着いたとき、話し相手がいないストレスで早く参るのは女かもしれないけどな」

雑談を交わしつつ、尾崎は決めた。やはり織江ひとりにやらせよう。離れ小島から脱して、由羽と自分を相手に社会生活を取り戻す作業をはじめたところだ。今後のためにも挑戦させたい。

「TOKINOプロデュースで新宿、渋谷、池袋に映画館ビルも建てるんだと。話を聞くとさすがだよ。トイレの照明ひとつに至るまで女心をくすぐる演出を考えてる。トイレに行ったとき、女って自分がブサイクに映ってるとテンション下がるんだってさ。うちのかみさんも、リピーター率の高い店ってトイレの照明で決まるって言ってた。ＴＯＫＩＮＯがやる映画館は、トイレだけでなくエレベーターの鏡とか、ちょっとしたガラスまで、女がいい顔に映る計算がされてるんだって」

「確かに、女の顔は化粧より照明で決まるなぁ」

ノーメイクの織江と由羽にしょっちゅう会っている尾崎の単純な感想だったが、

「なにおまえ、やっと女できた？」

熊川がまたでかい声をテラス中に響かせる。

「いや、そうじゃなくて。ふつうに仕事相手と話してても、昼間、窓を向いて穏やかに話しているときと、夜、明かりの下で真剣に話しているときと、ぜんぜん顔つきが違うから」

織江は特にまったく変わって見える。感情を表に出すことが少ないため、よけいに顔に映る影がものを言う。陽光の下では白く輝く肌なりに、夜の蛍光灯の下では暗い影を増すなりに、薄い皮膚の下でひりひりと張りつめている神経の蠢きが伝わってくる。

「なにそれ、織江ユウのこと？　おまえやっぱ織江ユウと付き合ってんの？」

「馬鹿、違うよ」

「おまえってムッツリだからなぁ。なあ織江ユウって、ネットとかでもよく書かれてるけど、すっごい美人か、すっごいブスかのどっちかだろ。いま女性作家に美人が多いけどさ、それはまあ相対的に日本の女がきれいになったってのもあるんだろうけど、美人が発言権を得た時代になったってのも感じるんだよな。美人作家が美人の心情を描くと、自分が美人であることを前提にした形になるだろ。そういう謙虚さがないのって、いままでは嫌われてたけど、逆にブスな女性作家の描く主人公って、なかなかブスがいないんだよね。主人公は結局、美人。でもブス作家が描く美人って、性格がやっぱブスなんだよな。美人って設定なのに余裕のなさがブスっぽいっていうか、ブスっぽいひがみ方をするというか。織江ユウもストーリーそのものはブスっぽくもあるんだけど、なんかそれ以上に、ようやく発言権を得た過剰な女って感じがするんだよな。言いようのない余裕が底に漂ってる感じがしてさ」

「ありがとう。美人かどうかはわからないけど、俺の眼には可愛い作家だよ」

「おまえはいっつもそんなこと言ってさ。まあとりあえず鈍いおまえがそこまで一生懸命、女の顔を観察するようになったわけだ。だって葉子ちゃんのときはさ、彼女が呑みすぎた次の日に顔が浮腫んでても、ダイエットして痩せてても、おまえなーんも気づかないって、彼女俺に愚痴ってたし」

一瞬、煙を吸い込んだまま呼吸が止まった。熊川もすぐさま、あ、と口を噤《つぐ》んだ。

そうだ。自分は妻が顔の浮腫みを気にしようが、痩せたと得意そうに言っていようが、いつもの可愛い妻にしか見えなかったのだ。

それが愛だったのかと、尾崎は妻が死んでから何度も己に問うてきた。そのことを最近は忘れていた。

彼女の膵臓に癌が見つかり、余命三か月と宣告されたとき、もう少しふだんから気をつけて見ていれば、また違った結果となっていたのではないか。もっと早く顔色の悪さや急に痩せたことに気づき、甲斐性のない夫の分までもと休まずパートに出ようとする妻を無理矢理にでも病院へ連れていけば、手遅れにならないうちに治療を受けられたのではないか。

だが自分はそのとき、手元にある小説をどうにかすることで頭が一杯だった。仕事に舞い上がっていた。

いまはどうだ。ちゃんと冷静に織江と向き合っているか。なにかを見誤ってはいないか。かつての悔恨が蘇ったせいか、尾崎の脳裏に自戒めいた不安が過《よぎ》った。不安が、具体的になにを指しているのかはわからない。ただ自分自身に対する居心地の悪さを感じた。

「悪かった。口が過ぎた」

熊川が少し開いた膝に手を置き、猪首《いくび》を下げている。

「TOKINOの話、ありがとう。織江ユウの意向を訊いて、すぐに返事する」

ほとんど灰になっていた煙草を揉み消し、尾崎は立ち上がった。

「おい、もし時間があったら、この後、一杯どうだ。苦労して見つけた貴重な赤ちょうちんが駅の近くにあるんだ」

熊川がぎこちない空気を払おうとするかのように言う。

「それはまた今度、この話を具体的にできるときに」

ぬるくなった珈琲をひと口だけ呑んで、財布から千円札を取り出した。

「馬鹿やろ、来てもらったんだからいいよ。なんだよ、今日俺、おまえと呑むつもりで夜の打ち合わせ延期したのに」

「悪い、連絡する」

己の内にある居心地の悪さを払拭《ふっしょく》するためにも、いますぐ織江と会いたかった。

「やるわ」と、ダイニングテーブルでウイスキーグラスを手に、織江は答えた。

「いろいろと注文がつくと思いますよ。あなたにとって不本意なことを要求されるかもしれない」

尾崎はまだプルタブを開けていない缶ビールを手に、テーブルから二メートルほど離れたソファで言った。再会して以来、織江と会うときはいつもこの構図だ。由羽が相手のときとは違い、彼女に対してはいまも近づいて座ることを躊躇する。

織江はテーブル上の本や資料を無造作にどかし、グラスを置いた。

「私ひとりにあなたが依頼してくれた、初めての仕事だわ。必ずやり遂げるから」

こちらには向けられていないが、強い眼差しだった。

「ありがとうございます」

尾崎は頭を下げた。あなたが依頼してくれた、という言葉が心に響いた。

「それではすぐに先方に電話して、話を進めさせていただきます。相手との打ち合わせ等はいままでどおり、私が間に入りますので」

出版社なり映画会社なりとの打ち合わせに作家が出席しないのは、本来なら許されないことだ。だがいい作品さえ書けば、結果が諸問題を帳消しにする。この作品は、自分が責任を持って、織江と一対一でつくり上げていく。

5

「それと、もうひとつ」

高揚した気分の中で、若干迷いつつも尾崎は報告した。

「私の知り合いに、タキザワ・エンターテイメントでマネージャーをしている男がいます。この話もその男が持ってきてくれたのですが、タキザワが織江ユウのマネージメントを申し出ているようで」

「なにそれ」

天井からの照明を受けた織江の目尻が、剣呑《けんのん》な色を浮かべた。

「もしかしてこの件、織江ユウでタキザワに入るのが前提ってこと？」

「いいえ、そんな駆け引きめいた話ではありません。ただそういう要望があるとの事実をお伝えしただけです。あるいは今作に限り、印税の何割かをタキザワに当てる契約になるかもしれませんが」

尾崎の弁明に、織江は「ふうん」と、それだけを言ってグラスに口をつけた。

そのまま考え込むような表情に、おや、と思った。

タキザワに入るという言葉はそのまま、メディアに出るとのニュアンスで伝わったはずだ。熊川は所属作家として名を連ねるだけでと言ったが、いざとなれば一社員の口約束など簡単に引っくり返される可能性もある。

てっきり織江は強い拒絶反応を示すものと思っていたが、そうでないのが意外だった。黙ってウイスキーを呑む彼女の横顔を、尾崎は次の言葉を待ちながら見つめた。

「あなたが私の窓口なんだから、あなたにまかせるわ」

ややあって寄こされた返事に、尾崎は安堵し、だがどことなくしこりの残るものを感じた。しこりの正体はなんなのか、尾崎は胸に手を当てる思いで遠慮がちに続けた。

「あなたは今後、さらに売れていく作家です。有名になれば、いつまで覆面作家でいられるかわからない」

その言葉に、織江は静かに頷く。

「そうね、身を隠しながら書き続けるなんて、たぶん難しいことなんだわ。でも協力してくれる誰かがいれば可能かもしれない。なにかがあったとき、タレントを守るノウハウを持っていそうなところに私を預けられればと、考えているんでしょう」

「そうです」

尾崎は深く頷いた。しこりはまだ胸につっかえている。

「私はね、尾崎さん」

両手で髪を掻き上げ、織江がひとつ溜め息を吐いた。

「本を売りたい。作家として生きていきたい。織江ユウではなく、私個人として」

「はい」

「どうしてそんな欲求を抱いてしまうんだろう。夜、原稿を書いた後、どうしても頭が昂奮するの。ベッドに入ると、無性に怖くなるの。おとなしく隠れていればいいのに、いまは自ら自分の言葉を発信しているんだもの」

「はい」

黙って耳を傾けた。織江はいま、素直な気持ちを話してくれているのだ。

「この自己矛盾に混乱して、天井に向かって叫びたくなる。天井にいっぱい眼が見えるの。私のことをヒソヒソと囁く声が聴こえてくるの。脳内でドーパミンが過剰に分泌されると、そういう幻聴が起こりやすいらしいわ。だから原稿を書いて昂奮なんかしなきゃいいのに。いったい自分はいまなにをやっているんだろうって、だんだん呼吸が苦しくなって、ベッドに俯せになって、しばらく必死に息を吸って吐いてる」

そう言ういまの織江にも、彼女の言う混乱が垣間見えている。

ベッドに俯せて懸命に呼吸しているとき、彼女は泣いているのかもしれない。あるいは過去の出来事が次々とフラッシュバックする苦しみに、泣くこともできずにじっと耐えているのかもしれない。いまもＴＯＫＩＮＯの話によって、彼女の心が緊張を高めたのだろう。

それでも昂奮によって混乱を呼ばないよう、彼女は心を打ち明けながら、肩でゆっくりと息をしている。

「あなたへの恨みも蘇る。あれだけ信頼していた私を裏切ったあなたへの恨みと自分の惨めさでどうしようもなくなって、その場でケイタイで電話してあなたを罵倒し、いまの関係を壊したくなる。許していないもの、あなたのことを信じるなんて、絶対にないもの」

「はい――」

俯きたい思いだったが、織江の顔を見つめ続けた。このまま彼女がさらなる混乱に陥るのなら、どんな言葉を吐かれても受け止めたかった。

だが織江は一度口を噤み、また慎重に深く、息を吸う。

そうしてしばらくして、「でも――」と、かすれた声を出した。

「でも書いているときは、恐怖を忘れる。正常な呼吸ができている。そんな自分を信じたいと思う。自分の過去がどうでも、いまやっていることを信じなければ、生きていけない」

穏やかな口調に、尾崎は自身の膝を握りしめた。

「あなたを作家として信頼しています。あなたは大丈夫です」

薄っぺらい台詞しか吐けない己が悔しかった。

織江はグラスから指を離し、手を組んで、それから少し、照れ臭そうな笑みを浮かべた。

「そういうわけで、とにかく頑張ってみたいの。だからあなたがいてくれて、感謝している」

胸が熱くなった。先刻のあやふやなしこりも、いまの言葉で完全に熔解した気がした。

精一杯、支えます——声に出さず、だが心を籠めて、彼女の横顔に伝えた。

「それじゃ、またなにかあったら連絡して」

「はい、あの」

脇に置いていたコートを取り、尾崎はふたたび臆しつつ言った。

「良かったらこの後、呑みにいきませんか。いつ覗いても客の少ない、落ち着けそうな雰囲気の小料理屋が近くにあるんです」

東京に来てから、織江はまだ一度も外食をしたことがないという。たまに由羽と打ち合わせがてら彼女の部屋で食べる以外は、宅配の食材で自炊しているらしい。これからは外へ出たり、誰かと食事をすることも少しずつ経験させ、慣れさせてやりたい。

「ああ……」

織江は少し驚いた顔をし、続いてかすかな困惑を見せた。

失言したと、尾崎はすぐさま悔やんだ。先日の発作以来、心がざわめいたまま一向に鎮まらない。腹の底に溜まっていた不安と焦りがぷつぷつと浮き上がり、たまに弾けたものがいまの誘いとなってしまった。

社会に慣れさせてやりたいなど、欺瞞《ぎまん》だ。自分はただ織江とふたり、向かい合って酒を呑んでみたかったのだ。

「せっかくだけど、これから由羽の部屋へ行くことになっているの。昼間受け取ったゲラをふたりとも直したので、突き合わせて一本にするわ」

「そうですか。早々に手を入れていただいて、ありがとうございます」

尾崎は急ぎ足でリビングのドアに向かった。

「ああ、尾崎さん、いまの話、由羽には内緒ね。ＴＯＫＩＮＯの映画小説のこと。タキザワから声がかかっていることも」

「心得ています」

いまの失態を補うべく、尾崎は改まって答えた。

「あなたはなにも考えず、書くことに専念してください。後のことは私が引き受けますから」

熱の籠りすぎた返答だったかもしれない。自己コントロールができていない。ドアノブを握る手が汗で濡れている。

「ありがとう」

だが織江は、いつもの魅力的な首を傾げる仕草で、微笑みを浮かべてくれた。

この微笑みが、俺の希望の手掛かりなのだ——

6

壁掛けの大型テレビに武宮みのりが映っている。ＣＳ放送のトーク番組。今度また主演を務める映画について、司会の女性タレントに撮影秘話を語っている。この役のために腋毛を生やしたとか、そのせいで夏に袖の短い洋服を着るときはドキドキしたとか。『え、じゃあいまは腋は？』『あの……ご想像におまかせします』と言いながら、うっかりなふうに腕を挙げ、ぎりぎりのところまで腋窩《えきか》をのぞかせている。

喋りや振る舞いが上手くなったなぁと、由羽はフィットネスクラブのエアロバイクを漕ぎながら口元をほころばせた。二月上旬の平日の午前中、フロアのランニングマシンで走ったり、チェストプレスを押したり引いたりしているのはほとんどが中年主婦や老人で、あとは自由業っぽい男女がちらほらいるくらいだ。

エアロバイクはひとり三十分と決められているけれど、今日は空いているからもう一本やっても文句を言われないかも。由羽はペダルを漕ぐスピードをゆるめ、乳酸の溜まった脚を休めた。

「お、武宮みのりだ。うちの息子がファンでさぁ」

隣のバイクに、六十手前のおじさんがよいしょとまたがった。

「会社にも好きなの多いんだよね。彼女がアイドルだった頃の写真集とか持ってきて、仕事中に見せ合ってんの」

「そういう中塚さんだって、待受けが武宮みのりの和服姿だったりしません？」

「え、なんで知ってんの」

「この前、奥さんから聞きました」

フィットネスクラブに通いはじめて二か月、顔馴染みになった会員のひとりだ。なんでも空調設備の会社に勤めていて、一級電気工事施工管理技士や建築設備士など幾つか資格を持っているお偉いさんなため、月に数日間、工事現場の管理をするだけでお給料をたくさんもらえるらしい。こんな職業があるんだって、と織江に話したら興味を持ったふうだったので、今度取材させてもらうかもしれない。喋りだすと長いおじさんだけれど、そのときのためにも毎回、愛想よく相手をしている。

「私、武宮みのりのデビュー当時のサイン入り写真集を持ってるんですよ。良かったら差し上げましょうか」

「ほんと？　わ〜、すげえレアだぁ。いや息子が喜ぶ。え、いいの？　なんでそんなの持ってるの？　あ、そういえば出版関係の会社に勤めてるって言ってたね」

「えへへ、それで何度か彼女に会ったことがあって。いい子ですよぉ、間近で見るとほんっと顔が小さくて、腰の位置がこーんなに高くて、でもすっごく礼儀正しいの」

けれど自慢話はこの程度にしておく。武宮みのりがブレイクしたのは、自分と織江による『BOW─火の宴』のおかげとも言わない。

現状が満たされていると、自分を高く見せようなんて思わないものだ。昔の織江が常に余裕を滲ませていた理由が、いまではよくわかる。

フィットネスクラブってとても楽しいし、いい人ばかりなのだと言うと、織江は、

『馬鹿じゃないの。あんたがデブでブスだから優しくしてもらってるだけよ。憐れまれてんのよ』

と、くだらなそうに言い捨てる。

『そんなことないよぅ。きれいでスタイルのいい人だっているけど、みんなと仲いいよ。それにきれいとかなんとか、あんまり関係なく付き合ってるよ』

――だって織江は誰よりも美しかったけれど、みんなに優しくされてたやん。みんな織江に好かれたくて一生懸命やったやん。

でも、そんなことは言わない。織江がいい気になるから。織江はどんなに由羽が仕事面や食事面で尽くしても、とことんけちょんけちょんに貶してくる。織江の健康を心配していろいろ食べさせようとしても、私に説教できるくらいの体形になってから言え、なんて言ってあまり食べないから、だったら少しは痩せようとフィットネスクラブに通っているのに。

――私がよそで楽しくしていることに嫉妬しているのかなぁ。私が呑み会に誘われても三回に二回は断っているのは、織江に気を遣っているからなのに――

織江を連れてきたら、みんな驚くのにな。このクラブでいちばんの美人だと言われているアクアビクスのインストラクターも、いっぺんに霞んで吹っ飛んじゃう。私も武宮みのりと知り合いだなんて、織江の親友だってことに比べたらカスみたいなものだもん。

せめてクラブにくらい連れ出したいのに、織江は絶対にウンと言わない。昔からかたくななところはあったけれど、ここまで頑固だったとはと、呆れるばかりだ。

でも仕方がない。尾崎さんも言っていた。私の役割は織江と社会との媒介だって。作品もそう。織江がかたくなな心のままに書き殴ったものを、私が誰が読んでもおもしろいと思えるエンターテイメントに仕上げる。織江の棘々しい激しさを、私が塩梅《あんばい》よくオブラートに包んで、甘いキャンディにしてあげる。

だから織江の代わりにこうしていろんな人と会って、織江のために情報を仕入れている。

「そういやユウちゃん、駅向こうで建設されていたビル、なんだろうって言ってたよね」

「はい、外観が真っ白で、レストランかなにかかなぁって」

ここでは名前を「ユウ」とだけ伝えている。織江ユウのユウ。やっと辿り着いた自分の本当の名前だ。

「あれ、カラオケ店なんだって。先週、オープンしたばかりだって」

そう言って、中塚はベンチプレスにいる男に「ね、速水くん、行ったんだよね」と声をかけた。

速水がバーベルを置き、「ええ、このあたりでできたの初めてですからね。ほとんど満室でしたよ」と答える。三十過ぎくらいの、バーのマスターをしているとかいう男。長身で彫りの深いルックスが女性会員たちに人気がある。

「夜はいっぱいだろうけどさ、昼間だったら空いてるよね。良かったらこれから三人でどう？」

「私、カラオケは嫌いなんです」

エアロバイクを漕ぎながら、由羽は即座に断った。

いつになくきつい口調に、中塚と速水が驚いたように顔を見合わせるが、決然と誇りを持って、由羽はふたりを無視する。

カラオケだけは一生行かない。織江が取材したいと行ってもついていかない。もちろん織江がカラオケに行きたがるなんてあり得ないけど。織江がもしカラオケに対して許容する気持ちを持ったとしても、だったら私は織江の代わりに、織江以上にカラオケを憎む。

それに男と仲良くするのは、織江への裏切りだと認識している。速水なんて無駄に脂ぎった筋肉をこれ見よがしにランニングシャツからはみ出させて、見ているだけで虫唾《むしず》が走る。十代、二十代はもっとタチが悪い。あの夏の道路で干からびているミミズを開いたような眉はなんなの。

織江の馬鹿。なんだってあんな下劣な生き物とカラオケなんかへ行ったの。あの子は人間には因子があるって言うけど、だったら自分だってミミズを顔に貼りつけた男たちにふらふらとついていく馬鹿因子を持っているのだ。だから私がちゃんと監視してあげなきゃならないのだ。

「そっかぁ、ユウちゃんが行かないんじゃ、僕と速水くんふたりで行っても盛り上がらないよねぇ」

中塚がたるんだ太腿でペダルを漕ぎながら残念そうに言うと、速水も「ですね」と、なにごともなかったかのようにバーベル上げを再開する。

由羽はツンと言い足した。

「それに私、お昼と夜は帰らなきゃいけないんです。ご飯を食べさせなきゃならない人がいるので」

「あれ、ユウちゃんて結婚してたの？」

「そうじゃないですけど、私が世話しないと食べないので、放っておけないんです」

「へえ、なんだ、そんないい人がいたんだぁ」

「はい、いるんです」

織江はこのところパソコンに向かいっきりで、また一段と痩せている。いま抱えているのは四か月後に出版予定の長編のほかは、文芸誌の短編二編と、女性ファッション誌のエッセイと、航空会社の冊子の短編だけで、ちょっと前までに比べたら少しは楽なスケジュールなのに。原稿の突き合わせで顔を合わせるたびに、肌がますます青白くなって、眼だけが烈々と鋭さを増している。

やっぱり自分がフィットネスクラブなんかに通いはじめたり、織江の知らない人たちと楽しく呑んでいるのがいけないのだろうか。ドアにおかずやご飯を詰めたタッパーをかけておくと、数時間後にはちゃんとなくなっているし、次に会うときはきれいに洗われた空のタッパーを袋に入れて返してくれるのだ。そうだ、もしかしたら織江は今日も、私のご飯を待っているのかもしれない――

時計を見た。十一時十分。エアロバイクの三十分延長はやめよう。早くスーパーで買い物をして、お昼ご飯をつくりに帰らなきゃ。

グラタンとコールスローサラダをつくろうと、生クリーム、小海老、マッシュルーム、キャベツを籠に入れ、夜はまたなにか口実をつくって鍋に誘うつもりで、牡蠣《かき》と鶏肉と白菜と豆腐を購入した。

はちきれそうな袋を三つぶら下げ、痺れる手でオートロックの鍵を挿し込んだ。

ガラスの扉が開き、一歩中に入って、由羽は立ち止まった。

エレベーターから、女がひとり出てきた。裾の広がるベージュのダッフルコート。コートの前は品よくはだけ、その下は体にフィットした白いセーターに、薄いブラウンのスキニーパンツ。長い髪を後ろで結んで、背中に真っ直ぐ流している。

シンプルなファッションが、なおさら彼女のスタイルの良さを引き立てていた。由羽は見惚れていた。引き締まった長い脚がしなやかに交差し、こちらへ近づいてくる。足元は先の尖ったベージュのパンプス。小気味よくタイルの床を鳴らす足音が、ほかに誰もいないエントランスに反響している。

疑いたい心が眼を凝らさせる。でも、間違いなかった。

目の前に、織江が立った。

「おり……」

名を呟きかけて、由羽は思わず振り返り、外が真昼間であることを確かめた。

確かめてまた、織江を見た。

月夜のゴミ捨て場に横たわる球体関節人形のような、幽鬼じみた美しさだった。その幽鬼が、カジュアルな洋服を軽やかに着こなし、毅然《きぜん》と立っている。

「買い物？　おかえり」

そう言ったまま、織江は外に出ていこうとする。

知らず知らず、脚が動いた。織江の前に立ち塞がっていた。

織江が首を傾げ、不思議そうな顔をする。

「どこに行くの」

問い詰めるような声になった。織江の頭がおかしくなったのではないかと思った。

引っ越して以来、自分の部屋以外で織江の姿を見るのは初めてだった。引っ越す前だって、打ち合わせをするたびに自分の部屋とホテルをタクシーで往復していたのだ。クラブで運動をしすぎて血圧が下がり、幻想でも見ているのだろうか。昼日中の明るいうちに、織江がたったひとりでどこへ行こうというのだ。

「調べもの」

仄かな笑みを浮かべて、織江が答える。

「調べもの？　なんの、どこに」

もはや責める口調だった。白菜やキャベツを入れた袋がずっしりと重い。両手の指が千切れそうだ。

「なんだっていいじゃない」

「良くないよ。取材だったら私も行く」

「必要ない」

「なんで」

「三行書くのに、何時間の取材や考察を費やすのか、アレンジするだけの人にはわからないもの」

言葉だけ聞けば嫌味かと思うが、織江は艶然と微笑み、脇を通り過ぎていく。真昼の光が、彼女の青白い頬を艶やかに照らした。

「私を置いていくの！」

織江の腕をつかんだ。レジ袋がタイル床に落ち、なにかが潰れる音がした。

置いていくの——自分で発した言葉が、恐怖となって肌に沁み込んだ。

「私だって織江のためにいろいろ調べてるよ。調べるための人間関係だって頑張ってつくってるよ。アレンジだって大変なんやよ。あなたの感情が燃えまくった文章を活かしながら、荒れた文脈を直して、この作品でなにを訴えたいのか、どこを削ってどこをふくらませればいいのか。私は確かにオリジナルはつくれないけど、あなたの言いたいことはわかるの。どうすれば良くなるかわかるの」

言いながら涙が滲み、声が太くなってくる。自分のやっていることの意味を主張しようとすればするほど、織江を傷つけるかもしれない言葉になるからだ。ただでさえ辛い人生を送ってきた織江を責めるつもりは毛頭ない。ただ、そんな突き放した眼で自分を見てほしくない。あなたのために頑張っている、それをわかってほしいだけだ。

「あなたは自分本位で、読む人を置き去りにしているんよ。私はそれを繋げているの。私がいるから、あなたの言葉は人に読んでもらえるんやよ」

「ご苦労さま。あんたに自分本位なんて言われたくないけど」

「私はあなたの味方なんよ。取材行こう、一緒に行こう、私ら、ふたりでひとりやんか」

織江の細い腕を強くつかみ、でもそうすると骨まで折ってしまいそうで、由羽は力を弱めた。

なにかを言うほどに、織江は遠くのものを見るような冷ややかな眼つきになる。同じひとつの存在であるはずなのに。織江ユウという、一心同体の人間であるはずなのに。

織江がおもむろにケイタイを取り出し、時間を確かめた。スマホの最新機種だ。流行に疎いはずの織江が、いつの間にこんなものを手に入れたのだ。外に出られない織江だから、彼女の代わりに、自分が一生懸命ケイタイもファッションも食べ物もチェックして、時代に合う小説になるようフォローしてきたのに。

「私はあなたの犠牲になってきたのよ、織江」

そう言うと、織江はさもおかしそうにぷっと笑った。

「あんたは誰の犠牲にもならないわ。だいたいその肉厚な体をどうやったら痛めつけられるっていうの？」

軽く言い放たれたその台詞に、由羽は傷ついた。仮分数よりも、シボーよりも、相手を傷つけようとする意思の峻烈《しゅんれつ》さに、心が打ちのめされた。

「あら、分厚い脂肪を越えて、私の言葉がやっとあんたの心臓に届いたかしら。心臓も脂に覆われているみたいだけど」

「私のルックスを貶すのはやめて。あなたらしくない」

涙が零れた。織江の腕をつかんで引き留めながら、それは自分が立っているための支えを求めているのでもあった。

自分のために傷ついているのではない。わからない。苦しい。信じていたものが残酷に牙を剝き出して自分を嘲笑《あざわら》っている。

そうして織江は優雅な微笑を浮かべている。

「あんた、臭いわ。昔よりずっと臭くなった」

そうして長い髪をなびかせ、織江が外に向かっていく。

つかんでいた腕が、魔法をかけられたように離れた。

「織江！」

去っていく織江に振り向いた。

「待ってよ、私も行くから、立ち止まって、こっちを向いて、織江！」

叫んだ。織江の背筋の伸びた後ろ姿に絶叫した。

「汗臭いかもしれへん、でもあなたにお昼ご飯をつくるために、シャワーを浴びずに買い物に行ったからやない！　あなたにグラタンとかお鍋とか食べさせたくて、重い袋を持って帰ったからやない！　見てよ、この手、重い袋を持ったせいでこんなに赤くへこんで。なのにあなたは、ありがとうとも言ってくれず、そうやって出ていくの！　私に背中を向けるの！　織江、行かないで、こっち見て、織江、戻ってきて！」

だが織江は由羽の声など聴こえていないかのように、ふわりとコートの裾をひるがえし、マンションのエントランスから出ていった。

「織江ぇっ！」

泣き叫び、喉が割れるほど織江を呼び、それでももう彼女の姿は見えなかった。後には静けさが降りてくるばかりだ。

由羽はその場でしゃがみ込んだ。グーに握った手で顔を覆い、激しくしゃくり上げた。

「織江、織江、織江……」

呼び声はエントランスに虚しく反響するだけだが、由羽は織江の名を呟かずにいられなかった。

声はいつしか呪文のように、太く低く、しゃがんだ膝と顔の間に籠っていた。

「私はこんなにしてるのに……織江……聴こえないの……聴きたくないんやね、そうなんやね、あんたは最初から、私の言うことなんか聴いてなかったんよね……阿呆やね……馬鹿因子を持ってるんやから、私の言うとおりにすればええのに……阿呆やね……」

ぐしゅっと洟をすすった。

由羽は体を折り曲げ、泣き続けた。

「そういうところが可愛いんやけどね……なんであんたはわからんのかな……私がいちばん、あんたの味方やのに……ここまであんたを思ってるのは、ほかに誰もいないのに……わからなかったんや……そうなんや……まだわからへんのや……わかってくれないんや……阿呆やね、可愛いね……自分のこと、まだわからへんのか……」

7

織江は上野動物園にいた。尾崎と並んでニホンザルの柵の前に立ち、岩場で寝そべったり、岩風呂に浸かったりしている猿たちを、カメラに収めていた。

「猿の毛ってきれいなのね。毛並みもふっくらとして柔らかそう。昔の人は猪や熊の毛皮は被っていたのに、猿の毛皮をあまり聞かないのはなぜかしら」

「猿は二本足で立ちますし、やはり行動も人間と似ていますからね。どことなく自分たちに近い哺乳類の毛皮を剝ぐことに、抵抗があったんじゃないですか」

隣で尾崎は寒そうに肩をすくめ、薄紫色の唇から白い息を吐いている。

織江ユウの印税で彼にも少なからず収入があり、いままとっているのも上質そうなカシミア製のコートだが、彼が着るとまったくあたたかそうに見えない。そういえばこの人は初めて会った夏の盛りでも、シャツの袖から青白い血管の浮いた腕を出し、吹きっさらしの岩場に立っているような眼をしていたものだ。

「どこかであたたかいお茶でも呑む？」

「まだ猿を見ていたいでしょう。せっかくほかのお客さんも少ないことですし、あちら側にも行ってみましょう」

そう言って尾崎が、見物客の途絶えた柵を回っていく。

ＴＯＫＩＮＯに提出したプロットが会議で通り、先月から本格的な執筆活動に入っていた。会議ではほかの作家のプロットも数本挙げられたそうだが、満場一致で織江のものに決まったという。中でも主人公の女が、理学博士である恋人の飼っている猿に嫉妬し、猿の檻《おり》前で自慰をしてみせるシーンは、おもしろい映像になると期待されたとのことだ。作品中には、女と恋人が上野動物園でデートする場面も一度出てくる。

いままでの小説の舞台はすべて記憶にあるどこかや架空の土地であり、細部を描写したいときはネットで似たような土地を調べて書いていた。あとは由羽がアレンジする際に、彼女なりの取材で加筆修正していた。

今回は、描く場所をすべて自分の脚で歩きたい。そう言うと尾崎が同行を申し出てくれたのだ。加えて、理学博士や実際に猿を飼っている人への取材もセッティングしてくれ、近々三人の人間に会いにいくことになっている。

「ママ、パパ〜、お猿さんがいっぱいいる〜」と、すぐ下から甲高い声がした。見おろすと、四、五歳くらいの女の子が柵につかまり、猿たちに夢中な眼を向けている。小さな子供を間近に見るのは久しぶりで、うっかり蹴ってしまうところだった。

「いきなり走らないの、もうすみません」

背後から娘とおそろいの赤いマフラーをした母親と、ニット帽から茶髪を跳ねさせた父親が駆けてきた。

母親が女児を織江のそばから離し、父親がよっこらしょと抱っこする。

「ほうら、よく見えるだろ」

「お猿さん、お風呂入ってるよ、お風呂」

「あったかそうだねぇ。あのお風呂、夏に来たときはプールだったねぇ」

冷たい風が吹いているのに岩場の猿みたいに平気そうな三人の後ろを横切り、先にひとり離れた場所にいる尾崎のところへ行った。

「大丈夫ですか」

隣に立つと、尾崎が控えめな視線を寄こしてくる。

「なにが」

「人混みや遠出は、あまり慣れていらっしゃらないでしょう」

「べつに人混みってほどじゃないし、九州にいた頃も電車くらい乗ってたわ」

心情を探られるのは不快なだけだ。だが柵をつかむ指が、手袋の中で硬くこわばっている自覚があった。

尾崎とは上野駅で待ち合わせをした。最初は織江のマンションまでタクシーで迎えにいくと言われたが、気を遣われているのがわかって断った。

東京では初めての電車だった。車中ではみんなが自分を見ている気がした。ケイタイを弄りながらちらりと眼を上げる向かいの青年、居眠りをしているはずがときおり目線を投げてくる中年男。バイト先の愚痴を言い合いながら、こちらを流し見る少女たち。

いたたまれない思いに苛まれ、だんだん呼吸が苦しくなる中、織江は歯を喰いしばり、じっとシートに座っていた。

探られたくないものを持つ故の自意識過剰だ。人は他人のことなどまともに見てはいない。ふつうに振る舞っていれば大丈夫だ。

着ているものはいま流行っているものをネットで調べて購入した。化粧は少ししたほうが逆に目立たないかと思ったが、道具をそろえたとしても、仕方がわからなかった。

「あれ、毛づくろいしてるのよね。猿の毛づくろいって初めて見た」

岩山にいる二匹の猿にレンズを向けた。一匹の体の大きな猿がこちらを見て座り、その後ろからひとまわり小さな猿が、後頭部や首筋あたりをさかんに弄っている。

「毛づくろいされるとエンドルフィンが生まれるそうね。安心感や充足感が得られて心が落ち着くのだとか」

「人間と同じですね。好きな相手に触られると心が安らぐでしょう。猿も誰かれなしに毛づくろいするのではなく、相手は決まっているそうです」

性的な匂いのするその台詞に、思わず悪寒が走った。横眼で尾崎を見ると、単に取材対象についての知識を口にしただけのようで、いつもの淡々とした表情で猿を眺めている。

自分と尾崎の間で交わされるものはすべて仕事上の会話なのだ。意識すればきりがない。

小説の中で性的なシーンを描くのは、『焔』のレイプシーン以来だった。自慰だけでなく、セックスもSMも描く。そういう依頼の仕事だからだ。

もう一度、尾崎の横顔を確かめた。今日、家を出てくるときに気が重かった理由のひとつは、この男とふたりきりの外出であることだった。むろん、ふたりでいるおかげで外を歩く緊張が少しは和らぎ、取材に集中していられるのだが、来る前は、主人公たちがここを訪れるのがデートという設定上、その設定をなぞってしまうような嫌悪感があった。

いつも真面目腐った顔でいるが、こいつも男だ。現に自分が命じたことにしろ、いまコートの下のスラックスに隠れているペニスを由羽に突き立て、精を放ったのだ。

だから今日、出てくるときに由羽と鉢合わせして良かった。

あいつの愚かさに苛立ち、その苛立ちが重い気分を払い、いくらかでも強気になることができた。

「ご存知ですか。あのボスザルは雌なんですよ」

毛づくろいされている猿を、尾崎が指差す。

雌がボスであることの意外さに、織江は「へえ」とカメラを下ろした。

「サル山では、雌がボスザルであることは珍しくありません。上野では記録を取りはじめた昭和二十五年以降、十五代のボスザルのうち三分の一が雌です。現在、上野ではボスザルという呼び方はやめ、『第一位』と称しています。ボスとしてほかの猿を統率する行動は見られないため、ただ腕力がいちばん強いという意味での呼び名です」

「猿ってみんなそうなの？　強くさえあれば、雌も雄も平等なの？」

「猿の種類によってもいろいろです。ニホンザルは母系社会ですから、種付けするだけの雄に雌が支配される必要はないのです。母子の関係か、雄のＤＮＡか、あるいは群れを成すか成さないか、どの選択が都合が良いかで、種類ごとの生態が分かれています」

ふたたび性的な言葉が出てきたが、織江は純粋に興味をもって耳を傾けた。

「ニホンザルの場合、群れでいちばん強い猿が雄の場合でも、その雄がほかの雌を独り占めしているわけではありません。交尾相手を選ぶ権利は雌が持ってます。しかも雌は位の高い雄よりも、低い雄や、新参者を相手に選ぶ傾向があるのです。その上、雌は毎年違う雄の子供を出産しています。これらの理由は、まだ研究によっても明らかになっていませんが」

「雄ということに価値をおかなくていい理由がニホンザルにはあるのね。みんなを相手にしたほうが調和が取れるとか、かといって年寄りよりは若いほうがＤＮＡも健康そうだし、新参者もまた新鮮だろうし」

「小説に書く雌猿は、選ぶ権利を持っていることにしたら如何ですか。飼われることで飼い主に忠誠を誓うだけでなく、彼女もまたその相手を自ら選んでいるんです」

尾崎にしては珍しい長広舌は執筆のためだったのかと、織江は安堵した。デートもどきの同行で気をゆるませるような男ではなかった。

「そうね、そういう設定もいいけど」

織江も思考を作品に向けて切り替えた。

「じゃあ父系社会の猿にはどんなのがいるの」

「たくさんいます。たとえばゴリラは単雄複雌の群れを成し、交尾相手の雌を独占しようとします。チンパンジーの場合は新たに力を持った雄が誕生すれば、その雄はほかの雄の子供を殺し、子供の死骸を群れの仲間が殺到して食べるんです。母親も子供が殺されそうなときは抵抗しますが、二週間やそこらもすれば発情し、やがて我が子を殺した雄の子供を産みます」

「ほかの雄のＤＮＡを抹消するためでもあり、雌に発情を促し、自分の種を植え付けるためでもある子殺しね」

「対して、乱交形態の猿に子殺しは見受けられません。ニホンザルもそうですし、ボノボという猿なんてほのぼのとしたものです。餌《えさ》の取り合いで喧嘩《けんか》になってもすぐに仲直りしますし、その仲直りの手法が性的行為なのです。雌雄拘わらず、性器や尻を互いに触れ合わせ、顔と顔を見合わせもするのです。雌雄の場合ですと射精に至ることもあります」

「相手との対立を性的行為で収めようとするのね。それは弱いほうなり強いほうなりからしかけるの？」

「どちらかが媚びている様子もないようです。たまに餌をせがむために、雌が雄を誘うことはありますが、あくまで対等かつ親和的な行為だそうです。彼らは群れの違う相手とも交尾をします。だから逆に言えば、雄は奔放な雌を独占することが難しいのです」

「いいわね。猿に生まれ変わるのなら私、ボノボになりたい。餌なんて自分で採《と》るし。お腹空いたっていいし」

「ボノボは餌も仲間同士で分け合います。雌や子供に率先して与えるそうです。人間とも仲良くなれば、自分の餌を分けようとしますし、逆にねだってくることもあります」

「ボノボを飼って野放ししておけば、どこかで餌を採って帰ってきてくれるわね。私がねだられるのは困るけど、可愛がってあげるわ」

「まるで由羽さんですね」

その言葉に、織江は尾崎を睨んだ。

尾崎はなんの自覚もなく発したらしく、怯んだ態度を見せた。

「失礼なことを言うわね。あいつが外で採ってきた餌を、私がもらっているっていうの」

「違います。関係性のことを言っているのではなく、思い浮かんだ図がなんとなく――」

「図ってなに？　私があいつを可愛がっているように見えるってこと？　あんたなに気持ち悪いこと言ってんの。あんたの片眼はそんなふうに見てるわけ？　下衆」

「織江さん、怒らないでください。失言したのなら謝ります」

尾崎が心底困った様子で頭を下げる。離れた場所で先刻の家族連れが驚き顔をこちらに向けている。

「すみません。誤解させる表現でした。私は、あなたと由羽さんを対等になど見ていません。あなたのためになる人間であるなら、べつに彼女である必要はないのです」

「べつにもう要らないわ、あんな奴。この仕事は私が取ったのよ、わかってる？　私がひとりで書いた原稿で通ったのよ。あんたは間に入ったけど、それがあんたの仕事でしょう、その分、ちゃんとお金が入るでしょう。なにが偉そうに『あなたのため』なの」

家族連れはこちらを振り返りつつ、サル山から遠ざかっていく。「あのお姉ちゃん、怒ってるのぉ？」と、甲高い女児の声がますます癇に障る。

「織江さん、申し訳ありません、申し訳ありません……」

尾崎はひたすら頭を深く下げ、馬鹿のひとつ覚えのように謝罪を繰り返す。

苛立ちは収まらないが、低く身を屈める中年男のボサついた髪と、頭頂部の灰色の髪から透けて見える地肌を見ると、怒りをぶつけるエネルギーが風船から空気が漏れるように萎《しぼ》みはじめた。取るに足らない相手に、真剣に怒鳴っている自分が馬鹿馬鹿しい。

「いいわ、あんたと話すのも面倒臭い。二度と図に乗ったよけいな口をきかないで」

「すみません」

尾崎がおずおずと、顔を上げる。

織江はふたたびサル山にレンズを向けた。すると猿たちまでが織江の大声にびっくりしたのか、赤い顔をこちらに向けている。しゃらくさい。どれか一匹にカメラを投げつけてやろうか。

無理矢理、小説のことを考えようとした。猿について、さっき尾崎がなにか言った。飼われることでご主人様に懐くのではなく、自ら彼を選んだ形はどうかと。つまり主人公の恋人がその猿を飼いはじめたのは、放畜場かどこかで猿と出会い、その猿が彼を見て、そばに寄って離れようとはしなかったとか。

くだらない。三流ＳＦ映画じゃあるまいし。猿は猿だ。

むしろ猿であることの限界を超えられないもの悲しさを与えたほうがいい。囚われの檻から出られず、自分の子供を目の前で殺されても、強い者に発情した尻を向ける猿。主人公は身の程知らずに人間を邪魔者扱いし、恋人を奪い返そうとする猿を軽蔑するが、どこかで羨ましさを覚えるのだ。己の不幸を自覚できない幸せに憧れる。どんなに言葉を尽くしても、理解できない相手を傷つけることはできない。

猿を、自ら死にたいと思わせるほど、追い詰めることはできないのか。どうしたら自ら舌を嚙み切るほどに、打ちのめすことができるのか――

岩の上で毛づくろいをされていた『第一位』の猿が、またおもむろにこちらを見た。金色の瞳が、どことなく凶暴な光を宿しているように見えた。

猿に自殺させる方法を考えていた自分に、不穏な気配を感じたとでもいうのだろうか。織江はおかしくなって、ふっと鼻で笑った。

「なにか、思いつかれましたか」

控えめな尾崎の問いに、織江はすぐさま笑いを引っ込めた。

「なにかって」

「いえ、織江さんがお笑いになるのは珍しいので。なにかを思いつかれたのなら、言葉にして整理するための聞き役を買って出たまでです」

やはりこいつも神経が図太く厚かましい。相手を怒らせた後くらい、口を慎んでおけばいいものを。

「遠隔操作で相手を自殺させる方法」

素っ気なく答えた。そういえば昔からそんなことを考えていた。

「簡単です」

尾崎が答えた。

「は？」

ふたたび強く彼を睨めつけた。自分が十六歳の頃から、ずっと考えに考えて答えを出せなかったのに？

尾崎はサル山に眼を投じている。

「相手に、自分を愛させればいいんです」

織江は思いきり吹きだした。

「なに言ってんの、まるで経験があるみたいに。あんたを愛して死んだ人がいるっていうの？」

カシミアのコートを羽織ってもみすぼらしい男が、『愛』なんて単語を吐くことが滑稽だった。

尾崎は表情を変えず、頷いた。

「人を愛して、その人を失って、死にたくなったことはあります」

「ふうん、誰それ。なんで死んだの。いつの話」

編集者と作家の枠を超え、聞きたくもないことを喋りだしたのなら、ぜんぶ喋らせてやろう。

織江は腕を組み、挑発的に尾崎を見上げた。

尾崎は黙り、なにか考え込むような表情になった。三秒、五秒と経ち、まさか本気でこの寒空の下、プライベートな打ち明け話でもはじめるのかと、いささか嫌気が差したところで、

「ああ」

と、彼がだしぬけに声を出した。

「そうか、今日あなたとずっと歩いていて、この感じ、なにかに似ていると思っていたのですが」

「――なに」

「息子です」

尾崎は軽く空を見やり、嬉しそうな顔で言う。

「彼は私と歩くとき、いつも自然と右側にいてくれたんです。左にいると、私はあまり見えませんから。いつも当たり前のように、右側に息子が、その向こうに妻がいました」

そうして尾崎はまたいつもの俯きぎみとなり、でもその唇はうっすらと微笑んでいる。

「あなたも今日、駅で待ち合わせしたときからそうでした。ふだんは私の左眼が見えないことをそんなに意識なさっていないと思いますが、初めて外でご一緒する今日は、自然と私の右隣を歩いてくださっていました。入場チケットを買うためにいったん離れた後も、さっきこの柵から移動して、私が先に来たのだから、あなたは私の左隣に立つのが自然な動線なのに、さりげなく右側に立ってくれた」

言葉を噛みしめるように告げる尾崎を、織江はしばらく黙って見つめていた。それから急いでサル山に視線を戻した。

なにを言いたいのか。幸福そうでさえある彼の声に、なぜだか感情が混乱しかけ、混乱に手を突っ込んで掬い上げたのは、またもや火照った怒りの塊だった。

もう心の回路が、なにを言われても怒りの感情しか呼び覚まさないシステムになっているのかもしれない。怒ることで感情そのものを喚起しようとしている。そう自己分析しながら、織江はそれでも黙っているわけにいかなかった。

「さっきはあの子供が奇声をあげて鬱陶しかったから、少しでも離れたくてこちら側に立っただけ。後のも、あなたが自分の勝手な眼の都合で、相手を右側に立たせるよう無意識に促しているだけ。鈍感な人間はそのことに気づかないけど、私はなんとなく合わせてあげられるだけ」

「はい、だからその自然さが嬉しかった。私もいまのいままで気づかなかったくらいでした」

「いい加減にしてくれない！」

またしても大声が出た瞬間、尾崎のケイタイが鳴った。

尾崎がコートの胸元からケイタイを取り、耳に当てる。その落ち着き払った所作に、織江はなおさら馬鹿にされた気分になり、背中で柵にもたれた。

「はい、そうですね、はい——」

電話で相手と話しながら、尾崎の声が急に緊張を孕《はら》んだ。

ちらりと尾崎を見た。彼はそれとなく眼を伏せる。

「いいえ、それはお断りしているはずです。申し訳ありませんが——」

自分のことを話しているのだ。

織江はふたたび腕を組み、尾崎に向き合った。

「はい、お引き受けできません。いえ、これをお返事とさせていただきます――はい――はい――」

短いやり取りの後、尾崎がケイタイを切った。

「なに」

「いえ、TOKINOからですが、先方は春のクランクインに合わせて、製作記者発表会を開くそうです」

胸ポケットにケイタイを仕舞いながら、尾崎は表情の乏しいただの中年男に戻っている。それは意図的な感情の隠蔽に見えた。

「で？」

「そこに原作者の織江さんも出席してほしいというのが、先方の希望です。実は以前から話は出ていたことで、私のほうでその都度、断っているのですが」

「出席するのも、この仕事を引き受けた者の責任なら、出るべきなんじゃない」

その言葉に、尾崎が一瞬、言葉を詰まらせた。

「おわかりでしょうが……テレビにも新聞、雑誌、ネットにも出ます。TOKINOが力を入れている映画ですから、相当派手に宣伝を打つはずです。一度記者発表を受ければ、そこでお終《しま》いというわけにはいきません。プロモーターだったら、あなたを見て使わない手はないと考える。ペンネームを使っても無駄です。どこも取り上げたがるでしょう。あなたのことを――」

説得口調の尾崎を、手で制した。

「仕事の一端なら、やるしかないじゃない。織江ユウはいきなり売れたから覆面作家として甘やかされていたけど、私は駆け出しの新人なんだもの、わがままは言ってられない。私は作家としてやっていきたいの。そのためにできないことなんてつくってちゃいけないの。この仕事をくれた相手の要望のひとつが記者発表会の出席なら、受けるしかないわ」

感情が昂ぶり、頭のどこかが投げ遣りになってもいた。そのことを冷静に認識してもいる。

由羽、尾崎、ふたりして私を苛つかせ、心をざわめかせる。

「いま決めなくてけっこうです。あなたは久しぶりに外に出て気持ちが昂ぶっているんです。仕事のことは気を遣わなくて大丈夫、私がちゃんとマネージメントし、フォローします」

「私のことをわかっているようなもの言いはやめて。違うでしょう。私が外に出るようになったら、あなたの役割が減るからそう言っているんじゃないの。ほかの人間と会わせたくないのも、私を独占しておきたいんでしょう。もし私が別の編集者と親しくなって、あなたとの仕事以上にいい作品を出したりしたら、たぶんあなたってチンパンジーみたいに、私の子供である作品まで殺しそうだもの」

尾崎の青白い顔がなお、炎の内炎のように青褪《あおざ》めた。怒りのような、おののきとも驚愕ともつかない色。二年前、北九州の自動販売機の前で会ったときの表情に似ていた。

「織江さん、それは侮辱です。私は心からあなたに素晴らしい作家になってほしいと、そのための手助けをしたいとの一心で――」

「うるさいっ、片眼！　あんたの一心なんか聞いてない！」

言いすぎかとも思ったが、もう後には引けなかった。

「たわごとで論旨をすり替えないで。私は仕事の話をしているの。一生死ぬまで隠れているわけにはいかないもの。私はこうしてちゃんと認められて、だから求められているんだもの。私はもう大丈夫よ、あなたの庇護なんかなくてもやっていける。この先なにがあろうと、ちゃんと乗り越えるわ。乗り越えてほしいんでしょう、それがあなたの一心とやらなんでしょう」

尾崎はもうなにも言わなかった。ただ眉間に皺を刻み、憤怒《ふんぬ》とも悲痛とも取れる表情で唇を嚙みしめていた。見えていないはずの左眼までが、垂れた瞼の下でこちらを睨んでいる。

織江は背を向け、地面を蹴って歩きだした。

「取材の続きをしましょう。ここをひととおり回って地形を把握したい」

「――わかりました」

尾崎も声を改め、ついてきた。

それから織江はメモを取ったり、風景や動物をカメラに収めながら、ＴＯＫＩＮＯの小説に意識を傾けた。尾崎はなにごともなかったかのように淡々と園内を案内し、ときおり内容について思いついたことを口にして、最後は園内のカフェで珈琲を呑みながら次の取材についての打ち合わせをした。夕刻、駅で別れるまで、織江は尾崎の左隣を歩くことを忘れなかった。

第四部

1

胸ポケットの煙草に伸びかけた手に気づき、尾崎はまた嘆息しつつ腕を引っ込めた。

壁一面の窓の向こうでは桜が咲いている。

ＴＯＫＩＮＯ主催の映画製作記者発表会の会場は、『ＢＯＷ―火の宴』と同じ、六本木のシティ・ホテルだった。

控室である大広間では、円卓にドリンクやサンドイッチ等の軽食が用意され、監督やプロデューサーをはじめとする製作陣、ＴＯＫＩＮＯとタキザワ・エンターテイメント両社の幹部等、大勢の関係者が談笑している。その華やかさは、さながら結婚披露宴かなにかの立食パーティといった様相だ。

腕時計を見ると午前十時四十分。予定ではあと十五分ほどで記者発表会の会場へ移動する時間だが、主演の東野まゆ子も大御所女優の常盤英子もすでに待機している中、織江だけがまだメイクルームから戻ってこない。

ここまでタクシーで織江を送ってきたものの、車中では事務的な事柄以外は会話がなく、ホテルに着いてからも、すでに到着していたＴＯＫＩＮＯ出版や映画関係者らと挨拶を交わすとすぐに、織江は案内のスタッフとともにメイクルームへ行ってしまった。

「尾崎、紹介させてくれ。ＴＯＫＩＮＯグループホールディングス代表取締役社長の、土岐野《ときの》さんだ」

熊川に声をかけられ、ハッとした。

豊かな銀髪を七三に分けた六十前後の紳士が、三人のスーツ姿の男を従え、尾崎の前に立った。

「はじめまして。土岐野です」

「尾崎です。お目にかかることができ、光栄です」

テレビや雑誌で見たこともある、ＴＯＫＩＮＯの三代目社長だ。育ちの良さそうな端整な面差しに、デザインされたように刻まれた笑い皺。爪の先まで手入れの行き届いた指で名刺を差し出され、尾崎も慌てて胸ポケットに仕舞ったはずの名刺入れを探った。

と同時に、一緒に入れていた煙草がはみ出てしまい、箱ごと数本が絨毯《じゅうたん》に散らばった。

自分の不細工さに耳を熱くしつつ、ひとまず頭を下げ、名刺を取り出す。

受け取った土岐野は、

「フリーのエージェントさんだそうですね。今回は古道さんの素晴らしい作品をちょうだいし、感謝しております」

と、鷹揚《おうよう》な笑みを浮かべる。眦《まなじり》の切れ上がった大きな眼は、戦後日本のエンターテイメントを発展させた大会社の長を自任する迫力と、いまや経済界にも名を連ね、TOKINOを大企業として成長させた仕事人としての威圧感を湛えていた。

この映画の記者発表会に社長自ら出席するということで、マスコミの興味は強まっている。それだけTOKINOが総力を注いでいるとの証だった。

「いえ、私はお手伝いをしているだけで」

尾崎はぎこちなく殊勝に答えた。続いて周囲の男たちも、メディア事業統括本部長や経営企画室統括マネージャーといった肩書きの名刺を渡してくる。

「小説のほうも仕上がりを楽しみにしております」

「映画とともに、大々的に宣伝しましょう」

おしなべて慇懃な口調ではあるが、そこにはちくちくと見えない棘が隠されている。優れた編集者やプロデュース力を抱えているTOKINOにとって、有望な新人作家との間に入る一介のエージェントなど、爪先で弾《はじ》きたい邪魔な存在に違いなかった。

「私は今日、初めて古道さんにお会いするのですが、現場の者からは、それはお美しい方だと伺っています。公開と出版に向けて、お互いに協力していければ幸いです」

とは、熊川に向けて発せられた。

熊川は朗らかに、

「お喋りもけっこう上手な方なんですよ。これからテレビでも活躍していただきますよ。いまは夜十時台のニュース番組内の特別インタビューを狙っています。いろいろ仕掛けていきましょう」

「ということは、古道さんがタキザワさんに所属することは正式に決まったんですか」

「いえいえ、まだ本人を口説いている最中ですが、この尾崎さんにまかせていれば大丈夫と、私どもは安心しています」

と、ポンポンと尾崎の背中を叩く。

「ほう、古道さんとは、ずいぶんと厚い信頼関係で結ばれていらっしゃるようで」

皮肉とも受け取れるひと言を残し、土岐野は丁寧にお辞儀をして別の輪に移っていった。

「なんだよおまえ、珍しくそわそわしてんな。娘を嫁にやる父親って感じだ。ネクタイ曲がってんぞ」

熊川が茶化しつつ、床に散らばった煙草を拾いだす。

「いや、社長にいきなり挨拶するとは思わなかった」

「俺も今日、初めて会ったんだよ。『古道さんはどちらに』と訊いてくるもんで、おまえのところにお連れしたんだ」

「ありがとう。さっきも俺を持ち上げる言い方をしてくれたな」

忸怩たる思いで、尾崎は煙草を受け取った。

「衝立《ついたて》の向こうが喫煙スペースになってるぞ。紹介したい人がいるかもしれんし、行くか」

「いや、いまはよす」

煙草を胸ポケットに入れ、尾崎は広間の出入り口に眼をやった。

いつ織江が戻ってくるかわからない。顔を見たところで特に話すべき事柄はなかったが、記者発表会の会場へ向かうときには、できるだけそばで見送りたかった。

タキザワ・エンターテイメントとＴＯＫＩＮＯという強力なバックアップがつき、織江はそろそろ自分を切ろうとしている。彼女の態度から、そのことをはっきりと感じる。

もともと彼女が作家として独り立ちするための、踏み台となる存在で良しとしていたはずだ。自分の手を離れていくということは、彼女が次のステージに上がったということでもある。それを嬉しく思う気持ちも嘘ではない。このままもっと大きな作家になってほしい。

だが、と、尾崎はあれからまた視野の狭まった感のある眼で広間を見渡した。

二年前、『ＢＯＷ―火の宴』の記者発表会が行われたのは、いま控室として使われているこの小パーティルームだった。記者六十人前後を想定したあの発表会とは違い、今回はＴＯＫＩＮＯが大々的に宣伝を打ち、プレス百人規模の会場が用意されている。

二年前の自分は、名の知られないネットニュースサイトの契約記者だった。テレビや新聞雑誌の取材スタッフがクルーを組んで集まる中、後方の椅子でノートパソコンと録音機を膝に置き、デジタルカメラで壇上の香村由羽を撮っていた。

当時は香村由羽の盗作を暴き、織江の力になりたいとの思いがあった。そして彼女を途中で見捨てたことへの償いをし、もう一度、作品を書いてもらいたかった。

その目的はこんなにも早く達成されている。あの頃望んでいた以上の成果を、いま目の当たりにしている。

これで満足すべきだ。織江が能力を花開かせることに助力した、最初の人間であるだけで幸せなことだ。

それでも、できれば織江と隣り合い、この二年間の月日をともに振り返ることができていればと、無念というほどではない一抹の侘しさが、華やかな会場に立つ尾崎の心に、針のように浮き上がるのだった。

ふいに、前方の扉でざわめきが起こった。

周囲にいる者たちがそちらに顔を向けた。

「ひゅー、着物とは意表をついたな」

熊川が口笛を吹きたそうな声を出した。

スーツ姿のスタッフたちに囲まれ、織江が会場に入ってきた。尾崎も初めて眼にする和服姿だった。同じく和服をまとう常盤英子や純白のミニドレス姿の東野まゆ子より、華やかさを抑えた装いではあったが、その控えめな佇まいが逆に、織江の清らかな美しさを際立たせていた。土岐野社長を中心とする一団が彼女に近づいていく。織江は柔らかな笑みを浮かべ、土岐野と握手を交わす。

会場の幾人かがまた、彼らの輪へ寄っていった。ほとんどの者は、織江の姿を初めて眼にするのだ。記者発表会会場で待機している記者たちも同様だ。彼らの第一の目的は常盤英子や東野まゆ子をカメラに収めることだが、同時に前途有望な美貌の原作者の肉声を聴き、その姿をどこよりも大きく捉えたがっている。

織江と土岐野社長を中心に据えた人の輪を前に、尾崎は完全に蚊帳《かや》の外に置かれていた。それで良かった。いま織江の隣に行っても、自分にできることはなにもなかった。これからはあの華々しい空間が彼女の居場所となるのだ。あの場所こそが彼女には似合っている。

「皆さま、そろそろご用意願います。あと五分ほどで記者発表会をはじめさせていただきます」

案内係のスタッフが声をあげ、広間の空気が引き締まった。出席する俳優陣が織江と土岐野社長のもとに集まりだす。

スタッフの先導で、一同が広間を出ていく。

尾崎は織江の姿が人々の背中に埋もれて見えなくなるまで、彼女を眼で見送った。

一同が出ていくと、会場にはまた談笑ムードが戻った。残った者たちはここで呑み物を片手に、彼らが戻ってくるのを待つことになる。

「どうする、俺は会場に行くが」

熊川に訊かれて、尾崎が「いや」と言いかけたとき、彼のケイタイが鳴った。

「おっと、マナーにせんと」

胸ポケットから携帯を取り出し、耳に当てた熊川が、すぐに眉をひそめた。

「わかった、急ぎ内容を送ってくれ」

「なんだ」

いつになく深刻な顔つきの熊川に、尾崎は妙な胸騒ぎを覚えた。

「本社宛てに、変なファックスやらメールやらが届いたらしい」

「ファックスやメール？　どんな内容だ」

「ちょっと待て、転送が届いた」

熊川が携帯を操作する。

その顔がみるみるこわばっていく。

異常事態が起こったのだとわかり、同時にささくれた直感が脳裏を引っ掻いた。

「おい、熊川」

携帯を持つ熊川の手首を握った。

周囲のあちらこちらでも携帯の着信音が鳴っている。耳に当てる者、メールやラインをチェックする者。広間中が騒然としはじめている。

「尾崎、どうしたらいい」

熊川が上擦った声を出した。

携帯を引ったくった。

そこにある、画像化されたファックスの文面と写真に、尾崎の顔から血の気が失《う》せた。

次の瞬間、携帯を熊川に押しつけ、記者発表会会場へと走りだしていた。

織江をつかまえねば。いま人前に出してはいけない。止めなければ——

会場の前の廊下で、出席者たちの姿を見つけた。

「織江さ——！」

だが遅かった。会場の扉が開かれた。

扉から漏れる眩《まぼゆ》い光が一同を照らし、織江が笑顔を輝かせ、中へ入っていく。

棒立ちになったまま、尾崎の脚が震えた。

どうすればいい。俺はいま、どうすべきなのだ——！

2

会場に入る前に、記者席がざわついているのが扉の外まで聞こえていた。

「すごい熱気ですね。みんな社長と美女三人を待ちかまえていますよ」

付き添いのＴＯＫＩＮＯの副社長が満足そうに言い、土岐野社長が「よろしくお願いします」と、常盤英子、東野まゆ子、そして織江にお辞儀をした。

常盤が、「あなたがいちばん注目されているのよ」と、織江に囁く。大御所女優の余裕のお世辞に、織江はにっこりと首を横に振った。

和服にしたのはメイクとスタイリストの薦めによるものだ。季節を先取りした芙蓉《ふよう》の花を、白と紫のグラデーションにちりばめた訪問着だった。

和服をまとうなど、十六歳の夏の、華道のお稽古の日以来だった。最後の日に身に着けたのは、麻地の薄紫の桔梗《ききょう》模様に、波型を象《かたど》った白藍《しろあい》色の帯だったと、いまでも憶えている。先生も先輩弟子たちも、織江ちゃんは大人っぽい柄もお似合いやけど、大人になってからそのお着物を着ると、さぞ天女さんみたいにきれいやろうねぇ、と眼を細めていた。

本名の古道織江の名でＴＯＫＩＮＯ製作映画の原作を書き、いまのところは素晴らしいストーリーだと賞賛されている。今後は、そのストーリーを小説に仕上げる仕事が控えている。階段を上っている実感が、確実にある。

これまで、不吉な予感なら幾度も抱いてきた。その予感はいつも当たってきた。

でもいま、私は上手くこなしていくと、上手くいかないわけはないと、そんな自信が初めて心の中心で瞬いている。過去のことは、きっとなんとかなる。すべてはこれからの私次第だ。

着付けされながら、織江は鏡に映る自分を見つめていた。

美しいと、素直に思った。

見慣れた美しさではあるけれど、その美しさに、嬉しいという感慨を抱いたのも今日が初めてかもしれない。

これは、自分自身でつかんだ美だ。

乗り越えた者だけが持つ、私だけの美だ――

――扉が開けられた。

視界が、真っ白なフラッシュに埋め尽くされた。


土岐野社長、監督、五人の出演者とともに、織江は壇上に上がった。

八人中、いちばん最後に登場し、列の端の席に座るとき、常盤英子や東野まゆ子と同じくらい、いや、それ以上のカメラが自分に向けられているのを肌で感じた。

異様なくらいだと、ふと思ったが、緊張している故の思い込みと打ち消した。

落ち着かねば。自分自身を取り戻す大きな舞台だ。堂々と世間の前に立ってみせる。

「それではただいまより、ＴＯＫＩＮＯ製作映画『ビューティフル・ピープル』の製作記者発表会を、はじめさせていただきます」

司会進行役のアナウンサーが、壇上のひとりひとりを紹介する。

東野まゆ子の紹介がされたとき、後方の扉から尾崎が入ってきたのが見えた。今朝、タクシーで一緒に来はしたが、会話らしい会話もなければろくに眼も合わさず、今日初めてまともに見る尾崎の姿だ。

いつにも増して顔が青白く見える。なにか焦っているような様子でこちらに歩みかけ、だがすでにはじまった記者発表会の熱気に圧されたのか、途中で立ち止まる。

織江が紹介された。ほかの出席者に比べて拍手がまばらな気がするのも、自意識が過剰になっているせいか。

最初に土岐野社長が、この映画に対してのＴＯＫＩＮＯの想いを、次いであとの七人が順に、自らの紹介と映画へのひと言を述べていく。織江も最後に、練習していたとおりの言葉を述べた。

記者からの質問がはじまった。これについては、原作者の自分はふたつみっつの応答で済むだろうと、織江は常盤や東野に集中する質問に耳を傾けた。

幾つか質疑応答が交わされ、そろそろ会見も終わりかというときだった。前席に座る記者が、「原作者の古道織江さんにお訊きします」と、手を挙げた。

なぜだろうか。それまで誰が喋っても記者たちがせわしくキーボードを叩き、カメラのシャッター音の鳴り響いていた会場が、一斉に水を打ったように静まり返った。

「毎東新聞のカワシマです。本日、古道さんに関する怪文書が、各メディアにファックスとメールで届いたのはご存知でしょうか。いえ、つい先ほどなのですが――」

「やめてくれ！」

会場の後方で、大声があがった。

尾崎が、カメラマンや記者を押しのけて走ってくる。

「すみません、いまは毎東新聞さんの質問途中ですので――」

司会者が注意を促すが、尾崎は毎東の記者につかみかかり、マイクを奪おうとしている。

揉み合うふたりの姿に、壇上の出席者がのけぞり、土岐野社長が怪訝な表情を織江に向けた。

「すみません、週刊ミライのアサダです」

別の記者が手を挙げた。

「こちらで質問を続けさせてください。文書はアメリカから送られています。十八年前、高校生だった古道さんにしたことへの謝罪が綴られているのですが」

「やめろ、やめてくれ！」

尾崎が絶叫し、なりふりかまわずその記者に向かっていく。

記者はマイクを奪われまいと両手で握り、質問し続ける。

「メールには写真も二枚、添付されています。この写真に写っている女性が十六歳の古道さんで、相手の男が俳優の真島謙介さんとのことです。これについてお訊きしたいのですが――」

「黙れ、馬鹿野郎！」

尾崎が記者に殴りかかった。後席の女性記者が悲鳴をあげた。

「ちょっ……なにするんだ！」

会場が一気に気色《けしき》ばんだ。カメラのフラッシュが鳴り響き、真っ白い閃光が放たれた。

TOKINOとタキザワ・エンターテイメントのスタッフが四方から駆けてくる。

左前方で別の記者が立ち上がった。若いその記者がマイクも持たずに織江に叫ぶ。

「一昨年、ネットにアップされた真島謙介さんのレイプ告白動画と、古道さんご自身は関わりがあるのでしょうか。如何ですか、お答えくだ――」

「如何もなにもないでしょう！」

怒鳴ったのは土岐野社長だった。

「記者発表会はこれで終了します。今日の映像も記事も、公にすることはＴＯＫＩＮＯとして認めません」

威圧の籠ったその声は、だがプレス席全体が昂奮を露わにする呼び水にしかならなかった。

「社長はご存知だったんですか」

「古道さん、ひと言お願いします！」

「映画『ＢＯＷ―』とも関連があるのでしょうか。お聴かせください！」

「古道さん！」

「お願いします、古道さん！」

「やめろおぉぉ――っ！」

騒然となった会場で、尾崎が怒号をあげて記者につかみかかる。

その体をスタッフたちが羽交い締めし、海老反りになった尾崎が振りほどこうと藻掻いている。

かまわず斜め前の記者が織江に向かって立ち上がった。ものを言う前に、尾崎が彼の顔を蹴りつけた。

悲鳴と椅子の倒れる音。鳴り響くカメラのシャッター音。

織江はその様子を眺めながら、愕然と椅子に座っていた。

写真――

頭は、そのひと言で凍りついていた。

あのときの、私の、写真――？

アメリカから――

アメリカに行ったという、男がいた。あのビルのオーナー――私の姿を、デジカメで撮っていた――

全身に汗がしたたっていた。肌襦袢《はだじゅばん》がべったりと肌に貼りつき、気味の悪い感触を寄こしている。

「古道さん！」「古道さん！」

記者たちが録音機器を向けてくる。カシャカシャと眩い閃光がこの身を捕えてくる。

おののきの中で、織江はひとつだけ、はっきりと悟った。

――こいつらは、見たのだ――私の、あの写真を――

尾崎がスタッフたちに取り押さえられた。仰向けになり、周囲の椅子とともに床に倒れていった。その周りをスタッフたちが囲い込んだ。

周りの記者たちは身を避けながらも、口々に織江になにかを言っている。

紅潮した顔のひとつひとつ。見開いた眼が、織江を裸に剝こうとしている。欲情らしき色があるわけでもなく、息を荒らげるわけでもなく、ただ両の瞳のみが、赤い粘膜の色に染まっている——

肩をつかまれた。両脇に常盤英子と土岐野社長が立っていた。

「いらっしゃい」「ここを去りましょう」

別の世界から放たれる声。

手を振り払った。立ち上がった。椅子が倒れたはずだが、その音はシャッター音に掻き消された。

扉に向かって走った。

——顔は見せるまい。いまの私の表情を、誰にも見せるまい——

重い扉を、力いっぱい押し開けた。

シャッター音がさらに鳴り響き、織江の頰を打ちなぶった。

3

「ご苦労さま。いまネットで振り込んだから」

由羽はキッチンカウンターの陰に身を屈め、小声で言った。

『わかった、確認させてもらう。いやほんまになんか、骨折ったわ』

電話口で卑屈な半笑いをあげるのは蓑山だ。あの個室カラオケ店のビルのオーナー、小林ほどではないけれど、あの事件によって転落の人生を歩むことになったひとり。

「ふっかけてるの？　私が書いた文章をコピペするだけだったくせに」

『いやそうやなくて、ちょっと良心が痛むというか。あの件は俺も忘れとうてや、でもあのデジカメはあの女の持ち物やし、日本から持ってきた荷物に入れっぱなしにしたまま、なんや捨てにくかったというか。でもいつか上手く処分せなと、ずっと引っかかっとって』

情報の少ない海外在留人の所在調査ということで、興信所には百四十万を支払うことになった。こいつには報酬として三百万だ。

あの事件の直後にロサンジェルスへ逃げた蓑山は、それから一年後に、父親の出資によって和食レストランを開業したそうだ。だが店は二〇〇〇年以降の景気低迷にともない、倒産。その後、中国出身のホステスと結婚して東洋風を売り文句にした指圧つきエステサロンを起業したが、聞くからに胡散臭《うさんくさ》そうなその店もリーマンショック後に倒産。敷居の高い実家では父親が認知症となり、財産を成年後見人となった叔父たちに握られ、当座の金に困っていたという。

「『良心が痛む』なんて口にすれば、懺悔《ざんげ》してるつもりになるわけ？　あんたはどうせクズなのよ。クズは沈黙を押しとおすのが身を守る方法なんだからね」

『わかってるて、こっちじゃ未成年に対する性犯罪は、日本以上に神経質に扱われんねんから。そんでもなぁ、こっちの場合、被害者の女がボコボコにされた顔をテレビに晒して、堂々と被害を訴えたりもしてんで。俺もアメリカはスキンシップの国やと思うて女性従業員の肩叩いたりしてたら、セクハラやて訴えられそうになったことあるし。こっちの女はほんま強いわ。社会的制裁もきついし。そんでも日本よりエグい事件が多いけどな。そういうの見ると、ゴキブリと殺虫剤の関係みたいやわ。殺虫剤が強力なほどゴキブリも強うなんねん』

大金を得て気がゆるんだのか、蓑山は関係のない話をだらだらとしはじめる。そのくせレイプではなく『性犯罪』と婉曲《えんきょく》的な表現をするところに、姑息《こそく》な逃避癖が透けて見える。人間のつくりが劣っている奴はなにをやっても駄目だ。

「ゴキブリと話してても気分が悪くなるだけだから、じゃあね」

電話を切り、立ち上がった。

そろそろ夕食をつくりはじめなきゃ。

冷蔵庫を開けたときには、蓑山のことはもう頭になかった。

今朝ネットスーパーから届けられた野菜類とさつま揚げのパックを取り出す。今夜はおでんにするつもりだ。四月に入ってあたたかくなってきたが、織江と食事をするのは二月のエントランスでの出来事があって以来、久しぶりだ。親しい人と鍋を囲むと、心が春になった以上にぽかぽかする。

マンションの前はマスコミの記者たちがたむろしている。織江の姿を収めようと、五階の彼女の部屋のバルコニーや窓にカメラを向けている。

——馬鹿みたい。織江は三階の、この私の部屋にいるのに。

昨日、タクシーで逃げ帰った織江を迎えたときは、心の底から胸が痛んだ。鞄もなにもかも置いたまま記者発表会会場のホテルからタクシーに飛び乗ったらしく、マンションの鍵も持っていなかった。

そうなることがわかっていたから、由羽はマンションの前でずっと彼女を待っていたのだ。

タクシーの扉が開いても、織江は由羽の助けなしではまともに立つこともできず、その顔は氷に固められたみたいに表情がなかった。

けれど憐れであればあるほど、傷つけられれば傷つけられるほど、彼女の美しさはますます孤高をまとい、神々しさを放つのだった。

『織江、おかえり』

しっかりと抱きかかえて、この部屋に連れてきた。

それからずっと一緒だ。着物を脱がしてやり、汗でべっとりとした体を拭いてやった。

だけど下着まで剝ぐことはしなかった。会場で大勢の人からセカンドレイプされたばかりの織江は、床にぺたんと座って、身を隠すように蹲っていたからだ。

『大丈夫やよ、ここにいたら安心やから。大丈夫、大丈夫』

一晩中、織江は由羽の腕の中で震え、朝方になってからようやく眠りについた。

先刻、目が覚めてベッドから起き上がり、『おはよう』と声をかけたら、ふらふらと風呂場に入っていった。扉ごしに耳を澄ますと、長い時間をかけて体を洗っているようだ。

鍋に浄水器の水を入れ、火を点けた。昆布を取り出し、ああ、もう残り少ないな、織江は関西風の出汁《だし》の効いた味が好きやから、明日また注文しないと、と考えながらハサミを入れかけたとき、洗面所のほうから大きな物音がした。

「織江！」

急いで見にいくと、織江が由羽の貸したタオル地のガウンを羽織った姿で、ぼんやりと足元を眺めている。ふっくらとしたボアスリッパに包まれた足が、なお華奢に見え、小さな踝《くるぶし》をくっきりと浮き上がらせていた。スリッパの先で、ドライヤーが床に転がっている。

「大丈夫？　落としてもうた？　足にぶつけてない？」

織江の足元にしゃがみ、スリッパの上から足を撫でた。

「手に、力が入らなくて……」

か細く呟き、織江は見慣れないものであるかのように、自分の掌に眼を落とす。

「いいよ、髪なんて私が乾かしてあげるから。おいで」

手を引いてリビングに連れていき、ソファに座らせた。

指先で髪を掻きながら、ドライヤーの温風を小刻みに揺らして当てる。

織江はぼんやりと前を向き、されるがままになっている。表情が乏しいのは以前からのことだが、彼女らしい鋭さが完全に消え失せているのは、本当に可哀想だ。

髪を拭く力もないのか、頬にかかった髪の先から滴がしたたり、蜻蛉《かげろう》の翅《はね》のような鎖骨を伝っている。

魂をなくした美しい人形。温風を当てすぎると、繊細な白蠟《はくろう》のように肌が溶けてしまいそう。

由羽は優しく頭皮を撫で、艶やかな髪束を掌に載せて、時間をかけて丁寧に乾かしていった。

「私、もう、諦めた……」

ぽつりと、織江が言った。独り言のようだった。

「いくら頑張ったって、どうせこうなるのよ……最初からなにもしなければよかった。なにも考えず、ずっと隠れていればよかった……」

そう呟くことで、この酷《むご》すぎる現状を受け入れ、まだなにかしら残っている悔しさや怒りを放り捨てようとしているのだろうか。少しでも楽になるために、絶望に身を浸しきろうとしているのだろうか。

由羽の眼に涙が滲んだ。

受け入れられるわけがない。自分のレイプされている写真を公にされるなんて、こんなに凄まじい屈辱ってない。記者発表会では、目の前にいる人間たちがその写真の画像を手に、織江を取り囲んでいたのだ。

彼女がどれほどに打ちのめされたのか、その衝撃の深さを想うと、胸に錐《きり》を突き立てられるような痛みが甘やかに走る。全身に電気を流されたような達成感が広がってくる。

ドライヤーを止め、織江を背後から抱きしめた。か細い肩を両腕で包み、濡れてほつれた髪に鼻を埋めた。

「可哀想……織江、可哀想……」

同情と悦びの涙を零しながら、織江をソファに横たわらせ、頬に枝垂れた髪を後ろに流した。

織江はビー玉のような瞳を宙に投げている。

青白い頬にキスをした。こめかみにも、三日月形のきれいな眉にも。

瞼から目尻に唇を這わせたとき、長い睫毛がわずかに震えた。由羽の唇を受け入れているようにも、泣く直前の瞬きのようにも見えた。

──私があたたかくくるんであげるよ。一生、守ってあげるよ。

目尻を、そっと舐めた。肌が冷たく乾いていた。首筋にもキスをし、そうしながら、織江の胸に手を下ろし、囁いた。

「SNSとか、新聞のオンライン版にも載ってるね。昨日の記者発表会の模様も動画サイトにアップされてて」

心を籠めて彼女の耳に毒を注ぐ。織江が二度とこの手から離れないよう、とどめの毒を。

「織江、辛かったね、辛かったね」

あなたのことはもう、日本中のみんなが知っているの。あの写真も、ネット上で飛び交っているの。

「みんな酷いね、私も知ってる、あの人たち、叩ける材料があったら、ここぞとばかりに叩いてくるの。私たちみたいになにか言われやすい女はね、ちゃんと予防線を張っておくべきなんよ。織江は無防備なんよ、素直すぎるんよ。それは私がいちばんよくわかってる。阿呆やなあ、もう、仕方ないなあ」

ガウンごしに、胸のふくらみを掌で包み込んだ。ゆっくりと、ふくらみの感触を確かめた。中指の付け根に、淡く小さな尖りを感じた。体が冷えているせいだろうか。お風呂から上がったばかりなのに、どこもかしこも柔らかな氷みたいだ。

由羽は俯せとなった織江に覆い被さる形で、胸から腰を密着させ、脚を絡ませた。

ガウンの裾がはだけ、ほっそりとした織江のふくらはぎが露わになった。

由羽も足先をよじり合わせて、スカートの下の靴下を脱ぐ。凍りついた彼女の足を、自分のあたたかな足でゆっくりとさすった。

「私にぜんぶ預けて。悲しいのも、どうしたらいいのかわからない気持ちも、死にたくなるほどの不安も、私がぜんぶ引き受けてあげるから」

ソファから落ちている織江の手が、ひくりと動いた。

投げ遣りに宙を見ていた瞳が、力なく閉じられた。

その横顔の美しさに、由羽は唾を呑み込んだ。

下腹が疼いてくる。この熱を、織江の腰に思いきりなすりつけたい。互いに衣服をひとつ残らず取り去って、織江を仰向けにし、乳房を掬い上げ、ふたつの乳首と自分の乳首を擦り合わせたい。

息が荒らいでいた。自分の息が織江の頰に降りかかり、耳に流した髪をなびかせている。

密着させた腰を、静かに動かした。自身の股間でなよやかな尻を押さえ込み、少しずつ上下運動を速くした。

「ん……くふっ――」

くぐもった声が喉から漏れる。体中が熱くなり、背中も脚も汗ばんでくる。

織江は動かない。形のいい眉も、閉じられた長い睫毛も、優美な造形を保ったまま、わずかな反応も示さない。

受け入れてくれているのだ。そうでしょう――？　あなたはもう、私のものになるしかないもの――

腰をさらに押しつけた。

絶頂の気配が訪れていた。快感が急速に高まっていく。

織江の上で湿った喘ぎを放ち、由羽は腰をうねらせた。湯気の立つような快感を擦りつけ、昇りつめていく。ああ、織江――

「あっ、あぁぁ………」

唇を震わせ、由羽は甘い嗚咽を放った。

こめかみから汗が一筋したたり、織江の口元に垂れ落ちた。透明な雫《しずく》が、ふっくらとした唇のあわいに沁み込んでいく。深いエクスタシーに包まれ、胸で大きく呼吸しながら、由羽はその光景に魅入られていた。

4

悪夢のような記者発表会から二日が過ぎた。

散りはじめた桜の木の陰で、尾崎はマンションの塀から、その内側に着地した。革靴の中、足の裏に痺れが走る。

顔をしかめて立ち上がり、織江の荷物を入れたリュックを背負い直した。

泥棒のように他人のマンションの塀をよじ上ったのは、真島をつけた夜以来だ。幸い、付近には昼下がりのせいか人影がなく、目についたポリバケツを踏み台に拝借した。

相変わらず表にはマスコミが群がっている。昼間は大小の三脚カメラが設置され、夜にはロケ車まで手配しているメディアもある。

エージェントである自分がマンションを出入りすれば、雲隠れの噂も出ている織江がここにいるのだと教えることになる。また、インターホンを鳴らしたからといってふたりが中に入れてくれるとは限らない。

織江はおそらく由羽の部屋にいる。あのような目に遭った織江を由羽が放っておくわけがない。由羽にまかせて大丈夫であるのなら、それをこの眼で確かめねばならない。

裏庭にさえ侵入できれば非常階段が目の前にある。尾崎は周囲を気にしながら、素早く三階まで上った。

由羽の部屋の前に立ち、ドアベルを押した。

ドアごしに忍び足が聴こえた。ドアスコープごしにこちらを覗いている気配がある。

もう一度ドアベルを鳴らし、ドアを叩いた。ほかの居住者の耳もあり、下手に大声を出すわけにはいかない。

織江が自分と会いたがらない可能性については覚悟していた。もとより信用されていない自分になど、いまの状況で会ってくれるわけがなかった。

だがこのまま帰ることなどできない。尾崎は待った。ドアの前に立ち続けた。どこかの部屋やエレベーターから居住者が出てきたときは、不審がられぬよう逆方向のドアに向かう振りをした。

四時間ほど待った後、エレベーターがまた開いた。出てきたのはネットスーパーらしき宅配の業者だった。

台車を押した業者が由羽の部屋の前で立ち止まり、ドアベルを鳴らした。しばらくして、用心深そうにドアが開いた。

すかさず尾崎は、ドアの透き間に体をすべり込ませた。

「ただいま、いやぁ腹減った、なに頼んだの、とりあえずビール、ビール」

にこやかにまくしたて、廊下に上がった。

「ちょっ……」

由羽の非難の声にはかまわず、リビングのドアを開けた。

思ったとおり、そこには織江がいた。ガウンをまとってソファに寝そべっている。

尾崎は安堵し、部屋に一歩入った。直後、愕然とした。

横になったまま、織江が眼だけをこちらに向けた。

その瞼が深く落ち窪んでいた。瞳は古びた人形のように色がなく、虚ろに乾ききっていた。頬もげっそりと痩け、眼の下に血の色を滲ませている。

織江の前に、歩み寄った。言葉が出なかった。

織江はこちらを見ているのに、その黒眼が動かない。干からびた唇は半開きのまま、なんの動きも示さない。

白いタオル地のガウンが、華奢な腰骨を浮かび上がらせている。裾からのぞく青白いふくらはぎをソファに投げたまま、織江はただそこに横たわっている。

たった二日間で、織江を襲った出来事は彼女から肉を削ぎ落としていた。いかなるときも彼女に備わっていたおやかな余裕を、根こそぎ奪い取っていた。

自分を拒絶しているのだろうと、そんな想像をした己の自分本位な甘さを、尾崎は呪った。拒絶できるような精神など、いまの織江には微塵もなかった。尊厳を切り刻まれた人間の姿というものを、尾崎はいま目の当たりにしていた。

「織江さん……」

ソファの前に、跪《ひざまず》いた。

織江はゆっくりと眼を伏せた。次に瞼が開いたときは、黒眼の定まらない半眼が、なにも映っていないテレビのほうを向いていた。

「なんやのよ！　あの場にいながら織江を守れなかったくせして！」

由羽が宅配された食料品の袋を抱え、床を鳴らして駆け寄ってくる。

「織江の荷物を持ってきてくれたんなら、ありがとう。でももう帰っていいから。ちょっと、聴いてるの」

背中のリュックを揺さぶられたが、尾崎はその場から動かなかった。

懸命に織江を見つめ、狭い視界の中心に据えた。この眼が最後に映す織江の姿が、このようなものであってもいいはずがなかった。

「織江さん、聴いてください。ここを出ましょう。あなたの生活が、少しでも取り戻せる場所に行きましょう」

「ちょっと尾崎さん、あなたなに言ってんの」

由羽が力ずくで尾崎を織江から引き離そうとする。

「外の報道陣の数、見てないの。夜もこそこそ見張ってんのよ。だいたいここからどこへ連れていこうってんのよ。織江がいま動ける状態やと思う？」

「あんなのは報道と呼ばないし、こんなに包囲されて心を脅かされるなんて人間の暮らしじゃない。一刻も早く出るべきだ」

「どこへよ、どうやってよ！　あなた織江をどうする気！　そういえばあんた、記者発表会で大立ち回りやらかしたんやってね。あんたのせいで全治二週間の怪我を負った記者もおったらしいね。いつも物静かぶってるけど、本当のあんたはいざとなれば私のこともレイプするし、どんな暴力も振るえる男よ。人でなしや。人でなしがここから織江を連れ去って、どないする気やねん！」

「ひとまず奈良はどうでしょう、そこで身を潜めつつ、次のことを検討しましょう」

「冗談やないっ！　織江も私も、あんなとこ大っ嫌いや！」

由羽が一段と声を張り上げた。

尾崎は口を噤んだ。ふたりが育った場所だからと安易に口に出してしまったが、その土地こそが、織江が十六歳で人生を断ち切られた場所なのだった。

だったらと、尾崎はふたたび織江を見た。

「群馬へお連れします。群馬は私の故郷です。すぐにでも落ち着ける場所をご用意できます」

いまはほかに考えられなかった。海外へ行くという手もある。だがツテのない自分が勢いで行ったところで、織江に安らかな場所を与えられる自信はない。まずは静かなところへ行き、そこで今後の手筈《てはず》を整えよう。

「喋るな尾崎！　私たちはどこにも行かない、出ていけっ！」

「うるさいよ……」

織江が、しわがれた声を出した。由羽が驚いたように織江を見た。

折れそうに細い体を起こし、織江は床に足をついた。そうしてふらつきながら立ち上がる。

「私はどこにもいたくない。かまわないで」

その声は、空中に書かれている文を読んでいるかのようだった。

「どこに行くの、織江」

由羽が織江のガウンの裾をつかんだ。

「部屋に、戻る」

織江の虚ろな眼はもう、ドアにしか向けられていない。

「どうして、ずっとここにいればいいやない、いていいのよ、織江」

「織江さん」

尾崎も立ち上がった。

「どこにもいたくないのなら、とにかくここを出ましょう。あなたはなにもしなくていい。私がすべて手配します」


その日の深夜、尾崎は織江と由羽を連れ、マンションの裏手から抜け出した。

塀の向こうで、スモークガラスのロケ用ワゴン車と熊川が待っていた。

「大丈夫だ、こちら側に人はいない」

熊川がポリバケツに乗って織江に手を差し伸べたが、由羽がそれを払いのけ、自分で織江をおぶって塀をよじ上った。

ワゴンの二列目のシートにふたりを乗せ、彼女たちの衣服や日用品を積めたトランクケースを熊川とともに積み込んだ。

「悪かったな、尾崎、なにも力になれんで」

「こちらこそ、恩を仇《あだ》で返す形ですまない」

「仇じゃないさ。こう言っちゃなんだが、映画の前振り宣伝にはなった」

「確かに」

互いのために笑い合い、荷物を積み終え、運転席に座った。

「今後どうするか、俺にできることがあればなんでも言ってくれ」

「ありがとう、彼女の様子を見て、近いうちに決める」

「眼、気をつけろよ」

心配顔の熊川に頷き、ドアを閉じた。

ワゴンを発進させた。

すぐに交差する道路から、マンションの周囲で張っている記者たちを認めたが、彼らは走り去るロケ用ワゴンを、同業者の車だろうと意に介さなかった。

5

「織江、聴いてる?」

右頬が由羽の胸に埋められている。

黒いスモークのかかった窓ごしに、等間隔の光が通り過ぎていく。

頭上で由羽が、髪を撫でながら囁き続けている。

「高速に乗ったねぇ。ねえ織江、不安がることないからね。私がずっとついてるからね。他人なんかもう信用せんとこうな。私が死ぬまであんたを守ってあげるからね」

太腿に由羽の手が置かれている。掌の湿り気がデニムの生地をとおして伝わってくる。

四本の指が、内腿の間に潜り込んできた。

触りたいのなら触らせればいい。もう、なにが損なわれるわけでもない。

尾崎は前の運転席でハンドルを握っている。片眼で運転などできるのだろうか。このまま事故ってくれたってかまわない。トラックかなにかに激突して、車もろとも粉々になればいい。

規則的に続く高速道路の明かり。この明かりのように、単調に生きていれば良かった。性懲りもなく抱いた希望という思い込みが、心の規則を乱した。

死に方を考えるのも億劫だ。今夜どこかで事故があり、誰かが死ぬのなら、その人と運命を交換したい。

どこかの国には、生きたネズミを漬けた酒があるという。製造過程の映像を観たことがある。瓶の下のほうに入れられたネズミはすぐに死んでいた。最後に放り込まれたネズミは中途半端に口を瓶の縁から出し、苦しみながら藻掻いて、動かなくなるまで五分くらいかかっていた。

喉が渇いた。水を呑むのも面倒臭い。お酒も呑みたくない。なんにもいらない。

私の人生を、私は許さない。許さないと思えるほど、人生は私を見ていない。

由羽の体が傾いてくる。体重がじんわりとかかってくる。重いネズミは、私を早いところ、瓶の底へ沈めてくれるだろうか——


窓の外が白んでいた。

車は緑の中を走っていた。

左右にうねるアスファルトの道路。右側は岩を削った斜面が荒れた肌を晒している。左の低いガードレールの向こうは、白い靄《もや》が尖った木々を浸している。

由羽は小さな鼾をかいて眠っていた。

尾崎は一度も休憩せず、黙ってハンドルを握り続けている。

行き交う車は一台もなかった。尾崎の説明では、なんとかという山の麓に、かつて農家だった彼の親戚の持ち家があるという。

ふいにスピードがゆるまり、道路脇に車が停まった。

尾崎がドアを開け、外に出ていった。

ひんやりとした空気が後部座席まで入り込んでくる。

フロントガラスの先に立った尾崎が、眼を押さえ、それから煙草に火を点けている。

尾崎の背後には山が聳《そび》えている。山だろうか、尖った岩の塊にも見える。

黒々とした峰が険しく切り立ち、三つの岳が天を拒絶するように折れ曲がっている。異様な山容。こんなに醜い山がこの世にあるのか。

異形の山を背に、尾崎の細長い姿がある。煙を吐く彼が、なにかを見つめていた。その視線の先をなぞると、ガードレールの途切れた先に、木々に埋もれるようにして細い階段があった。階段が続いているのだろう斜面の向こうに、クリーム色の建物が建っている。屋上に掲げられた看板には、《妙義山サナトリウム》と記されている。

尾崎はその建物を眺めながら、寒さのせいか煙草の煙なのかわからない白い息を吐き、やがて短くなった煙草を吸い殻ケースに入れ、車に戻ってきた。

運転席に座り、こちらを振り向くかと思ったが、ふたりとも眠っていると思い込んでいるのか、そのまままた、車を発進させた。

東の空が赤紫色の朝焼けに染まる頃、一軒の木造家屋が緑の向こうに見えてきた。門のない敷地内に車が入り、五十坪ほどの庭に停まった。

「うっそ、汚～い」

寝ぼけまなこで先に降りた由羽が、呆れた声で叫んでいる。

「ちょっと織江、見て、こんなとこ一日だっているの嫌じゃない？　虫とかもいっぱいいそう」

ふたたび冷気が頰を撫で、織江は車内から外を眺めた。

庭中、背の高い雑草が生い繁っている。家屋は壁の木肌が剝がれ、屋根まで緑色の苔に覆われている。

「きのこ栽培をしていた親戚の家です。夫婦とも八十を超えているのですが後を継ぐ者がなく、七年前に廃業して町に移りました。いまは私が年に二度ほどここへ来て掃除をしています。多少の不自由はご勘弁ください」

車から降りるのを手伝おうと、尾崎が手を伸ばしてきた。

織江は黙ったまま、自分で外に出た。

緑の匂いを孕んだ空気が、鼻腔から肺に下りてきた。

奇妙な透明感があった。しばらくマンションの部屋や車内の空気で曇っていた肺が、透きとおった冷気に洗浄されていく気がした。

建坪四十もなさそうな小さな二階建てだが、森の中に佇んでいる雰囲気が奈良の実家に似ていなくもない。背後を振り向くと、先刻の山がさらに間近に、異形の姿で屹立《きつりつ》している。

尾崎が玄関の鍵を開け、引き戸を開いた。

「雨戸を開けて換気します。荷物は私が運ぶので、おふたりは中で休んでいてください」

「え〜、スリッパってあるぅ？　いやん、暗いぃ」

由羽が織江の手を引き、怖々と入っていく。

家の大きさの割には広々とした玄関だった。丸い石を敷き詰めた三和土《たたき》は一畳半ほどはあり、その先に二階へ続く階段があった。

家の左側には台所と、ふたつの和室が並んでいる。右側の廊下の先はトイレと風呂場のようだった。

廊下に上がり、木床を踏みしめた。

和室のほうでは庭に面した廊下の雨戸を、尾崎が次々と開けている。光が射し込み、障子の開いた和室の畳が、ところどころささくれた目を浮かび上がらせている。

和室をひとつとおり、いちばん角の南西の部屋で、織江は窓のほうを見た。

窓側の廊下はくれ縁の役割も果たしている。実家にもこんな場所があり、冬になると家政婦たちが干し柿を吊るしたり、夏には祖父と父が将棋を指したりしていた。そこからは春日山や若草山といった奈良の山々が見え、なだらかな稜線《りょうせん》に朝陽を浴びる様が、ときに霊的な美しさを放ち、母体のような安心感を与えてくれていた。

だがいま目の前にしている山は、大地から生えた腫瘍《しゅよう》のようだ。生まれてはいけなかったものが、無頓着にそこに佇んでいるかに見える。

雑草が好き放題に伸びている庭ごしに、醜い岩山を眺め、織江はくれ縁に寝転んだ。

「あ、台所、お水が出る。冷蔵庫もあるよ。なんか黴《かび》臭くて汚いけど」

由羽が木床を鳴らして家中を見て回っている。尾崎は庭に降り、車の荷物を玄関へ運んでいる。

「ちょっと織江、しんどいの？　そんなところで寝たら風邪引くよ」

景色がゆっくりと滲んでいく。

疲れた、本当に。

ぼやける光景を見つめながら、織江は瞼を閉じた。

馴染んだ放心の中に落ちていく。

落ちていく。どこでもいい。誰でもいい。もっと私を、なにもない場所に沈めて――

第五部

1

「あの山は全体で妙義山と呼ばれています。山そのものが噴火により出現した火山と言われており、溶岩や凝灰岩、礫岩《れきがん》などが固まってできた岩峰です。それがなお長い年月の風化や浸食を経て、あのような険しい山容になったと考えられています」

昼下がり、くれ縁で頬杖《ほおづえ》をつき、妙義山を眺める織江に、尾崎は庭の雑草を抜きながら説明した。

無表情の織江が、尾崎の声を聴いているかどうかはわからない。一太も最期のほうはそうだった。全身を管に繋がれ、もう言葉を発することもできず、それでもときおり虚ろに開く瞳が、尾崎と妻の好きだった妙義山を映していた。

「荒々しく尖った山容が、日本三大奇勝のひとつにも数えられています。つまり奇景ということですが、このあたりの人間にとっては幼い頃から馴れ親しんだ風景です」

この後三人でどうするのか、ここへ来て四日経っても決められずにいた。肝心の織江が、なにを訊いても答えない。

ワゴン車は数日内に、陸送業者によって東京の熊川へ返すことになっている。由羽の部屋から持ってきた食料もそろそろ尽きかけている。

とにかく織江を衆人環視の状況から救いだすため、一時凌ぎの避難場所として連れてきたが、一太を看取った思い出の残るこの家で、尾崎としては久しぶりに地に足の着いた感覚を抱いていたのも事実だった。日に日に痩せ衰えていく一太を見守り、不安と焦燥の中で生きていたあの八か月は地獄でもあったが、父と子たったふたりの、揺るぎない絆に生かされていた日々でもあった。

そんな感傷は、織江のことを思えば不謹慎かつ身勝手だ。自分の故郷で織江とともに暮らしていることに、心のどこかが躍っているなどとは、彼女に対する裏切りであると恥じ入っている。

織江を少しでも回復させてやりたい。だがそうなれば、織江は自分がそばにいることを拒むかもしれない。そのこともわかっている。

「尾崎さん、町まで買い物にいってきてくれへん。私たち、免許持ってないし」

いままで洗い物をしていたらしい由羽が、エプロンで手を拭きつつ、くれ縁にやってきた。

はい、これリスト、とメモを差し出してくる。

「牛乳とかパンとか切れてもうたの。今日はなんだか冷えるから湯豆腐なんていいなと思うし。あと群馬ってコンニャクが名物なんでしょ。美味しいの買ってきて」

メモには豆腐やタラ、葱、そのほかにトイレットペーパーや洗剤など、細かく三十点ほどが記されている。すべて織江のためにやっていることにせよ、なににつけ順応性の高いところがこの女の強さだった。

「これぜんぶ買うと、一週間分くらいになるんじゃないですか」

言いながら、織江を見た。

織江は虚ろな眼を、いまは庭の隅の木々に向けている。

一週間――それだけでも、彼女とここにいられるのなら――

「わかりました」

尾崎はメモを受け取り、車を走らせた。

町に下りると、買い物の前に中古車センターへ行った。今後どうなるにせよ、ワゴン車を返却した後の足代わりを調達しておきたかった。

小回りの利く軽ワゴンを購入し、手続きの際に免許証を出したとき、そこに記されている数字に思わず見入った。更新の時期があと半年後に迫っていることに気がついたのだ。

片眼でももう一方の視力が〇・七以上、視野が百五十度以上あれば更新の検査をパスできるが、視力はともかく、五年前に比べて見える範囲はかなり狭まっている。東京からここまでの道のりも、わずかでも気を抜くと左側のフェンスに車体を擦りかけ、急に背後から現れたバイクに肝を冷やし、緊張の連続だった。

すでに免許証を剝奪されて当然の眼であることを自覚しながら、尾崎は素知らぬ顔で契約を進めた。書類に必要事項を記入するペン先に、知らず知らず力が籠った。

車を動かせないのならタクシーを使えばよい。織江が望むのであれば、どこでどのように暮らそうとかまわない。

織江と離れることを、いまの尾崎はもっとも怖れていた。織江のいないこの先の人生など考えられなかった。もう一度、自信に満ちた彼女の、幸せに微笑む姿を見たかった。

そしていま眼にした免許証に、織江とともにいられるのはあと長くて半年なのだと、冷静に告げられた気がした。

時間がない。盲目となった自分など、織江にとってはお荷物でしかない。

いつまで見えるのだ、この右眼は——

焦燥が、尾崎の胸を掻き毟った。

2

尾崎のワゴン車が出ていった後、由羽が背後からそっと抱きしめてきた。

「邪魔な奴がいなくなった」

耳元でくすりと笑い、胸のふくらみを撫で上げてくる。唾液に濡れた舌が、耳の裏をなぞっている。

「免許持ってないなんて嘘よ。ＯＬのときに取ったもん。ほとんどペーパーやけど、ちょっと練習したら大丈夫。私がどこへだって織江を連れていってあげるよ」

仰向けに押し倒された。妙義山が横向きになり、胸に密着した体の重みがのしかかってきた。

ここへ来てからも、由羽はことあるごとに体に触りたがってくる。寝ている部屋は織江が南西の角の和室で、由羽がその隣室だ。間の襖《ふすま》を開け、織江の布団に潜り込んでくることもある。そうして背後から胸を撫で、下腹部を触り、自身の股間を織江の尻に押し当て、しばらく動いて果てる。

そのときの声は、二階で寝ている尾崎を気にするふうではない。わざと聴かせようとしているのか、ただ単に我を忘れているのかは、性的昂奮など覚えたことのない織江には判別がつかない。本能がなにかを催す様は、ただみっともないと思う。

「でも、ここでの生活もそんなに悪くないね。人の姿はほとんど見なくて済むもん。昼間はツーリングしてる車やバイクが前を走ることもあるけど、あんなごつごつした岩山目指してなにがおもしろいんやろね。あの山、登ってすべり落ちて死ぬ人もけっこういるんやて」

嫌々ここへ来た割には、由羽は毎日張り切っている。食事の用意から洗濯、掃除、カーテンを繕ったり、たてつけの悪い引き戸の枠に蠟《ろう》を塗ったりと、三人の生活を切り回すために、朝から晩まで動き回っている。

セーターがまくられた。ジーンズから肌着が引き抜かれた。

生あたたかい手が腹部をまさぐり、由羽の顔が下りてくる。

濡れた舌が臍《へそ》をくじいた。そこからみぞおちまで、ちろちろと先端を動かしながら舐め上げてくる。

脇腹を撫でていた手が、背中に潜った。ブラジャーを外そうとしている。

そういえば陽の光の中で胸を見ようとするのは初めての行為だ。これまではそれなりに気を遣い、いまようやく次の一線を越えようとしているのだろうか。協力してやる義務はない。織江はくれ縁に寝転んだまま、動かなかった。

上手く手を動かせない由羽が焦《じ》れ、今度はブラジャーのカップそのものをたくし上げてきた。ワイヤーがなんなく上がり、冷えた外気に両の乳房が晒された。

由羽が喉を鳴らした。唇が近づいた。右の乳首が含まれ、乳首が淡く転がされた。

これは初めてだろうか。由羽ではなく、自分にとって。あのとき、あいつらは、この胸をどう扱っただろうか。

痛かった気がする。嚙まれたのかもしれない。あるいはその痛みは渋川に殴られた顎と、テーブルに打ちつけた口の痛みだったのだろうか。

『焰』を書いたときも、もう憶えていなかった。だから細かな部分は脚色をした。脚色と意識したから書けたのかもしれない。屈辱の感覚はありありと肌に残っているのに、どこまで出来事を客観視しているのか、どこからが本当に経験した感情なのか、どんどん境界がなくなっていった。

でも事実はすべて、写真に残っている。大勢の人がそれを見ている。他人の記憶から逃れることはできない。海外へ行くことも考えていない。どこへ行ったって同じなのだとの、母の言葉が脳裏に刻まれている。逃げた先でまで過去を突きつけられるくらいなら、なりゆきに流されるまま落ちた地に埋まりたい。

「織江、気持ちよくない？」

由羽の声がまた変わっている。昂奮すると女の声は二音くらい高くなるのだろうか。あいつらはことごとく、獣じみた低い唸り声を放っていた。

太腿に由羽の股間が押しつけられている。乳首を舐めながら、また腰をもぞもぞと動かしている。

「うぅーン……あン……」

由羽の唇が左の乳首に移り、腰がなお前後しだす。

織江は目の前の岩峰を眺めながら、どのあたりから嫌悪感を覚えるのか、自分を試してもいるのだった。

以前の自分だったら、このような振る舞いを由羽に許すわけはなかった。好き勝手させる隙さえ与えなかった。

でもいまは心地よくもない代わりに、特に嫌でもない。嫌悪感を抱くエネルギーさえ湧かない。

由羽がなんとか自分を感じさせようと、工夫しているのがわかる。舌を優しく転がしたり、小刻みに震わせたり、前歯で甘く嚙んだり、唇全体で吸いついたりしている。

風が吹いた。下半身がぶるっと震えた。

「寒いの？」

「うん」

ぼそっと答えた。

「お腹を出してるからね。じゃあ俯せになって」

由羽が上体を起こし、両手で織江の体を転がそうとした。

手の促すままに、織江は伏せた。

すると背中の中心に、生ぬるい舌が触れた。舌先がそのままゆっくりと、背筋を舐め上げてくる。

——あ……

思わず、顔の下に置いた両腕がこわばった。

ぬくもりのさざ波が、舌のすべった箇所から周囲に広がっている。

織江は平静を意識し、腕から力を抜いた。

もう一度、同じように正中線をなぞられた。何度も何度も、同じ行為を繰り返される。

くっ——と、出てしまいそうな声を抑え、織江は静かに息を吐いた。

これが性感というものなのだろうか。いや違う。心に欲情は微塵もない。ただ心地よい、その感覚だけがある。舐められている箇所に、意識が集中していく。

舌先が脇腹に下りていく。尖らせた先端で腰の曲線を這い、ジーンズのウエスト部分に忍び込み、ちろちろと肌をくすぐってくる。

指先が木床に爪を立てていた。呼吸がひそかに速くなっている。

「気持ちいい？」

ちゅっ、ちゅっとまた脇腹にキスし、ふたたび唇が腋窩付近にまで上がってくる。

セーターに阻まれて、アンダーバスト以上、腋に近づけないのが救いだった。

でも体はもっとキスしてほしいと願っている。もっと背中中《じゅう》を舐めてほしいと求めている。

そう自覚した瞬間、織江はいつしか閉じていた眼を薄く開いた。

そんな自分を、悟られてはいけない。わずかな反応も見せてはいけない。由羽に好きにさせてもいいと思っている自分を、知られてはいけない――

自分に抵抗している自分に気がついた。

抵抗――これもあのとき以来、忘れていたものかもしれなかった。自分から放棄したのかもしれなかった。

由羽の舌が、肩甲骨のくぼみをなぞっている。右に左に動き、また正中線を辿って腰まで下りていく。

ともすれば力の入りそうな体を、懸命にゆるませた。

抵抗している。

織江の心に、記憶にない感情が滲んでいた。

悦びというほどでもない、だが甘いものを食べたときにも似たあたたかな心の疼きが、じわじわと皮膚から体内へ沁み込んでいた。

自身を放棄することと、相手に委《ゆだ》ねることは違う。委ねたい。できることなら。このあたたかなものに――

「んん、織江、んん……」

だが由羽の上擦った声がまた耳をかすめた瞬間、くすぶりだしていた熱が、一気に冷めた。

自分でも不思議なほどに、急激に心が白けていった。

それ以後はもう、背中のどこをどう愛撫されようが、最初に乳首を舐められたときと同様、なにも感じなかった。

由羽はまた太腿に下腹と股間を押しつけ、上下運動をはじめている。

もったりと大きな腹が重たく、その割に硬く尖った恥骨が太腿の筋を擦って痛い。

圧迫感と痛みが、体をなお冷めさせる。

私は変わらない――そのためにも、もう二度と油断しない――

安堵とわずかな失望が、いったんは火照りかけていた肌に、ふたたび硬い膜を張り巡らせていく。

由羽の声は背後で半音ずつ高くなっていき、最後に仔犬のような声で鳴いて、またずっしりと身の詰まった体を落としてきた。

＊

妙義山の麓で暮らしはじめて、二か月が経った。

六月の上旬。当初は東京に比べて空気の冷たかったこのあたりも、いつの間にか初夏の陽気となっていた。

ちぐはぐながらも成り立っている、奇妙な生活だった。朝はたいてい尾崎が薄暗いうちに起き、庭の手入れをして、たまに軽ワゴンで町へ買い出しにいく。買ってくるのは鍬《くわ》やスコップ、種や苗や肥料だったりで、庭の隅で雑草に覆われていた畑を耕し、よくわからない野菜や果物を育てている。

「ちょっと尾崎さん、この電子レンジ、ダイヤルが上手く回らないんやけど」

「ああ、はい。どれ……確かに少し難儀しますね」

「新しいの買ってきてぇな、ケーキも焼けるオーブン付きのやつ。あと圧力鍋もあったらええし、あ、換気扇のフィルターペーパーと、ハンドソープとトイレ洗剤も切れそう」

「わかりました。今日の昼に行ってきます」

それらの声で織江は目覚め、起き上がる気になれないまま、布団に潜っている。寝るときは、尾崎が通いはじめた町医者からもらう睡眠導入剤を呑むが、朝目覚めたばかりのこの時間がもっとも気分が怠い。心を苛む記憶はとっくに思い出しきっているはずなのに、ともすればまた別の嫌な記憶が首をもたげてくる。陰鬱な底なし沼に陥りそうになるのを慎重に回避し、なにも考えない、なにも考えないと、頭の中で呟き続けている。

十時頃になると、由羽のつくるブランチができあがっている。ここへ来てから由羽はオーガニックに凝りだし、玄米ご飯や、有機野菜のせいろ蒸しにコンニャクの刺身、地鶏卵のキノコ入りオムレツなど、以前よりヘルシーなものをこしらえるようになった。

午後になると尾崎はまた畑に出て、由羽は洗濯、家中の掃除などをし、夕方から晩ご飯の用意をする。土鍋で炊いた雑穀米に大根の葉の漬物、鯛《たい》の一夜干し、豚しゃぶサラダ、地元の味噌を効かせた白和《しらあ》えに納豆汁。由羽は食の細い織江と尾崎に食べろ食べろと勧め、ふたりが残したものももったいないと平らげるので、ますます顔の色艶が良くなり、胴まわりもどっしりとした感じがする。

風呂上がりに、織江が洗面所で髪を乾かしていると、由羽が手伝おうと入ってきたりもする。鏡の前で織江の髪にドライヤーを当てながら、

「織江、ここに来たときより少しふっくらしたかな。でももっと太っていいよ、美味しいご飯、

いっぱいつくるから。明日はパエリヤにするからね、フォカッチャも焼いて、この前尾崎さんが買ってきたワインを開けよう」

そして「あ！」と、廊下に身を乗り出し、

「尾崎さん、サフランは！　買っといてって言ったよね！」

すると二階のドアの開く音がし、

「大丈夫です。先週のうちに購入しています」

尾崎が淡々と答えてくる。

「粉末系？　雌蕊《めしべ》そのまんま系？」

「どちらもです。台所の上段の棚の左端に入れています」

「ああ、あれサフランなんだ、てっきり赤い海藻かなんかだと思った。ありがとうね」

由羽はまた織江の髪を掌で掬い、

「良かった。あの人のことやから、庭でサフラン栽培でもはじめるつもりかと思った」

ひと束ひと束、丁寧に温風を当てて乾かしている。

されるがままに、織江はじっと立っている。

「明日はなにしよっか。あんな、尾崎さんが庭のどこかにクロッカスが咲いてたはずやって言うの。いまが球根の掘り上げ時期やから、どこにあるか探してちゃんと育てたいんやって。んなこと急に言われてもなぁ、クロッカスってどんな花かもわからんのに、球根掘るとか突飛なこと言われてもなぁ」

クロッカスってサフランと同種の植物だよ。あんたにサフラン買ってこいと言われて思い出したんじゃない？

　ふたりに、織江のほうから話しかけることはない。由羽は一方的に喋りかけ、尾崎は織江を見ても、静かな笑みを寄こすだけだ。


　あたたかな昼下がりだった。

　織江は今日も、くれ縁から庭を眺めていた。

　雑草に混じって咲いているのは、白丁花《はくちょうげ》や庭石菖《にわぜきしょう》だろうか。実家の庭でも咲いていた花だ。間近で確かめてみたくなり、沓脱石《くつぬぎいし》のスニーカーに足を入れた。

　すると、庭の隅に尾崎がいるのを見つけた。

　相変わらずくたびれたネズミ色のジャケットを羽織り、痩せた体を地面に屈めている。見れば紫陽花《あじさい》や南天《なんてん》、白粉花《おしろいばな》といった花々をハサミで切り、丁寧に足元に並べている。

　十本ほど切ったところで、それらの花茎をゴムで留め、小さな花束にした。

　花束を持って立ち上がり、ワゴンのドアを開けたところで、その顔が織江を振り向いた。

　彼の持っている花束を、なんとなく眺めていたのだろうか。尾崎がハッとしたように、それを背中に隠した。

「いい陽気になりましたね」

　ぎこちない口調で声をかけてくる。

　織江は黙って、視線を庭に戻した。

　しばらく沈黙が続いた。

「あの、良かったら……」

尾崎がまた、たどたどしく言った。

「ドライブに行きませんか。たまには、違う景色を見ませんか」

織江は尾崎を見た。

尾崎は決まり悪そうに花束を両手で持ち、ひょろ長い姿をこちらに向けている。

若干慌てているような、緊張しているような、いつもの飄然とした彼の態度とは違っていた。

風が雑草をなびかせて通り過ぎた。青い空で雲がゆったりと動いている。台所では、由羽が食器を洗う音がする。

カチャリと、助手席のドアを開け、

「行きましょう」

重ねて誘ってくる相手に、織江はどちらでもいいという気持ちになった。


ワゴンは岩壁と崖に挟まれたアスファルトの道路を走り、やがて斜面を登りはじめた。

うねる坂路で、だんだん妙義山が大きく迫っている。

尾崎がハンドルを切るたびに、織江の体が右に左に揺らいでいる。

尾崎は黙って運転していた。織江もフロントガラスに視線を流していた。

やがて「中之《なかの》岳《たけ》神社」と書かれた看板が見え、車は神社前の駐車場に入った。遠い町並みを望む駐車場にはほかに三台ほどが停まり、人の姿はなかった。

車を停め、尾崎が外に出て、後ろのシートから花束を取った。それから助手席のドアを開けた。

「少し歩きます。お付き合いください」

車から降りると、目の前に、垂直に屹立した岩山が聳えていた。黒々しい山肌のところどころに、ちょびちょびと緑がへばりついている。

「こちらです」

尾崎が歩いていく。

鳥居をくぐり、参道を歩いた。

行き止まりに神殿があるが、尾崎はそこへは行かず、手前の階段を上りはじめた。

階段を見上げて、ぞっとした。赤い手摺りのついた細い石段がひたすら長く続いていた。その上にごつごつとした岩と木々が連なって立っている。

上っていく尾崎の背に溜め息を吐き、織江も黙って手摺りをつかんだ。

上りはじめてすぐに息があがってきた。ゆっくりと先を行く尾崎がときおりこちらを振り返る。そのたびに織江は平静な顔をつくり、手摺りを握りしめ、一段一段上がった。太陽は真上にある。額にじんわりと汗が滲んでくる。

ようやく平らな場所に辿り着くと、そこにも小さな祠《ほこら》があり、尾崎はポケットから小銭を出して賽銭《さいせん》箱に放った。それからカラカラと鈴を鳴らし、手を合わせる。

その間、織江が呼吸を整えていると、手を下ろした尾崎はさらに右の方向へ進んでいく。その先はもはや巨岩と木々に囲まれた、地肌が剥き出しの険しい山路だった。

「山登りするわけ？」

むすっとして言った。騙された気分だ。山を登ると聞いていれば、ついてこなかった。

「全ルートを回るわけではありません。途中で引き返します。たまには運動しましょう」

控えめな口調でありながら、その態度には問答無用の強引さがあった。ああ、これも尾崎だったと思った。

でこぼこの岩をはめ込んだ地面を、尾崎に続いて黙々と上り続けた。少しでも足をすべらせればすぐ右側の崖に落ち、体のあちらこちらを岩石に激突させて死ぬか大怪我をしてしまいそうだ。ときどき大きな岩をつかみ、ひたすら歩いた。

どれほどしてか、少し空間の開けた場所に出た。尾崎がようやく立ち止まった。

相変わらず足場は危ういが、腰の位置くらいの岩がそばにあった。

「ここで少し、休みましょう」

もはや平静を装う余裕もなく、織江は息を荒らげ、その岩に腰をおろした。手の甲で額と首筋の汗を拭った。

周りにもぼつぼつと岩が生えるように立っている。織江のすぐ左にある岩には、賽《さい》の河原を想わせるような小石の塔が幾つかあり、そのほとんどが崩れている。

小石たちの脇に、尾崎が花束を置いた。そのままじっと、花束に眼を落としている。

「まるで誰かに供えているみたいね」

ぞんざいに言った。思いもよらずきつい運動をさせられて、毒づきたくなったついでだった。

「はい。この山に登りたくて、登る前に死んだ子に」

尾崎は手を合わせるわけでもなく、立ったまま答える。

「あなたの息子？」

尾崎が頷いた。

「六歳でした。今日は彼の命日なんです。年に二度、妻と息子の命日にはここへ来て、花を供えています。本当は息子の代わりに登山をしたいところですが、体力的に難しいので」

「そっか」

まだ呼吸の速い胸で腕を組み、織江は景色に眼を向けた。

聳える岩肌と木々が陽光を浴び、複雑な模様を描いている。岩の切れ目にどこからか飛んできた種が芽吹いたらしく、骨のように白い木が岩肌に根を絡みつかせている。見上げれば下界とは無関係の如くに緑が繁り、葉の透き間でちらちらと木漏れ日を光らせている。

景色は思いのほか美しかった。外から眺めると異形の山が、中に入った者には異世界の優しさを用意している、そんな感慨を覚えた。

「生きていたって、死んだように遠くにいる人間もいるしね」

尾崎の不意の告白ごとは、織江の内で、自身の少女時代を滲ませてもいた。

家族や、十六歳のあの日まで自分を取り巻いていたものたちが脳裏に浮かんだ。実家のダイニングの、ゴムの木を組み合わせた正方形のテーブル。リビングにコの字に置かれた白革のソファ。父が買ってくれたスタンウェイとベーゼンドルファーのグランドピアノ。学校の円形校舎の螺旋《らせん》階段、管弦楽部で使っていた講堂の木の匂い。

不思議なことに、クラスメイトや教師の顔はすぐに思い出せるのに、父と母の顔はなかなか浮かんでこない。最後に見た顔も定かでない。人の顔は変わる。変化を間近で見続けていた対象は、脳味噌が点の記憶として刻まないのかもしれない。

「息子さんの顔って、いまでもはっきり思い浮かぶ？」

「死んでしばらくは、死に顔ばかりが蘇っていました。骨に皮膚を貼りつかせた、土気色《つちけ》の眼を瞑った顔です」

答えながら、尾崎も景色に眼を向けている。

「でも一か月を過ぎたあたりでしょうか、だんだん元気に笑っている顔が浮かぶようになりました。それは遺影の写真です。毎日遺影を見ているうちに、死に顔のインパクトが薄れ、代わりに写真の笑顔が刻まれてきたのだと思います。あの写真があるおかげで、いまは息子の顔といえば元気な頃の彼の顔を思い出します」

「インパクトって、そんなに簡単に薄れるかしら」

「人の印象とはなかなか強いもので、初対面で相手が赤い服を着ていると、その後、どんな色の服を着ていても、赤い服を着る人物との印象を持ち続けるそうです。そうして相手と七回くらい会った後に、最初の印象が少しずつ薄れだし、十五回目くらいでほぼ消えるそうです」

「そういえば小学生のとき、先生に教えてもらったことがある。難しい漢字や歴史の年号でも、憶えて忘れて、忘れて憶えてを七回繰り返すと、たいていのことは頭に入るって」

「私は毎日遺影を見ています。ですが息子の死に顔も、死後一か月の間に数えきれないほど思い出したので、脳裏から離れることはないでしょう。それも確かに息子の姿です」

「醜い顔だから、なおさら忘れられないんでしょう」

残酷な言葉とは思わなかった。織江は自分のことを語っていた。

「昔、カウンセラーや医師たちから言われた。世間のセカンドレイプに負けちゃいけないって。毅然と生きていれば、周囲はその人の過去のことなんて忘れるからって」

尾崎が静かに頷く。

「でも麻薬で捕まったミュージシャンや、喧嘩で人を傷つけた役者なんかとは違うのよ。性はどの人にとっても自分のことなの。それぞれの形があり、人は結局、自分の経験値と想像力の範囲で、自分の気持ちいいように相手を捉えるの。レイプのインパクトは強い。私がレイプされたと知った人たちはほとんど全員、そのときの私を自分の脳内鏡に映し、その画像を記憶する」

なんだかおかしかった。山を登ってきたせいで荒くなった呼吸が、なかなか治まらない。胸で大きく息を吸って吐き、喋っている。

「人の感情の中でいちばん心地いいのは、愛する気持ちでも怒りでもなく、同情なの。どんなに嫌いな相手でも、殺したいほど憎い相手でも、同情だけはできるの。スポーツで身体障害者や事故で身体を損なった人がどんなに頑張っても、健常者が出した結果に比べると、賞賛は条件つきになるの。よく頑張ったね、でも本当はいまも辛いんだよね、可哀想だねって。同情の裏には、禍々《まがまが》しい愉悦があるの」

「あなたに頑張れとは言いません」

尾崎が、ジャケットのポケットから水筒を出した。

蓋を開けて手渡された。

深呼吸し、水筒の縁に口をつけた。中はオレンジジュースだった。息子と一緒に呑むつもりで持ってきたのだろう。よく冷えた甘い液体が乾いた舌を潤し、柑橘系の爽やかな香りが、喉から鼻腔を切なく刺激した。鼻の奥が熱くなる。込み上げてくるものを抑えるために、ふた口、み口、続けて呑んだ。

「どうして私をここに連れてきたの」

なぜ自分はいま、尾崎の前で心情を吐露しているのだろう。

「わかりません。あなたに伝えたいことは、伝えられるうちに伝えたいと思ったのだと思います」

「そのうち、私の前からいなくなるような言い方ね」

言ってから、なにかを言い間違えた気がした。まるで、尾崎がこの先もずっと自分から離れないと決めつけているような口ぶりだ。

「人は明日にもなにが起こるかわかりません。今日この帰りに、私もあなたも事故で死んでしまうことだってあり得る」

「だけど確実なこともある。私がこの先、どう生きていこうと、他人の眼にはレイプされた可哀想な女としか映らない」

言いながら、顔が泣きそうに歪むのがわかった。かまわない。もう止まらない。頭の中が絶叫している。

「私はとことんまで暴かれてしまった。隠せるものがこれ以上ないって怖ろしいことよ。人は秘密があるから生きていけるのよ。秘密は内臓みたいなものなの。薄く脆い皮膚一枚の内側に、悪臭を放つ血や肉や臓物、排泄物《はいせつ》を詰め込んでいる。皮膚さえあれば、人は自分のこのお腹の中に、ピンク色がかったり黒ずんだりしているグロテスクな内臓があることを忘れていられる。だから他人の手術の写真とか事故現場を見ると、お腹から飛び出た腎臓や大腸や膵臓に顔を歪ませ、鼻をつまむの。そのくせ他人のものでさえあれば、見たい欲求もある。よくネットなんかで、事故で死んだ人や手術中の内臓の写真を見たがる人って多いでしょう。牛や犬の内臓より、自分と同じ人間の内臓のほうが可哀想だし愉しいの。脳内鏡にしっかり映るから残酷でおもしろいの。私は絶対に見ないの。私は自分の内臓を忘れたことないもの。病気や事故や自殺で苦しい目に遭った上に、グロテスク扱いで他人の眼に晒されるなんて酷すぎる。私、どうしよう、また喋るのが止まらなくなってる。言ってることわかる？　由羽みたいに上手く表現できない。あの子もネットで中傷されてたよね。いくら売れたって、ブサイクってだけで笑えるし可哀想だって。醜いものって、なんでこんなに馬鹿にされるんだろう。あらゆる醜いものの中でも、不幸であることほど醜悪なものはない。私はそこまで暴かれた。私はこの先、たとえ誰かと会うことがあっても、その途端に内臓を見透かされてしまうの。その人が見たいように見る権利を与えてしまっているの。弱者ってそういうことなの。相手の想像に勝てないの。他人のイメージの前で縮こまるしかないの」

織江は岩に背を擦り、地べたに座り込んだ。息を吸うたび喉が鳴っている。水筒をつかむ両手が小刻みに痙攣している。

尾崎が一歩、こちらに近づいた。

腰が屈められ、手が伸びてきた。おずおずといった感じだった。

掌が、岩肌に乱れた織江の髪をそっと撫でて整えてくれた。

その瞬間、顔が今度こそくしゃりと崩れた。眼と鼻の奥に火の玉が生まれたようだった。深く吸い込んだ息が震えた。

下を向いたまま、織江はしゃくり上げた。頰に落ちた髪と水筒で隠した顔が、痛いほどに歪みきっている。涙が粒になって膝に落ちた。

尾崎の手はまだ頭にある。大きな手が後頭部から肩を撫で、ゆっくりとさすっている。

「ごめん、私のことばっかり」

洟を大きくすすった。すすりきれなくて、手の甲で拭いた。みっともなくてもかまわない。尾崎には最初から、自分のことはすべて知られている。たぶん写真を見られる以上に、惨めな自分を知られている。

肩をゆっくりと撫でながら、尾崎が地面に膝をついた。

触られているのが嫌だとは、思わなかった。由羽に対するような、投げ遣りな気持ちとは違う。いや、同じような気もする。頭の中がこんがらがっている。なにもかも諦めているはずなのに、放棄しきれないものが頭の底にこびりついている。

それはなんだろうと、涙と洟を拭いながら考えたのは、油断が首をもたげている証拠だった。ゆるんだ心を掻き分けた瞬間、それは熱したゴムの塊のように指にこびりつき、急いで指を離すと、棘状の鋭い形に成り代わって、まだ柔らかいうちにふたたび触れと命令してくる。そうして怖る怖るまた触りそうになる、その正体が希望であるとわかったとき、衝撃に身がすくんだ。

心はどこまで持ち主である自分を裏切るのか。この期に及んで、いったいどんな希望が自分にあるというのか。まだほんのもう少しでもやり直せると信じたがっている自分に、浅ましささえ覚え、織江は首を振った。

尾崎の手が、背中から離れた。自分がいま身を硬くしたことで、拒絶されたと感じたのかもしれない。

そのまま尾崎は隣に腰をおろし、同じ方向を向いて、三角座りをする。

違うと、言いたかった。傷つけたくはなかった。だがその気持ちを説明できる言葉が出てこない。

どこかで小鳥のさえずりがした。時空を超えた、遠い世界からの音に聴こえた。

「あなたのことばかりで、けっこうです。私は、あなたのことだけを知りたいのです」

すぐそばで、尾崎が言った。

その後に聴こえてきたのは、かすかな嗚咽だった。尾崎は口に手を当て、痩せた背中を震わせだした。

織江は動揺した。それは初めて感情を露わにした尾崎の姿だった。泣きながら彼は顔を向こうにそむけていく。だからよけいに、コントロールしきれない状態に陥っている彼の狼狽が伝わってくる。子供のことがあるにしろ、彼が嗚咽するきっかけを自分がつくったことに、織江は恐怖した。

どうすればいいのか、どうすべきなのか。泣き続ける相手を前に、自分の涙は引っ込んでいった。ただ尾崎を見つめるしかなかった。

目の前で泣き続ける尾崎の昂ぶりに、身勝手さはなかった。感情を曝け出しながら、その姿は孤影をまとっていた。たったひとりきりでそこにいるような男を相手に、いまこの昂ぶりを受け止めなければ、なにかを失ってしまう気がした。なにかとはなにか。少なくとも、いまのことはなかったことになってしまう。

「私もいま、伝えたいと思ったことを、あなたに伝える」

尾崎と、遠い景色に投げかけるように織江は言った。これまで彼のことを散々罵倒してきたが、その根源がどこにあるかの本音は言っていなかった。

「『焰』を見てもらっていたときね、たくさん、あなたの指示やアドバイスどおりに直したけど、中には納得のいかないものもいっぱいあった。私はそのときの未熟な頭で、絶対に直したくないって、ものすごく悩んだことも多かった。でも、ひとつだけ決めていたの。いま納得のいかないことでも、この人の言うとおりにしてみようって。覚悟してこの人についていこうって」

尾崎は眼をぎゅっと瞑り、その言葉を聴いている。

「私、心から決めていたから。あなたを信じるって。その気持ちを持つだけで、不思議と世界が広がって見えた。そのときに、ちょっとわかった。人の心は揺らぐし、変わるけど、だから決めるんだなって。決めたことだけは守ろうと、決めるんだなって。揺るがないものをひとつ持つだけで、心は逆に自由になる」

「私は……」

尾崎が口から手を離した。その手でもう一方の手を握りしめた。

「あなたを編集者として支えることで、贖罪しているつもりでいました。そのことでいつか互いに報われることを願っていました。でも私のしたことは取り返しのつかないことだった。人には決して治癒しない傷もあるのだと、知るべきだった」

「治癒するかしないかは私の問題よ。私は本当は、最後にぜんぶを背負うのは自分だってことも、わかっていたの。それはぜんぜん怖いことじゃなかった。受け入れる覚悟というものをあなたとの作業で教えてもらって、視野が完璧に開いたようなこの感覚だけは、問答無用のものだった。その感覚はずっとは続かないものだけど。一度味わったからこそ、失ったときの絶望感が大きいんだけど」

そう言って、織江は笑った。

いつの間にか、織江のほうは冷静になっている。尾崎のために、心を落ち着かせようと思えている。

隣で尾崎も、そんな織江に小さく笑ってくれた。

織江はそっと、自分の肩で、尾崎の肩に触れてみた。そうして彼の脚を照らす木漏れ日に眼を落とした。

「あの頃みたいに、いまもひとつ、決めてみたい」

「なにを……」

「そうね、なにがあっても、あなたを信じない。これがいいかな」

「……え」

「うん、これがいい。あなたは気持ちのままに行動してくれていい。私から離れたくなったら離れていい。私は誰かを信じられるほどに強くないから、あなたを信じない。だから、もうなにがあってもあなたを恨まない」

言ってみたら、意外なほどに気分が澄んでいくのを感じた。

「あ、なんだかすごい。信じないって決めた途端、心が少し軽くなった。不思議。決めたことで、あなたをまた恨んでしまいそうな不安から解放されたみたい」

「私は……」

「なに？　もう恨まれるようなことはしませんって言いたいの？　でも信じてもらえる自分じゃないことを自覚しているから言えないの？　いいわよ、だって私は信じないんだから。言いたいことを言って」

今度は尾崎のほうが先に苦笑した。

織江は無理せずに笑えていた。

尾崎が洟をすすり、涙で赤くなった眼で織江を見た。

「はい。私も、決めました」

「なにを？」

「言いません。思いを決意に変えただけです。でもそれだけのことで、確かに楽になった気がします」

「でしょ」

なにを決めてもいい。それだけで、ちょっとは顔を上げられる気がする。

足元の木漏れ日が揺れている。

細かな葉模様が、ふたりのスニーカーの上でちらちらと輝いている。

指を差すと、尾崎も同じふたりの足元を見た。

「この山、見た目どおり、なにか魔力があるのかもね」

「いま、心持ちが少しは違いますか」

「尾崎さんは」

「いまの織江さんは、とてもきれいです。そのことが、とても嬉しいです」

照れもせず、尾崎はいつもの口調でそんなことを言う。

織江も素直に、「うん」と頷いた。

「明日にも、いいえ、数時間後にでも私はまた元に戻って、嫌な感情に陥っているかもしれない。でも、いまは心が穏やかになっている。いろんなものを捨てたから楽になっているんじゃない。だって私はこうやって、ちゃんと嬉しいもの。なんだかおかしいくらい嬉しいもの。いまの私をあなたが憶えていてくれれば、どんなときでも、それだけで救われる」

3

サンダルをつっかけた足で、由羽はせわしなく玄関と家の前の道路を行ったり来たりしていた。

ふたりがいない。食器を洗い終えて織江の部屋を覗くと、ガランとしていた。尾崎もいない。車もない。

ふたりでどこかへ行ったのだ。私を置いて。

今日は織江を散歩に誘うつもりだった。いつまでも家の中に閉じ籠りきりでは良くない。そのためにブランデー入りのホット紅茶を魔法瓶に入れ、手づくりのラング・ド・シャもピンクのリボンでラッピングしていた。

尾崎が連れ出したのだ。あいつが織江に男としての感情を抱いているのは知っている。織江が男に、しかも一度自分を裏切った男になびくことはあり得ないのに。だから彼には同情しつつ、それでも織江を守る者同士、連帯意識も持っていたのに。

噛みしめた唇から血の味がした。

力ずくで連れ出すことは考えられない。あいつは織江にこれ以上嫌われることを死ぬほど怖れているのだから。控えめな尾崎の誘いに、織江が自ら乗ったのだ。そんなことをして、置いてけぼりにされた私がどれほど傷つくか、少しでも頭を過らなかったのだろうか。残された私の気持ちを、一瞬でも考えなかったのだろうか。裏切りだ。こんなに彼女のことを想っている私への、手酷い裏切りだ。

どんなに彼女のために心を尽くして頑張っても、彼女からはなにも返ってこない。今日だって食器を洗うのに時間がかかったのは、ノルウェー産の鯖《さば》の干物を焼いた網に焦げた脂がこびりついたからだ。魚を焼くのは手間がかかるし洗いものも大変だけれど、織江が美味しいと思って食べてくれるのなら労力など惜しまない。雨戸に巣をつくっていた蜘蛛《くも》の死骸を吐きそうな思いで始末したのも、黴取りスプレーだけでは効かない風呂場の汚れを一日かけてタワシで擦り落としたのも私だ。なのに彼女は尽くしてもらって当たり前だと思っている。いつだって女王様然としてこちらを睥睨《へいげい》している。あんなに惨めな目に遭ったのに、なぜいまもってあそこまで高慢ちきでいられるのだ。なぜ私にすがってこないのだ。

門の脇に尾崎の抜いた雑草が積み重なっていた。怒りにまかせて蹴り上げた。するとサンダルが足から脱げて、ばらばらと散った雑草と一緒に道路に飛んでいってしまった。

畜生――靴下の足で砂地を踏みつけ、喚きたい思いで道路に出た。

そこへ車のエンジン音が聴こえてきた。慌ててサンダルを拾い、片方靴下の足で庭に引き返した。くれ縁の陰から走ってくる車を見た。

尾崎のワゴン車だ。思ったとおり、織江が助手席に乗っている。

ワゴンが庭で停まった。織江が降り、続いて尾崎も降りた。

そのとき、尾崎が小石かなにかにつまずいてよろめいた。

玄関に向かいかけていた織江が、さっと彼を振り向いた。尾崎が苦笑を返す。織江は引き戸に眼を戻し、開け、だが尾崎が追いつくまで中に入るのを待っている。

由羽の心に、嫉妬の火が噴き上がった。

振り向いたときの、織江の心配そうな表情。尾崎の、いままでとは違う、どこか馴れ馴れしさの滲む苦笑。言いようもなく隠微な、抑えた視線の交わり――

引き戸が閉まり、ふたりが三和土で靴を脱いでいる。

由羽は台所に行き、いままでなにかを洗っていたふうを装ってシンクの水を流した。

織江が台所に入ってきた。尾崎は洗面所のほうだ。

テーブルになにかを置く音がした。振り向くと水筒だった。由羽の用意したブランデー入り紅茶の魔法瓶と並んでいる。

「なあに、それ」

口角を上げ、訊いた。

「水筒。後で私が洗うから」

ぼそりと、織江が答える。

いつもどおり抑揚のない声。だけどその表情が意図的にとぼけ顔をつくっている。覇気がないのではなく、単によそよそしかった。なにかしらの意思が見え隠れするその表情に、由羽は息が止まった。

なんなの、その余裕は——

記者発表会で過去を暴かれ、レイプされている写真を日本中に晒されて、完膚なきまでに打ちのめされているのではなかったのか。彼女が頼るのはもうこの世に自分しかいないはずではなかったか。

なにがあったの、ふたりでなにをしてきたの——

猜疑心《さいぎ》が狂おしくふくらんだ。テーブルを回り、織江の腕をつかんで問い詰めたかった。華奢な手首を力の限りに握りしめ、なぜ自分をのけ者にするのか責めたかった。

だが織江は長い髪をなびかせ、台所を出ていく。廊下のほうからは、洗面所で手を洗っていたらしい尾崎が二階へ上がっていく音がする。

由羽は水筒をつかみ、蓋を開けた。中は空だ。オレンジの酸味が鼻を衝いた。

東京では昼間から酒ばかり呑んでいたくせに、こんな子供の好むようなジュースを、ふたりで、私の知らない場所で、口をつけ合って呑んでいたのか——

怪力があるならば、この手で水筒を握り潰したかった。できない代わりに、また唇をきつく噛みしめた。涙がいつの間に溜まっていたのか、俯くと、そのままぼたぼたとシンクに落ちていく。

子供時代に、クラスメイトたちから馬鹿にされてのけ者にされても、大人になって作家になって、見えない場所にいる人たちから残酷な中傷を吐かれても、こんなふうに泣いたことはなかった。泣く必要がなかった。あの頃の自分には、織江と繋がっているとの実感があったからだ。

誰よりも美しい少女としての運命を与えられた織江、世にも醜い少女としての存在であった自分。抱いている痛みは同じだった。なにもしなくても、そこにいるだけで人の視線を浴びる苦痛は、突出している者だけが味わう痛みだ。

織江の抱く苦痛と、そのために自意識が混乱することもある辛さを、理解できるのは自分だけだ。小学生の頃からずっと、わかっていた。運命的に出会ったふたりだったのだ。

織江だけを見てきた。彼女のことだけを考えてきた。だから、彼女をもっとも痛めつけることができた。

憎しみだけで、相手を傷つけることはできない。相手の魂を理解しているから、その中核に切り込むことができる。愛しているから徹底的に打ちのめすことに成功した。あの記者発表会の後の彼女を、死ぬまで守る覚悟を持っていたから、自分の企《たくら》みは成就したのだ。

水を止めた。水筒を三角コーナーに突っ込んだ。どうして私が洗わなければならないのだ、尾崎との秘密が酸っぱく匂う汚れたものを。

この家を出ていってやろうか。ご飯なんかもうつくらない。掃除もしない。織江のことなんか、もうかまってやらない。

——激情が湧くと同時に、悔しさが込み上げる。そんなことをしてもなんの当てつけにもならない。自分がいなくても、織江の面倒は尾崎が見る。ご飯だって掃除だって、なんだってしたがるに決まっている。

代わりの者がいるからいけないのだ。尾崎がいるから、織江は私のありがたみがわからない。あの子に私が必要だと理解させるためには、私にだけすがるようにさせるには——

水筒に唾を吐いた。

するべきことを考え、高速回転している頭とは裏腹に、血混じりの粘液は切れが悪く、口から太い糸を引いてシンクに垂れ落ちた。

4

眼球を動かさず、ひとつの光をじっと見ている。ほかにはなにも見えない。

ふいに、視界の端で光が点滅した。ブザーを押す。光が消える。消えていないのかもしれない。どこかで瞬いているのに、俺の眼には見えていないだけか。

喰い入るように眼を凝らす。

チカッ——光が戻った。力強くブザーを押した。

「けっこうです」

医師の声に、尾崎は視野計の台にのせている顎を上げた。

緑内障を発症して以来、世話になっている東京大田区の眼科医院だ。群馬から電車とタクシーで三時間半かけ、約二か月半ぶりの来院だった。

本来なら月に一度受けるべき検査は、細隙灯検査、眼圧検査、隅角検査など十項目近くに及ぶ。前回の検査から時間の空いた今日は瞳孔を開いてから行う眼底検査も勧められたものの、検査後は三時間ほどまともにものが見えなくなるため、無理を言って短時間で済ませられるものだけを行ってもらったのだ。

「疲れたでしょう」

診察室に戻ると、六十過ぎの稲垣医師が恰幅《かっぷく》のいい白衣姿を丸め、パソコンのマウスを操作していた。初めて治療を受けた頃はふっさりと豊かだった黒髪がいつの間にか頭頂部にまで後退し、白い毛先を襟足で跳ねさせている。

時刻は三時二十分。いつもなら五分前後で終わる視野検査が、今日は二十分以上かかっている。長い間機械に顎を固定し、凝り固まった肩を、尾崎はボキリと鳴らした。

「視野の欠けている部分がまた増えましたね。歪んだ筒から覗いているように見えるでしょう。眼圧も30㎜Hgを超えている」

モニター上の視野検査と眼圧の結果を見ながら、稲垣医師が出っ腹の上で腕を組んだ。

「尾崎さん、ちゃんと来ないと駄目だよ。薬は僕だから送ってあげられてたんだよ。心配して何度も電話したのに」

「引っ越していろいろとやることがあったもので。電話でもお伝えしたとおり、群馬のお医者さんを紹介していただきたいんです」

「あなたは僕が最後まで診たいんだけどなぁ」

その言葉に、尾崎は苦笑で返した。稲垣はなにげなく「最後」と言ったわけではない。自分の症状が失明に向かっていることは、彼がもっともわかっている。

眼科医のくせにたまに目やにをつけながら診察にあたる、朴訥《ぼくとつ》とした東北なまりの医師だった。妻は看護師長で、こちらもおっとりとお多福のような笑みを浮かべており、尾崎の妻が亡くなった後は、正月や一太の誕生日のたびに一緒に過ごそうと声をかけてくれ、何度か甘えたこともある。一太が死んだと伝えたときは、診察室で夫婦そろって泣きだしてしまい、待合室の患者に聞こえると、尾崎のほうが心配したものだった。

だが、いまの稲垣の眼は険しい。

「いいですか、緑内障は治らない病気だけど、治療で進行を抑えることはできるんだよ。あなたの寿命を超えて抑えることだってできるかもしれない。僕の大学の後輩が高崎で医院を開いてるから、紹介状と一緒に電話もしておく。一か月に一度は必ず通院するように。なにかあったら僕にも連絡してもらうから」

「ありがとうございます」

深く頭を下げ、診察室を出た。

受付に呼ばれると、赤い眼をした看護師長がいた。

「もう会えないなんてこと、ないわよね。東京に来たら顔を見せてね」

「はい、長い間、お世話になりました」

「ねえ、どうして急に群馬に？　お仕事は上手くいっていたのでしょう」

「故郷でのんびり暮らすのもいいなと、そんなところです」

「もしかして恋人ができた？」

「え」

「だって男性が仕事以外で生活を変えるのって、女性の影響があるのかしらって」

あくまで親しみを籠めた看護師長の問いに、尾崎はまたもや苦く笑って首を振った。

「残念ながら、相変わらずひとりです」

困難があるたびに、人のあたたかさにも触れる。この夫婦と別れることにのみ一抹の淋しさを覚えるが、すべて手放すと決めた過去だ。

医院を出て、駅に向かった。この後は不動産屋に行って三人のマンションの解約手続きや、部屋に残った荷物の処分等を行う。短期間で済ますには余分な費用もかかってくるが仕方がない。ふたりの分も尾崎が出費するのは織江に煩わしいことを考えさせたくないとのただの格好つけであり、織江に出費させないのなら、由羽にのみ請求するのも決まりが悪かった。

昨日、織江と妙義山から帰ったあたりから、由羽の機嫌が悪い。面と向かってなにを言うわけではないものの、夕食は雑炊と漬物といういつにない簡素さで、食事中は押し黙り、ふと気づけば粘つくような視線をこちらに寄こしている。無愛想な態度は織江に対しても同様で、だが織江のほうはさほど気にしている様子でもなく、昨夜もいつもどおり由羽のつくった料理を黙ってつつき、そのまま風呂に入って自室へ戻っていった。今朝はふたりが寝ている間に家を出てきたので、昨日以来、織江とは会話を交わしていない。

ふたりで寄り添って木漏れ日を眺めていたあの時間が、一日経ったいまでは夢のように思う。肩が触れ合った織江のぬくもりを、この体が憶えている。

だが尾崎は己を自制している。織江の感情を推し量ることなどできない。昨日、彼女はひときでも心を落ち着かせてくれた。それだけで嬉しかった。

いまごろはどう過ごしているだろうか。東京は晴れ、歩くと腋の下が汗ばむ陽気だ。群馬も晴天とのことだが、山は気侯が変わりやすい。くれ縁から望む妙義山はどのような山容を彼女に見せているだろうか。早く用事を済ませてあの家に帰ろう。

駅から電車に乗り、地下鉄に乗り継いだ。

ビジネススーツの男やイヤホンを嵌めている学生たちに交じり、吊り革を持った。

窓に、くたびれたジャケットを羽織った中年男が映っている。頬が痩け、片方の瞼が垂れた貧相な男。いつもなら見向きもせず、吊り広告に視線を持っていくところだ。

だがタレントや政治家のスキャンダルが躍る扇情的な広告に、興味は微塵もなかった。自分の顔が映る窓をぼんやり眺めるのも、いまは別段、嫌な気分ではない。

己のことは考えない。織江のことだけを思う。そう決めたからだ。

稲垣医師の診断が心に重くないと言えば嘘になるが、失明の可能性はずっと以前からわかっていたことだ。

今日明日すべき事柄以外のものからは、尾崎は苦もなく眼を逸らしていた。

己ではない。織江のためにすべきことだけを思う。そうすれば思考が透きとおっていく。

一日の予定をすべて終え、列車で妙義山麓《さんろく》の家に戻ったのは夜の十一時を過ぎていた。

タクシーを降りると、ふたりの寝室に明かりが灯っているのが見えた。

織江と少し話したい気分だったが、それは車内で呑んだビールのせいだ。静かに引き戸を開け、洗面所で手を洗い、台所に入った。夕食も車内での弁当で済ませていた。風呂は明日の朝でいい。

棚からウイスキーとグラスを取った。まだ明かりの点いている織江の部屋に若干の未練を残しつつ、二階へ上がろうとしたとき、廊下の向こうで襖の開く音がした。ひたひたと木床を歩く足音が近づいてくる。

振り向いた。光沢のある白い上下のパジャマに薄桃色のカーディガン。風呂に入って間もないのか、胸に垂れた黒髪がわずかにほつれ、艶めいている。

「おかえり」

いつもの低い、無愛想な声だった。

だが白くほっそりとした頬、自分を真っ直ぐ見る大きな瞳に、尾崎は言葉を失った。痛烈に自覚する思いだった。

俺はこの女を、心から大切に思っている。

彼女を失いたくない――

眼が合い、織江はすぐに横を向いた。

「遅かったのね。マンションの解約とか、大変だった？」

言いながら、棚からグラスを取り、テーブルの椅子に座る。

「いえ」

尾崎も斜め前の自分の椅子に座った。織江のグラスにウイスキーを注いだ。

眼科医院に行くことは伝えていない。悪化する一方の眼の症状についても、今後も言わないつもりでいる。

自分のグラスにもウイスキーを注ぐ。

右斜め前に座る織江が、グラスを小さく掲げ、口につける。

くっきりと大きな眼が柔らかく伏せられ、ふっくらとした唇からグラスを離し、細い喉がかすかに動く。

稲垣医師の言うとおり、歪な筒から覗いているような狭い視界だ。でもその中心に彼女の美しい顔を据えていることに、心が潤っていく。

「もう、お休みになっているかと思っていました」

尾崎もウイスキーを含んだ。口中がカッと熱くなった。

「久しぶりに、ちょっと呑みたいなと思って」

織江の視線は、グラスを弄ぶ手元にある。

「また何度か、東京に行かなくちゃいけないの?」

「あと一度くらいだと思います。たいがいのことは電話でなんとかなりますので」

「なにもかも、まかせきりね」

「これが私の仕事ですから」

「私のほうは、もう仕事していないけど」

その言葉に黙って首を横に振り、グラスを呷った。

「今日は、なにを召し上がったんですか」

なにを言っていいのかわからず、そんなことを訊いて、尾崎は二杯目を注いだ。

「お昼は適当に昨日の残り物。夜はお蕎麦《そば》。お汁がまだあるわよ、食べる？」

「いえ、車内で済ませてきましたので」

由羽にしてはまたもや簡素な料理だ。機嫌の悪さがまだ尾を引いているのか。

それきり、話の接《つ》ぎ穂が見つからない。歪んだ視界の中心で、織江はまたグラスを口につける。

常に天性のたおやかさをまとっていた彼女だった。その彼女がいまはどことなく惑っているように見えるのは、自分勝手な思い込みだろうか。

なにかを話したい。なのに言葉が出てこない。いままでの会話はほとんど、彼女の感情が昂ぶったときにのみ交わされていた。こんなに穏やかに対峙すると、なにを話していいのかまったくわからなくなる。

だったらこのまま、なんでもない話を続けたい。織江も、そう思ってくれているだろうか。

彼女がいま思っていること、これから思うこと、すべてを気持ちのままに聴かせてほしい。

「畑に、またなにか苗を植えてるわね。なに？」

グラスを傾けながら、織江が訊いてくる。それだけで尾崎の心が躍る。

「ああ、トマトです。少し時期が遅かったので、今年は生《な》るかわかりませんが」

「野良仕事が案外得意なのね」

「田舎育ちで、小さい頃から両親に畑仕事を手伝わされてきましたので」

「うちも母がミニトマトを育ててた。トマトって、痩せた土地のほうが甘くできるのよね」

「蕎麦や朝鮮人参もそうですね。貧しい土地であればあるほど、栄養価の高い実を生らします」

「ご両親、いまどちらにいるの」

「父は亡くなり、母はこの家の持ち主である叔母夫婦と暮らしています。私は遅い子供だったので、母はもう九十近いボケたばあさんです」

「よく会うの？」

「年に二回、こっちに来たときに」

「今年は会えた？」

「そのうち適当に」

してもしなくてもいい会話だった。ただ意味のないことを喋り、ふたりで過ごしているこのひとときが、どんなにかけがえのないものであるか、尾崎はひしひしと感じながら、織江を見つめる。

織江もときおり尾崎を見て、小さく微笑む。とっくに知っているような、初めて見るような、少女のような微笑だった。

織江のグラスが空になった。細い指先が、コトンとグラスを置いた。

「今日はありがとう。おやすみ」

織江が静かに立ち上がる。

「おやすみなさい」

尾崎はその姿を見送る。

台所の戸口に向かう彼女の、パジャマの裾からのぞいた足が、木床を踏み、廊下に出ていく。

廊下を少し行って、織江が軽く振り向いた。

「また、明日」

こちらを見る、その美しく輝く瞳を、尾崎も真っ直ぐ見返した。

眼が合っても、いまは逸らされることはなかった。

「ええ、明日」

瞳に優しい色を滲ませて、織江が頷いた。ひょっとしたらそれは、互いに初めて交わした笑みかもしれなかった。

織江がまた背中を向け、廊下を歩いていく。

足音が止まり、襖の開く音がした。

続けて、そっと閉じられる音。

尾崎はもう一杯、グラスにウイスキーを注ぎ、織江が座っていた椅子を見た。白く清らかな気配が、そこに残っていた。


二階の寝室に入り、パジャマに着替えた。布団に横になり、枕元のウイスキーを含んだ。

疲れた体にアルコールが回っている。全身がいつになく火照っている。

布団を被り、仰向けになった。下腹部に血が溜まっていた。

自然と股間に手が伸びていく。

半ば勃起している分身を、握りしめた。

織江が今夜くれた悦びが、静かな変調をこの身にもたらしている。

本当は思いきり握りしめたい。だが織江への冒瀆《ぼうとく》だとの罪悪感が、どうしても手の強さを加減させる。心に浮かんでいるのが織江である以上、この欲情を解き放つことはできない。

パジャマの上から肉を押さえ、圧迫だけを与えた。

自制心とは裏腹に、圧縮された疼きはますます熱を持ち、膨張した皮膚の中でざわつきだす。はりつめた肉肌が脈を打っている。歯を喰いしばり、耐えた。

俺は一度だけ、彼女がこの身に乗り移った悦びを知っている。由羽を犯したときだ。俺が貫いていたのは、由羽ではなく、彼女の過去だった。織江を苦しめるものを、この体で打ち壊したかった。

今後もそうだ。織江に少しでも安らぎを与えるためなら、俺はどんなことでもしてやる――――どのくらい時間が経ったのか。ふと気づくと、充血した股間にあたたかいものが触れていた。

なんだ――柔らかく濡れた――ぬめるタコの足のようなものが、ふだんより敏感な肉肌をくすぐっている。そのまま裏の筋を先端までなぞり上げてくる。

亀頭部がすっぽりと包まれた。甘やかすぎる圧迫の中、タコの足が肉に絡みついてきた。

ゾクッと尻が震えた。瞬間、意識が覚醒した。

布団をまくった。長い黒髪が腹の上でうねり、シーツに枝垂れ落ちている。白い光沢のあるパジャマ。だが織江ではない。由羽の小山のような背中が、尾崎の脚の間に埋まっていた。

「なにをしている!」

反射的に彼女の腰を蹴りつけた。

「ちょっと、ひどぉい」

体勢を崩しながらも、由羽は握っている勃起を離さない。上目遣いで口を笑いの形に開ける。

「舐めてるとき、いい声出してたよぉ。ウン、ウンって低い声、痺れちゃった。それに私が来たときから、ここ、大きかったよ」

ぬめ光る唇が、亀頭をまた咥え込む。

「うっ、あ……」

尾崎は上体を起こし、布団をにじり上がった。

由羽は口腔でペニスを引っ張り、じりじりと追いかけてくる。

唾液まみれの肉胴が、今度は掌でしごかれだした。

「溜まってるんでしょ。毎日織江と一緒にいるのに、どうせヤレへんねんもん。可哀想」

「やめろ、すぐここから出ていってくれ!」

「そんな大きな声出して、下の織江に気づかれてもいいの?」

「頼むから悪ふざけは——」

由羽の肩をつかみ、引き剝がそうとした。が、由羽はまたもや執拗に喰らいつき、歯まで立ててくる。

痛みに仰け反った。直後、肉量の多い口腔が、みっちりと根元まで締めつけた。異様に唾液を分泌する舌先が、付け根から先端まで舐め回してくる。

快感が背筋を衝き走った。体中がこわばり、尾崎は呻いた。

「やめろ……やめ……」

「いま私がやめたら、あなたこれどうするの？」

唾液まみれの唇を先端付近まで上げ、由羽が笑う。

「まさか織江のことを想ってオナニーなんかせえへんよね。そんなこと彼女が知ったら、どんなにあなたをおぞましく思うか。それ以上に傷つくよ。妄想であろうと自分がヤラれてるやなんて。あの子は絶対許さへん」

「きみに暴力を振るいたくない……もう一度だけ言う、やめてくれ……」

由羽は上顎と舌でペニスを挟み、唇を密着させて上下に擦りだす。そうしてまた尾崎を見上げる。

「私、口が小さいのだけは織江と同じやの。よく男の人からは、ペニスのどこもかしこも締めつけられて、どこらへんでどんなふうに唇が動いているかがわかるって感動されたよ。織江のフェラチオも、きっとこんな感じなんやない？」

聞く価値もない戯言《ざれごと》に、心を動かされてしまいそうになる。確かに織江の口は小さい。男の勃起など咥えたら、あの唇は余すところなく男の形のままに開ききり、一分も経たないうちに苦しい表情を浮かべそうだ。

その顔が瞼に浮かんだ。『焔』を読み返しながら浮かびそうになり、そのたびに慎重に頭から追いやっていた織江の姿が、あの怪文書の写真と重なり、熱い股間で像をなす――

「――やめろっ」

渾身の力で由羽を蹴飛ばした。

布団からはみ出て、床に転がった由羽が、「なんやのよぉ！」と金切声をあげた。

「せっかく親切心で抜いてあげようって言ってるのに。あんた織江とヤリたいんやろ。でも一生あの子とはできへんで。オナニーも絶対許されへんで」

由羽がふたたび布団に乗り、体重をかけてのしかかってくる。

その体を突き飛ばした。

「いい加減にしろ！」

立ち上がった。ズボンを引き上げる余裕もなく、由羽を部屋から押し出した。

「部屋に戻れ。今日のことは忘れる」

「なに格好つけてんの！　ヤリたいくせに！　織江をヤリたいくせに！」

「黙れ！」

腕をつかみ、階段まで引っ張っていった。

「ちょっと！」

下りようとしない由羽と揉み合った。

「気取んなよ！　いまも勃起しまくってるんやろ！」

「よけいな波風は立ててくれるな、彼女のために――」

そう言った直後だった。死角となっていた左方向から、突然、脚が掬われた。

膝までずり落ちていたズボンが脚に絡んだ。

あ——と思ったときは遅かった。体が階段に向かって一直線に傾いていく。

とっさに左側にあるはずの手摺りをつかもうとした。だが手にはなにも触れず、指先が宙を引っ掻いた。

またもや左側から、ドンッと背中を蹴られた。

重心を失った体に、階段の波が迫りくる。

膝が硬い角にぶち当たった。腕で顔と頭を守った。掌から腕にドリルのような衝撃が走る。

抗う間もなく全身が前のめりに倒れ、頭が角にぶつかった瞬間、意識が弾けた。肉体と木のぶつかる音をたて、全身が尖った波に揉まれていく。

ようやく体の回転が止まったとき、尾崎は階段下の廊下に、手足を投げ出して横たわっていた。

「尾崎さん！」

悲鳴じみた声がした。織江だった。

駆け寄る裸足《はだし》の足音が、朦朧とした脳裏に響いている。

顔のすぐそばに織江が膝をついた。額や鼻から流れた血が、細く冷たい指に拭い取られた。

だが血は口からも頬からも、後から後から流れている。

陰茎を剝き出しにしていることを思い出し、起き上がろうとした。その途端、首筋から背中に激烈な痛みが走った。一ミリも動けなかった。

尾崎は呻くように織江に詫びた。

「みっともない、格好で……すみません」

肋骨《ろっこつ》も痛めたらしい。声を出そうとすると激痛が胸を刺す。まともに息を吸うこともできない。

「動かないで、ねえ、救急車！」

織江が叫び、尾崎の顔に屈み込む。彼女のパジャマが、剝き出しの陰茎を撫でて覆った。

「早く！　尾崎さんの部屋に携帯があるでしょう！」

「嫌や」

階段の上から、由羽が低く言い放った。

「嫌んなるわ。そいつ、最初に私をレイプして以来、しょっちゅうヤリたがってな。本当は織江をヤリたいんやけど、私で我慢してるんやて。今日も嫌やってのに、ほんましつこくってな。逃げようとしたら階段まで追いかけてきて、そのまんま自分で転がってってってもうてん。それ、さっきまで私が舐めさせられとってんで」

半笑いだが、その口調はうわ言のようだった。

「もともとこいつもレイプできる男やから。しかもあんたの『焰』とよく似たシチュエーションを好むねん。最初に私に寝た振りさせたり、殴ってみたり、床で腹這いにさせて力ずくで突っ込んできたり。腰振りながら『おりえ、おりえ』って叫んでんのよ。しかもいっつも写真を撮るの。撮りながら、最後は私の中に射精するの」

肩を抱く織江の手が、震えていた。

尾崎は必死で織江を見た。その顔が、よく見えない。

首を振ろうとした。だが頸椎《けいつい》がイカれたらしく、上手く動かない。

ただ歪んだ筒の真ん中にいる織江を、心を籠めて見つめるしかない。

「救急車、呼んでくるから」

織江はふらつきながら、尾崎の体から立ち上がる。

ぬくもりが離れていき、陰茎がふたたび空気に晒された。

信じてはいない。由羽の嘘を信じてはいないはずだ。

だが彼女の思考を混乱させ、麻痺《まひ》させる威力が、由羽の言葉にはあった。

壁に手を当て、織江が自分の携帯のある自室へ行こうとする。

「織江、助けなくていいよ、こんな奴！」

由羽が足音を響かせて階段を駆け下りる。尾崎をまたぎ、織江を追いかけた。

「助けたら、いつか織江がこいつにレイプされるよ！　私があんたを守って犠牲になってきたんやから！　助かったらこいつ開き直るよ。こいつは織江を犯したくて犯したくてたまらないんや。記者発表会で大立ち回りを演じたのも、あんたの写真を見て昂奮したからやねんから！」

腕をつかまれたまま、織江がまたこちらを見た。

その顔がぼやけている。

大きな瞳に浮かんでいるのは怯えか。首を振っているようにも見えるが、それは可哀想に、震えているだけか。

「おり……」と言いかけて、尾崎は力なく噎せた。喉から熱いものが噴き出し、唇の脇から零れていく。ウイスキーと胃液と血の混ざった液体が口中を焼いた。

右手だけがかろうじて動いた。手首から先を織江に差し伸ばした。

信じてくれ――俺を――織江――

はっきりとしない織江の顔が、由羽と自分を交互に見ている。ほっそりとした頬がこわばっている。ぶっ壊れた人形のような自分を前に、優美な目尻が引き攣り、ふっくらとした唇が声も出せずにわなないている。

そんな彼女を見て、尾崎はかすかに微笑んだ。

動揺を露わにする彼女を眼にして、なんだか、ふいに嬉しくなったのだ。

信じてくれなくてもいい。信じたいと思ってくれるのであれば、それだけでいい――

ただ、すまない、怯えさせてしまい、すまない――

「とにかく、救急車を……」

織江が救いを求めるような声で繰り返す。

先刻、織江を想い、男根を握りしめたことを、尾崎は心の底から恥じた。

だがあれは、正直な欲求だった。自分はこの手の中で、彼女の歪む表情を見たかったのだ。

それが苦痛であろうが悦びであろうが、生の昂ぶりのさなかにいる彼女の姿を見たかったのだ。

視界が、どんどん昏《くら》くなっていく。

彼女を失いたくない。

彼女のために、残りの人生のすべてを懸けると誓ったのだ。

彼女とともに、精一杯生きていきたい――

尾崎は薄れそうな意識を振り絞り、懸命に織江を見た。

5

織江の腕を、由羽は強くつかんだ。

「救急車なんかいらないってば！　いなくていいんやから、こんな奴。私とあんただけでいいやない。ふたりで生きていこうよ。私、なんだってするから、私とあんた、ふたりだけで生きていこうよ！」

「放して……放して、わかったから」

由羽の言葉をまともに聞かず、織江は手から逃れようとする。

「わかってないやない、あんたはなにもわかってない！」

すがりつくように抱きしめた。

織江が壁に背をつき、頼りなく倒れていく。その体をとっさに庇《かば》い、彼女を全身で覆った。

玄関の三和土の縁に、重なって転がった。

背後に頭をこちらに向けた尾崎の体がある。織江の見開いた眼はそちらに向けられている。

彼女の腰をまたぎ、自分の体で視線を阻んだ。

「織江、私を見て」

「あんた、おかしいよ……」

織江が身をこわばらせる。三日月形の眉が深い皺を刻んでいる。どうしてそんなおぞましいものを見るような眼で、私を見るの？

「おかしくない。おかしいのはあんたでしょう。レイプされてからずっとおかしくなっちゃったあんたを、私は助けてあげてるんやない。こいつのどこがあんたの人生に必要なの？」

青褪めた頬を手で強く挟んだ。顔を近づけた。

「私はわかってほしいの、ただそれだけなの」

「なにをわかれって言うのよ」

織江が首をひねり、非力な腕で藻掻いている。

由羽は大声で言い聞かせた。

「私のいいところを。あんたを理解しているってことを。あんたを理解して幸せにできるのは私だけだってことを。ずっとそうだったでしょう。子供のときから、あんたも私も孤独だったでしょう。あんたの考えてることはぜんぶわかってたよ。あんたもそうだったでしょう。私をとことん傷つけられるのはあんただけだった。あんたほかの子にはあだ名なんてつけたことないのに、私には仮分数とかシボーとかつけて、ほかの子に笑わせてたよね。あんたに馬鹿にされることが私にはいちばん辛いんだって、わかってるからしたことよね。あんたが自分の嫌な面を曝け出して本音をぶつけられるのは私だけなのよ、私を信じて甘えてるからしてることなのよ」

「勝手なこと言わないで！」

織江が叫んだ。

「私はいつもあんたの存在が邪魔だった。私がおかしいんだとしたら、それはあんたのせいよ。あの男たちに乱暴されたのだってそう。あの日あんたのことを考えていなければ、あいつらについてなんかいかなかった」

初めて聴く織江の吐露だった。由羽の心に閃光が射した。

「私のせい？　どういうこと？　あの日、私のことを考えていた？　本当？　私があなたにいつもと違う行動をさせたってこと？」

織江がハッと息を呑んだ。神経が透けて見えそうなほど白く薄い頬が、ひくりと小さく痙攣した。

「聴かせて、私のなにを考えていたの。なにを思ってあいつらについていったの」

織江をふたたび抱きしめた。

おののきを素直に浮かべる織江。あの記者発表会から逃げ帰ってきたときと同じ。また自分のもとに帰ってきた。今度こそ離さない。

「聴かせて。私のことを傷つけられるのはあなただけだった。それが私の悦びだった。だから私もあなたを傷つけたかった。でもとっくに私もあなたを傷つけてたの？　あなたはそれをわかってたの？」

「やめて、やめて！」

叫び声とともに体が突き返された。よろけて後ろについた左手が尾崎の血ですべり、腋から廊下に倒れた。

「酷いやない、なにするの！」

体を起こした。織江は和室のほうに這っていこうとする。

足首をつかみ、力ずくで引き寄せた。

織江の掌がキュゥッと床を鳴らし、華奢な肩を廊下に打ちつけた。

「放して、尾崎さんが死んじゃう！　話なら後でいくらでもするから、救急車を呼ばせて！」

「あ、そう」

この子はまだわかっていない。尾崎なんかより私のほうがそばにいるべき人間なのに。あまりに最初から近くにいすぎてわからない。

「じゃあいいよ、呼べば。その代わり、呼んだら事件になるよ。だってこいつは私が突き落としたんやから。傷害事件で病院が警察に通報するよ。あんたも警察からいろいろ訊かれるよ。そしたらあんたがここにいるってことが世間にバレるよ。私もなんにも隠さない。レイプされたから復讐で突き落としたんだって堂々と言う。世間はまたおもしろがるよ。私も尾崎も警察に捕まるし、あんたを守ってくれる人は誰もいなくなるよ」

織江がこちらを見返し、答えた。

「いいよ、それでも」

「え……？」

一直線の眼差しに、由羽はたじろいだ。てっきり自分の言葉で織江がまた我に返り、その顔が怯えに歪むと思っていた。

織江は苛烈《かれつ》な瞳でこちらを睨み、よろめきながらも立ち上がる。

「私は尾崎さんを死なせたくない。彼がどんな人かは関係ない。生きていてほしいの。この人に生きていてほしいの」

そう言って背中を向け、また和室へ行こうとする。

由羽は追いかけ、織江を突き飛ばした。そのまま台所に走り、シンクの下から包丁を取り出して、ふたたび織江のもとへ戻った。

由羽の手にしている刃を見て、織江の表情がようやく恐怖を浮かべた。

「なにをするつもり――」

壁伝いに、織江が尾崎のほうへ後ずさっていく。

そして階段の下に転がっている彼を庇うように、そのすぐそばにしゃがみ込む。

絶望に、由羽は笑った。

「違うよ、あんたたちを刺すんじゃないよ」

切っ先を自分の首に押し当てた。

織江が顔をこわばらせたまま、首を小さく傾げた。少女の頃と同じ、愛らしい仕草。

由羽も微笑みながら、刃のほうへ首を傾けた。

冷たい金属の刃が、皮膚にちくりと刺さった。織江に完璧な料理を出すために、一週間に二回は砥《と》いでいる包丁。つい三日前も丹念に砥いだばかりだ。

「あんた……狂ったの……?」

もはや不気味なものを眼にした表情で、織江は刃よりも冷ややかな声を出す。

由羽も静かに答えた。

「お願い、もう私を傷つけるのはやめて。だってもう、こうするしかないんやもん」

「話は、後でちゃんと聞くから、それを台所に戻して。あんたはいま、まともじゃない」

ゆっくりと、なだめるような口調。相手より常に一段高みにいる者が放つ響き。大人になって再会したときは、ぼそぼそと呟くような喋り方だったのに、織江はいま、相手に伝えるための声を出している。それは織江本来の生まれ持った気高さを取り戻しており、由羽の耳に心地よく響いた。

「まともだよ。仕方ないんやもん。私が死ぬぐらいしないと、あんたはわかってくれへんでしょう。私がこれで首を切ったら、慌てて救急車を呼んでくれる？　私を傷つけたことを反省して、後悔してくれる？」

優しく問うたが、織江は眉根を寄せ、なにも言ってくれない。もっと声を聴きたいのに。なんでもいいから、私のための言葉を発してほしいのに。

「あんたが私の亡骸《なきがら》に取りすがって泣いてくれるんやったら、幸せに死んでいけるねん。私のために泣いてくれる？　ねえ、私も尾崎さんも死んだら、織江、ひとりぼっちになってまうよ。か弱いあんたがひとりで生きていかなきゃならないなんて可哀想。どうやって生きていくの？」

沈黙が訪れた。緊迫しているような、それともいままで織江と向かい合ってきた中で、初めて穏やかな空気が流れているような、不思議な沈黙だった。

首筋から一筋、流れたものがあった。自分の血だ。ツーと肩までしたたっていく。

由羽は陶然と手に力を籠めた。着ているものは織江とおそろいの白いパジャマだ。良かった。襟に滲んだ血の赤が鮮やかに映えているだろう。

見つめ合った。織江が深く息を吸った。小さな唇が開いた。

「わからない」

先刻よりもさらに落ち着いた声だった。

「わからないって？」

「自分がどうするかなんて、そうなったときにしか、わからない。ましてや相手のことなんか、考えたり期待するだけ無駄よ。自分がいま信じるとおりに動くしかない」

「冷静なんやね。尾崎さんのためなら、さっきあんなに乱暴に私を突き飛ばしたのに」

「私も、自分がああなるとは思わなかった」

「いまは？　織江は私にどうしてほしいの？　私は織江が死んでほしいって言ったら、本当に死ねるんやよ。あなた、私の存在がいつも邪魔だったって言ったね。だったら死んでほしい？　そうしたらあなたをホッとさせられる？　教えて。教えてくれたらいますぐ死ぬよ」

織江が真っ直ぐこちらを見つめている。

輝く黒真珠みたいな瞳。一度見たら眼を離せない、愛らしく整った顔。

きれいすぎる織江、ずっとあなただけを見てきたんやよ。

このまま見ていたいよ。

嫌や、死にたくない。私を止めてよ、織江——

「織江……」

「——ちょっと待って」

織江の視線がすっと逸れた。その眼は尾崎に移っている。

「尾崎さん？　ねえ、どうしたの？」

尾崎の頬をつかみ、その頬に髪を垂らして顔を寄せている。

「ちょっと、ねえ、尾崎さん！」

「私を見て、織江──」

包丁の柄を握りしめ、刃を垂直に当てた。

私を見て、止めて、織江、止めて──！

「尾崎さん、ねえ！」

織江が尾崎の胸を揺さぶっている。長い髪が尾崎の体と一緒に揺れている。

尾崎の眼はぱっくりと開いている。右と左と、ちょっとちぐはぐな角度で、瞬きもせず織江に向けられている。

「嘘よ、私が見えてるんでしょう？　聴こえてるでしょう、尾崎さん！」

織江が尾崎の右眼を大きく押し開き、その頬に自分の唇が触れるくらいに顔を近づけて叫ぶ。頬を叩き、胸に耳を押し当て、またその胸を大きく揺する。

「しっかりしてよ、見えてるんなら眼を動かしてよ！」

彼の体はまったく反応しない。

織江の顔が凍りついていた。

「そいつ、死んだんやね。これで私が死んだら、あんた本当にひとりぼっちや」

呟いたが、織江は尾崎を揺さぶり、呼び続けている。うろたえ、絶叫し、尾崎の右眼を乱暴なくらいに開いている。

ここまで取り乱した織江は初めてだった。尾崎が心底羨ましかった。

「嘘よ、嘘！　いつの間に死んじゃったのよ！　由羽、由羽、お願いだから救急車を呼んで！

まだ助かるかもしれない、早く、お願い！」

初めて由羽と名を叫び、懇願するときでさえ、織江の瞳は尾崎だけを見ている。

頸動脈はもっとも浅い箇所で、皮膚から三センチ奥にある。以前、織江の小説のために調べたから知っている。切るなら相当の力を籠めて刃を引かねばならない。

「織江、こっちを見て」

もう一度だけ、言った。

「早く、救急車を――！」

悲鳴のような織江の声を聴いた直後、手が動いていた。

死にたくない、死にたくない――痛いほどにそう願いながら、由羽は刃を首にめり込ませ、力いっぱい前に引いた。

6

バチバチバチッ――

壁一面に、赤い斑点が飛び散った。

一瞬のことだった。

織江の全身を飛沫が打った。

由羽が後ろ向きに倒れていく。

ゴンッ――鈍い音が床に響いた。

倒れたきり、動かない。

「……由羽?」

織江は床に手をつき、天井を向いた由羽の体に近づいた。

開いた脚。盛り上がったお腹。微動だにしない。

薄眼をぼんやり開けている。首の赤い切れ目がはっきりと見えた。やけに色の濃い血が水溜まりのように床に広がり、由羽の白いパジャマをじわじわと染めている。

瞳は天井に向けられている。眼球にも血飛沫がかかり、溜まった液体が目尻からこめかみを伝っている。

動いているのは流れる血だけで、由羽そのものは置物になったかのようにピクリともしない。

織江は茫然とその顔を見ていた。

頬がみるみる青褪めていく。「お」と発声しているように見える唇も、内側から色を吸い取られていくようだ。

死んだのだ。死んでしまったのだ。あまりにもあっけなさすぎた。ついさっきまで会話していたのに。突然、ただの人型《ひとがた》の塊になってしまった。

「尾崎さん……」

震える膝で後ずさり、尾崎のもとに戻った。

尾崎の顔やパジャマにも、由羽の血飛沫が飛んでいる。

「尾崎さん、どうしよう、由羽が死んだ」

尾崎も答えない。その眼は自分を見ているのに。

「尾崎さん、由羽が……」

薄暗い廊下に自分の声だけがぽつんと響き、すぐ後に静寂が立ち籠めた。

永遠のような静けさだった。織江はあたりを見渡した。真っ赤に染まった天井と壁、木床を眺め、パジャマをほとんど鮮血で濡らした由羽を見、また尾崎に眼を戻した。

見開いた彼の眼は、柔らかな眼差しを寄こしているように思えた。

「私、どうしたらいい？　ねえ」

呟き、尾崎の隣に横たわった。骨ばった肩に頬をのせ、二の腕ごと抱きしめた。体にはまだぬくもりが残っていた。

「答えてよ、ねえ、ねえ、尾崎さん、由羽が……」

涙は出なかった。固まった粘土のように動かないふたりと同じだ。自分の感情も動かない。

由羽だったらどうするだろう、尾崎だったらまず最初になにを行うだろう。

尾崎に触れていない背中が、ひどく薄ら寒かった。

「ねえ、尾崎さん、尾崎さん……」

薄く平たい尾崎の胸に、頬ずりした。

自分のぬくもりを伝えたら、尾崎が嬉しいと思ってくれるだろうか。由羽が後ろで怒るだろうか。

嘘だよ、こんなの。

ねえ、ふたりとも、目を覚ましてよ――

エピローグ

また夏がくる。

熱せられた記憶が蘇る。

それはもう十六歳のあの日の、臓腑《ぞうふ》を引き裂く屈辱と恐怖ではない。密室の男たちの汗ばんだ皮膚と荒々しい吐息、アルコールの匂いと体臭は、もうだいぶ薄らいでいる。ふたりの、日に日に濃くなる体の匂いと、その中で過ごした静かな時間に成り代わっている。

「それでは来週。二時には新宿駅に着きますので」

『いやもう、いまから書店に問い合わせが殺到してるそうですよ。昨年のサイン会も冷房が効かないほど盛況でしたから、今年はうちわを持っていかないと』

「熊川さんはお茶のペットボトル三本くらい用意するの、忘れないでくださいね」

『ええ、それにこの前いただいたタオルハンカチ、五枚ともきっちり装備していきますよ』

電話ごしの豪快な笑い声を聴きながら、文机《ふづくえ》から立ち上がった。

くれ縁の窓枠にもたれ、庭に眼をやると、足元で、ついこの間まで白と紫、黄色の花を咲かせていたクロッカスが風にそよぎ、種を落としはじめている。

『あ、それと東京にいらっしゃる間に、取材をもう二本くらい入れていいですか。「峠のワルツ」シリーズ二作目、一作目と併せてばっちり宣伝しましょう』

「ありがとうございます。もっとも前作は、過去のスキャンダルがいちばんの宣伝でしたけど」

『いやぁ、なんだかんだいって三人ででこぼこ、おもしろおかしく暮らしてたんだろうなぁってのが眼に浮かんで、僕もこのシリーズ大好きなんですよ』

あの後、尾崎と連絡が取れないことを不審に思った熊川が、妙義山麓の家へ車を走らせたのは七月の半ばだった。

そこで見つけたのが、尾崎と由羽の遺体と、遺体とともにいる織江だった。

警察の判断により、ふたりの遺体は司法解剖へ回された。だが腐敗があまりにも進んでいたため、確たる死因は解明されなかった。

世間はまたもやこの事件に騒ぎ、熊川はふたりの死についてなにも語らない織江を、いったん高崎市内の病院に匿《かくま》い、その後も一切の面倒を見てくれたのだった。

『新作に向けてお忙しいでしょうが、来週は久々に呑みましょう。いいオヤジのいるお勧めの赤ちょうちんがあるんですよ』

「楽しみにしています。では当日、よろしくお願いいたします」

電話を切り、庭に向かったまま、眼を閉じた。

風がふうわりと、頰を撫でる。

あれから三度目の夏が、今年も訪れる。

尾崎と由羽が死んだ翌朝、織江は玄関脇の由羽の部屋に、ふたりの遺体を引き摺って寝かせた。これからどうするのか、まだ頭が動かなかったが、廊下に横たわらせたままにしておくのは忍びなかった。せめて畳の上に寝かせようと思った。

濡れタオルで由羽の血を拭い、尾崎の体も清め、そのとき、ふたりに口づけした。そして尾崎の陰茎をパジャマに直そうとして、ちょっとだけそれを、口に含んでみた。

一度含むと、唇を離せなかった。長いこと、彼を口中に収めていた。由羽が見たらまた激情に駆られそうな気がする。だから途中からは由羽の手を握り、指を絡ませていた。

夜になると、ふたりの真ん中に寝転んで眠った。左側に尾崎、右側に由羽。外は静かだった。自分の心臓の音だけが鳴り、繋がったふたりの手をとおして、三人で共鳴している気がした。

その翌日は、尾崎の畑を手入れした。雑草を毟り、水を遣って、キュウリと茄子《なす》を三本ずつ収穫した。

しばらくの間、そうやって毎日を過ごした。汗をかいたら風呂に入り、その後にふたりの体も濡れタオルで拭き、採れた野菜や台所にあるもので食事をつくった。

そのうちふたりの体が匂いはじめた。織江にはその匂いが、なんだか心強いものに思えた。ふたりがそばにいる。匂いは日ごとに濃くなり、自分の肌にも髪にも沁みついている。涙がいまだ出てこないのは、ふたりが一緒にいてくれるからだ。

一週間くらいして、織江はノートパソコンを開いた。ここへ来てから開くのは初めてだった。書きたいことがあるような気がした。気がするだけで、それから何日間座り続けても、一文字も書けなかった。それでもパソコンの前に座っていることで、三人の生活の一端をきちんと担っている気がした。

やがてふたりの体に蛆が湧きはじめた。最初に尾崎の右眼から白いものが這い出てきたときはぎょっとしたが、よく考えれば、畑で葉っぱの陰に芋虫を発見したのと同じだった。生き物が養分を求めて卵を産み、生まれ、喰らう。なんら不自然なことではない。

蛆が湧くのと同時に、ふたりの体がだんだん黒くなり、少しずつ崩れはじめた。尾崎は右眼だけが先に溶けて、左眼は不思議と長いこと、黒眼がはっきり見えていた。まるで死んでから左眼に視力が宿ったかのように、見おろすといつも眼が合った。

蛆虫は玄関にも群がっていた。由羽の血痕を喰らっているのだった。そのうち台所やくれ縁、織江の部屋を這いだした。這いたいように這わせておいた。ふたりの体を喰ったものたちなら、ふたりの分身だった。

またしばらくして、ふたりの体から茶色い体液が滲みだして、さらに蛆がたかり、さすがに一緒に寝ることは難しくなった。申し訳ないが、寝るときだけは蛆に放っておかれたいので、襖を閉じさせてもらうことにした。

ある朝、隣の部屋で物音がした。びっくりして跳ね起きた。ふたりが生き返ったのかと、寝起きの頭で夢を見た。

襖を開けると、無数の蠅が部屋中を飛び回っていた。けたたましく羽音を唸らせて旋回し、天井や壁に黒い塊をつくり、ふたりの体の上をちろちろと脚を動かして這い回っている。蛆虫が蠅の幼虫であることは知っていたが、実際にふたりの体で育ち、羽化した蠅たちを見ると、その生命力に感動を覚えた。

蠅たちは織江の顔や体にもぶつかり、皮膚をよじ上ってくる。腕に止まった一匹と眼が合った。銀色に輝く大きな眼球。緑色に光る体。細い脈を張り巡らせた透明な翅《はね》。なんて美しく逞《たくま》しいんだろう。

そのうち、畳や机の上で、寿命を終えた蠅が仰向けで死んでいるのを見つけるようになった。織江は一匹一匹、庭の畑に埋めて供養した。ふたりの血肉が蛆となり蠅となり、土となって、野菜の養分となる。野菜を収穫することが、ますます楽しくなった。

ある日、思いついて、パソコンのキーボードの上で死んでいる蠅を、呑みかけのウイスキーのグラスに入れてみた。それを蠅ごと、口に流し込んだ。

ざらりとした感触が舌の上に転がった。ゆっくりと噛みしめた。じゃくじゃくと、思いのほか歯応えがあり、ハッとするほどの苦味が鼻を衝き抜けた。

どちらの蠅だろう。またもう一匹、今度は足元に転がっている蠅をグラスに入れた。同じように口に含み、大切に噛んで、呑み込んだ。

喉からお腹に、熱いものが流れていく。全身に、あたたかな潤いが満ちてくる。そうして、ようやくふたりと同化したと、そう思った瞬間、ぽっと全身に火が点いた。

織江はパソコンに手を伸ばし、キーボードを打ちはじめた。尾崎や由羽の姿が、指の先から文字となって生まれだすのがわかった。

ひと言打つたびに、彼らが喋る。笑う。怒る。

拗ね、戸惑い、嘘をつき、謝り、泣いて、また笑う。

織江も一緒に笑っていた。夢中だった。

右隣から由羽がモニターを覗き込み、ときおり茶々を入れてくる。うるさいなぁと織江は返す。

尾崎はいつもの左隣に座り、ウイスキーを傾け、言い合いをするふたりを見つめながら、ぷっと小さく吹き出している。

暑い、暑い夏。

キーボードの音が、三人の部屋に響いている。

窓の外では、夏の太陽が白く煌めいている。

聳え立つ岩峰が輝く光の粉を浴び、変わらない姿でそこにいる。

【参考文献】

『生理用品の社会史　タブーから一大ビジネスへ』田中ひかる（ミネルヴァ書房）
『暴力はどこからきたか　人間性の起源を探る』山極寿一（ＮＨＫブックス）

この作品は書き下ろしです。原稿枚数７０２枚（４００字詰め）。

〈著者紹介〉
うかみ綾乃　1972年大阪府生まれ、奈良県育ち。2011年『指づかい』（幻冬舎アウトロー文庫）でデビュー。同年『窓ごしの欲情』（宝島社文庫）で日本官能文庫大賞新人賞、12年『蝮の舌』（小学館クリエイティブ）で団鬼六賞大賞を受賞。他の著書に『姉の愉悦』（幻冬舎アウトロー文庫）、『贖罪の聖女』（イースト・プレス）、『聖娼の島』（廣済堂文庫）などがある。

GENTOSHA

ドミソラ
2014年6月10日　第1刷発行

著　者　うかみ綾乃
発行者　見城 徹

発行所　株式会社 幻冬舎
〒151-0051 東京都渋谷区千駄ヶ谷4-9-7

電話：03（5411）6211（編集）
03（5411）6222（営業）
振替：00120-8-767643
印刷・製本所：図書印刷株式会社

ISBN978-4-344-02585-1 C0093
幻冬舎ホームページアドレス　http://www.gentosha.co.jp/

この本に関するご意見・ご感想をメールでお寄せいただく場合は、
comment@gentosha.co.jpまで。